KB044322

김동리 단편선
# 등신불

책임 편집 · 이동하

서울대학교 법학과와 국어국문학과 졸업. 같은 학교 대학원 국어국문학과 졸업.
현재 서울시립대학교 국어국문학과 교수.
지은 책으로는『문학의 길, 삶의 길』『현대소설의 정신사적 연구』『김동리』『한국소설과
기독교』등이 있고, 엮은 책으로는『무녀도』(한국문학전집 07: 문학과지성사, 2004)
등이 있음.

**한국문학전집 13**

## 등신불

김동리 단편선

초판  1쇄 발행  2005년 1월 25일
초판 15쇄 발행  2024년 3월 27일

지 은 이    김동리
책임 편집    이동하
펴 낸 이    이광호
펴 낸 곳    ㈜문학과지성사
등록번호    제1993-000098호

주    소    04034 서울 마포구 잔다리로7길 18(서교동 377-20)
전    화    02)338-7224
팩    스    02)323-4180(편집) 02)338-7221(영업)
전자우편    moonji@moonji.com
홈페이지    www.moonji.com

ⓒ ㈜문학과지성사, 2005. Printed in Seoul, Korea

ISBN  89-320-1573-2 04810
ISBN  89-320-1552-X(세트)

김동리 단편선
# 등신불

이동하 책임 편집

문학과지성사 한국문학전집 13

# | 차 례 |

| **일러두기** |

1. 이 책에 실린 작품은 김동리가 1935년부터 1949년까지 발표한 작품 중에서 선정한 12
편의 단편소설이다. 김동리는 작품들 중 상당수를 개작한 바 있으므로, 이 책에서는
원칙적으로 해당 작품이 창작집에 처음 수록된 것을 텍스트로 삼았다. 단 「무녀도」와
「황토기」의 경우만 예외인데, 그 이유에 대해서는 해당 작품의 주에 설명을 붙였다.
각 작품의 정확한 출처는 주에 명기되어 있다.

2. 이 책의 맞춤법은 1988년 1월 19일 문교부 교시 '한글 맞춤법'에 따르는 것을 원칙으
로 하였다. 단 작품의 분위기에 영향을 준다고 판단되는 방언이나 구어체 표현, 의성
어·의태어 등은 그대로 두었다.

　　　　　예) 숙부님께서나 <u>가슈</u>.
　　　　　　　이분이 김선생 조카 되시는 <u>분이구랴</u>.

3. 원본의 한자는 가급적 한글로 바꾸었으며, 작품 이해에 도움이 될 만한 한자는 그대로
두고 괄호 안에 넣었다(예 ①). 반복적으로 등장하는 한자어는 최초에만 괄호 안에 한
자를 병기하고 후에는 한글로만 표기하였다. 또 책임 편집자가 독자들의 이해를 위해
필요하다고 판단되어 부가적으로 병기한 한자는 중괄호(〔 〕)를 사용하여 표기하였다
(예 ②).

　　　　　예) ① 花郎의 後裔→화랑의 후예(後裔)
　　　　　　　② 차마→차마〔車馬〕

4. 대화를 표시하는 『 』 혹은 「 」은 모두 " "로 바꾸었고, 대화가 아닌 강조의 경우에는
' '로 바꾸었다. 또 책 제목은 『 』로, 영화·단편소설 등의 제목은 「 」로 표시했다.
말줄임표 '‥‥' '…' '……' 등은 모두 '……'로 통일시켰다.

5. 외래어 표기는 1986년 1월 7일 문교부 교시 '외래어 표기법'에 따라 바꾸었다(예 ①).
단 작품의 제목이나 중요한 어휘로 등장하는 경우에는 원본을 그대로 살렸다(예 ②).

　　　　　예) ① 쩌어날리스트→저널리스트
　　　　　　　② 조선의 심볼(현 외래어 표기법으로는 '심벌')

6. 과도하게 사용된 생략 부호나 이음 부호는 읽기에 편하도록 조절하였다.

7. 책임 편집자가 부가적인 설명이나 단어 풀이가 필요하다고 판단한 경우에는 본문에
중괄호(〔 〕)로 표시해놓거나 책의 뒤쪽에 미주로 설명을 붙여놓았다.

# 인간동의 人間動議

황혼이 될 때까지 소녀들은 마을 어귀에 서 있었다——(장익)


장익(張翊)이 그동안 교편을 잡고 있던 G여대에 사표를 냈을 때는, 문아당(文雅堂)이라는 출판사에서 새로운 일자리가 그를 기다리고 있었으리만치 이미 모든 주선은 끝나 있었다. 늘 무엇을 생각하고 있는 듯한 깊숙한 두 눈 위에 길고 느긋한 눈썹하며, 희고 높은 이마하며, 누가 보던지 일견에 학문이나 예술 하는 사람이란 인상쯤 가지게 되어 있었으나, 그의 성격에는 또 그러한 예술과는 동뜬 현실에 대한 관심과 타산도 자못 질기고 치밀한 바 없지 않아——이것은 아마 어느 관상쟁이 말마따나 그의 둥그런 관골과 두툼한 입술의 소치인지도 몰랐다——남들이 항용 그를 가리켜 문인이 돼서 살림을 모른다 하고 걱정해줄 때마다, 자기의 그렇기만도 하지 않은 일면을 모르는 그들이 도리어 너무 단순한 것만 같아서 맘속으로 은근히 미안한 생각이 들기도 했다.

'흥, 내가 얼마나 상식적이고 타산적이라고 그래.'

그는 혼자 속으로 이렇게 코웃음을 치고 싶으리만치 공연히 든든한 생각이 들었다. 그러기에 해방 후 이렇게도 격동하는 현실 속에서 신문사로 학교로 또 출판사로 계속해서 꾸준히 직장을 가져왔으며 부지런히 원고도 써온 것이 아닌가. 가난과 타산은 별도다. 아무리 현실에 신경을 쓰고 타산에 무심찮다 하더라도 월급과 원고료로써 역시 가난하다면 할 수 없는 노릇이다.

"수입은 학교가 낫지 않을까?"

하고, 그가 이번에 출판사로 전직한다는 말을 들은 그의 아내가 이렇게 물었을 때에도

"월급보다도 원고료 수입이 나을 테니까."

하고, 전직의 이유가 전혀 수입 문제에 있는 것처럼 대답함으로써, 밖에 떠도는 말썽에 대하여 슬그머니 연막을 쳐두는 셈이었고, 그러니까 그는 매사에 이와 같이 치밀하고 단순치 않다는 자부심을 또 한번 깨닫게 되는 것이기도 하였다.

이임(離任) 인사를 하려고 3학년 B클래스에 들어온 그는 교단에 올라선 채 한참 동안 묵묵히 고개만 숙이고 있었다. 마지막이라 생각하니 그냥 훌쩍 지나가는 인사말이나 하고 내려와버리기가 싫었던 것이다.

'무슨 말부터 먼저 할까?'

흥분이 치밀수록 그의 머릿속은 자꾸 더 몽롱해져갈 뿐이었다.

"나 이번에 건강이 좋지 못해서 학교를 쉬게 됐습니다."

그의 입에서는 결론인지 허둔지도 알 수 없는 이런 말이 불쑥 나와버렸다. 그와 동시 그의 시선은 바른손 쪽으로 한 번 번쩍했다. 앞에서 넷째 책상에 자리를 잡고 앉은 이지애(李知愛)는 턱 끝이 책상 위에 닿으리만치 허리를 꼬부린 채 그 선연한 두 눈으로 익의 얼굴을 가만히 쳐다보고만 있었다. 순간 그의 등골엔 난데없는 슬픔이 구불텅하며 지나갔다.

"나는 본래 교육자이기보다 문인이었으니까 집에서 글이나 쓰고 있었어야 했을 터인데 글 쓰는 것만으로는 생활이 안 돼서 할 수 없이 학교로 나오게 되었던 것입니다. 말하자면 동기부터가 썩 좋지는 못했던 거지요. 따라서 내가 교편을 잡아온 그동안 한 사람의 교육자로서 볼 때 여러 가지 미급하고 부족한 점이 많았을 줄 생각합니다."

이까지 말하는 동안 그는 앞으로 이 말을 어떻게 끝맺을 것인가 하는 것도 생각하며 있었다. 여기서 그가 교육자로서의 자격이 부족했다는 의미만을 강조한다면 학생들의 오해를 사지 않을까 하는 생각도 들었다. 그는 지금까지 이 학교에서 가장 인기 있는 선생의 한 사람으로 모든 학생의 존경과 흠모를 아낌없이 받아온 터라 지금 학교를 떠나는 이 자리에서 새삼스레 '교육자로서의 자격 부족'만을 운운함은 무슨 곡절이 있다, 즉 글만 가르치는 것이 교육자가 아니라 모든 행동에 있어 사표(師表)가 되어야 한다, 그런데 그는 어떤가. 여기서 학생들은 지애와 그의 관계를 과장적으로 상상하여 그의 이임의 원인은 실상, 여기 있다고, 이렇게들 보게 된다면, 학생들에게 이렇게 보여져서는 물론 익도 익이

지만 지애에게 안 될 것 같았다. 그리고 처음에 입을 떼기도 '건강' 때문이라고 벌써 해두지 않았나.

"이와 같이 문인이 교육자를 겸한 데 무리가 있었던 모양입니다. 처음부터 그것이 무리라는 것은 알고 있었지만 아까도 말한 거와 같이 생활을 위하여 하는 수 없이 나왔던 것입니다. 지금 새삼스레 그 무리를 깨닫게 되어 학교를 쉰다는 것은 아니지만 지금은 내 건강이 그 무리를 더 밀고 나갈 수 없게 되었다는 것뿐입니다."

사흘째 되던 날 저녁때 익이 '향원(鄕園)'에 있으니 지애가 찾아왔다. 익이 지애를 데리고 두어 번 온 적이 있는, 익에게 있어서는 단골 다방이었다.

"어떻게 알고 왔어?"

"어저께도 그저께도 들렀어요…… 선생님 안 계셔서 그냥 돌아갔어요."

"어저껜 다른 데서 저녁을 먹었어."

"네에……"

하며, 지애는 약간 입을 벌린 채 익의 얼굴을 쳐다보았다. 이렇게 지애의 시선을 정면으로 받으면 익은 이내 이것은 꿈이다, 현실이 아니다, 하는 종류의 어떤 착각에 잠겨버리곤 하였다. 그만치 지애가 정면으로 그를 바라볼 때의 아름다움은, 그에게 있어 무슨 마약과도 같았다. 그 유달리 희고 깨끗한 얼굴에 빛나는 두 눈이 그랬다. 그 두 눈에 두렷이 물려 있는 큼직한 윤이 흐르는 새카만 동자가 그랬다.

꿈인지 현실인지를 이제 한번 분별하려는 듯이 익도 그 깊숙하게 빛나는 두 눈을 대담스레 부릅뜬 채 지애의 두 눈 속에 시선을 쏟았다.

한 십 초 동안 말이 없었다.

"어저께도 혼자서?"

"옥순이하고 둘이 왔어요…… 왜, 저 혼자 오면 안 돼요?"

"……"

익은 말없이 곁에 놓인 상록수 위에다 시선을 돌렸다. 지애도 더 그것을 추궁하려 하지는 않았다.

카운터 쪽의 전축(電蓄)에서는 고요한 실내악이 흘러나왔다.

익이 이쪽으로 다시 고개를 돌렸을 때 지애는 건너편 벽에 붙은 베토벤의 '데스마스크'에 시선을 보내고 있었다.

'오늘은 아무래도 끝장을 내야지.'

익은 일어났다.

두 사람만이 조용히 이야기할 수 있는 중국집을 찾아갔다. 익의 생각으로는 지애도 이미 약혼을 정한 터요 자기도 이제 학교를 그만두었으니 이것으로 두 사람이 따로 만나는 일은 어떻게 끝장을 내었으면 했던 것이다.

"혼자 오면 안 되느냐고 아까 지애가 물었지?"

"네, 물었어요."

"지금 내가 그걸 대답하려고 그래."

"……"

지애는 말없이, 그 두 눈 한가운데 두렷이 물려 있는 윤이 흐르는 새카만 동자로 익의 얼굴을 쳐다보았다.

"지애는 언젠가 이렇게 말했어…… 우리는 언젠가 한번은 헤어지고 만다고, 그리고 또 우리는 서로 알지 못한 것만 같지 못하다고……"

익의 음성에는 지애에 대한 원망이 품어져 있었다.

"그래서, 헤어지자 이 말씀이세요?"

지애의 음성에도 약간 성이 나 있었다.

"그럼 지애가 '언젠가 한번'이라고 한 그 '언젠가'는 어떤 기횔까?"

"선생님이 싫으실 때죠. 선생님이 바빠서 저 같은 거 만나서 말씀해주실 시간이 없으실 때죠."

"그런 거는 얼마나 계속할 수 있을까?"

"어떤 거요? 제가 선생님 찾아뵙는 거 말씀예요?"

"……"

익은 고개질로 그렇다는 뜻을 표했다. 그러자 지애는 그 희고 가직한² 이를 보이며 한 번 생긋 웃고 나서

"저 죽을 때까지."

했다.

익은 냉정한 태도를 지으며,

"결혼해도?"

하고 추궁했다.

"저 결혼 안 해요."

지애는 그렇게 묻기를 기다리고 있었던 듯한 또렷한 목소리로

이내 이렇게 대답했다. 여기서 익은 갑자기 행복의 홍수 속에 혼곤히 잠기는 듯했다. 다음 순간 그는 정신을 가다듬어

"왜?"

하고, 또다시 추궁했다.

"그 이유는 절로 아시게 될 거예요."

"일시적 기분 아닌가?"

"두고 보시면 알죠."

"언제부터 그런 생각을 했어?"

"어저께…… 아니 오늘부터요."

여기서 익은 또 무엇을 한참 동안 생각하고 나서,

"약혼한 건 어떡하고?"

"말했어요, 그만두기로."

"그건 또 언제?"

익은 또 한번 놀란 얼굴로 이렇게 물었다.

"그건, 어저께."

'왜?'

하고, 익은 더 추궁해서 물으려다, 그것은 으레 자기(익) 때문이리라는 예상이 머릿속에 있어, 그것을 머릿속에 넣은 채 묻는다는 것은 떳떳하지 않다는 생각이 들어 말머리를 돌렸다.

"상대자는 뭐라고 그래?"

"좋도록 하라고, 그랬어요."

"뭐, 법률하는 사람이랬지?"

"네, 금년에 첨으로 변호사 개업했어요."

중국인이 우동을 날라왔다.

익은 젓가락을 집어 우동 그릇에 가져가며,

"그럼 결혼도 안 하고 평생 공부만 하려나?"

하고 물었다.

"평생 공부만 해서 뭐 박사님 되게요?"

"그럼?"

"제가 어쩌면 좋을는지 모르겠어요…… 제일 좋은 건…… 죽

어버렸으면 좋겠어요."

"흥!"

어쩐지 익은 코웃음이 쳐졌다. 우동도 반쯤 먹다 말고 젓가락을

놓아버렸다. 그는 지금 그가 어째서 코웃음을 치게 되었는지 그

것을 생각했다. 우선은, 지애의 죽었으면 좋겠다는 말에 대한 부

정이리라, 그리고 자기 자신에 대한 부정도 품어져 있었으리라

했다.

여기서 익은 자기가 선생이란 생각이 머리에 떠올랐다.

"살아서 어떠한 비극과 고초를 겪는다고 하더라도 죽고 없기보

다는 나아."

"싫어요, 전 죽는 게 제일 좋겠어요."

"……"

익은 입을 다물어버렸다. 처음 어떻게 끝장을 내었으면 생각해

봤을 때도 익은 자기 자신에게 꼭 자신이 있었던 것은 아니지만

이세 이렇게 말하는 지애를 앞에 두고는 차라리 이대로 심장이

찢어질지언정…… 하는 생각이 들 뿐이었다.

"자, 이제 일어나."

익이 지애를 건너다보며 이렇게 말했을 때는 그의 마음속에 평소부터 운무(雲霧)같이 끼어 있던 상념(想念) 하나가 의지(意志)를 향해 굳어지고 있었다.

집에 돌아온 익이 오버를 벗으려는데, 뒤에 선 그의 아내가 그것을 벗겨주려고 그러는지 오버 소매에 손을 대었다. 그러나 익은 벗은 오버를 아내에게 주지 않고 이불 위에 던져버렸다. 자기 자신 무언지 너무 야박하다는 생각도 들었으나, 그러면서 그의 아내가 친절을 베풀면 베풀수록 비위가 틀어지는 것이 사실이기도 했다.

아침으로 계집아이——부엌 일을 하는——를 시켜서나 혹은 그의 아내가 손수 그의 구두를 닦아주는 것까지도 늘 달갑지 않았다. 더구나 오늘밤과 같이 오버를 벗겨주려 하거나 곁에 서서 그것을 받아 걸려거나 할 때엔 바로 그 즉석에서 저쪽의 친절을 받느냐 물리치느냐 행동으로써 나타내어야 하게 되는 것이 못 견디게 그의 신경을 괴롭히는 것이었다. 상대자의 호의와 친절을 고맙게나 덤덤이가 아니라 무심히라도 받을 수 없는 경우 여기서 주저하거나 고려할 여지도 없이 그의 면전에서 그것을 거절함으로써, 그가 자신의 잔인하고 야박한 성미를 가차 없이 나타내지 아니치 못하게 되는——그러한 그의 아내의 호의와 친절이기 때문에 그에게는 더욱 견딜 수 없는 것이었다. 그것도 결혼 이래의 습관이라거나 근년에 와서라도 매일 하는 행습이라면 또 모르지만 이것은 으레 아침에 싸우고 나갔다 돌아오는 날 밤이라든지 전날 밤에 월급이나 원고료 봉투를 내놓은 이튿날, 혹은 그 며칠 동안이라든지 하는 그러한 빤한 까닭이 있는 데서 우러나는 친절과 호의라는 것이 한층 그의 신경을 날카롭게 만드는 것이기도 하였다.

그렇다고 해서 익은 그의 아내가 다른 여자들에 비겨서 특별히 '현금주의'라든지 속이 빤히 들여다뵈는 가면적인 친절을 베푼다든지 그러는 사람이라고 생각하는 것도 아니었다. 본래 마음이 올바르고 허영심이 없는 경선(景善)——그의 아내의 이름——은 그동안의 너무나 참혹한 살림살이에 찌들 대로 찌들어 항용 처녀들이 꿈꾸는 '재미'라든지 '이상(理想)'이라든지 하는 것을 생각해볼 여지는 없었고, 따라서 시체³ 여성들에게 있어 마땅히 한 개 의무라고 생각되는 일상생활에 있어 남편에 대한 여러 가지 서비스라고 하는 것에 대해서도, 시체 남성들에게 있어 한 개 의무라고 생각되는 일상생활에 있어 그 아내에 대한 여러 가지 서비스에 익이 무심한 것만치나 무심할 수밖에 없었지만, 그러나 여성에게 있어서는 그것(친절 따위)이 좀더 본능적인 점도 있는 것이어서 익으로부터 월급이나 원고료 봉투를 받든지 아침에 싸움을 하고 나간 날 밤이든지쯤 되면 이러한 평소에 잠들어 있던 본능적인 친절성이 눈을 떠서 시체 여성에게 있어 마땅히 한 개 의무라고 생각되는, 남편에 대한 몇 가지 서비스에 손을 대어보는——그 정도의 삶에 대한 성의와 긴장이 소생되는 것이라고쯤 볼 수 있는 것이기도 하였다. 그는 익과 결혼한 지 팔 년이나 되는 동안 제법 나들이옷을 떨쳐입고 놀이란 것을 가본 적이 없었으리만치

언제나 어린것을 거두고 빨래를 하고 양말 뒤꿈치를 깁고 하기에
여념이 없었다.

본래 소학 교원으로 있었던 경선은 나중 익이 수리조합 서기라
는 직업을 가지게 되었을 때까지는 결혼을 한 뒤에도 두 해 동안
이나 그들의 생계를 위하여 교원 노릇을 그대로 계속하지 않으면
안 되었던 것으로, 익은 그의 아내가 임신 팔 개월이나 된 큰 배
를 안고 여름철에 땀을 쪼르르 흘리며, 그즈음, 학교에서 집으로
왔다 갔다 하던 것을 지금도 잘 기억하고 있는 것이다. 그뒤 익이
수리조합 서기가 되었어도 얼마 되지 않는 월급으로 어린것을 데
리고 살아가느라고 매일같이 누더기를 깁고 문구멍을 바르고 방
바닥을 때우고 하면서, 그러나, 그 고생에 못 이겨 남편과 헤어질
생각을 해보지는 않았다. 고생할 마련이거니 했다.

그렇다고 해서 경선은 그러한 남편을 가지게 된 것이 자랑이나
다행이 된다거나 후회가 되지 않는다거나 그런 것도 아니었다.
다른 남자와 결혼을 했더라면 이보다는 아무래도 나았을 게라는,
자기의 복분[4]은 분명히 이보다는 더 타고났으리라는 그러한 생각
이 노상 머릿속에 들어 있지 않는 것도 아니었다. 그러나 그들이
결혼 직후부터 시작한 싸움질의 원인은 경선의 그러한 '후회'라든
지 불행감에서 시작된 것도 아니었다. 연애라고 할지 연분이라고
할지 경선의 오빠 정수(政洙)가 마침 서울 갔던 길에 그즈음 하숙
에서 시(詩)니 수필이니 하는 것을 써서 하숙비를 벌기에 콧물을
짜고 있는 그의 옛날 중학 동창인 장익을 만나 함께 대전——정수
네 고향——으로 내려와서 처음 경선에게 인사를 시켰을 때 경선

은 그때 이미 소학 교원 노릇을 하고 있었음에도 불구하고 첨으로 남성을 대한 것 같은 가슴의 두근거림을 어찌할 수 없었으며 익 역시 경선이가 그 오빠인 정수와는 딴판으로 얼굴이며 어깨며 엉덩이께며 전적으로 너무 팡파짐하고 따분하다는 인상이긴 하였으나 며칠 두고 사귀는 동안 그 올바르고 착실한 마음씨에 은근한 호의와 또 그 이상의 것을 가졌던 터라 그뒤 정수의 알선으로 결혼한 그들이, 익도 익이지만 특히 경선이가 결혼한 직후부터 무슨 뼈아픈 후회와 불행만을 느꼈다거나 그러한 형편은 아니었다.

한마디로 성격이라고밖에는 말할 수 없는, 그들의 싸움질의 원인은 지극히 평범하고 하잘것없는 작은 일에서 시작되었다. 결혼한 지 달포가 되어서, 봄날 석양인데, 익이 그의 아내더러 함께 산보를 나가자고 한 것이, 경선으로 볼 때는 그곳이 자기의 고장이요 동시에 근무지이기도 하여 신혼한 남편과 산보를 다닌다는 것이 어쩐지 거북하고 남부끄럽게 생각이 들어 거절을 하자, 익은 속으로 내가 군청 관리나 학교 훈도⁵쯤만 되어도 그 부끄러움의 성질은 다를 테지, 네가 언젠가 여기 사람들은 면서기만 되어도 떠받치고 야단이라고 하던 말뜻도 나는 잊은 것이 아니다, 하고 고깝게 생각했던 것이다. 그럼 좋다, 너와는 평생 산보를 하지 않을 것이다——이것도 속으로만 혼자 결의하고 겉으로는 경선의 거절이 대수롭지도 않은 듯이

"해가 퍽 길군."

하면서 자리에 슬그머니 누워버렸던 것이다.

당시에 한글로 시를 좀 쓴다는 것이 남에게 사람 구실이 된다고 인정될 리 없었지마는 시를 쓰는 쪽에서는 그와 반비례로 자존심이 도고[*]했고 또 젊은 객기도 있어, 익은 군청 관리나 학교 훈도쯤이 문제가 아니라 바로 군수나 교장도 그의 안중에는 있을 턱 없었다. 경선은 이러한 그의 남편이 못마땅했다. 같은 값이면 익이 군 서기나 훈도쯤 되었으면 오죽 좋으랴 하는 생각은 절실하였고, 그러지 않아도 자기 남편이야 어디까지나 자기 남편이요 또 자기가 좋아할 수 있는 남편이기도 하지만 그렇지만…… 자격이 없거든 허세라도 부리지 말아주었으면…… 자기는 그만도 못하면서 왜 남의 말을 저렇게 할까 하는 생각이었다.

　아침을 먹다가, 그것도 지나가는 말이었지만, 경선이가 자기 학교 교장 이야기를 하는데 익이 있다

　"그까짓 자식이 뭘 안다고?"

하자 이날따라 경선도 못내 아니꼬운 생각이 들었던지

　"당신은 무에 그리 잘나서 말끝마다 그까짓 자식들이라고만 해요?"

하는 목소리에 가시가 들어 있었다.

　"뭐?"

　익의 얼굴빛이 질렸다.

　"그러면 당신 인격만 얕뵈어요."

　경선은 비웃는 듯한 동그만 얼굴로 익을 말끄러미 쳐다보는 것이다. 익은 숟가락을 놓고 일어났다.

　싸움은 그날 밤에 다시 계속되었다.

"상전 욕을 해서 미안하오."

"……"

"절이나 몇 번 더 하고 오지."

"되잖은 소리 말아요."

"왜놈의 종질하는 게 그렇게 기센가?"

"당신은 종질할 자격이나 있소?"

"없지."

"없는 게 그렇게 기센가?"

"당연하지, 흥 자기는 소사'질 할 자격도 없으면서……"

"그래."

익은 입을 닫쳐버렸다. 그러나 이러한 싸움은 해와 달이 갈수록 자꾸 더 잦고 심각해졌다. 그리고 싸움에 있어서는 경선이 한 걸음도 익에게 양보하려 하지는 않았다. 익의 인격이나 자격을 멸시하는 데서보다는 경선 자신이 어딘지 한번 건드리기만 해놓으면 뾰로통하게 부풀어오르게 마련인 성미 탓인 듯했다.

그것이 경선의 성미 탓인 줄만 알았어도 익은 그를 그렇게 괘씸하게 얄밉게 생각하지 않았을 것이었다. 분은 하루도 풀리는 날이 없이 쌓인 위에 자꾸 더 쌓여갈 뿐이었다. 저 어깨와 엉덩이가 팡파짐한 꼭 남 같기만 한 여자가 어떻게 자기의 아내일 수 있을까, 익에게는 그것이 곧장 거짓말 같기만 했다.

그러는 중에서도 그들은 아들을 낳고 딸을 낳고 또 아들을 낳았다. 그러면서 그들은 싸움 중독이나 들린 것처럼 아이들이 보는 앞에서라도 눈에 불길만 번쩍하면 당장에 욕질을 하고 손질을 하고 세간을 부수었다. 아이들이 어리둥절해서 앉아 있는 앞에서 욕질을 하고 손질을 하고 세간을 부수면서, 그러는 중에서도, 또, 익은 이것은 전세의 무슨 잘못된 업보(業報)로 생기는 아귀(餓鬼) 수라장(修羅場)이지 사람 사는 것은 아니다 하는 이런 것을 느낀다. 그뿐 아니라 그렇게 괘씸하게 얄밉게 생각하고 욕질을 하고 손질을 하고 발질을 하고, 그러면서도, 그렇지만 이 여자는 마음씨가 올바르고 허영심이 적고 가난한 살림에 무진 고생을 하며 남편과 아이들을 위하여 날마다 헌 옷 꾸러미를 들추고 양말 뒤꿈치를 깁고 문구멍을 바르고 방바닥을 때우는 사람이다 하는 것을 잊는 것도 아니다.

해방이 되자 그들의 싸움질은 뚝 그치고 말았다. 익은 그동안의 묵은 원고를 정리하기에 여념이 없었다.

서울로 이사를 온 뒤부터 더구나 경선은 익에 대한 인식을 달리 하는 모양이었고 익은 익대로 매일같이 친구를 만나고 강연에 나가고 모임을 열고 하느라고 집에 붙어 있을 날이 없었다. 그의 아내가 집을 무슨 숙박소로 아느냐고 항의를 해도 익은 그것을 상대하지도 않았다. 아내가 넋두리를 하거나 욕질을 걸어도 성을 내지 않았다. 못 들은 척하고 귀에 담아 듣지도 않는 것이 무어 익이 점잖아서가 아니라 그의 아내를 남의 집 식모나 보듯 무시하는 데서 오는 무관심 같았다.

험악한 얼굴로 저녁상을 들고 들어온 아내는,

"배 맞는 여자 있으면 얻어서 나가라는데 누가 붙잡나 왜 공연한 사람을 못살게 굴어?"

또 이렇게 시작했다.

해방 이래 이미 귀에 못이 박이도록 들어오는 아내의 넋두리다. 이것은 물론 익이 지애를 알게 되면서부터 시작한 것은 아니었다. 그전에는 익의 막연한 감정——아내에 대한 무심과 아울러 일어나는 다른 이성에 대한 동경——에 대한 아내의 반발적 감정에서 일어나는 것이었을 뿐, 익이 정말 어디 마음 두는 데가 있거니 하고 하는 것은 아니었으므로 이쪽에서도 건성으로, 어쩌면 그럴는지도 모른다고 농담 삼아 받아넘기기도 하였으나 그뒤 그의 감정이 지애라는 구체적인 대상을 향하여 엉기게 되자 전과 같이 가볍게 농담이 되는 것도 아니었다.

"……"

익은 겨우 두어 숟가락 밥을 뜬 채 잠자코 상을 내밀었다. 아내의 분은 풀리지 않는 모양이었다.

"요즘 학생은 아이 딸린 남자하고라도 정만 들면 산다면서?"

"……"

"아이 셋 맡을 사람만 있거든 데리고 살지."

"……"

익은 잠자코 있었다. 그의 아내가 이렇게 자꾸 '아이 셋'을 관련시켜 들먹이는 것은 그의 말뜻과는 반대로 익의 관심을 아이들에게 기울도록 하려는, 그에 대한 일종의 경고(警告)와 계책(計策)에 지나지 않았다.

"성우(成祐)도 인제 곧 젖 뗄 때가 됐으니까 아무 걱정 없고……"

"……"

익은 그대로 자리에 누워버린다. 눈을 감고 잠이 든 척하고 있는 익의 얼굴을 물끄러미 바라보고 있던 아내는 가벼운 한숨을 짓고 나서 벽에 걸린 묵주를 떼어 쥐며 신공[8]을 들이기 시작한다. (그의 아내가 천주교를 믿기 시작한 것은 결혼 이전부터다. 그래서 익도 결혼할 때 결혼하는 한 개 수속이거니 하고 '영세'를 받고 '혼배'를 했다.)

"성총을 가득히 입으신 마리아여 네게 하례하나이다. 주 너와 한가지로 계시니 여인 중에 너 총복(寵福)을 받으시며 네 복중에 나신 예수 또한 총복을 받아 계시도소이다…… 오 주 전능하신 천주와 평생 동정이신 성 마리아와 성 미가엘 대천신과 성 요한 세자와 종도[9] 성 베드로 성 바오로와…… 나 천지를 조성하신 전능천주 성부를 믿으며 그 외아들 우리 주 예수 그리스도를 믿으며……"

아내가 '성모경'과 '천주경' '종도신경' 들을 자꾸자꾸 외며 무수히 묵주를 세고 있다는 것은 익이 보지 않아도 다 알고 있다. 그러나 익은 그런 것은 일절 못 듣는 척하고 벽을 향해 누운 채 이따금씩 끄응 끙 신음 소리를 낼 뿐이다. 아내는 아내대로 그렇게 일심으로 '성모경' '천주경' '종도신경' 들을 외며 묵주를 돌리며 성호를 놓으며, 하면서도 한쪽 귀로는 역시 익의 그 끄응 끙하는 신음 소리를 듣고 있는 것이며 그것이 아내에게는 또 그가 외는 '성모경'이나 '고죄경'에 지지 않는 무서운 주문(呪文)이 되어 그의 신경을 여지없이 무찌르고 있는 것이다. 그리하여 아내는 그러한 익의 '주문'을 말살이라도 하려는 듯이 점점 더 빨리 점점 더 열중하여 '성모경'을 외고 '묵주'를 세고 '성호'를 놓고…… 하는 것인데 아무래도 익의 신음 소리가 그치지 않으면 그는 몇 번이던지 '예수 마리아!'를 되풀이해 부르고 눈을 감고 묵념을 들이고 또다시 성호를 놓고…… 그러다가는 지쳐서 묵주도 놓아버린 채 그 자리에 깜박 잠이 들어버리는 수도 종종 있으나…… 익은 그러한 아내를 위하여 '주문'을 삼가는 동정을 갖느니보다 스스로 받는 잔인하고 가혹한 형벌에 자기 자신을 맡겨버림으로써 차라리 잠자리의 휴식을 취하는 셈이었다.

깜박 졸던 아내는 또다시 눈을 뜨며 "오 주 전능하신……" 하고 '고죄경'을 외며 '묵주'를 돌리며 '성호'를 놓고 하더니 이번에는 '신공'이 끝났는지 '묵주'를 도로 벽에 걸고 공과책을 벽장 속에 놓고는, 겉에 둘렀던 치마를 훌훌 벗는다. 치마를 벗으면 그 속에 그의 아내가 '즈로스'[10] 겸 잠방이같이 입는 낡고 때 묻은 내복이 나온다. 이것은 지난해 가을 그의 아내가 남대문시장인지 하는 데서 일금 삼천 원을 들여 광목 여섯 마를 떠다가 아이들의 옷을 마련하고 남은 것으로 지어 입은 뒤 또 한 벌의 '즈로스'——이 것은 메리야스로 된 것이라 외출이나 할 때 속에 입을 양으로 되도록이면 광목 잠방이를 입기로 하고 이쪽은 아껴두는 것이다——와 바꿔가며 입어온 그의 유일한 자리옷이라 익이 새삼스레 몸을 돌려 보지 않더라도 눈에 선하다.

"끄응……"

익의 가슴에서는 또 신음 소리가 났다.

"이봐요."

그의 아내는 익의 곁에 누워 자는 큰아이를 한쪽으로 밀치고 그 자리에 들어앉으며 그의 어깨를 흔든다.

"……"

익은 모르는 척한다.

"이 좀 봐요."

그의 아내는 잔뜩 상냥한 목소리를 지어 부르며 또 그의 어깨를 흔든다.

"……"

익은 역시 그대로 있다.

"흥 자는 척하고 그렇게 능구렁이같이 누워 있어도 내가 다 모르는 줄 아나? 더럽고 아니꼽게……"

일껏 맘먹었던 그 '상냥'이 순간에 사라지고 아내의 심정은 단번에 획 뒤집어지는 모양이다.

"좋은 여자 있거든 정해서 살라는데 왜 이러고 누워서 사람의 간을 뒤집는 거야 응?"

아내는 익의 한쪽 어깨를 잡아 젖힌다.

"끄응……"

익은 또 이렇게 '주문'을 외며 본래대로 돌아누워버린다.

"안 된다 안 돼! 결판을 지어야 되지 이대로 못 잔다! 일어나요, 일어나! 흥, 어떤 썩은 년이 일 년 열두 달 삼백예순 날 이 꼴만 보고 살 줄 아나?"

이렇게 넋두리를 하며 획 잡아 젖혀버린다.

"왜 이래?"

익이 꽥 소리를 지른다.

"안 된다 안 돼! 오늘 밤엔 기어이 결판을 짓고 말지 나는 두 번다시 그 꼴 못 보겠다!"

아내는 익의 뒷덜미를 잡아 일으킨다.

"가만있어!"

"가만있는 게 뭐야? 어느 년은 속이 없어서 그 한숨 쉬는 꼴을 가만 듣고 있어? 일어나요! 자 좋은 여자 있거든 정해서 살라는데 왜 그래? 자 일어나서 결판을 지읍시다! 빨리! 나는 한시도 그꼴 못 보겠어!"

"어떻게 하면 결판을 짓나?"

익의 나직한 목소리다.

"그거야 당신 맘이지."

익의 엄숙한 표정에 아내도 갑자기 풀이 꺾이는 모양이다.

"그럼 내 말할게."

익의 목소리는 돌연 흥분으로 떨리기 시작한다.

"내가 당신한테 정을 못 느낀다는 건 당신도 알 거야. 내 가슴은 완전히 싸늘한 얼음 덩이나 식은 재같이 되어 있어. 그리고 이것은 벌써 오래된 일이야. 우리가 결혼한 지 올해 여덟 해쨌가? 올해 내가 서른셋이니 꼭 그렇게 되는군. 그런데 우리는 결혼하자마자 곧 싸우기 시작했어. 알지? 그 싸움이 어떠했나 하는 건."

"지금부터는 조심해서 싸움하지 않으면 되잖아?"

아내는 미안한 듯한 음성으로, 어느덧 이렇게 풀이 죽어서 말했다.

"우리 싸움은 성질이 달랐어. 당신이 나더러 국민학교 소사 노릇이나 하라고 무슨 자격이 있느냐고 이런 말을 했을 때 내 인격 전부는 당신한테서 완전히 떠나고 말았어. 맘으로 그렇게 생각을 한 것이 아니라 내 핏줄에, 혈구(血球)에 그렇게 맺히고 말았어. 당신이 내가 써내는 시나 평론 같은 것을 한번 거들떠보려고 하지 않는 것을 나는 탄하지 않아. 그것은 처음부터 각오한 거야. 나는 처음부터 당신에게 내 하는 일을 이해해주고 도와주고 하는 것까지는 바라지도 않았어. 그러나 내 하는 일이 그 시절에 맞지 않고 돈이 되지 않는다고 해서 내 인격까지를 도외시하는 데서 아마 우리는 그렇게 싸울 때마다 극도로 미워하고 저주하게 되었던가 봐. 지금 생각하면 물론 내 잘못도 많아. 그뒤 당신이 나와 아이들을 위하여 꾸준히 고생해온 것을 보면, 그때 나에게 소사 노릇이나 하라고 한 것도 우리는 남이 아니라고, 자기 자신이라고 생각하고 말한 걸 거야. 그걸 모르는 건 아니지만 이제 와서는 내 가슴이 완전히 얼어붙고 말았어. 영원히 당신을 향해서는 풀리지 않을 거야."

익의 이 말은 물론 전부가 거짓말은 아니었다. 그러나 그것이 거짓말은 아니라고 하더라도 지금 그가 경선에게서 떠나고 싶어 하는 원인이 또는 그 동기가 과연 여기 있을까 하는 것은 자기 자신도 믿어지지 않았다. 자기 자신도 완전히 설명할 수 없는 자기의 야박한 마음을 이러한 구실에 붙여서밖에는 말할 수가 없었던 것이다.

"그렇지만 정이라는 것도 노력하면 되지 정이 없으니 인제는 그만이라고만 생각하면 점점 더 멀어지지 않아?"

"그렇지 않아……"

익은 고개를 돌렸다.

"노력해도 안 돼. 당신은 그것이 해방된 뒤부터인 줄 알지만 실상은 결혼한 지 얼마 되지 않아서부터야. 그때 내가 '주의 인물'로 경찰 명부에 이름이 올라 있었고 언제 무슨 박해를 당하게 될는지 모른다는 생각에서 나는 어쩌든지 목숨이나 부지해나갔으면 했을 뿐이지 가정 문제에 대수술을 생각할 만한 정신적 현실적 여유가 없었어. 그러던 것이 해방이 돼서 새 세상이 열리니까 그동안 봉쇄되어 있던 감정이 밖으로 쏟아진 거뿐이야."

"그럼 어쩔 참이요? 혼배까지 해놓고 당신은 여기서 헤어져야만 되겠다고 생각해요?"

아내의 목소리는 떨렸다. 이 물음에 대한 익의 대답은 이미 그의 가슴속에 준비되어 있었다. 다만 그것을 기술적으로 어떻게 나타내나 하는 것만 문제다. 익은 지극히 침착하고 부드러운 음성으로 말을 시작했다.

"당신이 얼마나 진실하고 똑똑하다는 건 내가 잘 알아요. 당신이 상당한 인격자라는 것도 잘 알아요."

"그런 말은 하지 말고……"

경선은 익의 말이 거짓말인 줄 생각하는 모양이었다.

"내 말은 정말이야, 당신이 인격자라는 건. 나 같은 사람을 만나지 않았더라면 당신은 반드시 행복되게 살 수 있었을 거야. 그러나 당신은 나하고 사는 동안에 가난한 살림을 하고 아이를 낳고 기르고 하느라고 많은 고생을 했어. 그리고 현재 아이들이 이렇게 셋이나 누워 있어. 이것이 문제야. 나는 지금 당신과 꼭 헤어지겠다는 결심을 하고 있는 것은 아니야. 물론 구체적인 다른 상대자가 있는 것도 아니야. 그렇지만 헤어질 수 있으면 헤어지는 것이 우리 두 사람이 다 구원받는 길이 아닐까. 현재의 나의 이 얼음 같은 가슴으로는 당신과 같이 산다는 것이 너무도 아득해."

익은 어느 정도 흥분한 김에 이렇게 끝까지 다 말해버렸다.

"그럼 아이들은 어떡하고?"

아내의 목소리는 역시 떨렸다.

"당신이 맡든지 내가 맡든지 그건 당신 맘대로 하고."

"……"

아내는 더 묻지 않았다.

익도 물론 이런 말이 어디까지가 정말이고 어디까지가 거짓말인지 자기 자신도 알 수 없었다. 그러나, 현재, 그의 아내가 싫다는 것, 그러나 버려야 할 객관적 이유는 거의 없다는 것, 이것만은 의심할 여지가 없었다.

아내는 한참 동안 무엇을 생각하고 나더니 울음 섞인 목소리로

"그럼 지금이라도 내가 조심해서 무엇이든지 당신 시키는 대로 하고 아이들이나 기르고 있으면 가라고 하지는 않겠소?"

했다.

익은 무어라고 대답을 할 수가 없었다. 어떻게 하던지 헤어져

주었으면 하는 생각은 가슴속에 있었지만 이렇게까지 나오는 데
야 차마 안 된다고 할 수가 없었다. 그리고 단결에 그렇게 야박하
게 굴 수도 없고 해서

"글쎄 나도 지금 꼭 그렇게 결심을 하고 있다는 건 아니지
만……"

하고 어름한 대답을 해두었다.

아내는 훌쩍훌쩍 울고 있었다.


아내와는 이혼을 하리라, 지애와는 결혼을 하리라, 이렇게 결심
을 한 뒤부터는 익도 차츰 새로운 용기와 희망이 솟곤 하였다. 이
것이 옳은 일인지 그른 일인지 하는 것을 생각하는 것은 그다음
문제였다. 이혼에 따르는 구체적인 난관, 아이들을 어떻게 하며
아내의 양해를 어떻게 얻으며 그리고 자기를 따라 팔 년 동안이
나 굶주리며 헐벗으며 피와 기름을 다 말린 저 불쌍한 아내에 대
한 윤리적 부채는 어떻게 하나 하는 우울하고 암담한 문제에 부
닥쳐 다시금 절망의 구렁텅이에 빠질지언정—그렇게 구체적인
문제에까지 생각이 미치기 전에는—어쨌든, 어떤, 행동하고 도
달해야 할 목표가 정해졌다는 의식에서 한결 가각(苛刻)"이 덜어
진 듯한 느낌이 들었다.

지애는 매일같이 그를 찾아왔다. 그때마다 반드시 익에게 책을
빌린다든지 그것을 돌려준다든지 혹은 학교의 숙제가 있어 그것
을 의논하러 왔다든지 하는 따위 용건을 가져왔다. 익은 처음 그
렇게 번번이 '용건'을 내세우고 할 필요가 없다고 생각하였으나

저쪽에서 시치미 똑 떼고 하는 노릇이라 이쪽에서도 적당히 장단을 맞춰주지 않을 수 없었다. 그렇게 얼마간 지내는 동안에 처음 겸연쩍게 느꼈던 것도 절로 사라지고 지애처럼 그렇게 매일같이 익의 직장을 찾아오려면 그러한 방편이 역시 필요했다는 생각도 들었다.

지애가 오는 시간은 대개 다섯시 넘어 직원들이 퇴근한 뒤였다.

"선생님 왜 약주 안 잡수세요?"

하루는 다섯시 반도 더 지나, 익이 혼자 의자에 앉아 있으려니까 지애가 찾아와서 이렇게 물었다. 밖에는 눈보라가 친다면서 몹시 고달픈 얼굴이었다.

"왜?"

"선생님처럼 약주도 담배도 안 하시면 너무 쓸쓸하시잖아요?"

"지애는?"

"네?"

지애는 깜짝 놀란 듯이 되물었다.

"아니 약주를 왜 안 하느냐고 물은 게 아니야."

"네에. 쓸쓸하잖느냐고요?"

"응."

"선생님이 더하실 것 같아요."

"나도 그런 생각이 들어, 웬 까닭인지는 모르겠는데, 지애보다도 확실히 내가 더 고단해."

그러고 나서 익은 그것을 부정하는 뜻인지, 모르겠다는 뜻인지, 고개를 설레설레 내저었다.

"전 알아요."

지애가 또렷한 목소리로 말했다.

그러자 익은 또 먼저와 같이 고개질을 설레설레했다. 지애가 익의 고단함을 알아준다는 데서 익은 지금 흥분하고 있는 것이었다.

'그 말을 할까?'

익은 맘속으로 자기 자신에게 이렇게 물었다. 지금과 같이 지애가 자기의 고단함을 잘 알아준다고 할 때 '그 말'을 해서 자기의 짐을 좀 덜어달라고 할까 하는 생각이었다. 그것은 언제나 그의 머릿속에 왕래하고 있는 저 '계획'에 대한 이야기를 지애에게 토로하고 싶은 감정이었다. 그리하여 지애의 동의와 위로와 격려를 받았으면 하는 감정이었다. 그렇게 된다면 자기는 얼마나 더 용기가 나고 자신이 굳어질 것인가 하는 생각이었다. 이것을 지애에게 토로했으면 하는 충동을 느낀 것은 지금까지 몇 번이나 되는지 몰랐다. 그러나 막상 지애와 단둘이 대면을 하게 되면 차마 입이 떼어지지 않았다. 지애의 성격으로는 그야말로 자기가 말라죽는 한이 있더라도 익으로 하여금 현재의 그의 아내를 쫓게 하고 아이 셋을 희생시키도록 하는 일에 동의하거나 약속하지는 않을 것 같았다. 흥 거기다 지애가 '위로'를 하고 '격려'를 해? 그는 자기 자신의 야비한 생각을 스스로 비웃고 싶었다. 이리하여 그는 지금까지 몇 번이나 목구멍까지 올라왔던 말을 언제나 발설하지 못하고 도로 삼켜오곤 하였던 것이다.

지애의 감정을 이해하고 그의 말과 행동을 믿는다면 거기서 더 다른 것을 의심할 여지는 없고, 요구할 필요도 없지 않은가——익은 지금 또 자기 자신의 야비한 감정에 대하여 이렇게 문책하는 것이었다. 자기는 다만 지애에게 결혼을 신청할 수 있는 자격을 준비하면 그만이 아닌가. 그 자격을 획득하게 될 때까지 그 말을 입 밖에 내비칠 수 없는 것이며, 가사[12] 지애의 동의와 약속을 얻었다손 치더라도 여기(자격)에 성공할 수 없는 한 결과에 있어서는 마찬가지 아닌가. 더 꼴 사나울 뿐이 아닌가. 익은 몸을 부르르 떨었다.

"들어가!"

익은 가방을 들고 일어났다.

거리에는 진눈깨비가 치고 있었다.

익의 사무소(직장)는 을지로 이가요 집은 영천 쪽, 그리고 지애는 청파동이었다. 그들은 익의 사무소에서 대한문 앞까지 진눈깨비를 맞으며 말 한마디 없이 걸어나왔다.

"오늘은 제가 선생님 모셔다드리겠어요."

"……"

익은 정신 나간 사람처럼 대한문 앞 전차 안전대 위에 선 채 전차 선로만 멍하니 들여다보고 있었다.

"오늘은 제가 선생님 모셔다드려요."

지애가 두번째 이렇게 말했을 때, 익은 그제야 고개를 들어 곁에 선 지애를 한 번 흘깃 보고 나서, 지애의 제안에 별 이의도 없이, 광화문 쪽을 향해 터벅터벅 걷기 시작하였다.

광화문통에서 서대문, 서대문에서 영천까지 그들은 진눈깨비에 마구 머리를 적시며 걸어갔다. 지애는 머플러로 머리를 쌌으나 머플러 속으로 스며들어오는 물을 씻기 위하여 이따금씩 손으로 이마와 귀밑을 스쳤다. 익의 더부룩한 머리 위에도 희끗희끗 눈이 얹히었다가는 이내 녹곤 하였다. 그는 이따금씩 손수건으로 이마와 목덜미를 씻었다.

익은 웬일인지 성난 사람처럼 말을 한마디도 하지 않았다. 지애가 서대문 로터리를 지나면서

"선생님 댁 영천 종점에서도 더 들어가세요?"

하고, 물었을 적에도 그저 고개만 끄떡할 뿐이었다.

그들이 영천 종점까지 왔을 때는 진눈깨비도 어느덧 함박눈으로 변해 있었다. 자동차의 헤드라이트가 비칠 때마다 검은 하늘에는 불빛 뻗치는 대로 새하얀 꽃잎이 반짝이고 있었다. 두 사람은 한 십 분간이나 퍼붓는 눈 속에 말 한마디 없이 우두커니 서 있었다. 지애는 이따금씩 몸을 돌이켜 익의 집이 있을 듯한 방향을 찾아보는지 건너편 동네를 바라보곤 하였다.

"여기서 전찰 타고 가."

"싫어요, 저 걸어가겠어요."

그러자 익도 또 거기서 도로 서대문 쪽을 향해 걷기 시작하였다.

"눈이 오시니 선생님 사시는 동네 퍽 정다워 보였어요."

지애는 서대문 가까이 와서 영천 쪽을 돌아다보며 이런 말을 했다.

"여기서 전찰 타고 가…… 서울역 가는 거."

익은 광화문통에 나오자 이렇게 말했다.

중앙청 쪽에서 텅 빈 차가 왔다.

"빨리 타!"

익은 머뭇거리는 지애더러 이렇게 소리를 질렀다.

지애는 탔다.

지애는 전차에 오르자 창문을 내다보며 또 절을 했다. 익은 눈도 깜박이지 않고 성난 얼굴로 그것을 바라만 보고 있었다.

전차가 떠난 뒤에도 익은 움직이지 않았다. 화석이나 된 것처럼 꼼짝 않고 그대로 가만히 서 있었다. 그러자 거기 기적이 일어났다. 한 오십 미터나 좋게 가던 전차가 정거를 하며 지애가 거기서 내리지 않는가. 지애가 곁에 올 때까지 익은 움직이지 않았다.

익은 지애더러 왜 도로 내렸느냐고 그런 것은 묻지도 않았다. 지애의 얼굴에는 웃음이 떠돌았다. 익의 찌푸렸던 얼굴도 확 펴진 듯했다. 그들은 또 걷기 시작하였다.

"시장하지?"

'대한문' 앞을 지나며 익이 물었다.

"시장한 줄 모르겠어요."

그들은 우동집으로 갔다. 우동을 시키고 나서 두 사람은 각기 머리와 오버 위의 눈을 털었다. 지애는 머리에 썼던 머플러를 벗어 물을 짰다. 그러면서 그는 또 웃어 보였다. 익도 웬일인지 즐거워 견딜 수 없었다.

"저 내릴 줄 알았어요?"

지애가 물었다. 알았을 리가 없었다. 다만 그 전차가 눈앞에서 완전히 사라질 때까지, 아니 그뒤까지라도 그의 발이 움직여질 때까지 그대로 서 있었던 것뿐이다.

그러나 거기는 대답이 없이,

"그런데 그렇게 내려주던가?"

하고, 딴전을 쳤다.

"거짓말했지요, 금방 탈 때 안전대 위에 지갑을 떨어뜨렸다고."

"그럼, 그렇게 되겠군."

두 사람은 또 기쁨에 빛나는 얼굴로 서로 바라보았다.

중국 사람이 우동을 날라왔다. 두 사람은 약속이나 한 듯이 아무도 젓가락에 손을 대려 하지도 않았다.

그들은 또 서로 바라보았다. 순간 익의 두 눈에 이상한 불이 켜지며 동시에 그의 입에서는 이런 말이 새어나왔다. (그 자신도 뜻하지 않았던 말이었다.)

"지애, 나 같은 사람이라도 독신자라면 결혼할 수 있겠나?"

"......"

지애의 입술 위에는 순간적으로나마 은은한 미소가 비쳤다. 그러고는 이내 사라져버렸다. 그는 고개를 수그린 채 대답을 하지 않았다.

이때 익은 이미 의식을 거의 잃고 있었다. 그만치 그의 가슴은 울렁거리고 그의 두 눈에는 불꽃이 활활 타오르고 있었다.

"나는 이혼하기로 했어!…… 나는 현재의 여자와는 지애가 아니라도 헤어질 마련이야!"

그는 비극 배우가 자기 자신을 향해 독백을 외듯 했다. 지애는 말없이, 그 큼직하고 윤이 흐르는 새카만 동자(瞳子)가 한가운데 두렷이 물린 아름다운 두 눈으로 익의 얼굴을 똑바로 바라보고 있었다.

"지애! 나하고 약속해주어! 나하고 결혼한다고…… 나는 그렇게 결심했어…… 나는 지금……"

이때 익은 이미 지애의 곁에 와 있었다. 보들보들 떨리는 손으로 지애의 양편 손목을…… 그다음엔 팔을 벌려 지애의 어깨를 쓸어안았다. 그러고는 그의 불을 끼얹는 듯한 뜨거운 입술이 지애의 볼을 스쳤다. 그러나 그 분명히 지애의 입술을 찾으려던 그의 입술은, 거기서 홀연 한 가닥의 가느다란 이성(理性)의 투사(投射)를 받아 방향을 바꾸었다. 그는 그 긴 팔로, 새가 알을 품듯, 지애의 상반신 전부를 싸안고, 지애의 관자놀이께에 자기의 볼을 댄 채 정신 나간 사람처럼 우두커니 앉아 있었다.

"애기 생각나지 않으세요?"

지애가 익의 포옹을 풀며 묻는 말이었다. 익은 무엇에 얻어맞은 듯이 '음'하고 고개를 쳐들다가, 거기서 또 지애의 그 아름다운 두 눈과 마주치자, 돌연히 분개한 듯한 얼굴이 되며 이번에는 거칠게 지애의 손목을 잡아 나꾸었다.

"뭐? 뭣이 어째?"

그는 누구와 시비를 캐듯 한 음성이었다.

"애기 생각나시지 않느냐구요."

지애는 눈을 사르르 내리감으며 이렇게 되풀이했다.

"애기?…… 그렇다, 애기는 미결이다! 나는 그 애기를 내 손으로 길렀으면 좋겠어!"

이 말에 대해서 지애는 무어라고 비판을 하지는 않았다. 지애는 무엇을 골똘히 생각하는 사람처럼 고개를 수그린 채 자기의 오버 자락 한 점 위에 시선을 모으고 있었다.

익은 이때야 정신이 돌아오는지 자기의 울렁거리는 가슴과 함께 '하아, 하아' 할 정도의 가쁜 숨결을 깨달았다.

"선생님 하신 말씀 저 그대로 믿어도 좋아요?"

지애는 돌연히 고개를 들어 익의 얼굴을 정면으로 바라보며 이렇게 물었다.

"믿어주어, 지애."

익은 지애의 두 눈에 두렷이 물려 있는 그 윤이 흐르는 새카만 동자를 지그시 들여다보며 엄숙한 얼굴로 이렇게 대답했다.


지애와 그러한 약속을 가지게 되던 날 밤, 익은, 그의 집 들어가는 골목 어귀의 가게에 들러 사과 한 봉지를 사 들었다. 눈으로 덮인 낯익은 골목에 들어서자 난데없는 새로운 슬픔이 그의 가슴을 메워주는 것이었다. 승리와 행복을 향하여 첫걸음을 떼어놓은 그의 가슴속은, 어느 정도 안정과 새로운 의욕으로 한결 부드러워지는가 하면, 일방, 예기하지 않았던 새로운 슬픔이, 또한 그를 사로잡기 시작하는 것이었다. 버리기로 결심한 이제, 아내가 새삼 불쌍하다는 것보다도 어린것들 셋이 그의 가슴에 못을 박는 것이었다. 그리고, 그 어린것들과 동시에, 그것들이 속한 세상 전부와도 떠나게 된다는, 시집가려는 색시와도 같은 형언할 수 없는 슬픔이 그의 가슴을 적셔주는 것이었다. 이 골목도, 그렇다.

이 골목과도 결별을 해야 한다 생각하니, 저녁때나 그럴 때마다 대개 연기가 끼어 있는, 아침저녁 으레 한 번씩은 밟고 지나 다니던 이 따분하고 어두운 골목도, 이날 밤따라, 새하얀 눈으로 단장을 한 탓인지, 어느 낯선 이국의 거리처럼 그리운 향수(鄉愁)로 젖어드는 것이었다.

가방과 함께 사과 봉지를 안은 익이 대문 밖에서 식모 아이의 이름을 부르는데 안에서는 대답이 없었다. 식모 아이는 온종일 일을 하고 난 뒤라 저녁을 먹으면 곧 떨어져 잠이 드는 수가 흔히 있지만 그의 아내가 벌써 그렇게 깊은 잠이 들었을 리는 없다. 일부러 대답을 하지 않는 거라고 익은 생각했다. 세번째 큰 소리로 '순'의 이름을 불렀을 때 위엣놈의 목소리로

"엄마 아부지 왔어…… 순아!…… 순아!"

하고 순을 깨우는 소리가 밖에까지 들렸다. 그러자 순이 눈을 비비며 나와 대문을 열었다.

익이 신돌 위에서 오버와 머리 위의 눈을 대강 털고 방으로 들어가자 아내는 윗목에서 눈을 감은 채 묵주를 들고 꿇어앉아 있는 것이, 아직도 무슨 기구(祈求)를 드리는 중인 모양이요, 큰놈은 제 어미 곁에 누워 있다가 내 손에 사과 봉지가 들려 있는 것을 보자 자리에서 일어나 앉는다.

"아부지 그거 뭐야?"

"사과."

"학교에서 돈 벌어서 샀지, 그지?"

"음."

"우리들 먹으라고…… 그지?"

"음."

익은 사과 봉지를 책상 위에 놓으며

"너 먹겠으면 와서 하나 먹어."

했다. 큰놈은 이내 뽀르르 와서 새빨간 홍옥 한 개를 집어들더니, 어떻게 생각했던지, 그것을, 아직도 눈을 감고 꿇어앉아 있는 그의 어미의 코끝에 갖다 대었다. 사과가 들어왔다는 것을 알릴 겸 이것을 먹어도 좋으냐 하는 의미인 듯했다. 아내는 역시 눈을 감은 채 손으로 조용히 큰놈을 밀어내었다. 큰놈은 제 자리에 가 이불을 쓰고 앉아서 그것을 먹기 시작하였다. 그사이에 순이 다 식은 저녁밥상을 차려 들고 들어왔다.

익이 막 밥숟가락을 잡으려는데, 그때까지 신공과 기구를 다 드리고 난 그의 아내는 묵주를 벽에 걸고 돌아서며

"이제 낼부터는 밤늦게 들어오면 대문도 안 열어줄 테야."

한다. 이따금씩 하는 소리다. 익이 잠자코 있으려니까 이번에는 호령조로

"순아 저 사과 봉지 이리 가져와."

하더니 한 알을 집어 순에게 주고 나서는 봉지째 자기 곁에 밀쳐 두며,

"사과 같은 것도 사왔으면 나더러 한 개 먹어보라고 하면 뭐 제 이름이 떨어지나 제 계집년들이 배를 앓나…… 에잇! 몹시기도 해라! 독사 같은 인간!"

넋두리를 시작한다.

익은 아내의 넋두리를 한두 번 들어온 것이 아니요, 또 언제 들으나 모두가 비슷한 내용이요, 그러니까 그것을 별반 개의하지 않아도 좋겠는데, 그러면서도 어이한 셈인지 듣기만 하면 피가 머리끝까지 확확 치오름을 어찌할 수 없다. 어떻게 해서든지 귀에 담지 않는 것이 상수요 귀에 담겨도 거기 신경을 쓰지 않는 것이 제일이다. 그래서 익은 숟가락을 놓고 곧 자리에 드러눕는다. 코끝이 벽에 닿을 만치 벽에 바싹 붙어 누워 있다. 그러한 익을 그의 아내는 그러나 버려두는 것이 아니다.

"누가 이혼을 안 해준대나? 아이 셋 데리고 나가, 더러운 당신 같은 사람 따라 살고 싶은 년도 없어!"

이것은 익을 불러 일으키려는 꼬임수다. 이혼을 해준다고 하면 익이 귀가 번쩍해서 무어라고 응수를 해줄까 하고 하는 말이다. 경선은 익이 처음 들어오면서부터 자기를 완전히 무시하는 듯한 태도, 늦게 들어오게 된 이유를 한마디 변명하려고도 하지 않고, 사과를 하나 먹어보란 인사도 하지 않고, 그가 거는 말에 한마디 응수를 하는 법도 없이, 벽만 향해 돌아누워버리는 것이, 자기와의 충돌을 피하려는 태도라기보다도 도시 자기를 무시하는 것같이만 보여지는 것이다. 그리고 이것이 익으로서는 그의 아내에게 취할 수 있는 최대 악의의 하나인 것도 사실이다.

"이혼을 겁낼 어느 썩은 년도 없다, 이혼비 백만 원만 주고 아이 셋 데리고 나가렴, 나도 내 청춘 다 늙히고, 십 년 동안 당신 종질만 실컷 해주고 이대로 갈릴 수는 없잖아?"

경선의 푸념은 한마디도 빠지지 않고, 안 듣는 체하고 누워 있는 익의 귀로 쏙쏙 다 들어온다. 아무리 안 들으려야 귀로 들어오는 데는 하는 수 없다. 경선은 또, 익이 저러고 누워 있어도 자기의 말을 죄다 듣고 있으려니, 해서 그런지, 익의 고막을 제가 맘대로 가지고 노는 것같이, 어휘와 목소리에 다채로운 음영을 넣어가며 자유자재다.

"당신이 그렇게 출세한 것도 다 누구 덕인 줄 알아, 내가 밤낮당신 잘되라고 천주님 앞에 기도드린 덕택이지 당신 힘으로 그리된 줄 아나, 당신 시골 있을 때 거지같이 지내다가 서울 와서 내덕으로 세상에 이름이나 좀 나고 하니 그만 인제 천주도 배반하고, 십 년 동안 단물 신물 다 빨아먹은 계집도 인제 너는 쓸데 없다고 하니 어떻게 벼락을 안 맞겠어, 조강지처(糟糠之妻) 박대하고 잘되는 놈 없단다, 당신도 나하고 이혼만 해봐, 그날로 눈깔이하나 멀거나 발목이 하나 뿌러지거나 하지 않는가."

이렇게 되면 익은 완전히 경선의 수중에 있다. 아무리 안 들으려야 안 들을 수도 없고, 들은 것을 그대로 삭일 수도 없고, 신경이 바늘 끝같이 되어 잠은 오지 않고 흡사 주문(呪文) 맞은 구렁이처럼 몸을 뒤틀지 않을 수 없다. 여기서 경선은 연방 기세를 올린다. 아주 죽여내고 싶은 충동 같다.

"당신 집안은 피가 그런가 봐."

경선의 저주의 대상이 익 개인에게서 그의 가문 전부로 비약을하면, 두 사람의 숨결은 최고조로 가빠진다. 그것은 경선 쪽에서도 클라이맥스를 각오하고 하는 것이다. 그의 아버지를 들먹이면익이 언제나 육박전을 시작한다는 것, 특히 익이 가장 아파하는,

그의 아버지의 방탕성, 즉 첩 살림을 했다는 사실을 지적하면 익의 가면은 여지없이 탄로되고 효과 백 퍼센트라는 것 ―― 이런 것까지 경선은 죄다 계산에 넣고, 그보다도 각오를 하고, 뛰어드는 것이다.

"당신 아범이 색마가 돼서 평생 첩질만 하고 당신 어멈을 학대해놓으니 당신도 그 피를 받아서 단물 신물 다 빨아먹고 이제 와서 날 이혼하자는 게지, 당신 삼촌은 술주정뱅이지, 당신 사촌도 하나 내놓고는 모두 한다는 소리가 기생타령 술타령이지, 당신 집구석에 색마나 술주정뱅이 아닌 사람 몇이나 있어?"

여기서 익도 용감하게 뛰어 일어나, 발길과 주먹으로 경선의 머리와 어깨를 아낌없이 차고 때림으로써 드디어 실력전이 벌어지는 것이지만, 경선도 결코 비겁하지는 않다. 처음 돌연히 들어오는 익의 발길과 주먹만, 목을 움츠리고 손을 내밀고 하여 면하면, 그다음 순간엔 그도 어느덧 익의 옷깃이나 손가락이나 어디 한두 군데 힘껏 틀어쥐고, 그것을 젖히든지 이로 물든지 익숙하게 응전을 할 수 있다. 그러나 경선이 아무리 선전분투해도 실력은 이미 정해진 것이다. 익의 맹렬한 공격이 삼 분간만 계속되면 경선은 그의 발 아래 습복되고 만다. 그러는 중에서도 익은 약자에 대한 동정인지, 불쌍한 생각이 들어, 뒤로 슬그머니 물러서려 하면, 이때쯤은 염통이 부풀 대로 부풀어오른 경선은 물도 불도 가리지 않고 또 공격을 시작한다.

"당신 아범이 첩질을 하느라고 당신 어멈을 주야로 때리고 학대를 해놓으니 그 피를 받아서 또 날 이렇게 때리는 거지, 제 버룻 개 못 준단다! 이놈의 집구석은 피가 본래 술이나 처먹고 첩질 이나 하고 집에 와서 계집이나 치고 하는 더러운 피야! 아야야야! 오냐, 또 쳐라! 자꾸 때려라! 그놈의 손모가지 인제 마막[13]이 들 어서 톡 분질러질 게다! 눈깔이 하나 멀든지 앉은뱅이가 되든지 죽기 전에 그 보복 안 받을 줄 아나? 아야야야! 오냐, 또 쳐라! 자 꾸 때려라!"

"이년아! 이 개 같은, 때려죽일 도적년아, 더러운 년아!"

익의 두 눈에도 미친개 같은 벌건 불이 켜지고, 입에서는 모든 욕설이 한꺼번에 튀어나오려고 험악하게 일그러진다.

"아이고, 아이고, 이놈아! 이 강도 같은 놈아!"

경선은 익의 완력에 못 이겨 이렇게 이를 갈며 신음하다가도 익 이 조금 뒤로 물러서기만 하면 또 대든다. 더구나 이때쯤은 자던 아이들이 모두 놀라 깨어 일어나 울고, 경선의 눈시울에도 퍼렇 게 멍이 들고 입술에 피가 터지고, 익 쪽에서도 가슴이 결리거나 손가락이 상하거나 하여 이제는 더 싸울 수 없어진다. 익은 한참 동안 멍청해서 서 있고, 경선은 그러나 익과는 반대로, 아이들이 일어나 앉아만 주면 또다시 용기와 투지는 배가하게 된다.

"왜 더 못 때려? 응? 고놈의 손모가지 딱 안 분질러질 줄 아나? 아이들 보는데 부끄럽지도 안하나? 아비가 무슨 놈의 아비, 침을 뱉어줘라! 영우야, 윤경아 너들 모두 침 뱉어줘라! 저까짓 게 아 비야? 아야야야! 이놈아! 이 강도 같은 놈아! 또 때려라! 자꾸 쳐 라! 아야야! 이놈아! 아이고, 아이고!"

아이들 셋은 익이 저희 어미를 죽이는 줄이나 알고 깜박 숨이

넘어갈 듯이 운다. 위엣놈은 대개

"아버지 참아! 응! 아버지! 아버지! 응?"

처음은 익의 허리를 안고 말린다고 해보다가 안 되면, 두 인간이 싸우는 곁에서, 도글도글 굴며 울고, 그 아래, 딸년은 익의 허리나 다리 어디를 손이 닿는 대로 힘껏 꼬집어 비틀고, 끝엣놈은 자[尺]나 가위 같은 것을 익에게 집어던지고 한다. 아이들에 대해서는 또 각별 신경을 쓰는 익은, 그러는 중에서도, 이것은 사람 사는 세상이 아니다, 아귀 수라장의 꿈속이다, 이렇게 자기 자신에게 타이르며, 목이 메일 듯한 비분과 절망으로 어린것들을 둘러보고 있노라면, 이때쯤은 경선이 쪽에서도 한껏 부풀었던 염통이 부풀어 터졌는지, 어느덧 무릎을 꿇고 합장을 하고 앉아,

"예수 마리아! 예수 마리아! 예수 마리아!"

미친 것처럼 '예수 마리아'를 연발하며 있는 것이다.


진눈깨비가 내리던 날 밤에 헤어진 뒤 지애는 사흘 동안이나 익을 찾아오지 않았다. 지애가 기분을 상했나 병이 났나 꾸지람을 들었나, 익은 온갖 걱정이 다 들어, 일이 손에 잡히지 않았다. 초조와 불안이 가득 찬 눈으로 그는 쉴 새 없이 창문께로만 시선을 돌리곤 했다.

나흘째 되던 날, 그날은 퇴근을 하는 대로 그의 집을 찾아가보리라 하고 막 가방을 챙기고 있는데 지애가 나타났다. 또 가슴이 무엇에 찔리는 듯 찌르르했다.

"오늘은 내가 가려고 했어."

"……"

지애는 희고 가직한 이를 보이며 생긋이 웃어 보였다. 치마저고리 위에 암록색 두루마기를 입고 머리에는 흰 수건을 쓰고 있었다.

"그동안 앓았어?"

익은 지애의 두 눈을 들여다보며 이렇게 물었다.

"아니에요."

하며 지애도 익의 얼굴을 대담스레 바라보는 것이었다. 지애는 움직이지 않았다. 그의 새카맣고 두렷한, 윤이 흐르는 두 눈동자는 익을 향하여 바라보고 있다는 것보다는 스며들고 있는 듯, 그렇게 그는 오랫동안 움직이지 않고 있었다.

"저, 일본 가기로 했어요."

지애는 익의 얼굴을 똑바로 바라보며 무슨 선고나 내리듯 불쑥 이런 말을 했다. 익은 또 한번 간이 선뜩했다. 그 말이 너무 의외였기도 하지만 그보다도 어디로 떠난다는 말에 간이 찔렸던 것이다.

"왜?"

익은 노기(怒氣) 가득한 두 눈으로 지애를 바라보았다.

"공부하러요."

"공부?"

익은 눈살을 잔뜩 찌푸리며 이렇게 소리를 질렀다.

지애는 말없이, 그 새카만 두 눈동자로 익의 얼굴만 말끄러미 쳐다보고 있었다.

"여기 학교는?"

먼저보다는 좀 낮은 목소리로 익은 또 이렇게 물었다.

"그만두었어요."

지애는 맘속에, 무슨 결의를 가진 사람처럼 지극히 또렷한 목소리로 결론 같은 것만 또박또박 대답하였다.

익은 몹시 성난 사람처럼 이맛살을 불끈 찌푸리고 앉아 있었다. 그는 지애가 그렇게 중대한 일을 자기와 먼저 상의도 없이 척척 결정해버린 것이 무척 불쾌한 모양이었다.

"선생님."

지애의 몹시 가냘픈 목소리였다. (어딘지 약간 떨리는 듯했다.)

익이 잠자코 그를 바라보았다.

"저, 오늘까지, 며칠이나 안 나올 수 있나 그것을 시험해봤어요. 저 지금부터는 이제 전에처럼 선생님 뵈러 올 수 없잖아요?"

"……?"

익은 아직도 지애의 말뜻을 바로 알아듣지 못하고 있었다.

"그저께 밤 선생님 말씀하신 것처럼 실행하시려면 제가 어떻게 그전처럼 선생님을 뵈러 다니겠어요?…… 그래서 처음엔 그동안 얼마나 되든지간에 아주 집 안에만 꼭 들어앉아 있어보려고 했어요."

여기서 지애는 무슨 설움이 복받치는 것처럼 수건을 뭉쳐서 입과 코를 가렸다.

"그래서 오늘까지 참아봤어요. 이 위에 더 참으라고 하면 꼭 무슨 큰 병이 날 것만 같아요. 저, 이 서울에서는 도저히 견딜 수 없겠어요. 그건 더 물어보실 필요도 없어요. 그리고 참을 수 있다고 해도…… 무슨 체면으로 서울 바닥에서 뻐젓이 기다리고 앉아 있겠어요? 빨리 이혼만 해라, 하고 물러나 기다리고 있을 심장이 어딨겠어요? 사람 허울을 쓰고……"

지애는 고개를 돌려 수건으로 눈물을 닦은 뒤 다시 말을 계속하였다.

"저희 사돈집에 일본 건너다니며 장사하는 이가 있어요. 저희 언니의 시고모뻘 되는 이에요. 그래서 언니와 의논하고 그이를 만났어요. 염려 말라고 그래요……"

지애가 이까지 말했을 때, 익은 무엇으로 머리를 얻어맞은 것같이 정신이 멍해졌다. 익은 테이블 위에 팔을 뻗치고 그 팔 위에 얼굴을 댄 채 한참 동안 엎드려 있었다.

익이 겨우 고개를 들었을 때 지애는 또 말을 계속하였다.

"일본만 가놓으면 아무리 뵙고 싶어도 맘대로 나올 수는 없지 않아요. 다만 한 가지 걱정되는 건 있지만……"

"그건 뭔데?"

"……"

지애는 입술을 지그시 깨물며 대답을 하지 않았다.

"지애!"

익의 목소리도 떨렸다.

"가지 마. 여기 있어."

"……"

지애는 두 눈에 눈물이 글썽글썽한 채 고개를 돌렸다.

"멀리서 병이라도 나면 어떡해? 나도 병이 날 거야. 여기 있어, 여기서 가끔만 만나면 되잖아? 여기서도 우리는 이미 받을 형벌을 다 받고 있어. 우리가 얼마나 괴로워하며 심장과 두뇌를 썩이고 있나, 생각해봐요."

"선생님과 저는 또 달라요. 저는, 일본이라도 가 있지 않고는 벌받는다고 할 수 없어요. 제가 사모님이 되어 생각하더라도 저를 용서할 수 없겠어요. 여기서 어떻게 제가 지금 선생님께서 실행하시려는 것을 제 귀로 듣고 혹은 눈으로 보고 하며 앉아 있겠어요?"

"지애, 그렇지만 이건, 난 견딜 수 없어! 여기서 안 만나도 좋아! 안 만나도 여기서 나하고 같이 있어. 같은 서울 안에만 있어 줘!"

"여기 있으면서 전 선생님 안 뵙고는 못 참아요. 그건 열 배도 더 괴로워요."

"지애!"

익이 지애의 손목을 잡았다. 다음 순간 바른팔을 돌려 지애의 목을 쓸어안았다. 그러고는 한참 동안 지애의 두 눈을 들여다보았다.

"지애!"

목이 메어 말을 더 잇지 못했다.

"난 안 돼! 난 어떻게 견디겠어? 난 어떻게 응?"

익은 흡사 어린애가 투정을 하듯 했다.

"그러니까 저를 빨리 불러내어주세요."

지애는 두 눈을 똑바로 뜬 채 또랑또랑한 목소리로 결연(決然)히 말했다. 이 말에 익은 다시 정신이 돌아오는지, 놀란 듯이 지애의 곁에서 주춤 물러서버렸다. 그리하여 도로 자기의 자리에 돌아온 익은 먼저와 같이 또 테이블 위에 팔을 뻗치고 그 팔 위에 자기의 얼굴을 갖다 대었다.

　"그럼 저 다녀오겠어요. 선생님 안녕히 계세요."

　지애는 의자에서 일어났다.

　"곧 떠나는 건 아니지?"

　익이 얼굴을 들며 이렇게 물었다.

　"대체로 한 열흘 안에 떠나게 될 거라고 그랬어요."

　"그럼 그 안에 물론 또 보겠지?"

　"……"

　지애는 입가에 쓸쓸한 미소를 띨 뿐 대답을 하지 않았다.

　"떠나기 전에 아무래도 한 번은 더 보겠지?"

　"기다리지 마세요. 저 오늘도 실상 제가 못 견뎌서 나온 거예요. 저 본래는 아주 일본 간 뒤에나 편지로 말씀드리려고 했어요. 선생님이 만약 서울역이나 부산 부두 같은 데 따라나오셔서 저를 보내주신다면 전 도저히 못 떠나고 말아요."

　지애의 두 눈에 또 눈물이 가득 고였다.

　"지애!"

　익이 지애의 두 어깨에 손을 얹었다. 그의 두 눈에도 눈물이 빛나고 있었으나 그의 음성은 아까와는 딴판으로 침착하였다.

　"부디, 부디. 잘 갔다 와요. 내가 오라고 할 때까지. 응, 부디,

부디……"

그의 두 볼 위로는 뜨거운 눈물 두 줄기가 흘러내리고 있었으나 그는 그것을 닦으려 하지도 않고, 그 비쭉거리는 입술을 그대로 지애에게로 가져갔다.


지애가 마지막으로 익의 사무소를 찾아왔다 돌아간 지 일주일 만에, 지애는 그의 언니의 시고모뻘 되는 여자를 따라 일본으로 건너갔다는 기별을 그의 언니 되는 사람이 익에게 전해주었다. 지애의 언니는 나이 서른 남짓 되어 뵈는 유복하게 생긴, 그리고 역시 지애 비슷한 데가 있는 아름다운 사람이었다. 지애를 통하여 이야기는 다 들었다고 지애의 성질을 아는 터라 아무리 형이지만 무슨 말을 하겠더냐고 손수건을 자꾸만 눈에 갖다 대며, 부탁한다고 했다. 익의 눈에도 갑자기 눈물이 핑 돌았다. 처음 보는 낯선 부인이건만, 흡사 자기의 누이나, 가까운 고모를 대한 듯한 친밀감이 느껴지며, 남이 보는 앞만 아니라면 그 앞에서 엉엉 목을 놓아 울고 싶었다. 밀항(密航)이 되어서 위험하지 않겠느냐고 익이 묻자, 여인은 그러지 않아도 자기도 그런 말을 했더니 지애는 목숨이 문제냐고 하더라는 말을 했다. 익은 먼저 이 여인의 주소 성명을 묻고, 다음엔 지애를 데리고 간 여자의 그것을 묻고 나중엔 그 여자가 일본 가면 유숙하는 장소까지를 다 물은 뒤, 부탁한다고, 자기도 같은 말을 했다.

그날 밤이었다. ……익이 의자에 앉아 있는데 지애의 언니가 문 밖에 와서,

"선생님!"

했다. 몹시 당황한 목소리였다. 익은 즉각적으로, 아, 큰일났구
나, 했다. 더 들어볼 여지도 없었다. 지애의 언니의 새파랗게 질
린 얼굴이, 그 부들부들 떨리는 입술이, 그 비탄(悲嘆)에 잠긴 두
눈이 이미 모든 것을 다 말하고 있었다. 익은 자기 자신을 꼬집어
보며 이건 분명히 꿈이 아니라 했다. 익은 자기의 왼쪽 손을 들어
서 눈앞에 갖다 대며, 이것은 분명히 내 손이요, 왼쪽 손이요, 내
눈은 분명히 내 손을 보고 있다, 나는 분명히 정신을 잃지 않았
다, 이렇게 생각하며, 그는 의자에서 일어났다.

'배는 몇 톤짜린데.'

'칠팔십 톤짜리 됐나 봐요…… 폭풍이 불어서 암초에 걸려
서……'

여기서 익은 또다시, 음, 그 며칠 동안 바람이 몹시 불더니……
음, 겨우 세 사람밖에 구출되지 못했다…… 음 시체도 못 건졌다,
음. ……그는 층계를 내려가기 시작하였다. 그의 발이 층계에서
미끄러지는 순간 뒤에서

'선생님!'

하는 소리가 들렸다. 모여든 사람들은 모두들 큰일났다고 했다.
그러나 자기는 절대로 정신을 잃지 않았다고 생각했다. 내가 정
신을 잃지 않았다는 것은 내 자신이 알고 있다고 그는 혼자 속으
로 부르짖었다. 나는 입원할 필요가 없다, 나는 내일부터라도 출
근을 한다, 나는 얼마든지 의자에 앉아 있을 자신이 있다, 지배인
과 의논해서 이 달 안에 여섯 권의 '현대과학 총서'를 낼 수도 있

다……

"예수 마리아. 예수 마리아."

아내의 기도 소리가 났다. 익은 눈을 떴다. 다시 눈을 떴다. 순간, 익은 견딜 수 없었다. 어디가 어떻게 아픈 겐지 알 수가 없었다. 뇌신경에 전기가 동한 듯했다. 일찰나도 견딜 수 없는 형언할수 없는 아픔이었다. 물론 그는 이미 문을 열고 마루로 뛰어나가 있었다. 변소에 뛰어가 있었다. 변소에서 도로 마루로 뛰어왔다. 마루에서 건넌방으로 뛰어갔다. 건넌방에 놓인 그의 테이블의 서랍을 열었다. 서랍을 닫쳤다. 또 서랍을 열었다. 또 서랍을 닫쳤다. 서가에서 책을 집어던졌다. 던졌다, 던졌다……

"예수 마리아! 예수 마리아! 예수 마리아!"

아내도 허겁지겁 연달아 성호를 놓았다. 그는 드디어 자기가 집어던진 책 무더기 위에 쓰러졌다.

"그것 봐요, 천벌을 받아서 그래요!"

익의 아내는 이튿날 아침 이렇게 말했다. 익은 무어라고 말을하지 않았다. 다만 그러한 아픔이 삼십 분 동안만 계속되었다면자기는 그대로 해골이 되고 말았을 게라는 그러한 절망적인 무서움뿐이었다. 그러고는 몸을 부르르 떨었다. 익에게 이 병이 생긴것은 지애가 일본으로 떠나기 전후부터인 듯했다. 무어라고 딱집어 말할 수 없는, 뇌수에다 고열의 전기를 갖다 대는 듯한, 그저 저리고 쑤시고 미칠 것만 같은, 한순간도 견딜 수 없는 그러한아픔이었다. 이러한 '발작'이 일주일에 정기적으로 한 번씩만 일어난대도 자기는 도저히 한 달 이상을 살 수는 없을 것 같았다.

어떻게 해서든지 한시바삐 해결을 짓지 않으면 자기는 그 병으로 멀지 않은 날에 확실히 쓰러지고 말 것만 같은 무서운 강박관념 같은 것이 익의 머릿속에서 잠시도 떠나지 않았다. 그렇다고 해서 그의 아내가 최후까지 이혼을 승낙해주지 않는 경우 그는 어떻게 하리라는 그 어떠한 성산도 복안도 가진 것이 없었다. 그는 그의 아내의 푸념이 물론 침소봉대로 과장된 점도 있었지만 근본에 있어 거짓이라거나 경위가 서지 않는다거나 할 것은 한 가지도 없다고 생각했다. 경선의 처지에서는 모두 피를 토하는 듯한 진담이요 마땅한 말이리라고도 생각할 수 있었다. 그러면서도, 기어이 그와는 이혼을 하고 지애와는 결혼을 해야만 살 것 같은, 염치 없고 경위 없고 부량¹⁴하고 죄 많은 그의 이 심정을 그 자신도 어찌할 수 없었다. 그는 지금도 가끔 그가 경선과 처음 결혼하고 났을 때의 그 종신 금고를 받은 듯한 아득하고 절망적이던 감상을 생각하고는, 그러면 그것이 오늘에 와서 이러한 갈등을 일으킬 장본이었던가 하는 데 생각이 미치자 부르르 절로 몸이 떨리는 것이다. 그들은 그때 이미 충분히 사귄 뒤라 상대자가 서로 아쉬울 만치는 아쉬워서 맺은 인연임에도 불구하고, 한 십 년간 종같이 부려먹고, 병과 가난으로 시들 대로 시든 이제 와서, 기어이 버려주고 싶다는, 그를 버려야 자기가 살겠다는 이 무섭고 저주받은 감정이란 대체 어디서 온단 말인가? 이것이 자기가 그렇게도 아끼고 그렇게도 사랑하고 그렇게도 위하는, 이 우주 전부와도 해당한다고 생각하는, 그 하나뿐인 자기의 생명에서 오는 것인가? 어쩌면 사람이란 한 사람의 여인을 상대로 평온히 늙어질 수 없는가? 어쩌면 생애의 한복판을 두 동강으로 분지르지 않으면 안 된다는 마련인가?

하루를 이렇게 신음하고 난 다음 익은 최후 담판과도 같은 비장한 심정으로 입을 비쭉거리며, 미안하다, 뭐라고 할 말이 없다, 당신에 대하여 나는 유황불에 살라도 모자랄 죄인이란 것도 천만 번 안다, 날 살려주는 셈치고 헤어져달라, 내 당신을 위해서 평생 '기구'를 드려달라고 하면 그렇게 해도 좋다, 그 밖에 나에게 가능한 일이면 무엇이든지 당신 원대로 하겠다, ……이렇게 눈물을 머금고 통정을 하고 애걸을 해보았으나, 경선은 처음 좀 거북한 듯이 비쭉이 웃으며 일어나더니 이내 그 거북한 듯한 웃음마저 사라지며, 참 미쳐도 더럽게 미쳤다, 지금까지 희망을 바라고 살아온 결과가 이것이란 말이냐, 이 아이들을 좀 보라, 눈이 퍼렇게 해서들 누워 있지 않나, 하고, 묵주를 떼어 들며, 혼배까지 다 하고 나서 죄를 얼마나 지으려고 그런 소리를 하느냐고 일축을 해버렸다.

지애가 떠난 지 달포 남짓하였을 때 그의 언니를 통하여 지애의 편지가 왔다.


추위에 선생님 귀하신 몸 상하시지나 않았는지 늘 걱정됩니다. 저는 떠나온 이후 아무 하는 일도 없이, 이곳 이층 사조(四疊) 다다미방에 밤낮없이 누워 있습니다. 밤낮 선생님을 생각하며 누워 있습니다. 밤, 낮, 시간마다 선생님이 기다려집니다. 매일 편지를 쓰려다가는 그만둡니다. 편지를 쓰느니보다 그만 뛰어가 한 번 더 뵙고 오기라도 했으면 하는 생각이 불현듯 들고는 해서 편지를 쓰지 못합니다. 그러나 저는 여기서 이렇게 선생님만 생각하고 누워 있다가 이대로 죽어버린다 해도 제가 이 세상에 나서 선생님을 뵈옵게 된 것을 다행으로 생각합니다. 저는 밤낮 생각합니다, 제가 이 세상에 난 것은 다행이라고, 그리고 제가 선생님을 뵈온 것은 더없는 다행이라고, 저는 선생님을 뵈옵게 되어서 알게 된 모든 슬픔과 외로움을 조금도 후회하지 않습니다. 선생님을 생각함으로써 얻는 이 슬픔과 이 외로움은 저의 양식입니다. 이제 저는 선생님을 모시게 될 때까지 이 슬픔과 외로움에서 떠나지 않으려고 합니다.

오후마다 열이 납니다. 제가 여기 와서 이 주간쯤 지났을 때부터 의사는 저에게 늑막염이라고 했습니다. 저는 늑막염이 아니라 그보다 더한 병도 넉넉히 견딜 수 있습니다. 병보다 더 무서운 거라도 저는 견딜 수 있습니다. 저는 무엇이라도 견딜 수 있습니다. 선생님 부디 감기 들지 마시기 원합니다.

○월 ○일 이지애 상서


지애의 편지는 칼로 새긴 듯한 또렷또렷한 글씨로 씌어져 있었다.

익은 곧 답장을 썼다. 뿐만 아니라 그는 이따금씩 편지를 써서 지애의 형 되는 이에게 부쳐달라고 보내었으나 웬 까닭인지 일절 회답이 없었다.

지애의 편지가 온 지도 달 반이나 더 지났을 무렵이었다.

울타리마다 개나리가 노랗게 피고 거리에는 버들가지가 땅 위에 닿도록 척척 늘어진 봄이 되어 있었다.

익이 출근하여 의자에 앉아 있는데 노크 소리가 났다. 그 '노크'의 음향에 웬일인지 가슴이 찔끔하며 얼굴을 치켜드니, 도어가 빙긋이 열리며 거기 뜻 아니한 지애가 나타났다.

"지애!"

익은 부지중 이렇게 소리를 지르며 의자에서 일어났다.

지애는 작년 이맘때 익이 학교에서 처음 그와 말을 건넸을 때 입었던 그 감장 비로드 치마에 크림빛 뉴똥 저고리를 입고 있었다.

"선생님 그동안 안녕하셨어요?"

지애가 그 몹시 파리해진 얼굴에 미소를 띠며 이렇게 인사를 했다.

"……"

익은 혀가 굳어진 것처럼 입을 닫친 채 지애의 얼굴만 멀거니 바라보고 있었다. 지애의 두 눈이 자기의 두 눈 속으로 완전히 옮겨오는 것 같았다. 지애의 목소리는 마력을 가진 향수처럼 그의 전신으로 스며드는 듯했다.

두 사람은 그들이 전에 자주 다니던 중국집으로 갔다. 익은 말없이 지애의 목을 쓸어안은 채 언젠가처럼 그의 관자놀이에 자기의 볼을 대고 한 십 분간이나 우두커니 앉아 있었다. 익의 두 눈에서는 뜨거운 눈물이 흘러내렸다. 층계에 발소리가 들려 익이 포옹을 풀었을 때 지애는 창문께로 가서 수건으로 입을 가리고 있었다. 지애는 제가 약속을 깨트려서 미안하다고 사과를 한 다음, 꼭 이번에 한 번만 다녀가려고 온 것이라 하였다. 거기서 무엇을 했느냐는 물음에는, 입술을 지그시 깨물고 나서, 아무것 하는 일도 없이 이층 다다미방에 주야로 혼자 가만히 누워만 있었노라고 했다. 늑막염을 앓고 있었노라고 했다.

익은 지애가 겪은 그 정신적 고독과 육체적 고통을 생각하고 다시금 가슴이 메어지는 듯했다.

"지애, 인제는 가지 말아, 모두가 나의 죄야. 한두 달에 해결질 형편도 아니면서 지애만이 그렇게 병과 고독에 썩어야 할 이유가 어딨단 말인고? 이제부턴 내가 이혼한다 한 말을 믿지 말아. 취소한 거로 해. 그러면 일본 가지 않아도 되잖아? 그리고 나와 매일 만나도 되잖아? 그렇게 해줘, 응, 지애! 그전 상태로 돌아가줘. 나의 이번 문제에 대해서는 아무것도 모르는 것으로 해줘, 응, 지애! ……그때 내가 해서는 안 될 말을 한 거야."

"……"

지애는 잠자코 고개를 저었다. 말은 하지 않아도 어딘지 몹시 못마땅한 데가 있는 듯한 표정이었다.

"안 들은 거로만 해줘, 내가 말 안 한 거로만 해줘!"

"……"

지애는 또 고개를 저었다. 분명히 무엇이 노여운 듯한 얼굴이었다.

"응, 지애!"

"전 그렇게 하기 싫어요. 선생님이 두 가지 중에 한 가지만 분명히 말씀해주세요. 저는 선생님을 잊어야 하는지 또는 기다려야 하는지 두 가지 중에 한 가지만 분명히 말씀해주세요. 저는 어느 것도 그다지 놀라지 않아요."

"지애는 나를 잊을 수 있나?"

익이 목 멘 소리로 물었다.

"저는 이미 모든 것을 각오하고 있어요. 언제든지 필요한 때, 저는, 한꺼번에, 모든 것을 잊을 수 있어요."

지애는 정면으로 익을 노려보며 결연히 말했다.

"그럼 기다려!"

익이 소리를 질렀다.

"그것은 시일 문제야! 다만 지애를 막연히 기다리게 하는 것이 너무도 괴로워서 말한 것뿐이야. 오월 그믐까지만! 오월 그믐까지 해결되지 않으면 그때는 나도 일본으로 갈 테야! 지애에게로 갈 테야!"

"그렇더라도 선생님은 오시지 마세요, 꼭 오시지 마세요, 네!"

"……"

"첫째 선생님의 성격이 그렇게 사실 수는 없잖아요? 저도 그래요. 못 살게 되면 죽더라도……"

"이제는 성격도 변했어! 죽음만치 싫은 건 세상에 없어! 나는 어떻게 해서든지 살 테야! 살 테야! 나는 살아보겠어! 이 환한 햇빛, 이 많은 사람들, 이 많은 나무들 이런 것 다 두고 이 좋은 세상을 왜 버린단 말인가, 왜? 응, 왜?"

익은 반 미친 사람처럼 외쳤다.

"그럼, 저 오월 그믐까지만 기다리면 돼요?"

"오월 그믐까지!"

익의 계획은, 오월 십오일까지는 어떤 일이 있더라도 결말을 지으려 했다. 밀항으로 가려면 나머지 보름은 아무래도 여유를 두어야 할 것 같았다.

사월 십일에서 사월 그믐까지 익은 그의 아내에게, 어느 한계 안에서, 할 수 있는 일체의 친절을 성의껏 했다. 처음 그의 아내는 남편의 표변한 행동을 해괴하게 생각하는 모양이었으나 익의 꾸준하고 진실한 친절에, 인제, 어느 좋아하던 여자를 단념했나 보다, 하는 정도로 안심하는 모양이었다.

사월 그믐날 밤에 익이 통성을 했다. 실상은 오랫동안 당신을 너무 고생만 시켜놓고 헤어지자고 하기가 죄송해서 그동안 내 힘껏 남편의 의무를 지켜보느라고 해본 것인데 지극히 염치없고 야박한 노릇이지만 자기를 살려주려면 이혼에 협력해달라고 또 한 번 호소를 했다.

아내는, 오늘 하룻밤만 더 생각해볼 여유를 달라고 했다. 익은 좋은 빛으로 승낙을 했다. 내일 아침이면 아내가 이혼을 승낙하거니 하고, 그러한 아내가 불쌍하기만 해서 그는 밤새도록 잠을 자지 않았다.

아내도 자지 않는 모양이었다. 밤새도록 '성모경' 외는 소리가 들렸다. 그러고는 이따금씩 '이것들아!' '이것들아!' 하고 어린것들을 들여다보며 혀를 차는 소리도 들렸다.

이튿날, 그러니까 오월 초하룻날 새벽, 아내는 의외로 아무렇지도 않은 듯한 얼굴로 익이 있는 건넌방 문을 열고 들어왔다. 순간 익의 두 눈에는 이상한 불이 켜지며 가슴에 방망이질이 일어났다.

아내는 조용히 입을 열었다.

"당신이 나를 버리고 다른 여자와 살아도 나는 그것까지 용서할 수는 있어요. 그렇지만 천주님 앞에서 맹서한 신성한 계약을 나는 당신 때문에 취소하기는 싫어요. 그렇게 하면 당신이 죄를 짓는 데 내가 협력한 것이 돼서 나도 천주님 앞에 벌을 받아야 해요. 내 조금도 탓하지 않을 테니 같이 살고 싶은 사람 있거든 정해서 살아요."

아내는 말을 마치자 또 눈을 감으며 무엇을 몇 마디 입 속으로 외고 성호를 놓았다.

익은 그날부터 사흘 동안 음식을 끊고 자리에 누워 있었다. 이렛날 밤에 그는 돌연히 아내의 목을 눌렀다. 아내는 눈을 떠서 익의 얼굴을 한참 바라보고 있었으나 항거하지는 않았다. 아내는 다시 눈을 감았다. 조금 있으니 아내의 얼굴빛이 변했다. 익은 당황히 손을 떼었다. 한 시간쯤 지난 뒤 아내는 일어나더니 또 눈을 감고 기구를 드리기 시작하였다. 그날부터 아내의 음성은 언제나 잠겨 있었다. 그날 밤 그의 아내는 역시 잠긴 목소리로, 그러지 않아도 자기는 천주님께 자기를 빨리 천주님 앞으로 데려가줍시사고 기구를 드리는 중이니 잠깐만 더 기다려보라고 하였다.

열흘날 익은 한 사백여 권이나 되는 그의 책을 다 팔았다. 출판사에는 사표를 내고 사무를 정리했다. 그리고 그때까지의 그의 저작권 전부를 어느 출판사에 넘기고 약간의 금액을 얻는 데도 성공하였다. 그리하여 도합 십구만 원의 여비가 변통되었다. 그러나 열나흗날까지 천주님께서는 그의 아내를 '데려가주시지는' 않았다. 그는 조그만 트렁크에 양복 한 벌 그리고 현금 십사만 원을 넣었다. 손가방에는 비누와 칫솔과 타월과 손수건과 그리고 면도칼과——평소에 쓰던 것을 모두 그대로 넣었다.

아내는 부엌에서 아침 준비를 하느라고 어정어정하면서도 마음이 놓이지 않는 모양으로 이따금씩 익이 짐 챙기는 쪽을 흘낏흘낏 눈을 떠 보곤 하였다.

순은 마루에다 여럿이 먹을 둥그런 밥상을 보고 있었다. 아내는 김치 그릇을 들고 나오더니, 순이 찌개 그릇을 밑받침 없이 그대로 상 위에 놓은 것을 보자 깜짝 질색을 하며,

"조런 빌어먹을 계집애 상을 버리려고 찌개 그릇을 마구 놓아? 왜 밤낮 일러주는 걸 잊어먹느냐 말야!"

이렇게 호통을 놓는다, 이 상이란 것이 오 년 전에 일금 이 원에서도 이십 전을 빼고 산 가장 헐값짜리 칠상〔漆床〕으로, 살 때부터 흠이 있어서 특별히 헐값으로 산 것이지만, 그동안 아침저녁 써먹어서 지금은 칠도 거의 벗겨지고 웬만하면 부서져서 아궁이에라도 넣어버릴 폐물인 것이다. 이것을 가지고 이렇게 끔찍하게 질색을 하는 것은 물론 지지리 가난한 살림을 해오는 데서 얻은 습성이겠지마는 또 일방 무엇에든지 화풀이를 하고 싶도록 염통이 부풀어오른 증거이기도 하다. 익은 마지막으로 또 그와 싸움을 해서는 안 된다고 생각했다. 그는 시치미를 뚝 떼고 짐을 들고

나서며 그의 아내에게 현금 오만 원을 주며 자기는 여행을 떠나
노라고 했다. 그리고 아이들 셋에게는 하나씩하나씩 손목을 쥐어
보고 안아서 볼을 비벼주며 맘속으로 하직을 했다. 익이 가방을
마루 끝에 내놓고 구두를 신으려 했을 때 그의 아내는 두 눈에 눈
물을 담은 채 하룻밤만 더 생각해볼 여유를 달라고 했다. 익은 노
여움이 가득 찬 두 눈으로 그의 아내를 흘낏 보며 그저 고맙다고
인사만을 했다.

영우(永祐)가 먼저

"아버지 안녕히 다녀오세요."

하고 절을 했다. 그러자 윤경(允卿)이와 성우도 영우의 흉내를 내
었다.

익은 이날 밤을 여관에서 자고 이튿날 저녁때는 부산에 내렸다.
부두 가까운 곳에 여관을 정하고 보이를 통하여 밀항에 대한 예
비 지식을 준비해두었다. 내일 밤이면 떠나는 배가 있다고 했다.

바다를 보자 몹시 초조한 맘이 들며 한시바삐 지애가 보고 싶었
다. 외로운 다다미방에 병든 몸으로 밤낮없이 자기를 기다리고
누워 있을 지애를 생각하니 다시금 가슴이 메어지는 듯했다.

'아, 그리운 지애, 이제 며칠만 더 참아라. 나는 영원히 너의 곁
에 있을 것이다!'

익은 혼자 속으로 이렇게 부르짖어도 보았다. 그러나 무엇인지
그의 가슴속에는 납덩이가 든 것처럼 뭉클하게 무겁고 아픈 것이
있었다. 자기는 이렇게 해서 지애를 찾아갈 수 있을 것인가, 하는
생각은 잠시도 그의 머릿속을 떠나지 않았다. 그와 동시 그의 아

내에 대한 노여움의 불길은 그의 모든 신경을 항거와 복수의 구렁텅이로만 몰아넣고 있었다. 지애가 얼마나 실망하며 자기들의 불운을 슬퍼할 것인가. 타협과 비굴을 모르는 지애의 성격이 이것을 받으려 할 것인가. 아니 지애가 아니라 자기 자신이 문제다, 지애는 나에게 물을 것이다,——선생님은 그렇게 사실 수 있어요? 지애의 목소리는 지금도 그의 귀에 또랑또랑 들리는 듯했다, 그렇다. 자기는 그렇게 살려고 하지는 않았다. 이혼이 안 되면 지애를 놓아주려고 했다. 그 가슴속에 언제나 넣여 있는 미국제 수면제(세콜나사쥼)로 지애가 편안히 잠들 수 있게, 저어 말대로 '모든 것을 한꺼번에 잊을 수' 있게, 익은 지애를 차라리 놓아주려고 했다. 지애를 꾀여서 도망쳐볼 생각은 언제나 타기(唾棄)와 혐오(嫌惡)로써 말소되었다. 그러나, 이제 결과에 있어 자기는 그 타기와 혐오를 취하게 되지 않는가. 끝까지 헤어져주지 않으려는 아내의 심정을 이해할 수 없거나 있을 수 없다는 것이 아니었다. 그것은 그의 당연한 권리요, 자기를 배반하려는 사람을 위하여 그가 그의 당연한 권리를 포기해야 한다는 이유가 있을 수 없었다. 다만 익이 지애를 사랑하되 그 감정을 합리적인 행동에까지 옮겨야 한다는 그의 성격과 그의 욕심이 문제였다. 사랑하되 그것이 정신 면에만 그칠 수 있다면, 행동하되 그것이 감정에만 압도될 수 있다면, 처음부터 지애가 일본으로 건너가지 않아도 되었을 것이며, 익이 이렇게 아내의 목을 누르기까지 하지 않아도 되었을 것이었다. 한순간도 자기의 감정을 자기의 이성(理性)의 감시와 비판에 맡기지 않고는 견딜 수 없는 그러면서 끝까지 버리지 못하는 그의 감정이 문제였다. 그러한 익에게 지애가 있다는 것이 문제였다. 끝까지 잊을 수 없고 한순간도 쉴 수 없는 감정의 불길이 있다는 것이 문제였다. 아아, 지애, 지애…… 익은 몸을 부르르 떨었다.

이튿날 밤 밀선은 떠나지 않았다. 다시 하루가 연기되었다는 것이다. 익은 여러 날 수면 부족과 신경 흥분으로 몸이 극도로 쇠약해졌다는 것을 깨닫고 그날은 저녁부터 자리에 들어 있었다. 열두시쯤 눈을 붙였는데 또 지애의 목소리가 들렸다. '선생님' 하기에 돌아다보니 수박색 저고리에 흰 옥양목 긴 치마를 입은 지애가 잠방이에 셔츠를 입은 영우의 손목을 잡고 대한문 앞에 서 있었다. 영우의 한쪽 손에는 개나리꽃이 들려 있고 지애는 그것을 자기의 머리에도 꽂고 있었다. 그러자 어느덧 윤경이와 성우도 대한문에서 나오고 있었다.

'너희들 모두 어떻게 알고 왔니?'

익이 뛰어가 성우를 안으려 했을 때, 익의 아내가 덕수궁에서 이쪽을 향해 걸어오고 있었다.

아내는 겸연쩍은 듯이 신들신들 웃고 있었다.

'앗!'

익은 가슴이 꽉 막혔다.

익은 불에 덴 것처럼 자리에서 벌떡 일어났다. 어디가 어떻게 아픈 겐지 알 수가 없었다. 심장인지 뇌신경인지 어디에 고열의 전기가 통한 듯했다. 일찰나도 견딜 수 없는 형언할 수 없는 아픔이었다. 물론 익은 이미 문을 열고 뜰로 뛰어나와 있었다. 변소로 뛰어갔다. 도로 방으로 뛰어왔다. 다시 변소로 뛰어갔다. 다시 방으로 뛰어왔다. 또다시 변소로 뛰어갔다. 또다시 방으로 뛰어왔다. 익은 이불을 뒤쳤다. 또 요를 뒤쳤다. 책상 서랍을 찾았다. 책상 서랍이 없다. 서랍 속에 언제나 들어 있는 그 동그란 통의 치약도 새카만 자루의 면도칼도 보이지 않는다. 트렁크를 둘러엎었다. 트렁크에서 지폐와 양복과 내복이 쏟아졌다. 손가방을 털었다. 손가방에서 타월과 손수건과 칫솔과 치분과 그리고 그 새카만 자루의 면도칼도 나왔다. 면도칼을 집어 들었다.

……익! 차가운 얼음이다. 차가운 얼음물이 전신에 흘러든다. 뼈가 시리다. 아아, 시려라! 시려라! 시원해라!……

이튿날 아침 보이가 방문을 열었을 때 온 방엔 피가 홍건하고 익은 책상(서랍 없는) 위에 엎드려 있었다.

지폐 뭉치와 양복과 내복과 타월과 손수건과 치분 칫솔 면도칼 그런 것이 모두 피 속에 젖어 있었다. 이불도 요도 피투성이였다.

조금 뒤 달려온 순경은 오히려 심상한 듯이

"흠 동맥 출혈! ……왼 팔목을 끊었군!"

하며 책상 위에 엎드려진 익의 얼굴을 잦혔다. 순간, 그것을 본 사람들이 한꺼번에 몸이 '오싹'했을 정도로, 익의 부릅뜬 두 눈에는 무서운 노여움의 불길이 상기도 활활 타오르고 있었다.

# 흥남철수 興南撤收

유엔군 서북 전선이 철수를 개시한 십일월 이십칠팔일 그 무렵, 아직도 북으로 진격을 계속하고 있던 동북 전선 일대는, 바야흐로 휘몰아치는 눈보라 속에 뿌옇게 싸여 있었다. 이십오일에 이미 나남(羅南), 청진(淸津)을 탈환한, 국군 장병은 다시, 회령(會寧), 나진(羅津)을 향하여 이십구일에도 북진을 계속하고 있었던 것이다.

국경을 목적하고 맹진(猛進)하는 유엔 연합군을 좇아 이왕이면 두만강 얼어붙은 강면(江面)까지 바라보고 돌아오자고, 의견이 합치된 철(澈)의 일행 세 사람이 함흥(咸興)에서 청진 가는 선편(船便)을 교섭하러, 당지 주둔의 정훈대를 찾아간 것은 삼십일 오후였다. 거기서 처음으로 이십팔일에 공포되었다는 맥[1] 원수의 특별 콤뮤니케[2]란 것을 듣게 되었다. "중공군 대거 침입으로 한국 전선은 신국면(新局面)에 돌입하였다"는, 이 의외의 성명은, 서북 전선의 유엔군이 이미 철수를 개시했다는 사실과 함께 그들에게 전달되었던 것이다.

말을 전하는 사람과 그것을 듣는 사람들이 한꺼번에 두부(頭部)가 없어지는 듯한 순간이 지나갔다. 한순간의 진공(眞空)은 다시 현실로 메꿔졌다. 북으로 가려던 계획이 남으로 바뀌어졌다. 이튿날인 십이월 초하루, 세 사람은 다시 일단 흥남으로 돌아갔다.

철은 시인(詩人)이요, 다른 둘은 음악가와 화가(畫家)였다.

그들이 '사회단체 연합회(社會團體聯合會)' 파견 '종군 문화반(從軍文化班)'이란 이름으로 서울을 떠난 것은 십일월 초엿샛날이었다. 그날로(항공 편) 원산에 도착하여, 사흘 묵은 뒤 다음 목적지를 함흥으로 정하고, 원산을 떠나 일단 흥남에 닿은 것이 그달 열흘날이었다. 여기서 다시 일주간이란 날짜를 보내고, 정작 함흥으로 떠나게 된 것은 그달 스무날께였다.

'사회단체 연합회'에서 그들이 맡은 임무는, 전과(戰果)의 보도나 전황의 기록을 위한 전선 종군이 아니라, 수복지구(收復地區)의 동포들에 대한 계몽 선전 위안을 주는 데 있었기 때문에——계몽 선전 위안을 주는 활동에 철의 일행이 뛰어들었다는 말에는 당연히 주석이 있어야 하겠지만, 여기서는 다만 그즈음 그들이 처했던 사회적 분위기에나 그들 자신의 가슴속에는 누구나 그러한 사회적이며 또한 민족적인 감정이 회오리바람처럼 일고 있었고 특히 개인적인 피해가 많으면 많은 사람일수록 그러한 감정은 더욱 격동하고 있었다는 정도로 우선해두고——, 이왕이면 보다

더 큰 도시를 무대로 하여 일하는 것이 일의 반향(反響)에 있어서
나 그들 자신의 편익에 있어서나 좀더 효과적이리라 믿었고, 따
라서 원산에서 두번째 목적지를 함흥으로 택한 것도 당연한 일이
아닐 수 없었다. 세 사람이 함흥으로 바로 내려가지 않고 흥남에
들른 것은, 흥남에서 정훈 책임을 맡아 있는 강대위(姜大尉)가,
그들 일행 중의 한 사람인 박철(朴澈)을 통하여 세 사람을 특별히
초청해주었기 때문이었다.

"빨갱이 놈의 새끼들이 어떻게 선전을 해왔던지 시민들이 모조
리 산중에 가 숨고 나오지 않습니다."

세 사람이 갔을 때 강대위는 박철에게 이렇게 말했다. 그것을
나오게 하고, 신념과 희망을 가지게 하는 것이 철과 그 일행의 사
명이었다.

세 사람은 그 일에 착수했다. 키가 작고 몸이 마르고 얼굴이 새
까만, 어딘지 신경질적으로 보이는 이화백은, 그러나, 인상과는
달라, 대단히 명랑하고 유머러스한 시국 만화를 그려 붙이고, 이
화백과는 반대로, 키가 크고 몸이 뚱뚱하고 얼굴이 복실복실하며
어딘지 애티가 있어 보이는 김성득 음악가는 학교로, 예배당으로
사람들을 모아놓고 「애국가」와 「봉선화」를 가르치고, 철은 직분
이 시인이라 시를 외거나 강연을 맡을 수밖에 없었고 시민들은
그들이 노래를 부르거나 이야기를 하는 자리면 안심하고 모여들
었다. 특히 이정식의 보기보다는 다른, 그 경쾌하고 소탈한 익살
에는 듣는 사람마다 배를 안고 웃지 않을 수 없었다.

그것은 의외로 빠르고도 큰 효과를 나타내었다. 시민들은 나날

이 산과 굴과 그 밖의 모든 숨어 있던 자리에서 자기들의 마을로 거리로 돌아왔다.

이렇게 사흘째 되던 날부터는 또, 밤이면 으레 '위안의 밤'을 개최하였다. 이것은 연사흘 계속되었다.

그 첫날 밤이었다. 철들의 일에 최초로 협력하여 나왔던 정인수(鄭仁洙)라는 사람의 소개로 윤시정(尹時貞)이라는 소녀가 「봉선화」의 독창을 부른 것이 여러 사람의 눈에 눈물을 자아내게 하였다. 그의 목소리는 듣는 사람의 가슴속에 충격을 주고, 사무치는 것을 주고, 눈물을 자아내게 하는 것이었고, 그로 인하여 세 사람의 일은 더욱 크고 빠른 성과를 거둘 수 있게 되었다.

소녀의 나이는 열여섯이었다. 몸매는 가늘고 동글며 얼굴빛은 몹시 흰 편이었으나 영양 부족으로 인하여 어딘지 누른빛이 돌았다. 눈썹은 우아(優雅)하고, 눈은 가늘고, 웃을 때는 서릿발같이 희고 가지런한 이를 보이곤 하였다.

박철이 윤시정을 처음 본 것은 그가 「봉선화」를 부르게 되던 그 전날 밤이었다. 서울을 떠난 지도 보름이나 되는 세 사람은, 가운데서도 철과 이정식은 술을 좋아하는 편이었으므로, 그날 오전에 알게 된 정인수를 통하여 어디 객주 영업을 하는 집이 없느냐고 물어서 그가 객줏집이라고도 하지 않고 아니라고도 하지 않고, 그냥 웃으며 인도해준 곳이 그 집이었다.

시가지 뒷골목에 있는 기역(ㄱ)자로 된 조그만 양철집으로 맨 끝이 헛간이요, 다음이 부엌이요, 그다음이 방이요, 또 하나 꺾어진 'ㄱ'자의 짧은 한 획에 해당하는 쪽에 방이 있었다.

일행이 처음 문 안에 들어섰을 때, 방 둘과 헛간은 껌껌하고 부엌에만 유리등에 침침한 기름(석유)불이 켜져 있었다.

정인수가 먼저 들어가 무어라고 한참 교섭을 하고 나오더니, 일행이 들어가도 좋다는 것으로 되었다. 세 사람이 인도된 곳은 부엌과 바로 붙은 방이었다. 그들은 정인수의 소개로 주인과 인사를 치렀다. 주인은 나이 한 예순이나 가까울 듯한 키가 크고 목이 길고 얼굴빛이 검누르고 주름살이 많은 노인이었다.

주인은 인사를 끝내자 꾸무적거리며 일어나 부엌으로 갔다. 부엌에는 검정빛 양복바지 위에, 역시 검정빛 스웨터를 입은 허리가 가느스름하고 얼굴빛이 새하얀 소녀 하나가, 그 아버지인 주인 노인을 거들어 냄비에 물을 끓이고 있었다. 그 소녀의 이름이 시정이란 것은, 이튿날 오전에 정인수의 소개로 비로소 알게 되었던 것이다.

주인 노인과 소녀가 사십 분간이나 걸려서 만들어준 요리는 겨우 냄비에 멸치를 넣고 끓인 두부찌개 하나요, 소주가 한 병 있었다. 그러나 반달 만에 술자리라고는 처음 대하는 터라 그들은 흡족하게 흥겨웁게 마시고, 취하고, 쓰러져 갔다. 그리하여 이튿날부터 세 사람의 숙소는 이곳으로 옮겨졌다.

이튿날부터 숙소를 아주 이 집으로 옮겨오자, 이 집에서는 'ㄱ'자의 꺾어진, 짧은 획에 해당하는 방을 철들에게 내어주었다.

주인 식구는 윤노인과 시정의 언니 되는 올해 열아홉 살 나는 또 하나 처녀와 이렇게 모두 세 사람이 있었다. 시정의 오빠 되는 윤노인의 아들은 괴뢰군으로 끌려나가고 없었으며, 시정의 언니

되는 수정(壽貞)은 적어도 그들이 보는 데서는 방문 밖 출입을 하지 않았다. 정인수는 그저 간단히 병인(病人)이라고만 했다. 윤노인도 그렇게만 말했다. 그들이 옮겨갔을 때, 윤노인은

"집 안에 뱅재[3] 있어서, 손님에게는 미안하오마는 하는 수 없소. 더운 기운이 나는 이쪽 큰방은 우리가 써야 되겠소."

했다. 무슨 병인가 하는 호기심이 나지 않는 것도 아니었으나, 그렇게 일절 출입을 끊고 방 안에만, 드러누워 있을 때야 이만저만 중한 병이 아니면 보기에 썩 흉한 병이거니 하고 있을밖에 없었다.

시정이 「봉선화」를 불러 여러 사람을 눈물로 젖게 한 첫번째의 '위안의 밤'이 끝난 뒤에도, 숙소로 돌아온 세 사람은 또한 어젯밤과 같이 두부찌개에 소주를 마시고 흡족하게 취했다.

"시정이 이리 와! 이리 들어와! 우리 앞에서는 노래 못 부르겠어? 「봉선화」 못 부르겠어?"

정식이 술에 취하여 이렇게 떠들었다. 철도 취중이지만 시정을 곁에 불러 앉혀놓고 말을 건네보고 싶었다. 다만 김성득이만이 술에 취하지 않은 맨송맨송한 정신이라 그런지 그렇지 않으면, 같은 음악인이란 의미에서 달리 생각하는 것이 있는지,

"이형, 주정은 제발 서울 돌아가서 합시다."

하고, 그것을 말렸다.

"안 돼, 시정이 이리 와, 이리 들어와."

정식도 듣지 않았다.

"허허, 그러지 말래두……"

하며 성득은 끝내 반대를 했다. 그는 술도 담배도 못하는 색시같이 유순한 성격의 사람이었으나 이때만은 강경히 정식에게 대항하였다.

이렇게 되면, 시정이 보통 소녀인 경우에 들어오려고 할 리 만무할 것이다. 그런데 시정이 들어왔다. 철이 좀 뜻밖이라 생각했으리만치 그녀는 활발한 성격인 듯했다.

"오오, 시정이 거기 앉아! 오늘은 수고했어! 대성공이었어!"

정식은 시정의 앞에 손을 내밀며 이렇게 감격적인 인사를 연발하였다.

"아니요, 정말 부끄러웠소."

시정은 이쪽 말씨로 의젓이 받아넘겼다.

"본디 음악 공부를 했었나?"

이번에는 철이 물었다.

"공부를 특별히 한 것도 없소, 올해 제가 여학교 사학년인데, 작년에 첨으로 학생음악회에 나갔어요."

"그럼 여기서도 음악대회 같은 것은 가끔 있었나?"

"있기는 있어도 모다 꼭 같은 김일성 노래뿐이고 정말 음악다운 음악은 있쟁이오."

"음악대회에서는 일등을 했나?"

"예."

시정은 말을 빨리하거나 흥분했을 때 이외에는 서울말을 곧잘 쓸 수 있었다.

"일등이고 이등이고 그런 것 상관없어, 시정이 그렇잖아? 문제는 예술에 있어, 예술이 되면 그만이야, 예술에 무슨 놈의 등수가 있느냐 말이야, 그렇잖아 시정이?……"

정식이 또 기염을 토하기 시작하였다.

"……"

시정은 잠자코 고개를 수그리고 있었다. 정식은 다시 말을 계속하였다.

"시정은 천재 예술가야, 알겠어? 예술이란 천재 없으면 못하는 거야, 알겠어? 그런데 예술에 무슨 놈의 일등 이등이 있겠느냐 말이야, 알겠어 응, 시정이?……"

"……"

시정은 고개를 들지 않았다.

"이번에 남북이 통일되거든 시정이도 우리와 함께 서울로 올라가요, 서울 가서 공부하게……"

철은 막연한 희망을 품고 이렇게 말했다.

시정은 이 말에, 갑자기 두 눈을 반짝거리며, 홱 변해진 사투리 말씨로,

"통일이 언제쯤 되겠소?"

하고 물었다.

"글쎄, 늦어도 내년 봄까지는 되지 않을까?"

"그럼 그때느, 선생님 저르 꼭 서울로 데려가주겠소?"

"그럼, 그러구말구."

철은 취중에 흐뭇하게 대답했다.

"인제 됐어, 인제 시정이 나가도 좋아."

성득이 기다리고 있은 듯이 이렇게 말하자, 시정은 일어서며,

"그럼, 선생님 전 그렇게 믿고 있겠어요."

하고 나갔다.

시정이 나가자 철과 정식은 또다시 술잔을 건네기 시작하였다.

시정이 새로 끓인 두부찌개를 들여다 주었다.

"어, 어, 됐어, 됐어."

새로 들어온 두부찌개에 용기를 얻은 두 사람은 술 마시기 내기
나 하듯 연방 잔을 바꾸어 넘겼다.

그들이 술상을 내고 잠이 든 것은——라기보다, 성득이 두 사람
의 술상을 물리고, 그들을 자리에 끌어다 눕힌 것은, 이라고 하는
것이 옳겠지만——자정이나 되었을 때였다. 철은 취기와 피로로
인하여 죽음 같은 깊은 잠에 떨어져버렸다.


……부엌에서 도마에 칼 두드리는 소리가 들려왔다. 쇠고기나
무엇을 두드리는 것이었다. 손에 전기 장치가 되어 있듯 칼질은
빨랐다. 칼질이 빠르듯, 그녀의 입이 또 그렇게 빨리 달싹거리고
있는 것이었다. 그녀의 입은 그렇게 빨리 염불을 외고 있다는 것
이었다. 콩이든지 팥이든지, 콩이든지 팥이든지…… 그녀의 염불
은 이것만을 자꾸 되풀이한다는 것이었다. 그것은 염불이 아니라
주문(呪文)일는지도 모른다는 것이었다. 그녀는 고개를 들지 않
고 도마만 두드리는 것이었다. 그녀가 그렇게 고개를 들지 않고,
그렇게 빨리 도마를 두드리고, 그렇게 빨리 염불이나 주문을 외
는 것은 그 자신이 어느덧 주문에 걸려 있기 때문이라는 것이었

다. 그러나 그녀가 어느덧 고개를 든다면 그 주문은 철에게 향해진다는 것이었다. 그것은 철에게 거북한 노릇이었다. 철은 그것을 두려워하고 있는 것이었다. 그녀의 주문은 철이 아이들에게 따뜻한 옷을 입히지 못하고, 신발을 신기지 못하고, 쌀을 넉넉하게 들이지 못하고, 회충약을 먹이지 못하고, 멸치 넣은 두부찌개를 먹이지 못하고, 벌레 먹은 이를 빼주지 못하고, 이발을 시켜주지 못하고, 창경원 구경을 시켜주지 못하고…… 이러한 죄목으로 철을 추궁하는 뜻이라는 것이었다. 그것은 쓸쓸하고 두려운 일이었다. 쓸쓸하고 두려움이, 어느덧 용기가 되는 것이었다. 철은 어느덧 용기를 가지고, 그녀가 주문을 퍼부을 때, 그녀와 싸우리라 결심했다…… 아내는 원귀같이 창백한 얼굴에 웃음을 띠고 철을 맞이하는 것이었다. 철은 이제야 군복을 입고, 어깨에 백을 걸고 집을 찾아오는 것이었다. 대구서와, 부산서와, 석 달 동안이나, 그렇게 걱정하고 그렇게 안타까워하던 집을 찾아 이제야 유엔군과 함께 돌아온다는 것이었다. 아내가 웃는 얼굴로 철을 맞이해주는 것을 볼 때 철은 비로소 한숨을 내쉬며 마음을 놓는다는 것이었다. 이렇게도 즐거운 일은 어쩌면 현실이 아닐는지도 모른다는 것이었다. 어쩌면 꿈일는지도 모른다는 것이었다. 어쩌면 아내는 이미 죽고, 죽은 아내의 유령일는지도 모른다는 것이었다. 죽은 아내의 유령이 이렇게 창백한 웃음을 띠고 철을 맞이해준다는 것이었다. 그 증거로는 아이들이 다 어디 있느냐 말이다. 제 어미와 함께 와아 몰려나왔어야 할 아이들은 다 어디 있느냐는 것이었다. 아이들은, 아이들은, 다 어디 있느냐 말이다…… 철은 가슴이 메어진다는 것이었다……

처음은 치운⁵ 바람이라 느껴졌다. 치워. 치워……

"박형, 박형, 이리 좀, 어이 박형!"

하는 소리는 얼음같이 싸늘한 바람과 함께 오는 것이었다.

"어이 이잉."

하고, 철도 이번에는, 분명 꿈속이 아닌 기지개를 켰다.


새벽녘이 되어, 철은 무엇인지 부드럽고도 포근한 체온 속에 눈을 떴다. 철은 즉각적으로 그 체온이, 화가 이정식이나 음악가 김성득이 아닌 젊고도 상냥한 여자의 것이라고 느껴졌다. 철은 과연 감장빛 치마저고리의 여자를 안고 있는 것이었다.

방 안은 아직 어두웠으나 창문께엔 희부연 새벽빛이 어리고 있었다. 철은 상반신을 돌려서 방 안을 살펴보았다. 그의 등 뒤에는 화가 이정식이 그에게 등을 돌린 채 음악가 김성득을 안고 누워 자고, 김성득은 또 이정식에게 등을 돌린 채 벽에 얼굴을 붙이듯하여 자고 있는 것이었다. 그들은 같은 이불 밑에서 꼭 같이 등을 꼬부리고, 다리를 오그려서 흡사 한 쌍의 새우가 붙어 자는 것 같은 모양을 하고 있었다.

철이 안고 누워 있는 여자가 있는 쪽으로는, 그다음이 분명히 시정이요, 시정이 다음이 그의 아버지인 윤노인인데, 그는 벽에 등을 대다시피 하여 모로 누운 채 억지 코를 골고 있는 것이었다. 그러고 보면 철이 안고 있는 누워 있는 여자는 틀림없이 시정의 언니인 올해 열아홉에 난다는, 거의 방문 밖 출입이 없던, 그 '벙재'라 불려오던 여자일 수밖에 없었다.

그러나 어째서 주인 식구 세 사람이 다 이 방에 들어와 자게 되었는지를 알 수 없었다. 어저께 밤에 철과 정식이 늦게 술을 마시고 있었다는 것은 상기할 수 있는 일이었다. 그다음 그들 일행 세 사람이 전날 밤과 같이 이 방에서 담요 두 장과 주인집의 솜이불 한 채를 빌려 같이 덮고 누워 자게 되었으리라는 것도 짐작할 수 있는 일이었다. 다만 어떻게 해서 주인 식구가 모두 이 방에 들어와 자게 되었는지, 또 철 자신이 어쩌다가 자기들에게 배당된 침구를 버리고 주인 식구의 이불 속으로 전신(轉身)하여 시정의 언니를 안고 자게 되었는지 그것만은 알 수 없는 노릇이었다. 철의 이러한 의문은, 그날 아침 해가 환히 돋아, 그 방 사람 여섯이 다 일어났을 때까지, 아직도 한밤중같이 늘어지게 코를 골고 자는 곁엣방의, 일곱 사람의, 낯선 손님들을 발견함으로써 자연히 해결될 수 있었다. 윤노인은,

"밤중에 손님이 일곱이 와서 기어쿠 방을 내달라고 해서 부득이 실례르 하게 됐소, 실로 미안하게 됐소."

하고, 인사를 했고, 시정은 노인의 설명을 돕겠다는 듯이,

"새로운 손님들 자리에 눕는 것으 보고, 아버지하고 이 방에 와 보니, 아아 실로 큰일이오, 선생님 세 분과 언니하고만 한방이오……"

그래서 처음엔 시정이만 수정이 다음에 눕고, 윤노인은 딸들의 발치에 눕겠다고 하는 것을, 시정이 우겨서 수정을 좀 밀치고 간신히 그 자리에 두 사람이 눕게 되었다는 것이다.

그러나, 그보다도, 사실은 이쪽 세 사람이 더 미안할 수밖에 없었던 것은, 그렇게 지금까지 아무에게도 얼굴을 보이지 않으려고 하던 시정의 언니를 이제는 할 수 없이 한방 안에서 자리를 같이 하지 아니치 못하게 된 것이요, 그 위에 다시 그를 안고 잔 철이 야말로 면구하기 짝이 없는 노릇이었다.

"아니올시다. 저희야말로 실례가 많습니다."

하고 정식이 세 사람을 대신하여 인사를 하기는 했으나 그보다도 나이 네 살이나 아래인, 올해 겨우 서른 살밖에 되지 않은 성득이와, 또 나이로는 성득이보다 서너 살 위나, 잠결에 약간 방정한 몸가짐을 갖지 못했던 철로서는 더욱 미안하고, 또 거북하기 짝이 없는 노릇이었다.

"뻴말씀 다 하오다, 내 큰딸이 벵재 돼서 그렇지, 그렇재이면야……"

노인은 이렇게 말을 흐려버렸다.

노인의 이 말은 그들로 하여금 더욱 의혹과 당황에 빠지게 하였다. 왜 그러냐 하면, 그가 말하는 그의 큰딸 수정은 얼굴이 좀 네모난 듯한, 드물게 보는 미인으로 어느 모로나 '병인'이라고는 도저히 믿어지지 않을 뿐만 아니라, 오히려 고상하게까지 보이는 훌륭한 처녀였기 때문이었다. 불구자가 아닌 것은 더 말할 것도 없지만 속에라도 병이 들어 있다면 얼굴이 그렇게 고상하게까지 보이도록 아름다움으로 빛날 수는 도저히 없으리라 믿어졌던 것이다. 그렇다면 윤노인이 그를 가리켜 '벵재'라 하고 정인수 역시 '병인'이라고 한 것은 무슨 까닭인가. 그들로서는 알 수 없는 일이었다.

다만 그들은 윤노인이 그들에게 그의 큰딸을 보이고 싶어하지 않고 있다는 것만은 잘 알고 있었다. 철은 곁엣방의 일곱 분 손님이 숙소를 옮기지 않는다면 이쪽에서 지금 들어 있는 방을 주인에게 내주고, 숙소를 옮기기로 상의한 뒤, 정훈대를 찾아갔다. 강대위는 곧 지난 밤중에 도착한 일곱 분 손님에 대하여 직접 그들을 인도한 부하 사병 한 사람을 불러 자세한 보고를 듣고 나더니, 그 일곱 분 손님 중 다섯 사람은 다른 특별한 용무를 띠고 온 사람들이요, 그 밖의 두 사람은 신문사에서 파견되어 온 종군기자인데, 다섯 사람은 오늘 중으로 떠나게 될 것이고, 두 사람은 오늘이나 내일이면 떠나게 될 예정이라 하니, 만약 두 분 손님이 오늘 밤을 여기서 묵게 되는 경우엔 불편한 대로 다섯분이 한방에서 하룻밤 지낼 수 없겠느냐 하는 것이었다. 철은 좋다고 했다.

과연 그들 일곱 분 손님 가운데서는 다섯이 그날 오후 두시에 먼저 떠나고, 둘은 남아 철들이 개최하는 '위안의 밤'을 위하여도 많은 협력을 해주고, 이튿날 오전에 함흥으로 떠났다.

세 사람은 그들이 떠난 뒤에도 사흘 밤을 더 묵어서 그곳을 떠났다. 그렇게 사흘 밤이나 더 묵는 동안에 철이 수정의 얼굴을 본 것은 단 한 번뿐이었다. 시정이 인사를 하느라고 방문을 열었을 때였다. 수정은 바로 문 앞에 바느질을 하고 있다가 시정이 갑자기 문을 열고 철에게 인사를 하자 그도 무심결에 따라 고개를 들어 그를 보더니 이내 고개를 수그려버렸다. 그의 눈결같이 새하얀 두 볼에 발그스레한 홍조가 떠올랐다.

그때 철은 문득, 수정의 병이란 결국, 정신이 좀 모자라는 것이 아닌가, 하는 생각을 했으나, 그 첫날 밤, 시정에게 바느질을 가르치느라고 하던 그 또렷한 말씨와 그 낮고 가늘면서도 어딘지 발랄한 생명력이 느껴지던 목소리를 생각할 때 또한 정신이 부족한 사람이라고는 도저히 믿어지지 않기도 했다. 어쨌든 그들 세 사람은 수정의 '병'에 대해서는 끝까지 의혹을 품을 채 그곳을 떠나게 되었던 것이다.

철과 그 일행이 흥남으로 돌아온 것은 십이월 초이튿날이었다. 그들은 그날 흥남에 와서, 강대위를 통하여 비로소 '동한(冬寒)에 대비하여 동북 전선의 철수를 지령'한 R소장의 언명이 있었다는 것도 알게 되었다. 동시에 어저께부터, 장진호(長津湖) 부근의 유엔군이 후퇴를 개시하여 오늘까지 일면 후퇴 일면 격전을 계속하고 있다는 사실도 알게 되었다. 세 사람은 강대위에게 그들이 서울로 돌아가기 위하여 일단 원산까지 갈 수 있는 차편을 부탁한 뒤, 전날 신세지던 윤노인의 집으로 돌아왔다.

윤노인은 반겨 맞으면서, 중공군이 들어왔다는 말이 있는데, 그것이 정말인가, 전세(戰勢)에는 별반 영향이 없는가 하고, 부들부들 떨며 물었다. 중공군도 중공군이지만 그보다 추위 때문에도 일단 후퇴를 하게 되는 모양이라고 철이 대답했더니,

"후퇴르 하오?"

하고 노인은 당치 않다는 듯한 얼굴이었다.

시정은 중공군이 들어왔건, 후퇴를 하건 그런 건 아랑곳도 없

고, 그저 그들이 의외로 빨리 돌아와준 것만 좋다는 듯이,

"저 기다렸어요, 선생님들 빨리 돌아오실 줄 저 알고 있었어요…… 저 이번에 선생님들 따라 아주 서울로 갈까 하고 있었지요."
하고, 왼쪽 볼에 보조개를 파가며 가늘게 뜬 두 눈에 웃음을 담고 말했다.

철은 지금 그들이 당면하고 있는 현실이나 전국에 대하여 긴말을 하기가 싫었다. 그는 생각난 듯이 그동안 수정 언니도 잘 있었느냐고, 딴전을 쳐서 화제를 돌려버렸다.

그 이튿날인 초사흗날도 차편은 좀체 얻어지지 않았다. 지프차는 가망도 없고, 트럭이나 스리쿼터도 쉽지 않았다.

중공군은 함흥과 원산 방면에 점점 더 병력을 증가하는 일방이라는 정보가 들어왔다. 그들은 시간이 지날수록 초조하여옴을 참을 수 없었다. 게다가 정인수가 이번에 그들이 흥남으로 되돌아온 이래 한번도 얼굴을 보여주지 않는 것도 여간 수상쩍게 생각되지 않았다. 정인수의 마음이 이미 흔들리고 있다면 이 고장의 다른 사람들은 더 물을 것도 없는 일이었다.

그러는 동안 대부분의 시간은 정훈대에서 차편을 기다리기 위하여 허비되었다. 육로로 원산까지만 가놓으면 거기서는 공로로나 해로로나 한결 쉬울 것 같았기 때문이었다. 사흗날 저녁때나 되어 강대위는 비로소 얼굴에 활기를 띠고 들어오며 내일은 떠나게 된다고 했다. 바로 부대에서 떠나는 트럭이 있어서 교섭한 결과, 세 사람이 다 한꺼번에 타게 되는지는 의문이나 하여간 아침 여섯시까지 부대로 나오라 한다는 것이었다. 그들은 어쨌든지 셋

이 같이 떠나야 되겠다고, 강대위를 통하여 신신당부를 하고 숙소로 돌아왔다. 그날 밤이었다. 그동안 사흘 동안이나 얼굴을 보이지 않던 정인수가 그들을 찾아와서 자기의 사정 이야기를 터뜨려놓았다. 그의 말에 의하면 그의 아버지는 본디 기독교 장로요, 자기도 어려서부터 교회에 나갔는데, 아버지는 해방 되던 해에 죽고, 자기도 공산군이 들어온 이후는 그들의 박해를 겁내어 겉으로는 믿는 둥 마는 둥 하며 소학교 교원 노릇을 하여왔는데 이번 육이오 사변이 나자, 자기는 본디 몸도 성치 않았지만 소학 교원이란 직업도 있고 해서 이리저리 핑계를 대어 거의 숨어 지내다시피 했다는 것이다. 괴뢰군이 도망을 빼자 혼자 굴속에 숨어 있다가 국군과 유엔군이 들어오는 것을 보고 맨 먼저 나와 맞이했을 뿐 아니라 자기의 힘이 자라는 대로는 협력도 아끼지 않았던바, 갑자기 중공군 개입과 함께 유엔군이 후퇴를 개시한다는 말을 들으니 그만 정신이 어지러워서 갈피를 잡을 수 없었다는 것이다. 그래서 한 사흘 동안 가만히 정세를 관망하고 있었으나 지금 같아서는 아무래도 일단은 이 고장도 공산군에게 한 번 더 내주게 되지 않나 하고 생각이 드는데, 여기서 자기 한 몸 같으면 유엔군을 따라 남하해버리면 되겠는데 자기에게는 늙은 어머니와, 어린아이 넷과, 몸 약한 아내가 있어서 자기가 없으면 이 식구들은 집에서 굶어 죽거나 거리에서 얼어 죽고 말리라는 것이다. 그러나 설사 그렇게 된다 할지라도 자기는 여기 남아서 공산당에게 붙잡혀 죽을 날을 기다리고 있을 수는 없다는 것이다. 더욱이 그의 어머니와 아내는, 가족들 걱정은 말고 자기 한 사람의 목숨만이라도 건지도록 하라고 강경히 권하여 마지않는다는 것이다.

"선생님들과 함께 아무래도 이곳을 떠나가야 하겠수다."

이것이 그의 결론이었다.

철은 난처하였다. 강대위의 말대로는 그들 세 사람도 다 타기는 어려우리라는 듯이 비쳤는데, 여기다 다시 한 사람을 더 보태어 네 사람이 된다면 더욱 곤란해질 것은 뻔한 노릇이었다. 그렇다고는 해서, 지금까지 예술가의 이름으로 조국과 민족을 부르짖고, 또 정의 인도와 자유를 외쳐온 그들로서, 지금이야말로 생사를 헤아릴 수 없는 이 판국에 와서, 너는 모르겠다, 내가 먼저 떠나야겠다 할 수도 없는 노릇이었다.

"그럼 낼 아침 여섯시까지 부대로 나오슈."

철은 동행 두 사람에게는 의논도 없이 이렇게 일러주었다.

새벽 여섯시라고 해도 날은 아직 밝기 전이었다. 눈이 얼어붙어 빙판이 된 검은 길 위에는 그저도 성긴 눈발이 부슬거리고 있었다. 이따금 한숨처럼 뿜어지는 뿌연 입김이 아득한 절망같이 누워 있는 시꺼먼 해면의 압력을 받는 듯 숨결이 가빠졌다.

정훈대에 들러 강대위를 찾았다. 강대위는 없었다. 그들의 초조한 마음은 그 자리에서 강대위를 기다리고 앉아 있을 수 없었다. 그들은 트럭이 떠나기로 되어 있다는 부대로 향했다. 그때,

"박새—ㅁ!"

하고 어딘지 귀에 익은 듯한 목소리가 들렸다. 철이 돌아다보니, 역시 부슬거리는 눈발 속에 검은 오버를 입고 륙색을 메고, 그 아

래, 고무장화를 신은 정인수가 걸어오고 그 뒤에는 털수건으로
모두 머리를 싼 여자 세 사람이 묵묵히 따라오고 있었다. 어머니
와 아내와 딸이, 그 아들이요, 남편이요, 아버지인 정인수를 보내
러 따라오고 있는 것이었다.

그들이 부대로 갔을 때 거기는 이미 약 이십 명이나 되는 이 지
방 민간인들이 짐을 가지고 나와 있었다. 군에서 직접 떠나는 사
람 이외에, 이렇게도 많은 민간인들이 그들과 같은 차편을 기다
리고 있었으리라고는 예기하지 못했던 일이니만치 놀라지 않을
수 없었다.

여섯시 반에 강대위가 뛰어왔다. 강대위도 조금 당황한 기색이
었다. 그는 앞으로 먼저 오더니,

"함흥에서 지정을 받아 온 사람이 열하나 있습니다. 그리고 여
기서 군 관계로 소개장과 추천장을 가지고 나온 사람들이 한 이
십 명가량 됩니다."

했다. 검푸른 해면 위에는 희멀건 아침빛이 서려오고 있었다. 철
은 그 희멀건 해면 위로 하염없이 던지고 있던 시선을 거두고 강
대위에게 돌리며,

"그런데 미안하지만, 이번에 정형도 우리와 같이 꼭 떠나야 되
겠는데, 특별히 좀 부탁하네."

염치 불구하고 이렇게 입을 떼자 정인수도,

"부탁합니다."

하고 머리를 수그렸다.

강대위는 당황한 얼굴로 그곳을 떠나버렸다.

한 십오 분 뒤에 강대위는 표 석 장을 가지고 돌아왔다. 표찰에
는 민(民)자를 쓰고 잇달아 번호가 들어 있었다.

'民16' '民17' '民18' 이렇게 석 장이었다.

"희망자가 너무 많아서 연대장님이 직접 승차표를 지정했습니
다."

강대위의 설명을 듣고 보니 표찰에는 과연 모두 도장이 찍혀 있
었다.

철은 정인수의 얼굴을 먼저 보았다. 그는 노기가 가득 찬 두 눈
으로 강대위를 노려보고 있었다.

"이것도 싸우다시피 해서 겨우 타낸 겁니다."

강대위는 그들이 입을 떼기 전에 앞질러 이렇게 변명을 했다.

철은 또 한번 정인수의 얼굴을 훔쳐보았다. 다음 순간 철의 눈
에는 정인수 뒤에 그를 전송하러 나와 서 있는 그의 어머니와 아
내와 딸이 보였다.

"그럼 내 표를 정형이 가지시오. 나는 표 없이 타보겠으니
까……"

철은 이렇게 말하며 표를 정인수에게 주었다. 강대위도,

"꼭 같이 가시려면 차라리 그 편이 나을 겁니다. 박선생은 부대
에 안면이라도 있으니까……"

구원이나 받은 듯이 이렇게 말했다.

"미안합니다."

하며 정인수는 철의 표를 받았다.

일곱시 오분 전부터 임검한 헌병에게 표를 제시한 사람들만이

트럭을 타기 시작하였다. 트럭에는 본디 부대에서 실은 짐이 좀 있었기 때문에, 사람은 삼십여 명 타니, 빈틈이 없어졌다.

철은 강대위의 소개로 임검한 헌병에게 인사를 치르고 사정을 좀 보아달라고 했다. 헌병은 담담히 자기에게는 그런 권한이 없으니 연대장의 양해를 받아오라고 했다. 강대위가 또다시 간곡히 사정 이야기를 하자, 그럼 좀 기다려보라고 했다.

그러나 그는 끝까지 철에게 차에 올라도 좋다는 허락을 내리지 않았을 뿐만 아니라 자기의 한 말을 잊어버리기나 한 듯이 잠자코 서 있을 뿐이었다.

검차를 끝마친 운전사가 운전대에 오르는 것과 동시에 철은 앞뒤를 살필 사이도 없이 차에 뛰어올랐다. 헌병은 그것을 보고도 눈을 감아준 건지 말이 없었으나 차 안에는 그의 몸을 용신할 빈틈이 없었으므로 그는 다른 사람의 몸 위에 엎어지듯이 하여 겨우 올랐던 것이다.

그런데 또 한 사람의 헌병이 와서 마지막으로 승차 인원을 헤아리게 되었다. 철 곁의 사람들은 철이 한 번 다시 내렸다가 타는 것이 유리하리라고 했지만, 한 번 내렸다 다시 탈 때의 어려움을 생각하고 그는 그냥 앉아 배겨보리라 했다. 드디어 철의 번호를 묻는 차례가 돌아왔다. 번호가 없다고 한 뒤, 철은 황급히, 강대위의 이름과 함께 먼저 임검하던 헌병을 끌어대었다. 그때 마침 강대위는 정훈대로 돌아간 뒤였으므로, 먼젓번의 헌병이 강대위의 부탁을 대신 전해주는 모양이었다. 그러나 그는 듣지 않았다. 빨리 내려달라는 것이다. 철이 억지를 쓰고 그냥 앉아 있으려니

까 그는 또 일단 내려서 강대위를 데리고 오라는 것이다. 이렇게
되면 철이 앉은 자리에서는 아무리 버티어본댔자 소용이 없겠음
을 깨닫고 차에서 내려 정훈대로 달려갔다.

강대위는 철의 말을 듣자, 누구에게 향해서인지 화를 버럭 내며
곧 자리에서 일어났다. 그러나 두 사람이 정훈대 문 앞을 나왔을
때는 이미 부대를 떠난 트럭이 시가지로 향해 이백 미터가량이나
앞서 달아나고 있었다.

철이 강대위와 헤어져서, 부대 앞을 돌아나오고 있을 때, 이번
엔 또 시정이 감장 치마저고리에 털수건을 쓴 채 륙색을 메고 눈
속에 걸어오는 것이 보였다. 그는 어찌 된 셈판인지 영문을 모르
고, 시정이 가까이 올 때까지 그냥 눈 속에 말없이 서 있을 수밖
에 없었다.

"선생님!"

시정이 철을 보자 이렇게 불렀다.

"아니 어찌 된 거야?"

"자동차 아직 안 떠났어요?"

시정이 철에게 되물었다.

"떠났다."

"그럼…… 선생님은?"

"나는 못 떠났어."

"왜요?"

"시정이와 같이 가려구."

철은 자기 자신을 비웃듯 한 얼굴로 이렇게 대답했다.

"선생님, 그거 정말이오?"

시정의 입에서는 갑자기 사투리가 나왔다.

"두고 보라구, 글쎄, 그렇게 되지 않는가……"

"그럼 좋소…… 저도 안심하겠어요."

시정은 당황히 사투리와 서울말을 섞어가며 말했다.

"근데 시정은 또 어떻게 된 거야?"

"아버지하고 싸웠어요."

시정의 이 말을 듣자, 철은 문득 어젯밤 정인수가 돌아간 뒤 시정이네 세 식구가 말다툼을 하던 것이 생각났다. 그때, 시정의 음성은 낮았고, 수정의 음성은 더욱 낮아 그녀들 두 사람의 말소리는 잘 들리지 않았으나 드문드문 들려온 윤노인의, 딴은 낮게 하느라고 하던 몇 마디 말로 판단한다면, 시정이 정인수와 같이 그들을 따라 오늘 아침 여섯시 트럭으로 떠나겠다고 하는 것을 그 아버지가 언니(수정)를 남겨두고는 못 떠난다는 조건으로 반대를 하는 듯했다. 그러자 시정이 언니야 방문 밖도 나오지 않았는데 무슨 죄가 있느냐고, 저야말로 중공군이 들어오면 맨 먼저 잡아 죽일 터인데 어떻게 남아 있겠느냐고, 아버지를 반박하는 모양이었고, 그것을 잠결에 대강 엿들은 철도 맘속으로, 시정의 말이 옳다고, 영감 말은 경우에 맞지 않는 상식 밖의 억설이라고, 이렇게 생각을 하면서, 그러나 시정이 정말 간다고 나서게 되면 그것도 난처하고 남의 집 이야기에 그다지 깊이 관심할 흥미도 없고, 그보다 잠에 눌려 그냥 꿈속으로 떨어지고 말았던 것이다.

"싸움은 여섯시 이전에 끝이 났어야지⋯⋯"

"끝이 앙이 났소, ⋯⋯그러다가 선생님들 떠나시자 제 그만 울어버렸소, 너무나 겁이 나고, 또 화가 나서⋯⋯ 그래 그냥 옷으 갈아입고, 릭사ㄲ°르 메고, 아버지가 붙잡는 것도 뿌리쳐버리고, 울멘서 나오는 길이오."

시정은 아직도 흥분이 가라앉지 않았기 때문인지, 그 아버지와 더불어 말하듯 사투리를 뒤섞어 썼다.

두 사람이 집으로 돌아갔을 때, 수정이 혼자 그림같이 앉아 바느질을 하고 있다가, 시정이 되돌아 들어오는 것을 보고,

"앙이 갔니?"

하고 물었다. 시정은 그 말에 대답도 없이,

"아버지는?"

하고 되묻는다.

"너 붙잡으로 가쟁있나?"

"⋯⋯"

시정은 잠자코 짐을 ㄲ르는 모양이었다.

철은 방으로 들어가자, 오버를 벗기도 바쁘게 아직도 그대로 깔려 있는 이불 속에 몸을 묻은 채 눈을 감았다.

시정이 륙색만 벗어두고, 눈이 녹아 어룽진 치마저고리를 입은 채, 철이 누워 있는 방으로 건너오더니 이불 속에 저도 두 발을 디밀고 앉으며,

"우리 아버지 실로 이상하오."

한다.

철은 무언지 헤아리기 어려운 화가 북받쳐 오르고 또 고단하기도 하여, 그냥 눈을 감은 채 입을 떼지 않고 있는데 이번에는 시정이,

"선생님."

하며, 그 얼음같이 싸늘한 손으로 그의 이마를 짚었다.

철은 역시 눈을 감은 채 미간을 좀 찌푸리며 머리를 흔들었다.

"골 아프오?"

시정은 순전한 사투리로 이렇게 물었다.

"아니야."

철은 화난 목소리로 대답했다.

그러자 시정은 그의 표정엔 개의할 바 없다는 듯이 저의 말을 계속하였다.

"먼젓번 국군이 쳐들어올 때도, 우리 아버지 언니르 내게 맽기구 혼자서 산으로 달아나쟁있소?"

철은 시정의 말을 듣자, 윤노인의 어딘지 어린애같이 겁이 많고, 지능이 부족한 듯한 모습이 머리에 떠올랐다. 바로 그 순간이다. 수정이 있는 방에서 돌연히,

"위이익…… *끄르르르르르*…… 으그그그그그…… *끄끄끄끄끄*……"

하는, 짐승이 우는 듯한, 도깨비가 웃는 듯한, 사람이 죽는 듯한, 기괴망측한 소리가 들려왔다.

철은 놀라, 이불을 차고 뛰어 일어나자, 곧 그쪽 방문을 열고 뛰어들었다. ……수정이, 아직도 으그그그그…… *끄끄끄끄끄* 하는

소리를 내며, 두 눈이 허옇게 뒤집힌 채, 입에 거품을 문 채, 팔다리가 쌍곡선으로 틀어져 고둥같이 꼬이며 죽어가고 있지 않은가. 철은 엉겁결에 뛰어들어 그의 양쪽 손목을 꽉 잡으며,

"물 가져와, 물!"

하고 소리를 질렀다.

그러나 시정은 그의 뒤에 서서,

"선생님 놓우다, 빨리 나오다!"

하며, 도리어 철에게 명령할 뿐, 물을 떠오려고도 하지 않았다.

철은 정신없이 시정을 돌아다보았다. 시정은 의외로 침착한 얼굴로 고개를 좀 흔들어 보일 뿐이었다. 철은 시정의 명령대로, 수정의 손목을 놓고 뒤로 물러설 수밖에 없었다.

"이거 처음 아닌가, 이거 뭐야, 왜 이래?"

철의 당황한 질문에, 시정은 대답도 없이, 한참 동안 수정의 발작을 지켜보고 있더니, 수정의 목에서 기성(奇聲)이 멈추고, 고둥같이 틀어져 꼬이던 팔다리에서 경련이 수그러지는 것을 보자, 비로소 숨을 내쉬는 듯,

"선생님, 저 방으로 건너가우다."

하고 어느덧 태연한 얼굴로,

"금년 겨울 들고서는 첨이오."

하는 말을 덧붙였다.

이때, 철은 윤노인이 밤낮 '벵재 있어서' 하던 말과 또, 정인수가 '병인이 있어서'라고 하던 말뜻을 비로소 깨닫게 되었다.

트럭이 떠난 이튿날 오후에는 또다시 우울한 소문이 들려왔다. 어저께 아침 흥남을 떠난 트럭이 원산까지 도착된 것은 확실하나 원산에서 서울로 향해 떠나지도 못한 채 그냥 원산에 머물러 있다는 것이다. 그것은 원산과 고성 사이에 유엔군의 북진 직후부터 출몰하던 괴뢰군 낙오병들이 중공군 개입과 유엔군 후퇴 개시를 전후하여 부쩍 기세를 올리며, 연합군의 통로를 위협하고 있기 때문이라는 것이었다. 원산에 아직도 유엔군이 건재하고 있으니, 앞으로도 삼사 일은 더 육로로 돌아가는 차편을 이용할 수 있으리라 믿은 것은 철의 막연한 희망적 관측에 지나지 않게 되었다.

그와 동시, 철은 극도의 불안과 초조에 빠져, 가슴이 메어지는 듯했다.

그의 눈에는 장모에게 맡기고 떠나온 아이들의 얼굴이 아른거리기 시작하였다. 육이오 중에는 아내를 공산당에게 죽게 하고, 이번에는 또 아이들마저 잃게 되지 않나 하는 생각이 들자 가슴은 찢어지는 듯 쑤시고 아팠다. 동시에 그는, 육이오 사변 돌발 당시나, 구이팔 수복 직후에는 너무 흥분에 빠졌다가 이번에는 너무 감상(感傷)에 날뛴 것이라는 새삼스런 타산적 반성이 들며, 자기 자신에 대한 엉뚱스러운 염오와 분노가 치밀어올랐다. 도대체, 왜 육이오 때는 가족을 데리고 남하하지 못했으며, 또 구이팔 이후에는 무슨 놈의 분이 그렇게도 치밀어, 불쌍한 아이들이나 돌보지 못하고, 혼자서 원수를 다 갚을 듯이, 이렇게 눈과 얼음이 잠긴 동북 전선까지 쫓아왔으며, 또, 무슨 신의(信義)를 위하여 희생을 돌보지 않는 사람이 되어 제 표는 남에게 주고 자신은 이 꼴이 되어 혼자 눈구덩이 속에 자빠져 누워 있기를 원했단 말인가. 그는 생각할수록 자기 자신의 너무나 격정적(激情的)인 울분으로 인하여 오히려 본의 아닌 감상적인 양보를 일삼은 착하지도 악하지도 못한, 타성적인 행위에 스스로 치오르는 울화를 참을 수 없었다.

그러다가도 시정이 '후퇴'에 대하여 불안을 말하거나 하면 철은 딴사람같이 자신만만한 얼굴로, 이렇게도 많은 유엔군과, 자유를 찾아 들끓는 백성들을 설마 비행기나 군함으로 실어가더라도 가겠지 여기서 그 야수 같은 놈들에게 봉변을 당하게 버려둘 줄 아느냐고, 유엔군의 역사적인 사명과 공산군의 포악무도를 강조하기에 열중하곤 하였다.

"저느 선생님만 믿소, 선생님 뒤만 따라가겠소."

시정이 이렇게 말하면, 수정도 그것이 자기의 의사를 대변하는 말이라는 듯이 바느질하던 손을 멈춘 채 철의 얼굴을 빤히 바라보고 있는 것이었다. 바로 그 이튿날이었다. 철이 정훈대에 들렀다가 '레이션'을 한 상자 얻어 돌아오니, 그때 마침 시정과 그 아버지는 보이지 않고 수정이 혼자 방에 앉아 수를 놓고 있기에, 철이 사투리를 배워,

"이거, 뭐 들었나 떼보우다."

하고, 주었더니 수정은 그것을 받아든 채, 약간 발그레하게 상기된 얼굴로 말없이 철의 얼굴을 한참 동안 쳐다보고 있었다.

철이 돌아서 그의 방으로 들어오자, 수정이 잇달아 철의 방으로

건너오며, 약간 떨리는 듯한 낮은 목소리로,

"선생님."

하고 불렀다. 순간 철은, 언젠가 정식이 취하여 술자리에서 시정을 불렀을 때, 김성득이 곁에서 중재하는데도 불구하고, 시정이 대담하게 그 방에 들어오던 것을 상기하고, 그렇다면 이 형제는 그와 같이 쾌활하고 대담한 점에 있어 공통적인 면을 가진 게로구나, 하는 생각과 함께, 가슴이 두근거림을 깨달으며, 의아한 얼굴로 그의 아름다운 두 눈을 말없이 노려보았다.

수정은 그 대담하고 쾌활한 행동에도 불구하고, 분명히 떨리는 목소리로

"나도 이남 가서 병 고치고 살겠소."

하며, 머리를 수그렸다.

수정의 이 한마디 말은 그 순간 철을 흥분시키기에 족하였다. 그는 조용히 수정에게로 접근하여갔다. 한쪽 손으로 수정의 손목을 잡고, 다른 한 손을 그의 어깨 위에 얹은 뒤, 그는, 간질같이 창백한 향기에 젖은, 신비로운 꽃송이가 피어나는 듯한, 그녀의 두 눈을 한참 동안 말없이 들여다보고 있었다.

······이와 동시, 철의 극도에 달했던 초조와 불안도 고비를 넘기 시작하였다. 자기는 특별한 사람이라거나, 돌아가는 데도, 우선적인 대우를 받아야 할 것같이 생각하던 자기 본위의 생각을 버리고, 여기 있는 수십만의 자유 국민들이 모두 그와 동행이요, 그와 운명을 같이해야 할 사람들이라 생각하면서부터 철의 가슴은 한결 가벼워짐을 깨달았다.

다만 한 가지 수상한 일은 이날부터 윤노인이 자취를 감춘 것이었다. 그는 정인수들이 떠나던 날부터 어찌 된 까닭인지 그전과 같이 집에 붙어 있지 않고 늘 밖으로만 나다니고 있었으나, 아침 저녁 끼니때만은 들어오던 것이 열흘날째부터는 아주 행방을 감추고 말았던 것이다.

시정의 말에 의하면 먼젓번 괴뢰군이 후퇴를 했을 무렵에도, 언니를 시정에게 맡겨버린 채 어디론지 닷새 동안이나 달아나 숨어 있다가, 국군이 들어온 사흘 뒤에야 나타났다는 것이며, 그날 저녁 정인수가 다녀가던 날 밤에만 해도, 또, 수정을 시정에게 책임지우려고 드는 것이 하기는 수상도 하더라는 것이다. 수정이 그 아버지를 애매하게 무함*할 까닭도 없는 것이고 보면, 위인이 본디 저능인 데다 겁이 많은 사람이라고쯤 해석해두는 수밖에 도리가 없었다.


열흘날부터 함흥 흥남은 동북 전선의 후퇴 작전에 있어 결정적인 지점이 되었다. 십일일에 공산군은 원산을 통과하여 남으로 향했다.

그동안 장진호(長津湖)에서 격전을 계속하던 미군 제○해병사단과, 같은 미군 제○사단 제○○연대와 앞서 청진을 탈환했던 국군 ○○사단이, 십일일에서 십사일 사이에 모두 흥남으로 집결되었다.

유엔군(국군을 포함한)의 흥남 집결과 동시에, 청진 이남, 원산 이북의 주민으로서도, 눈 속에 걸을 수 있는 장정과 자유에 눈뜨기 시작한 겨레 십여만 명이 또한 흥남으로 모여들었다. 이리하여 흥남은 역사상에서 일찍이 보지 못한 가장 장엄하고 처절한 자유 전선의 '교두보'가 되었다.

흥남 주변의 모든 고지는, 모든 종류의 포대로 무장되고, 불을 뿜는 철성(鐵城)으로 화했다. 함재기를 포함한 각종 비행 편대는, 백설(白雪)을 의장(擬裝)하여 야음(夜陰)을 타고 침투하는 공산군의 머리 위에, 포격과 호응하여, 불비를 퍼부었다.

중공군은, 십이일 십삼일 양일에 걸쳐, 야음을 타고 함흥, 흥남 지구에 공격을 시도하여왔다가 수천 명의 시체를 남기고 물러나갔다. 하루 거른 십오일에 또다시 결사적인 침투 작전을 시험하여왔던 공산군은 미군 제○○군단을 주력으로 한 유엔군(국군도 포함)의 폭우같이 퍼붓는 포화에 의하여 세번째 주검의 언덕을 쌓아둔 채 물러나갔다.

유엔군이 흥남 지구를 중심으로 '교두보'를 축소시키기 위하여 함흥을 포기한 것이 십육일이요, 흥남을 거점으로 하여 해상 철수를 개시한 것도 또한 이 무렵이었다.

십삼일부터는 이미 함흥과의 군용로를 제외한 흥남 주변의 다른 모든 통로는 차단되어 있었다. 군인 민간인 합쳐서 이십여만이 뒤끓는 흥남 해안은 사람으로 덮였을 뿐 아니라, 무수히 디미는 피란민의 혼란 속에 공산군의 척후대와 오열⁹이 끼어들지 않으리라고만 볼 수도 없었기 때문이었다.

청진 이남, 원산 이북의 동해안 일대에서 모여든 십여만 피란민 가운데는 연고를 따라 흥남 재(在)주인을 찾는 수도 있었지만, 대부분은 빈 창고 속이나 남의 집 처마 밑이나 눈과 얼음이 덮인 땅바닥 위에서 그냥 밥을 끓여 먹고, 잠자고, 굶고, 얼고, 하며, 그들의 입김보다 사뭇 더 눈과 얼음에 가까운 바다를 바라보며, 엊그제 떨어진 적군의 장거리포가 지금이라도 곧 그들의 뒤통수를 쥐어박을 것 같은 협위[10]와 초조 속에서 다만 배 타기를 기다릴 뿐이었다.

철수 희망자의 등록은 군인 가족별, 교회(기독교) 관계별, 기타 일반별로 대별하여, 거기서 다시 약 오십 명씩을 단위로 반(班)을 편성키로 되어 있었다.

철은 강대위를 통하여, 시정과 수정만을 그 자신과 함께 군인 가족 속에 등록시키게 되었다. 윤노인의 행방은 그때까지 알 수 없었기 때문이었다.

철이 소속된 군인 가족 관계 제팔십칠번은 십육일 새벽부터 부둣가로 나오게 되어 있었다. 기역(ㄱ)자 모양으로 된 넓은 부둣가에는, 기적을 기다리는 듯한 십여만 군중이 검푸른 해면과 대결이나 한 듯이 모여들었다. 배는 대이지 않았다. 그날 오후 네시가 되니, 일단 해산하였다가 내일 새벽 다섯시에 다시 모이라는 지시가 있었다. 이튿날은 오전 일곱시에 엘 에스 티[11]가 뒷문을 열어젖힌 채 부두에 닿았다. 그러나 군인 관계 가족은 제육십오번까지만 타고 그다음 번호부터는 다시 다음 배를 타야 한다는 것이었다. 세 사람은 다시 집으로 돌아왔다. 바로 그날 밤이었다. 전날보다 더 마르고 주름살이 많아진 듯한 윤노인이 철을 찾아 집으로 돌아왔던 것이다.

철 앞에 꿇어앉은 윤노인은 죄인처럼 부들부들 떨며

"나는 안주구 홍남으 떠난 일이 없수다. 나는 여기서 나서 여기서 살다가 여기서 죽자구 했수다……"

하고 고개를 폭 수그렸다.

"……"

"우리 아바이도 여기서 죽고, 우리 안에선 다 여기서 죽었는데, 나도 여기서 죽자고 했수다만, 가만히 생각하니, 함흥 사람이라믄 다 떠나가고, 내 딸 아이들도 다 가고 없을 게니 내 혼자 무슨 맛으로 살겠소…… 선생님 실로 미안하지만 나도 이남으 가야 되겠수다. 어디든지 나도 데리구 가두록 해주오다."

윤노인의 눈에서 눈물이 돌았다.

철은 윤노인의 눈에서 눈물을 보지 않으려고 외면을 하면서,

"염려하지 마십시오, 그러지 않아도 늘, 기다렸답니다."

하고, 우선 위로 삼아 자신 있게 말했다.

그러나, 이튿날 새벽에 강대위를 찾아간 철은 그 자리에서 실망하지 않을 수 없었다. 그가 오직 하나, 힘으로 믿고 찾아간 강대위가 그 전날 밤으로 떠나고 없었기 때문이었다.

철은 용기를 내어, 철수 관계 장교에게, 자기의 성명과 신분을 말하고, 윤노인에 대한 특별 등록을 부탁해보았으나, 그런 사정을 호소하는 사람은 만 명도 넘는다는 이유로 간단히 거절되고 말았다. 그는 또 말하기를 사무적으로 가능한 방법은, 세 사람이 먼저 떠나고 윤노인만을 일반에다 따로 추가 등록을 시키거나, 그렇지 않으면, 이미 등록된 일반 철수민과 철의 군인 가족 관계

세 사람과를 바꾼 뒤, 윤노인을 일반에 추가시켜서 합치는 방법과 두 가지가 있을 뿐이라는 것이다.

철은 마음속으로 그 어느 것도 응할 수 없었다. 윤노인만을 떨어뜨려두고 자기들 세 사람만이 먼저 떠난다는 것도 차마 할 수 없는 노릇이요, 그렇다고 해서 시간에다 생사를 걸고 다투는 이 마당에서 언제 떠나게 될는지도 모르는 일반 등록자와 승선권을 바꾼다는 것도 말이 되지 않았다.

그러나 윤노인을 일단 일반 철수반에나마 등록을 시켜두는 것이 유리할 듯해서 그 자리에서는 전자를 취하겠다고 '수속'을 치르고, 속마음으로는 눈을 딱 감고, 억지를 써서라도 윤노인을 그냥 끌고 함께 타버릴 작정을 했다. 그날의 아침 배는 여섯시 십오분에 닿았다. 눈바람을 무릅쓰고 얼음판 위에서 밤을 새운 군중들은 배가 부두에 와 닿는 것을 보자 갑자기 이성을 잃은 것처럼 '와'하고 소리를 지르며 곤두박질을 하듯 부두 위로 쏟아져나갔다. 물론 대부분은 군인 가족 관계와 기독교 관계에 등록된 사람들이었으나 간혹 일반 등록자와 무등록자도 섞여 있었다. 부두 위는 삽시간에 수라장이 되었다. 공포가 발사되고, 호각이 깨어지고 동아줄이 쳐지고 하여, 일단 혼란은 멎었으나, 그와 동시, 이번에는 또, 그 혼란 속에 아이를 잃어버린 어머니, 쌀자루를 떨어뜨린 남편, 옷보퉁이가 바뀐 딸아이들의 울음소리와 서로 부르고, 찾고, 꾸짖는 소리로 부두가 떠내려가는 듯했다. 그들은 모두 이 배를 타지 못하면 그대로 죽는 것으로만 생각하는 듯했다. 이 배 다음엔 다시 배가 없을는지도 모르고, 다시 배가 있다손 치더라도 이 많은 사람들이 언제 다 탈 수 있으며, 또 십오, 십육 양일에 걸쳐 두 번이나 공산군의 장거리 포탄이 시내에 떨어진 지금 언제 중공군이 우리의 방위선을 돌파하고 흥남에 침투하여 들는지 모를 일이라는 비관적인 군중심리가 휘몰아치는 눈보라와 함께 그들을 휩쓰는 것이었다. 그러나 이러한 불안과 초조와 절망의 아우성 속에, 아직도 매일같이 퍼붓는 눈과 휘몰아치는 바람을 맞으며, 손과 발과 귀가 얼어터지며 다시 사흘이 지났다. 이와 동시, 극도에 달했던 불안과 초조와 절망도, 십칠팔일을 고비로 하여 도리어 수그러지기 시작하였다. 그것은 십구일부터 현저히 수송선의 철수가 늘어 보였기 때문이었다. 이십일부터는 거의 연속적으로 엘 에스 티의 큼직한 뒷문이 부두를 향해 열려졌다.

이십일일부터는 흥남 주변의 모든 포대 진지에서 퍼붓는 포화와, 미조리 함에서 발사되는 함포사격과, 공중에서 쏟는 비행대의 불비와 바람과 함께 몰아치는 눈보라가 오히려 무색했으리만치 흥남 앞바다는 수송선으로 뒤덮였다.

이십일일 오선 일곱시 오분 전이었다. 봇물이 터지듯 부두 위로 쏟아지는 군중 속에 휩쓸려 철과 시정의 가족 세 사람도 부두로 향해 발을 옮겨놓았다. 철을 앞장으로 하여, 그 뒤에 수정이 따르고, 수정이 다음이 시정이요, 맨 뒤가 윤노인이었다. 수정은 이따금씩 그 창백한 얼굴에 눈보라가 몰아칠 때마다 불안한 표정으로 미간을 찌푸리곤 하였다.

철이 부둣가를 네댓 걸음 걸어갔을 때였다. 철의 뒤에 따르던 수정이 처음엔 이—ㅇ 이—ㅇ 하는 소리와 함께 빙판 위로 슬그머니 미끄러지는 듯하더니 뒤이어, 위이익…… 으그그그그……
끄끄끄끄…… 하는, 며칠 전에 듣던 그 기괴한 소리를 지르며 쓰러
져버렸다. 눈이 허옇게 뒤집힌 채 입에 거품을 물고 팔다리가 쌍
곡선으로 틀려져 고등같이 꼬이는 수정의 발을 밟으며, 엎어질
듯이 사람을 밀치는 시정의

　"아— ㅇ 이—"

하는, 새되고 높은 비명 소리가 들렸다.

　그와 동시, 수정의 발 위에 쌀자루를 떨어뜨리며 엎어지는 윤노
인을 밀치며, 철이 손을 흔들었다. 시정이 또한 철을 따라 손을
흔들며 계속적으로 비명 소리를 질렀다.

　수정의 몸에서 발작이 멎은 것은 엘 에스 티의 뒷문이 닫히기
아직도 사오 분 전이었다. 얼굴빛이 종잇장같이 새하얗게 질리
고, 팔다리가 축 늘어진 수정을 처음엔 윤노인이 들쳐업었다. 그
러나 윤노인은 세 걸음을 옮기지 못하여 갑자기 담이 결리는 듯
이 왼쪽 가슴에 손을 얹으며 그 자리에 픽 주저앉아버렸다. 이번
에는 쌀자루와 옷보퉁이를 윤노인에게 맡기고, 철이 수정을 업었
다. 시정은 큰 보따리를 머리에 얹은 채, 한쪽 손으로 수정을 밀
며 철의 뒤를 따랐다. 그 뒤를 역시, 수정의 체중보다 가볍지도
않은 쌀자루와 옷보퉁이를 메고 기침을 쿨룩거리며 간신히 일어
선 윤노인은 그러나 시정을, 따라 바로 걷지 못하고 옆으로 두어
발짝 비틀거리며 때마침 몰아치는 눈바람에 또다시 기침을 쿨룩
거리더니 그대로 철버덩하고 바다에 떨어져버렸다. 그때 이미 시
정은 철과 수정이 먼저 건넌 배 안으로 향하여 작은 보퉁이 하나

를 던져놓고 큰 보퉁이를 머리에 얹은 채 막 배를 타려고, 뒤를 돌아다보는 순간이었다. 바로 뒤에 따라오고 있는 줄 알았던 아버지가 보이지 않아 고개를 쳐들었을 때, 한 스무남은 걸음 저쪽에서 그의 아버지가 바다 위로 떨어지고 있는 것을 본 시정은

"아바이!"

하는, 비명 소리와 함께 머리에 얹었던 보퉁이도 그냥 아무렇게나 던져버린 채 부두 위로 달려갔다.

시정이 그의 아버지를 부르며 부두 위로 달려간 동안 그 배에 더 탈 수 있는 마지막 이십여 명이 마저 건너오고, 부두에 걸쳐졌던 걸침판이 일어서고, 양쪽으로 열렸던 뒷문이 닫혔다.

"시정아! 시정아!⋯⋯"

철은 목이 찢어지도록 높은 소리로 시정을 불렀으나, 으르대는 포격 소리, 비행기 소리, 휘몰아치는 눈바람에 가려 아버지를 찾는 시정의 귀에는 들리지도 않는 듯

"아바이! 아바이!"

하고, 바다에 뛰어들듯이 발을 구르며 아버지를 부르던 시정이, 철의 목소리에 문득 정신을 돌린 듯 다시 배 있는 쪽으로 달려왔을 때, 배는 이미 뒷문을 닫고 닻을 올린 뒤라,

"선생님! 선생님!"

눈물에 젖은 시정의 얼굴에 휘몰아치는 눈보라가 차운[12] 것은 아니고, 배 안에서 주먹을 쳐들어 흔들며,

"시정아! 시정아! 다—ㅁ 배에 다—ㅁ 배에⋯⋯"

하는 철의 목소리가 꿈인지 생시인지 다만 아찔한 순간, 시정은

저도 모르게 부두에서 바다 위로 한 발짝 내딛고 말았다.

"와—"

하는 사람들의 놀란 고함 소리와 함께,

"시정아!"

하고, 철이 미친 듯이 소리를 지르다가 뱃전에 철컹하고 이마를
부딪힌 것은, 그 자신이 사람을 밀치고 뱃전으로 뛰어올랐기 때
문이 아니요, 때마침,

"부—ㅇ."

하는 기적 소리와 함께, 부두에서 배가 움직이기 시작했기 때문
이었다.

# 밀다원시대 密茶苑時代

부산진(釜山鎭)에 들어서면서부터 기차는 바다에 빠지지 않기 위하여 몸을 뒤로 뻗대었다. 초량역(草梁驛)에서 본역(本驛)까지는 거의 한 걸음 한 걸음을 재듯 늑장을 부렸다.

이중구(李重九)는 팔목시계를 보았다. 여섯시 이십분. 어저께 세시 십오분 전에 탔으니까 꼭 스물일곱 시간하고 삼십오 분이 걸린 셈이다. 스물일곱 시간하고 삼십오 분. 그렇다 그동안 중구의 머릿속은 줄곧 어떤 '땅끝'이라는 상념으로만 차 있은 듯했다. 끝의 끝, 막다른 끝, 거기서는 한 걸음도 더 나갈 수 없는, 한 걸음만 더 내디디면 '허무의 공간'으로 떨어지고 마는, 그러한 '최후의 점(點)' 같은 것에 중구의 의식은 완전히 사로잡혀 있은 듯했다. 그것은 승객의 거의 전부가 종착역(終着驛)인 부산을 목적하고 간다는 사실 때문만은 아니었다. 부산이 이 선로의 종점인 동시, 바다와 맞닿은 육지의 끝이라는 지리적인 이유 때문만도 아니었다. 또, 그 열차가 자유의 수도 서울을 출발지로 하고, 항도 부산을 도착점으로 하는 마지막 열차라는 이유 때문만도 아니었다. 이러한 이유를 다 합친 그 위에 또 다른 이유가, 무언지 더 근본적이며 더 절실한 이유가 있는 듯했다.

그러나 중구는 그것을 알 수도 없었을뿐더러 생각하기조차 싫었다. 그런 채 그는 다만 기차에서 내렸다. 기차에서 내리는 것까지는 어려운 문제가 아니었기 때문이었다. 그것은 서울을 떠날 때 이미 예정되었던 행동이었고, 또, 기차는 이 예정에서 벗어나거나 바다에 빠지지 않기 위하여 부산진에서부터 목이 쉬도록 울며 조심조심 기어온 것이 아닌가.

플랫폼에 내렸을 때까지는 아직도 약 이천 명에 가까운 동지들이었다. 적어도 그들은 오십일년 일월 삼일이라는 최후의 시간까지 자유의 수도를 지킨 같은 겨레의 같은 시민들이요, 같은 시간에 같은 차로 같은 목적지에 내린, 같은 '운명체'가 아닌가. 그들의 살벌한 얼굴에도, 위엄 있는 얼굴에도, 아부적인 웃음을 띤 얼굴에도, 그들이 아직 플랫폼에서 발을 옮기고 있는 동안에는 다 같이 '동지는' 살아 있었다.

그러나 한번 출찰구를 빠져나와 그 넝마전 같은 역마당에 발을 들여놓는 순간부터 약속이나 한 것처럼 그들의 얼굴에서 '동지'는 어느덧 다 죽어버렸다. 출찰구를 통과함으로써 '동지'는 절로 해산이었다. 그리고 해산은 동시에 새로운 자유를 의미하는 것이기도 했다.

중구는 이 '새로운 자유'를 안고 출찰구 밖으로 던져진 채 한순간 전의 '동지'들이 이제는 모두 남이 되어 돌아가는 광경을 물끄러미 바라보고 있었다.

모두들 어디로 저렇게 찾아가는 것일까, 중구는 그것이 신통해서 견딜 수 없었다. 그들이 모두 부산에 친척을 가진 사람들이 아닌 것은 중구로서도 장담할 수 있었다. 그렇다고 해서 그들이 본디 부산 사람들이 아님은 더욱 말할 나위도 없었다. 그렇다면 그들은 모두 어디로 가는 것일까. 어찌하여 그들은 출찰구를 빠져나오자마자 그렇게 쓱쓱 찾아갈 곳이 있단 말인가. 어찌하여 그들은 한순간에 '동지'에서 벗어나 그렇게 용감하게 자유를 행동할 수 있단 말인가. 그들은 이 부산이 '끝의 끝' '막다른 끝'이란 것을 모른단 말인가. 이 '끝의 끝' '막다른 끝'에서 한 발이라도 옮기면 바다에 빠지거나 '허무의 공간'으로 떨어진다는 것을 잊었단 말인가. 그렇지도 않다면 정녕 이 '끝의 끝' '막다른 끝'까지 온 사람은 중구 자신뿐이란 말인가. 그렇다고 하더라도, 어쩌면 이렇게 일천오백 명도 넘는 사람 가운데 중구 자신과 같이 서성대고 두리번거리는 사람은 하나도 없이 모두들 그렇게 용감하게 찾아갈 곳이 있단 말인가. 이것은 기적이다, 엄청난 기적이다, 중구는 혼자 속으로 이렇게 뇌까리며 저도 모르게 와아 몰려가고 있는 행렬을 따라 어슬렁어슬렁 발을 옮겨놓았다. '저도 모르게,' 그렇다. 그것은 '동지'의 관성(慣性)이었는지도 몰랐다.

중구가 '저도 모르게' 또는, '동지의 관성'으로, 이 '기적'의 행렬 속에 휩쓸려 막 전찻길을 건너서려 할 때였다. "이형은 어디로 갈 데 있어요?" 하는 소리가 왼쪽 귓전을 울렸다. 자줏빛 머플러에 손가방 하나—그것이 중구의 것보다 좀 반짝거리고 배가 불러 보이기는 했지만—를 든 K통신사의 윤(尹)이었다. 중구는 언제나 하는 버릇대로 카킷빛 털실 장갑을 낀 왼쪽 손으로 입을 가려 보임으로써 말씀 아니라는 뜻을 나타낸 다음, 이번에는 와아 몰려가고 있는 '동지'들을 턱으로 가리키며, "모두들 어디로 가는 겁니까?" 하고 되물어보았다. 윤은 입술을 꼭 다문 채 의미 있는 듯한 웃음을 띠어 보이며 "다 갈 데가 있는 모양이지요" 할 뿐이었다. 전찻길을 건너섰다. 이번에는 중구가 또 물었다. "윤형은 그래 어디로 가시오?" 이것은 그냥 인사가 아니다. 왜 그러냐 하면 아까 윤이 중구에게 먼저 이렇게 물었을 때는, 아는 사람 사이에 건네는 지나가는 인사일 수도 있었지만, 지금 중구와 같이 자기의 처지를 이미 표백한 다음에는, 어디 좀 같이 따라갈 수 없겠소, 하는 의미를 내포하고 있기 때문이었다. 윤은 먼저와 같이 입술을 꼭 다문 채 입 안에 소금을 머금은 듯한 웃음을 띠어 보이며, "우리 같은 놈이야 별수 있소? 염치 불구하고 통신사 지국(支局)을 찾아가는 길이지요" 한다. 이 '염치 불구'는 중구를 경계하기 위하여 덧붙인 말일지도 몰랐다. 그러나 그것이 중구에게는 도리어 반대적인 효과를 나타내었다. 중구도 '염치 불구'에 한몫 끼기를 '염치 불구'하고 희망했기 때문이다. 윤은 세번째 그 소금을 머금은 듯한 같은 웃음을 띠어 보였다. 그뿐이었다. 승낙도 거절도 따로 있는 것이 아니었다. 이 경우 중구는 이것을 승낙으로 취하는 '자유'를 행사하고, 잠자코 그의 뒤를 밟아가면 되었다.

K통신사의 지국은 보수동이었다. 윤과 중구가 인도받아 들어

간 곳은 넓이가 서너 칸이나 남짓 되어 보이는 지국 사무실이었다. 윤은 "할 수 없지, 여기라도 자지 어떡해?" 했다. 중구도 "그럼" 했다. 윤은 또 저녁을 사 먹으러 나가지 않겠느냐고 묻는 것을 중구는 싫다고 했다. 나중, 윤이 저녁을 마치고 오는 길에 조그만 소주병 하나를 들고 와서 한잔하지 않겠느냐고 하는 것을 중구는 또 싫다고 했다.

테이블 네 개를 한데 붙여서 탁구대(卓球臺) 모양으로 만들고, 오버도 입은 채, 털모자도 쓴 채, 중구는 그 위에 자기의 몸을 눕혔다. 어디서인지 문풍지 우는 소리 같기도 하고 피리 소리 같기도 한 것이 울려왔다.

지국장이 불 붙인 초 한 자루를 내어다 주며 "주무실 때는 끄고 주무이소" 했다. 윤이, 고맙다고, 대신 인사를 했다.

중구는 중구대로, 저 촛불이 켜진 공간만치는, 이 시커먼 얼음덩이에도 구멍이 나리라고 생각해보았다. 어쩌면 벽의 얼음도 조금씩은 녹아내릴는지 모른다고 생각하며, 고개를 들어 유리문을 바라보았다. 그러나 다음 순간, 그 컴컴한 어둠 속에 서 있는 검은 얼음장은 어느덧 중구를 위하여 자장가를 불러주는 시꺼먼 곰이 되어버렸다.

중구는 꿈인지 아닌지 분간할 수도 없는 상태에서 몇 번이고 자기가 벼랑에 붙어 있는 거라고 느껴졌다. 천 길 벼랑에 붙어 있는 거라고 느껴졌다. 천 길 벼랑에서 떨어지면 그 밑은 쉰 길 청수라는 것이었다. 그것이 아무런 연결도 비약도 없이, 그대로 기차이기도 했다. 기차는 상당히 경사가 심한 내리막을 달리고 있었다.

기차는 이미 어떠한 방법으로도 정지를 시킬 수 없다는 것이었다. 브레이크가 듣지 않는 자전거가 내리막으로 쏠리는 것보다도 더 무서운 속력으로 바다를 향해 달리고 있다는 것이었다. 그러나 그때마다, 기차가 미처 바다에 빠지기 전에, 중구의 의식과 잠재의식은 혼선이 되며, 자기의 몸은 지금 벼랑인지도 모르고 테이블 끝인지도 모르는 데서 떨어지려 하고 있다고 느껴지는 것이었다. 이러한 의식과 잠재의식의 혼선 상태는 밤새도록 무수히 되풀이되곤 하였다.

그러면서도, 중구는 그가 부산에 와 있다는 사실과, K통신사의 지국 사무실에서 자고 있다는 사실과, 윤과 함께 누워 있다는 사실을, 그 의식과 잠재의식의 틈바구니 사이에서 한번도 의식하지 못한 채였다. 그만치 그의 심신은 피로해 있었다.

샐 무렵이 되어, 창장¹도 없는 유리문——그것이 곧 사무실의 출입문이기도 했지만——에 어린 희부연 새벽빛을 바라보자, 동시에 그의 의식은 현실로 점화(點火)되었다. 그것은 섬광(閃光)처럼 빨랐다. 순간에 그는, 곁에 누워 있는 윤을 의식하고, K통신사의 지국 사무실을 의식하고, 테이블 위를 의식하게 되었다. 그뿐 아니라, 거의 같은 순간에, 서울 원서동 막바지 조그만 고가(古家) 속의 냉돌 방에 홀로 버려두고 온, 천만(喘滿)으로 지금도 기침을 쿨룩거리고 있을 늙은 어머니와, 충청남도 논산인지 하는 데에 그 친정붙이를 의탁하여, 어린것까지 이끌고 찾아 내려간 아내의 얼굴이 한꺼번에 확 불 켜지듯 했다. 이틀이나 끼니를 놓았을 어머니는 지금쯤 벌써 목에 해소를 끓이며 죽을 시간을 기다리고 늘어져 누워 있을 것이다. 어린 딸년은 그 복잡하고 살벌한 차 속에서 사람에게 밟히고 짐에 치이고 하다 굴러 떨어져 죽은 것이나 아닐까. 중구가 지금까지 부산을 '끝의 끝' '막다른 끝'이라고 생각해온 것이, 지금 누워 있는 K통신사 지국 사무실의 잠자리가 칩고 불편하다는 뜻이 아님을 깨달았다. 어디서인지 또 바람 소리도 같고 젓대 소리도 같은 것이 들려왔다.

"이형은 그래 문단에 그만치라도 이름이 있으면서 부산에 그렇게도 아는 사람이 없단 말이오?" 윤이 구두끈을 매며 중구에게 물었다. "글쎄 갑자기 생각이 나지 않아서…… 오늘 밀다방이라나 하는 데를 나가봐야지……" 하고, 중구는 혼잣말같이 받아넘기기는 하였으나, 실상은 '갑자기'가 아니요, 여러 날 두고 생각해보았고. 차에 오는 동안에도 줄곧 생각해본 것이 이 꼴이었다. 그만치 그는 본디 주변머리도 없었지만 부산엔 또한 아무런 연고도 연락도 없었던 것이다. 오늘 아침, 지국장에게서, "서울서 온 문화인들은 모두 밀다방에 모인다지요" 하는 소리를 듣지 못했던들 그는 지금만치도 활기 있게 지국 문을 나서지 못했을 것이었다.

'밀다원'은 광복동 로터리에서 시청 쪽으로 조금 내려가서 있는 이층 다방이었다.

아래층 한쪽에는 '문총' 간판이 붙어 있었다. 간판 바로 곁에 달린 도어를 밀고 들어서니 키가 조그맣고 얼굴이 샛노란 평론가 조현식(趙賢植)과, 그와는 반대로 키가 훨씬 크고 얼굴빛이 시뻘

건 허윤(許允)이 테이블 앞에 서 있었다. 그들은 중구를 보자 반가운 얼굴로 손을 내밀었다. "당신도 왔군" 하는 것이 조현식이요, "결국 다 오는군요" 하는 것은 허윤이었다. 중구는, 친구란 것이 이렇게도 좋고, 악수란 것이 이렇게도 달고 향기로운 술과도 같이 전신에 퍼져 흐를 수 있다는 것을 처음으로 깨달았다.

짐은 어쨌느냐, 가족은 어딨느냐, 차편은 무엇을 이용했느냐, 지난밤은 어디서 잤느냐, 하는 두 사람의 연속적인 질문에 중구는 통틀어 간단히 대답하고, 다시, 낯수건과 칫솔과 내복 한 벌과, 그리고 어머니의 사진 한 장이 있는, 다 낡은 손가방 하나를 꺼떡 들어 보이며, 이것이 전부라고 설명을 첨가했다.

현식은 이층의, 다방으로 중구를 인도했다. 층계를 반쯤이나 올라갔을 때부터, 다방에서 나는 사람들의 말소리가, 잉잉거리는 꿀벌떼 소리같이 그의 고막을 울렸다. 중구는 가슴이 두근거렸다. 그는 한순간 발을 멈춘 채, 무엇이 그를 이렇게 즐겁게 하고 흥분시키는 것인지를 생각해보았다.

"시골 사람처럼 무얼 그렇게 머뭇거리고 있어?" 먼저 다방에 발을 들여놓은 현식의 핀잔이었다. 중구는 카킷빛 털실 장갑을 낀 왼쪽 손으로 또 입을 가림으로써 현식의 핀잔을 막아내는 시늉을 했다.

다방 안은 밝았다. 동남쪽이 모두 유리창이요, 거기다 햇빛을 가리게 할 고층 건물이 그 곁에 없었기 때문이었다. 한가운데서는 커다란 드럼통 스토브가 열기를 뿜고 있고, 카운터 앞과 동북 구석에는 상록수가 한 그루씩 놓여 있었다. 그리고 얼핏 보아 한 스무 개나 됨 직한 테이블을 에워싸고 왕왕거리는 꿀벌떼는 거의 모두가 알 만한 얼굴들이었다. 중구는 일일이 돌아가면서 인사를 하기가 쑥스러우므로, 가까이 앉아 있는 친구들과, 또는 저쪽에서 일어나 다가온 친구들과만 악수를 하고, 멀리 있는 사람들에게는 목례와 점두(點頭)[2]로써 인사를 치렀다.

"이 양반 그새 시골 사람 다 됐어, 무얼 그렇게 자꾸 두리번거리고 서 있어?" 현식이 두번째 주는 핀잔이었다.

중구는 악수를 끝내고 자리에 앉았다. 그러자 화가 송시명(宋時明)과 여류작가 길선득(吉善得) 여사가 몰려와서 테이블을 에워싸고 함께 앉았다. 언제 왔느냐, 가족은 어쨌느냐, 하는 것으로 질문은 또다시 시작되었다. 중구는 먼저와 같이, 통틀어 간단히 대답을 했다. 커피가 왔다. 현식은 중구에게 같이 들자는 인사도 없이, 자기 앞에 놓인 커피 잔을 들어 한 모금 먼저 훌쩍 마시고 나더니, 오버 주머니에서 담배를 끄집어내었다. 일절 사교적인 사령[3]이나 형식적인 인사를 통 모를 뿐만 아니라, 가다가는 마땅히 필요한 예의까지도 가급적으로 무시하자는 것이 그의 취미요 성격인 듯했다. 이러한 그의 위험하기 짝이 없는 '취미'와 '성격'이, 그러나, 의외로 오해를 많이 사지 않는 것은, 그의 조그맣고 샛노란 얼굴에 아예 욕기(慾氣)가 조금도 없어 보이기 때문인 듯했다.

"아이고 세상에 인심도 무세라" 하고, 경남 출신인 길여사가 경상도 사투리로 익살을 부리자 여러 사람들이 '와아'하고 소리를 내어 웃었다. "안 되겠심더, 우리도 이러다가는 굶어 죽겠심더"

하고, 길여사는 사람 수대로 커피 여섯 잔을 더 시켰다. 중구는 여러 친구들의 '식기 전에'라는 권고에 의하여, 아직도 김이 모락 모락 오르는 노리께한 커피를 들어 입술에 대었다. 닷새 만이다. 한 십 년 동안 시베리아 같은 데 유형(流刑)살이를 하다 돌아와 처음으로 커피를 입에 대보는 듯한 느낌이었다. 그렇게도 커피의 한 모금은 그의 가슴속에 쌓이고 맺혀 있던 모든 아픔을 한꺼번 에 훅 쓸어내려주는 듯했다. 중구는 입이 헤벌어지며, 곧장 바보 같은 웃음이 터져 오르는 것을 어찌할 수도 없었다. 사람이란 무 엇일까요, 하고, 몇 번이나 입 밖에까지 말이 튀어나오려는 것을 그는 간신히 참았다.

커피 여섯 잔이 새로 왔다. 현식은 말없이, 자기 앞에 두번째 놓 인 커피 잔을 테이블 한가운데 옮겨놓았다. 자기에게는 소용이 없다는 뜻이었다. 중구도 두 잔째니까 사양을 했으나 이번에는 길여사가 듣지 않았다. "평론가가 내는 차는 먹고, 본인이 대접하 는 차는 거절하신다는 것은 너무나 불공평해요." 길여사의 항의 에 장단을 맞추듯, 송화백이 또한 손바닥을 내밀며 '빨리 드십쇼' 하는 제스처를 부렸다. 중구도 입에 손을 가져감으로써 제스처에 응수를 했다. 중구의 이 제스처는 이미 유명한 것이어서 때로는 곤란하다는 뜻, 때로는 거북하다는 뜻, 때로는 미안하다는 뜻, 때 로는 죄송하다는 뜻, 그 밖에 수줍다는 뜻, 고깝다는 뜻, 천만에 말씀이라는 뜻, 이러한 모든 델리케이트한 감정과 의사표시를 대 변하는 것이었다.

"다방은 어느 날까지 열렸어요?" 이번에는 커피당[4]인 송화백이 물었다. 이십구일까지든가 삼십일날까지든가, 아무튼 그믐께부터는 거리에 다니는 사람이라곤 거의 볼 수도 없었으니까, 나중은 병자, 노인 들까지 모두 들것에랑 리어커에랑 태워서 나오는데, 아이유 하며, 또 입에다 손을 가져갔다. 순간, 그는 그렇게 해서라도 모셔오지 못한 그의 어머니의 생각이 가슴에 찔렸던 것이다.

그때 허윤이 '문총' 사무실에서 이층으로 올라왔다. "허형 이리 오시오" 하고, 현식이 좋은 수나 있다는 듯이 소리쳤다. 허윤이 무슨 영문인지 모르고 빙긋이 웃으며 곁에 와 서니까, 현식은, "당신들 둘이 잘 됐소" 한다. 무슨 말인가 하고 있으니 "허형은 어린애들을 길에 흩어버리고 혼자 왔다지, 이형은 지금 어머니를 서울에 버려두고 왔대잖아," 그러니 비슷한 처지에 서로 위안이 되리라는 뜻이다. 그 자리에 있던 음악가 안정호(安定浩)와 송화백은 조금 웃어주었으나 허윤과 중구는 웃지 않았다. 다만 길여사만이 중구의 흉내를 내느라고 왼쪽 손을 입에 갖다 대었을 뿐이다. 길여사는 이미 나이도 오십이 넘고, 또, 하와이로 미국으로 여행도 여러 번 하고 돌아온 부인이라, 자기 자신이 손해를 보아가면서도 그 자리의 분위기와 남의 감정 혹은 체면 같은 것을 다치게 하지 않으려고 서투른 제스처와 사교적인 사령을 서슴지 않는 사람이었다. 이 점에 있어, 별반 악의도 없을 뿐만 아니라 오히려 호의에 가까운 심정으로 남의 아픈 데를 콕콕 찔러주는 조현식 평론가와는 어디까지나 대척적이기도 했다.

점심때가 되었다. 길여사가 '우동'을 사겠다고 했다. 일행은 중구를 주빈으로 하고, 조현식, 허윤, 송화백, 박운삼(朴雲森) 그리고 길여사, 모두 여섯 사람이었다. 안정호가 다른 약속이 있어 빠지게 되고 그 대신 박운삼이 낀 것이다. 박운삼은 시인이었다. 그는 처음 잘 보이지도 않는 구석 자리에 혼자 '벽화'같이 앉아 있었으나 그들과는 본디 가까운 사이요, 또, 그의 하도 서글픈 표정으로 앉아 있는 꼴이 마음에 걸려서, 중구가 특별히 그를 일행 속에 끌어들였던 것이다.

박운삼은 우동 집에서나, 우동을 마치고 나서나, 처음부터 끝까지 말이 없었다. 본디 좀 침울한 성격이기는 했으나, '육이오' 이전에는 그렇게 벙어리처럼 말이 없는 위인도 아니었던 것이다. 그것이 저렇게 실의한 사람같이 말없이 앉아 있는 것을 보면 무슨 곡절이 있는 듯도 했다. 그러나 아무도 그의 '곡절'에 대하여 특별히 관심을 가지거나 해명을 해보려는 사람도 없었다.


그날 밤은 조현식을 따라가 잤다. 조현식의 집은 남포동에 있었다. '항도의원(港都醫院)'이라는 병원 간판이 붙어 있는 일본식 건물이었다. '경남여중' 교원에 현식의 친구가 있어, 그 친구의 소개로 이 병원의 이층 입원실 한 칸을 얻어 들게 되었다는 것이었다. '사조반(四疊半)'짜리 다다미였다. 거기다 오시이레⁵가 동쪽 북쪽 두 면에 붙어 있어서 상당히 쓸모 있는 방이었다.

북쪽 오시이레에는 침구와 옷보퉁이와 트렁크와 책 상자와 그밖에 너절한 피난살이 짐짝들이 들어 있고, 동쪽 오시이레는 친척들의 '침실'로 사용되고 있다는 것이었다.

가족은 조현식 부처와, 애기 둘과, 어머니와, 과수 누이에 그 애기와, 그(현식)의 오촌 조카와 이렇게 여덟 사람이었다. 여기다 또 그의 사촌 동생이 이따금 와서 잔다는 것이었다.

중구가 현식을 따라 들어갔을 때는 이 집 주인(의사)의 아들까지 합쳐서 남녀노소 십여 명이나 되는 사람들이 모여 앉아서 할머니와 어린 손자들은 옛날이야기를 하느라고 자지러져 있고, 젊은 사람들은 윷놀이에 법석을 치는 판이었다.

그들이 들어가자 윷놀이는 곧 걷어치워졌다. 현식의 부인과는 서울서부터 가족적으로 잘 알던 사이였으나 그 누이와 오촌 조카 사촌 동생 들은 모두 처음 보는 얼굴들이었다. 그렇다고 해서 현식이 중구를 그들에게 소개를 시키는 것도 아니었다. 방면이 다르고 계제가 다른데 우연히 자리를 같이했다고 해서 그러한 형식적인 수속을 치를 필요가 있겠느냐 하는 것이 조현식의 그 어떻게 할 수 없는 성격이요 취미인 듯했다.

"저기 가서 소주 한 병하고 오징어 좀 사오너라" 하고 현식은 국민학교에 다니는 그의 아들 아이에게 돈 천 원을 내주었다.

"모친께서는 지금 어디 계세요?"
하고 현식의 부인이 술상——겸 밥상이지만——을 보며 중구에게 물었다. "서울 계십니다" 하며, 중구는 현식의 모친을 한 번 흘깃 보았다. 과연 현식의 모친은 중구의 "서울 계십니다" 하는 말에 놀란 듯한 얼굴로 중구를 바라보았다. 그럼 어머니를 버리고 온 것 아니냐 하는 듯한 얼굴이었다. 갑자기 중구는 목젖이 뿌듯하게 아파짐을 깨달았다. 그럼 부인은 어떻게 됐느냐고, 또 현식의 부인이 물었다. 어린 년(딸) 하나를 데리고 충청도 저의 오라범 댁으로 찾아 내려갔다고 한즉, 부인은 또, 그럼 서울에는 어머니 혼자만 계시는구먼요 하는 것이 흡사, 이것으로 심문을 끝내는 동시에 너에게는 불효자란 이름을 선언한다 하는 말같이 중구에게는 들렸다.

조현식은 본디 술이 약했다. 그 대신 그의 사촌 동생이 상당한 술꾼이었으므로 중구는 그를 상대로 소주 한 병을 거의 다 마셔 버렸다. 처음에 목젖이 뜨끔뜨끔 아프던 것이, 한 잔 두 잔 소주 가 들어가면서부터 그것도 씻은 듯이 가셔져버렸다. 다만 그의 입에서는 어떤 동기와 무슨 목적으로서인지도 모르게 다음과 같은 넋두리가 흘러나오고 있었다. "돈만 있었으면 나도 사실 어머 니를 모시고 부산에 올 수 있었어. 원고료 몇 푼씩 받아서 그때그 때 연명을 해오던 우리 처지에 육이오를 치르고 구이팔을 당했으 니 깨끗이 빈손이지 어떡해? 사실 원서동의 그 오막이라도 팔까 했지만 섣달 초승께부터 벌써 슬금슬금 남하가 시작되는 판인데 팔기는 어떻게 팔아? 스무날(섣달)이 넘어 아내가 딸년을 데리고 충청도 저의 오라범을 찾아간다고 했지만, 그것도 부모 없는 친 정이요, 평소에 의까지 좋지 못했는데 정 할 수 없어, 죽여줍시사 하고, 찾아가는 판인걸 거기다 어머니까지 붙여 보낼 수가 있나, 또, 붙여 보내려니 그만한 밑천이 있나? 어머니는 조형도 알지만 벌써 오래된 천만병으로 보행은 어림도 없고, 기차나 자동차도 복잡하게 밀고 짓밟고 하는 판에는 도저히 오 분도 견디지 못하 시지, 리어카나 달구지 같은 것을 구해서 그 위에 타시게 하고 내가 끌어볼 수는 있겠는데, 내 주변으로는 그거 하나 구하기도 하늘에 별 따긴데 게다가 어머니는 찬바람만 쐬면 그냥 기침이 연발하여 숨이 막히시는 판이니 그러다가는 노상에서 지레 죽으실 것 같고…… 또 어머니가 한사코 움직이지 않으려고만 하시니, 괜히 끌어내다 길에서 지레 죽이려느냐고, 이왕 죽는다면 집 안에서 이불 덮고 편안히 누워 죽는 것이 얼마나 나으냐고, 그리고 집 안에는 아직 연료와 식량이 다 남아 있으니 정 급하면 일어나 끓여 먹을 수도 있는데 왜 죽음을 사서 나가겠느냐고…… 그래서 중구도 차마 혼자 버려두고 떠날 수가 없어 마지막 날까지 서울서 버티다가 일월 삼일의 최종 후퇴에 뛰어들고 말았다는 것이다.

중구들의 술상이 치워졌을 무렵에는, 동쪽 오시이레는 이미 이중 침실로 화한 뒤였다. 현식의 누이 모자(母子)가 오시이레의 아래층으로 들어가자, 오촌 조카는 이층으로 올라가 눕고, 그러고는 후수마[6]가 닫혀지는 것이었다.

중구가 자리에 누워 눈을 감았을 때 무슨 슬픈 안개를 뿜는 듯한 뱃고동 소리가 들려왔다. 그와 동시에, 어젯밤 K통신사 지국 사무실의 테이블 위에 누웠을 때 들려오던, 그 '문풍지가 우는 듯한' '피리 소리' 같기도 하던 그것이 바로 이 뱃고동 소리였구나 하는 생각이 들었다.

이튿날 아침밥을 끝내자 중구는 또 그 낯수건과 칫솔이 들어 있는 낡은 손가방 하나를 든 채, 현식과 함께 밀다원으로 나왔다.

"오늘은 오형이 나오려고 했으니 어쩌면 이형 숙소가 해결될 겝니다." 조현식의 말이었다. "부산 있는 문인이 누구 누굽니까?" 하고, 중구가 물었다.

물론 중앙 문단에 알려진 사람을 말하는 것이다. "있기는 사오 명 있지만 다 소용 없어요." 조현식의 대답이었다. "하기야 이 꼴 돼 오면 반갑다고 할 사람 없겠지." 중구가 도리어 현식을 위로하는 말투였다. 그들이 마찬가지로 서울서 피난 온 사람들이면서도 이렇게 현식이 주인 행세를 하고 중구가 손님 노릇을 하는 것은 현식이 먼저 내려와 방을 잡았다는 이유만은 아니다. 현식의 아내가 첫째 이 지방 사람인 데다, 그는 또 '문총' 사무국을 맡아 있는 관계로 각 지방에 많은 유기적인 동지들을 가지고 있었기 때문이었다.

"당신 전필업(全弼業)이 알지?" 현식이 물었다. "내 아는 사람은, 전필업이하고 오정수(吳楨洙)뿐이야." 중구가 대답하자, "당신 전필업이하고는 상당히 친했지?" 하고 현식이 꼭 신문을 하듯이 묻는다. "오정수만치는 친했던 편이지." 그러자 현식은 여기서 말을 뚝 끊어버리고 커피를 훌쩍 마시더니 담배에 불을 붙여 물고 의자에 비스듬히 자빠져버린다.

"그래, 전필업이 만났소?" 중구의 묻는 말에 현식은 한참 동안 담배만 피우고 있더니, 담배의 재를 떨굴 겸 상체를 일으키며 한 일주일 전에 여기서 만났다고 한다. "내 말 하던가?" 하고 또 중구가 묻는데, 현식은 이에 대한 대답은 없고, "그날도 나는 마침 이 자리에 앉아 있었는데 내가 무심코 고개를 드니까 그는 이미 저쪽 들어오는 문 앞에 서서 나를 빤히 바라보고 있더군. 나는 처음 저 친구 너무 반가운 나머지 어쩔 줄 몰라서 저러고 있나 보다 했더니, 종시 움직이지 않고 그냥 서서 빤히 바라보고만 있잖아? 나는 웃는 얼굴로 손을 들어 보이며, 전형 하고 불렀지, 그랬더니 그는 그냥 그 자리에 선 채 고개만 까딱하잖아, 묘한 녀석이라 생각하고 그냥 내버려두었더니, 나중 저쪽 내 모르는 신문기자들 있는 자리에 가서 같이 앉았다가 그냥 쓱 나가버리더군. ……그것까지는 또 좋은데, 그러고 며칠 지난 뒤 그자가 허형(허윤)을 보고 하더란 말이 걸작이야. 이렇데. 지금까지는 서울 있는 놈들이 문단을 리드해왔지마는 지금부터는 부산이 수도로 됐으니까 재부(在釜) 문인들이 문단의 주도권을 잡아야 한대, 그래서 이번에는 중앙 문인들이 재부 문인들 앞에 머리를 수그리고 나와 문안을 드릴 때까지 이쪽에서는 버티어줄 작정이라는 거야." 조현식은 그 샛노랗고 바짝 마른 얼굴에 표정 하나 없이, 담담한 어조로 이야기를 끝내자, 담뱃불을 비벼 끈다.

"주도권이란 건 뭔고?" 하고 중구가 묻는다. "모르지, 아마 신문 잡지 같은 데다 글 발표할 수 있는 권리를 말하는 것 같아." "그렇다면, 하긴, 전필업한테는 필요하겠군, 우리야 뭐 별로 발표할 글도 없고 하니, 필요한 사람들이 가지면 되잖아." "그렇다고 해서 누가 무얼 써달라고 하더라도 전필업을 위해서 우리는 집필을 거절한다거나 유예해야 한다는 이유도 없잖아?" "그거야 물론이지." "그렇다면 문제는 또 복잡해지거든. 왜 그러냐 하면 우리도 쓰고 전필업도 썼을 때 대부분의 안목 있는 독자들이 전필업보다 우리를 상대하게 되면 어떡하느냐 말이지." "그거야 할 수 없지 어떡해?" "그러나 결국 문제는 거기 봉착되고 마는 거야. 전필업이 주도권을 가지겠단 말은 우리와 그가 같이 글을 쓰더라도 사회가 우리보다 그를 상대하도록 해달라는 거야." "해주긴 또 누가 어떻게 해준단 말인고?" "해주지 않으면 제가 그렇게 만든다는 거지." "만들다니, 어떻게?" "그걸 알고 싶거든 전필업이가 내는 『항도문학』이란 주간 신문을 좀 보시오, 거기, 중앙서 내려온 문인으로서 글줄이나 바로 쓰는 현역 가운데 벌써 욕먹지 않은 사람이 몇이나 있는가? 그 위에다 좀더 유력한 문인에 대해서는, 무전취식'을 했다느니, 문총 공금을 착복했다느니, 입에 담을 수도 없는 거짓말로 갖은 인신공격을 다 하고 있으니까." 두 사람은 벙어리가 된 것처럼 한참 동안 서로 멀거니 건너다보고 있을 뿐이다.

"그런 애들은 몇이나 되는고?" 하고, 중구가 먼저 입을 열었다. "모르지, 전필업이 이외에도 그를 쫓아다니는 청년들이 몇 사람 있는 모양이더군." "그 정도 같으면 문제없잖아? 어디서나 이런 놈도 있고 저런 놈도 있는 거니까." "그러나 다르지, 아무리 이런 놈도 있고 저런 놈도 있는 것이 세상이라 하더라도 이런 정도로 망나니가 용납되진 못했으니까, 지금과 같이 집이 막 쓰러지고 사람이 죽고 하는 전란 중엔 눈에 보이지 않는 정신적인 권위라든지 표준까지도 다 쓰러뜨려 없애버리고 싶은 것이 일반적인 심리(心理) 경향인가 봐." 조현식은 말을 마치고 또다시 담배를 피워 물었다. 중구는 중구대로 요 며칠 사이 그의 머릿속을 떠나지 않고 있는 '끝의 끝' '막다른 끝'이란 말을 다시 한번 혼자 속으로 되뇌며 자욱한 연기 속에서 꿀벌떼처럼 왕왕거리는 다방 안을 돌아다보았다.

오정수는 새까만 세루[8] 두루마기에 새하얀 동정을 넓적하게 달아 입고, 코밑의 인중이 길쭘한 입 언저리 위에 꼬물꼬물 무엇이 기는 듯한 얌전한 미소를 띠며 중구에게로 걸어왔다. "언제 왔어요?" 하는 인사가, 흡사, "언제 왔능기요?" 하는 거와도 꼭 같은 악센트였다. 그는 중구의 손을 꼭 잡은 채, 오느라꼬 고생 많이 했지요, 가족은 다 오셨십니까, 거처는 정했십니까, 하는 일련의 인사가 다 끝날 때까지 놓지 않았다.

"오형 인제 잘 됐어" 하고, 조현식이 오정수에게 자리를 내주며 히죽 웃었다. 오정수는 무슨 뜻인지 알아듣지 못해서, "뭐라꼬요?" 하며 조현식을 쳐다본다. "이형은 오형 나오는 것만 눈이 빠지도록 기다리고 있습니다." "와요?" "이형한테 물어보시오." 그러자 오정수는 또 그 입 언저리에 꼬물꼬물 기는 듯한 미소를 띠며 중구 쪽을 바라본다. 중구도 왼손으로 입을 가린다. 거북하다 미안하다 하는 뜻이다. "이형은 지난밤에도 이 다방에서 잤답니다." 이번에는 또 조현식이 말을 붙인다. "정말이오?" 오정수의 얼굴은 심각해진다. "저 다방 색시한테 가 물어보시오." 조현식은 시치미를 딴다. "그럼 와 진작 나한테 안 찾아왔소?" "환영할지 안 할지 알 수가 있어야지." 조현식의 이 말에 오정수도 농담인 것을 깨닫고, "에이 나쁜 양반!" 하고, 이웃집 아주머니들이 하듯 눈을 흘겨준 다음, 중구에게 고개를 돌리며, "참말이오, 오늘 저녁에는 꼭 우리 집에 갑시대이" 한다. 이거 미안해서…… 하고, 중구가 머리를 긁으려니까, 조현식이 곁에서, 잘 됐지 뭐, 한다.

"정말 잘 됐어요" 하고, 곁에 있던 송화백도 성원을 했다. 뒤이어, 송화백은 "오늘은 오선생도 모처럼 나오시고 했으니 빈대떡 집에나 갑시다. 제가 인도하겠습니다" 했다. 아침에 삽화료(揷畵料)를 받은 것이다.

일행은 오정수 조현식 이중구 송화백 이렇게 네 사람에다 작곡가 안정호(安定浩)가 끼어서 모두 다섯 사람이었다. 빈대떡 집은 남포동 뱃머리라고 하는 선창가였다. 바로 코끝에서 시퍼런 바닷물이 철석거리고 있었다. 개인 날엔 대마도가 빤히 건너다보인다는 영도(影島)와 송도(松島) 사이의 아득하게 트인 해변 위엔, 안개 같은 구름이 덮여 있고, 그 구름에서 일어오는 듯한 쩝쩔한 바닷바람과 함께 이따금씩 갈매기떼들이 허연 날개를 퍼덕거리며 몰려오곤 하였다.

술이 얼근해지자 송화백과 안정호는 서로 열을 올리며 기염을 토하기 시작하였다. 그것은 다 같이 대한민국이 예술가들을 천대한다는 요지의 것이었다. "대한민국 예술가들은 다 죽어야 해! 다아!" 그는 몇 번이나 이렇게 소리를 지르곤 하였다. "그놈의 돈들이 다 어딜 갔냐 말야. 몇 억(億) 몇 조(兆) 하는, 천문학적 숫자의 발행고가 다 어딜 갔냐 말야. 그놈의 돈을 다 뭉쳐놓으면 저 영도섬 더미보다 더 클 거 아니냐 말야. 그놈의 돈들이 다 어딜 갔기에 우리는 사변이 나자 그날로 당장 빈손이 되고 거지가 되느냐 말야. 지금 부산에 와서도 처자와 함께 제대로 밥이나 끓여

먹고 있는 예술가가 몇이나 있느냐 말야. 그놈의 돈들이 다 어디가 뭉쳤기에, 몇도 되지 않는 대한민국 예술가들은 다 거지가 돼서 저놈의 바닷물에라도 빠져 죽어버려야 하게 됐단 말인가?" 하고 기염을 토하는 송화백의 눈에는 불이 척척 흐르는가 하면, "그놈의 돈 뭉치들이 다 어디로 갔느냐고?" 하고 시작하는 안정호의 음성은 잠긴 듯하다. "우리 처외삼촌(妻外三寸)이란 자는 본디 무역하는 사람인데 말씀예요, 이 작자 손에 지금 배가 몇 척 노는 줄 아세요? 일조유사지시(一朝有事之時)엔 제주도로 가든지 대마도로 가든지, 혹은 일본으로 가든지 미국으로 가든지 자유자재란 말씀예요, 그러니 그거 어디 저 혼자 하는 일입니까? 돈 가진 놈들은 권세 가진 놈들과 짜고, 권세 가진 놈들은 돈 있는 놈들과 끼리끼리 서로 통해 있고, 예약이 돼 있단 말씀예요" 하는 그의 눈에는 눈물이 어려 있다. 그의 잠긴 듯한 음성이나 눈에 어린 눈물로 보아, 그도 아마 그의 처를 통해서 한몫 끼어보려다가 톡톡히 괄시를 당한 모양 같다. "그러니 다 죽고 없어져야지, 저놈의 바닷물에라도 얼른 뛰어들어서 모두 죽고 없어져야지!" 송화백의 맞장구다.

"그런데 그 사람 운삼이 왜 그래? 사람이 변한 거 같아" 하고, 중구가 화제를 돌리려고, 어저께 본 박운삼의 이야기를 끄집어내었다. "도무지 말도 하지 않고, 웃지도 않고, 등신처럼 가만히 앉아만 있잖아?" 하는 중구의 말에, 송화백이, "왜 그렇긴 왜 그래? 상사병(相思病)에 걸린 거지" 하고 자신 있는 듯이 말을 받는다. "사변 전에 늘 데리고 다니던 여자 있잖아? 여의대(女醫大) 학생

말야." "그래 그 여자와 헤어졌나?" "헤어진 셈이지." "헤어진 셈이란 건 뭔데?" "헤어진 셈이란 건, 어쨌든 결과에 있어서 헤어졌단 말이지." 그러자 일동이 와아 웃었다. 일동의 웃음에 용기를 얻은 듯 송화백은 말을 계속했다. "당자들의 감정이나 의사로 헤어진 게 아니고 형편이 그렇게 만들었단 말이지." "형편이라니?" "여자가 애인을 따라 거지가 되어주지 않고, 부모를 따라 외국으로 떠났으니까." "그렇다면 거기엔 당자의 의사도 없는 것도 아니잖아?" "그러나 그렇게 된 게 아니래, 적어도 박운삼만은 지금도 그렇게 믿고 있으니까." 여기서 잠깐 이야기가 끊어졌다가, "여자의 아버지가 외교관이던가?" 하고 중구가 다시 물었다. "외교관도 아니지, 본시 주일부(駐日部)에 무슨 긴밀한 관계를 가지고 있었나봐, 비행기로 노상 왔다 갔다 하던 사람이래." 중구와 송화백의 문답도 여기서 일단 끝이 났다.

중구는 바다로 향해 고개를 돌린다. 얼얼한 술기운에 퍼런 해면이 비친다. 그 위에서 껑충거리는 허연 갈매기떼도 보인다. 그와 동시에, 그의 머릿속에는, 내리막을 달리는 기차가 떠오른다. 최종열차다. 땅 끝까지 가서는 바다에 빠진다는 것이다. 바다에 빠지지 않기 위하여 기차는 목이 쉬도록 울며 발목이 휘어지도록 뻗대어본다. 그러나 내리막을 달리는 기차는 그 무서운 속력의 관성에 의하여 기어이 바다로 들어가야만 한다. 중구의 눈에는 또 갈매기떼가 비친다. 자기는 이미 바다에 빠져 있는 겐지도 모른다는 생각이 든다. 자기는 이미 갈매기떼에 들어 있는지도 모른다는 생각이 든다. 오오, 갈매기여, 갈매기여! 그는 시인 같은 심정으로 갈매기를 불러본다. 그의 머릿속에는, 아까 밀다원 안에서 꿀벌떼처럼 왕왕거리고 있던 예술가들의 모습이 떠오른다. 그들은 다 즐겁다. 바다에 빠져 죽어야 한다고 두 눈에서 불을 흘리는 송화백이나, 처외삼촌에게 설움을 당하고 목이 메인 안정호나, 거센 물결에 애인을 뺏기고 넋이 빠져 앉아 있는 박시인이나, 어린 자식들을 길 위에 흩어버리고 혼자서 하루에 떡 세 개씩으로 목숨을 이어나간다는 허시인이나, 늙고 병든 어머니를 죽음에게 맡기고 혼자 달아나온 이중구 자신이나 그들은 다 같이 즐겁다. 다방에서는 꿀벌들처럼 왕왕거린다. 바다에서는 갈매기떼처럼 퍼덕거린다. 앞뒤에 죽음과 이별을 두고, 좌우에 유랑과 기한을 이끌며, 그래도 아는 얼굴 커피 한 잔이 있어서 즐겁단 말인가, 그래도 즐겁단 말인가, 무엇이 즐겁단 말인가, 하고, 중구는 목구멍까지 올라온 이 말을 끄기 위하여 또 한번 한숨을 길게 뿜었다.

오정수의 집은 범일동에 있었다. 단층으로 된 일본식 건물이었다. 온돌방이 하나요, 다다미방이 둘인데, 온돌방은 오정수의 부인과 아이들이 쓰고, 다다미방 하나는 오정수의 서재로 되어 있었다. 그리고 또 하나 다다미방에는 오정수의 일가뻘이 되는 피난민이 들어 있었다. 뜰은 넓지 않으나 사철나무 소나무 벽오동 따위 정원목과, 라일락 침정화 같은 꽃나무들도 심어져 있었다. 툇마루 끝에는, 난초 사보텐⁹ 종려 치자 목련 하는 분종(盆種)들이 일여덟 개나 가지런히 놓여 있었다.

"새는 기르지 않습니까?" 중구가 물었다. "예." 오정수는 고개를 끄덕끄덕했다. 기른단 말인지 기르지 않는단 말인지 알 수 없었다. 처마 끝에는 빈 새장 하나가 달려 있을 뿐이었다. 기르다 말았거나, 다른 새장에 옮겨둔 모양이었다. "여기서 이런 거나 만지고, 심심하면 바다나 내다보고 하면 혼자 살아도 되겠네요" 하고, 중구가 오정수의 말투를 흉내내어보았다. 오정수는 또 먼저와 같이 "예에" 하고 고개를 끄덕거렸다.

저녁에 술상을 내오게 하고, 오정수는, 중구에게 술잔을 건네며, "실상은 조형(현식) 생각도 하고 이형(중구) 생각도 해서 방 한 칸을 비워두고 있었임니대이" 했다. 그것은 이미 조형에게서 들었다고, 중구가 말했다. 그러나 오정수는 "잘됐임더. 이형은 혼자 몸이시고 하니 그마아 나하고 여기서 같이 있입시대이" 하고, 입 언저리에 꼬물꼬물 기는 듯한 따뜻한 미소를 띠며 중구를 쳐다본다. "미안해서……" 하고 중구는 술잔을 내었다. 흐리멍텅한 대답이었다.

오정수의 부인이 들어와서 인사를 했다. 키가 훨씬 크고 몸이 뚱뚱하고 얼굴빛이 거무스름한 데다 목소리가 컬컬한 부인이었다. 다만 가늘게 뜨는 실눈에는 어딘지 소녀다운 애 티가 있어 보였다. "아무 꺼도 없임니더마는 마아이 드이소이" 하고, 절을 한 번 하더니 그냥 나가버렸다. 뒤이어 저녁상이 들어왔다. "아직 좀 더 있다가 가지고 오너라." 오정수가 저녁상을 도로 들여보냈다. "술 좀 더 할란대이" 하고, 그는 또 안쪽으로 향해 이렇게 소리를 질렀다.

"이거 냉이 나물이지요, 맛있입니대이" 하고, 중구도 다시 지방 말을 흉내내었다. 냉이를 여러 가지 양념과 함께 멸치젓에다 무친 것이었다. "예에, 많이 드이소, 그런 거쯤은 얼마든지 있임더." 오정수도 젓가락 끝으로 냉이 한 토막을 집어 입에 넣으며 이렇게 응수를 했다. "오형은 술이 약해서 안 되겠심대이 고마아." 중구가 또 사투리로 농담을 붙였다. "와 이카십니꺼, 술은 내 혼자 멕에놓고, 괜히." 오정수는 이웃집 아주머니들이 하듯 웃음 담긴 얼굴로, 눈을 흘겼다. '부웅' '부웅' 하는 고동 소리가 잦게 들렸다. 그것은 먼젓번 보수동에서 듣던 '피리 소리'도 아니요, 어젯밤 조현식에게서 듣던 패앵 패앵 하는 소리도 아니었다. 정말 무엇이 떠나가고 있는 듯한, 가슴이 찡찡 울어대는 그러한 뱃고동 소리였다. "저놈의 날라리[10] 피리 소리들 땜에 나는 고마아 못 살겠심대이." 중구는 연거푸 술잔을 내며 주정 비슷한 소리를 내었다. 그것이 고동 소리를 가리켜 하는 말이라고는 오정수도 깨닫지 못하는 모양이었다. 사실 거기서 듣는 고동 소리를 '날나리 피리 소리'라고 하기에는 적당하지 않았다. 그것은 오히려 중구의 취한 가슴속에서만 나고 있는 소리인지도 몰랐다. "그러지 말고 한잔 취하이소." 오정수는 중구의 빈잔에 또다시 술을 쳐주었다. 중구는 취기로 인하여 이미 얼얼한 손으로 그 술잔을 잡으려 했다. 그때, 갑자기 그의 두 눈에서는 취한 얼굴로서도 열도(熱度)를 깨달을 만한 뜨거운 눈물이 주르르 쏟아지며 뜻하지 못했던 울음이 복받쳐오르는 것이었다. 그 순간, 취한 가운데서도, 이건 파렴치다, 언어도단의 추태다, 하는 생각을 하며, 곧 일어나 방문을 열고 뛰어나갔다. 툇마루에서 신돌 위로 내려서려 했을 때, 그는 미끄러지듯이 넘어지며 분종을 둘이나 신돌 위로 굴러 떨어뜨렸다. 오정수가 이내 남포등을 들고 뒤따라나와 있었으므로 중구가 신돌 위에 구르지는 않았으나 분종 둘 가운데 난초분 하나는 세 조각으로 보기 좋게 깨어져 있었다.

이튿날 아침 중구는 밥상을 물리자, 이내 조현식과 약속이 있다는 핑계로, 칫솔과 낯수건이 들어 있는 그 낡은 손가방을 들고 일어났다. "왜 이캅니꺼, 한 사알 푹 안 쉬이고." 오정수가 붙잡았다. "인제 매일같이 찾아올 텐데 뭐." 중구의 대답이었다. "예에, 매일 와도 좋고, 어중간할 때 와도 좋고, 나는 언제든지 기다릴랍니대이." "그러지 않아도 인제 오형이 몸서리가 나도록 올 겝니다."

중구는 정말 무슨 급한 용건이나 있는 것처럼 달음박질을 치다시피 전차 정류소로 향해 달려 나갔다. 무엇이 그렇게 급한 겐지 자기 자신도 알 수가 없었다. 덮어놓고, 밀다원엘 가보아야만 될 것 같았다. 조현식과 송화백과 안정호와 허윤과 박운삼과 길 여사와 이런 사람들의 얼굴을 한시바삐 보아야 숨이 돌아갈 것 같았다. 정류소마다 전차가 정거를 하여, 사람을 내리고 태우고 하느라고 꾸무적거릴 때는 너무나 초조한 나머지 발을 구르고 싶었다.

밀다원을 올라가는 층계 중간쯤에서, 잉잉거리는 꿀벌떼의 소리를 들었을 때, 중구는 요 며칠 전과 같은, 가슴의 두근거림을

깨달았다. 왜 이렇게 급하며, 왜 이렇게 가슴까지 두근거리는지
는 자기 자신도 통 알 수가 없었다.

　구석 자리에서 원고를 쓰고 있던 조현식은 고개를 들어 중구를
쳐다보며, "오형 댁 편하지요?" 했다. "편하기는 그만이더군." 중
구는 편하더란 말에 힘을 주었다. 그러나 그 이상은 무어라고 말
할 수가 없었다. 그는 지금 그 '편하기엔 그만인' 오정수의 집에서
감옥을 탈출하듯 달아나온 것이 아닌가. 그것을, 오정수의 참되
고 올바르고 따뜻한 인격과, 조용하고 아늑하고 또한 풍류적이기
까지 한 서재와, 깨끗한 침구와, 그리고, 그 구미 당기는 생전복
과 생미역과 냉이 무침과 여러 가지 젓갈과 이런 것을 모두 무어
라고 칭찬하며 감사해야 좋을지 모르겠다는 말들을 어떻게 함께
할 수 있단 말인가.

　그날 저녁때, 중구는 조현식과 함께, 토스트를 먹으며 "나 오늘
저녁에 또 조형 댁 신세를 져야겠는데……" 하고, 아침부터 별러
온 말을 드디어 입 밖에 내었다. "왜, 오형 댁에 안 가고?" 조현식
은 의아스러운 얼굴로 중구를 쳐다보았다. 중구는 처음 어떻게
말해야 좋을지 몰라서 한참 동안 머뭇머뭇했다. "너무 멀어서."
처음 그의 입에서 나온 말은 이것이었다. 그와 동시 스스로 한심
스럽다는 듯이 필죽 웃었다. 그러고는 잇달아, "내 맘대로 하라
면, 잠은 조형 댁 오시이레 속에서 자고 낮에는 온종일 이 밀다원
에 나와 앉아 있었음 젤 좋겠더군, 무엇보다 조형 댁은 이 밀다원
에서 가까워서 좋아" 하고, 한숨에 지껄여버렸다. 조현식은 의외
에도 중구의 이 말에 놀라지 않고, 오히려 당연하다는 듯이 덩달

아 히죽히죽 웃기만 했다. 중구는 조현식의 웃음에 용기를 얻은 듯이 또 계속하였다. "오형 댁보다는 차라리 이 다방 한 구석에서 자는 것이 훨씬 나을 것 같아, 치운 건 인제 겁도 나지 않아. 아무 럼 저 먼젓번 보수동 테이블 위에서 잘 때보다 더 치울라고." "오형 댁에서 이까지 오는 데 한 시간 다 못 걸리잖아?" "그래도 그 렇지 않아, 굉장히 먼 것 같아. 시베리아 같은 데 혼자 가 있는 것 같아, 가슴이 따가워서 견딜 수 없어, 이 밀다원에서 한 걸음만 더 멀어도 그만치 무섭고 불안하고 가슴이 따가워 죽겠어. 같은 피난민 속에 싸여 있지 않으니 못 배기겠어, 범일동이 어디야? 만 리도 넘는 것 같아."

중구의 푸념은 여기서 일단 그쳐야 했다. 저쪽 구석 자리에서 졸고 있던 박운삼이 이리로 옮겨왔기 때문이었다. 박운삼은 무슨 용건이나 있는 것처럼 중구와 조현식이 마주 앉아 있는 자리에 와서 앉더니 그대로 아무런 말도 없었다. 그쪽 구석 자리에 앉아 있을 때나 다름없이, 그야말로 '벽화'같이 가만히 앉아 있을 뿐이 다. 조현식이 딱하니까, "박운삼씨 요새 어디 있어요?" 하고 먼저 말을 건넨다. 그러나 박운삼은 역시 벽만 바라보고 있을 뿐 꿈쩍 도 하지 않는다. 조현식이 같은 말을 또 한번 물으니, 그때야 고 개를 돌리며, "저한테 무슨 말씀 하셨어요?" 하고 되물었다. 조현 식이 웃으며, 같은 말을 세번째 물으니 그때야 "친구한테 있었는 데 그 친구가 어저께 결혼을 했어요" 한다. 무슨 뜻인지 요령부득 이었다. 그러고는 다시 먼저와 같은 '벽화'가 되어버린다.

한 시간쯤 지났다. 그동안 그 자리에는 송화백과 허윤이 잠깐씩

앉았다 가고. 길여사도 와서 한참 이야기하고 돌아갔다. 길여사의 이야기는 중공군이 부산까지 온다면 어떻게 하느냐는 것이었다. 누구의 가슴속에나 잠시도 떠나지 않고 있는 문제였다. 그러니만치 아무도 말을 붙이려고 들지 않았다. 어디까지나 양성적(陽性的)인 송화백이 "중공군이 오기 전에 우리는 모두 바다에 빠져 죽기로, 했습니다" 하고, 큰 소리로 외치자, 그 자리에 있던 사람들뿐 아니라 곁의 자리에 있던 사람들까지 '와아' 하고 소리를 내어 웃어버렸다. "잘 알겠습니다." 길여사는 엄숙한 표정으로 합장을 하더니 그냥 나가버렸다. 그러자 그 자리는 또다시 중구와 조현식과 박운삼과 세 사람이 되었다. 어슬 녘이었다. 조현식이 테이블 위에 놓고 있던 담뱃갑을 집어 오버 주머니에 넣었다. 일어서려는 준비 행동이었다. 바로 그때다. '벽화'(박운삼)가 갑자기 이쪽을 향해 고개를 돌리더니, "조선생" 하고 불렀다. 그는 올해 스물아홉 살이다. 조현식이나 중구들보다는 일여덟 살이나 젊었으므로 '선생'을 붙이는 모양이었다. 일어서려던 조현식이 도로 궁둥이를 붙이고 앉았다. "오늘 저녁에 제가 조선생 댁에 좀 같이 갈 수 없을까요?" '벽화'가 건네는 말이었다. "여기 먼저 신청한 사람이 있습니다." 조현식이 웃는 얼굴로 중구를 가리켰다. 그러자 박운삼은 두말도 하지 않고 고개를 빽 돌려 도로 먼저와 같은 '벽화'가 되어버린다. 조현식이 일어선 채 잠깐 망설이더니 "박운삼씨 같이 갑시다" 한다. 그러자 '벽화'는 무슨 전기 장치에서 움직여지는 기계 인간과도 같이 즉시로 꼿꼿이 일어서는 것이었다.

조현식의 집에서 저녁을 마친 박운삼은 그가 언제나 끼고 다니는 하늘색 책보를 끌렀다. (이것은 중구의 그 낡은 손가방에 해당하는 그의 전 재산이었다.) 그 안에는 세면도구를 넣은 고무주머니와 노트 두 권이 들어 있었다. 박운삼은 노트 두 권을 조현식에게 주며 "이거 좀 맡아주시겠어요?" 했다. 조현식은 그것을 받아 그의 부인에게 주며, "이거 내 가방 속에 좀 넣어두" 하고 나서 중구를 돌아다보며, "이형, 소주 안 먹어도 견디겠소?" 했다. 바로 그때였다. 박운삼이 무엇에 찔린 것처럼 갑자기 일어서며 어저께 결혼한 친구 녀석한테는 카나디안 위스키가 몇 병이든지 있다면서, 그 녀석한테 좀 다녀와야겠다고 하더니 그냥 나가버렸다. 그러고는 그길로 그는 돌아오지 않았다.

이튿날 중구과 조현식이 밀다원으로 나갔을 때, 박운삼은 어느덧 먼저 와서 드럼통(화덕) 곁에 가만히 앉아 있었다. 두 사람이 드럼통 곁으로 가도 그는 그들을 보았는지 못 보았는지 역시 꼼짝도 하지 않았다. 조현식이 먼저 알은체를 했다. 어저께 밤엔 어떻게 된 거냐고 한즉, 시간이 늦어졌던 거라고 한 마디로 간단히 대답하고는, 일어나, 그가 언제나 '벽화'같이 앉아 있는, 그의 전용석과도 같은 구석 자리로 옮겨 가버렸다.

점심때 짐짓했을 때 길여사가 나오더니, 중구와 조현식에게 긴급히 상의할 일이 있다면서 밖으로 같이 좀 나가자고 했다. 며칠 전에 갔던 우동 집으로 갔다. 우동 셋을 시켜놓고, 길여사가 이야기를 시작했다. 먼저, 정세가 어떻게 되어가는 거냐고, 어제께와 비슷한 말을 또 끄집어내었다. "저놈들이 자꾸 밀고 내려오는 모양이지요" 하고, 조현식은 가볍게 받아넘겼다. 중구도, "중공군이 원주(原州) 오산(烏山)까지 침공해온 모양이랍니다" 하고, 오전에, 길에서, K통신사의 윤을 만나 들은 정보를 제공했다. 길여사는 눈을 내리감으며 또 합장을 했다. "아무튼, 서울 방위는 철통같다고 떠들어대던 것도 필경 저놈들에게 내주고 말았으니 앞으론들 어느 지역에서 반드시 반격한다고 기필[1]할 수야 없는 노릇이지요" 하고, 조현식도 침울한 목소리였다. "하여간 낙관할 수는 없지요?" 하고, 다지는 길여사. 같은 말로 긍정하는 것은 중구다. 조현식의 침묵은 이것을 시인한다는 뜻이다. 길여사는 목소리를 낮추며, 그래 거기 대한 무슨 대책이 있느냐고 했다. 지금 돈 있는 사람들은 다 만일의 경우에 대처할 준비가 되어 있다. 그런데 우리들은 아무 대책도 없이 다방에만 모여서 우글거리고 있다. 만약의 경우를 생각해보라. 그것은 비참하다. 그런데 마침 교회 관계로 제주도 가는 배가 한 척 있는데 사오 일 이내로 떠날 예정이다. 자기가 부탁하면 십여 명은 더 탈 수 있게 되겠다. 조현식과 중구가 찬성한다면 그렇게 추진시켜보겠다 하는 이런 내용이었다. "신중히 생각하세요" 하고, 길여사는 꼬리를 달았다. 조금 뒤 "가서 무얼 먹고 사나?" 하는 것이, 조현식의 첫 발언이었다. "목숨이 첫째요, 먹는 것은 둘째입니다." 길여사의 답변이었다. "그러나 생활 근거가 전혀 없이야 너무나 막연해서." "다른 피난민들도 다 많이 가잖았어요?" 이렇게 조현식과 길여사가 문답을 계속하고 있는 동안 중구는 중구대로, 하루 전, 오정수의 집에서 맛본 고독의 무서움을 맘속으로 생각하고 있었다. 그는 어떠한 조건에서든지 밀다원이 있는 곳에서 멀리 떠나갈 수는 없다고 생각했다. 그는 최후까지 밀다원에 남아 있는 다른 모든 친구들과 행동을 같이하리라 생각했다. 그것이 송화백의 말대로 설사 바다로 뛰어드는 길이라고 하더라도, 그는 혼자 별개 행동을 취할 용기는 나지 않았다. 꿀벌은 꿀벌떼 속에, 갈매기는 갈매기떼 속에, 하고, 그는 입에 내어 중얼거릴 뻔했다.

"이중구씨 소설가께서도 의견을 말씀해주십시오." 길여사는 이런 경우에도 유머를 잊지는 않았다. "저는 무서워 안 되겠습니다. 밀다원에서 떠나는 것이 무섭습니다." 중구의 명확한 거절을 받은 길여사는, 또 한번 합장을 올리고 나서, "기회는 한 번뿐이란 사실을 알아두어야 합니다" 하고 응수를 했다. 이 말에 가슴이 찔끔해진 조현식은, 지난 육이오 때, 서울서 괴뢰군에게 몇 번이나 죽을 뻔했던 일을 상기하고, "며칠이나 여유가 있겠습니까?" 하고, 또다시 현실적 조건을 따지려 들었다. 늦어도 닷새 이내에는 결행되리라는 길여사의 말에, "그러면 닷새만 더 여유를 주십시오, 그동안 좀더 연구해보겠습니다" 하고, 조현식이 꾀를 내자, 길여사도 찬성한다는 듯이 "두 분 동지께서 반대하신다면 본인도 단독 행동을 취할 용기는 없다는 사실을 믿어주십시오" 하고 자리에서 일어났다.

세 사람은 다시 밀다원으로 갔다. 그들이 층계를 올라서려고 하는데, 위에서, 음악가 안정호가 흥분한 얼굴로 내려오고 있었다. "어디서 오세요?" 하고, 안정호가 당황한 목소리로 물었다. 우동집에서 온다고, 조현식이 대답하자, 안정호는 손가락으로 이층을

가리키며, "박운삼씨가 약을 먹었어요" 했다. "약이라니?" "수면
제." "수면제를 왜?" "왜가 뭡니까, 아주 뻗어버렸어요." 순간, 조
현식의 얼굴이 파랗게 질린다. 길여사의 입술이 바르르 떨린다.
"얼마나 먹었기에?" 중구가 묻는다. "형편없이 먹은 모양입니다.
페노발비탈 육십 개에 새콜사나듐 다섯 개를 합쳐 먹었다니 말
다 했지요 뭐." "그토록 몰랐을까?" "모르는 게 뭡니까 언제나 혼
자 앉아 있는 그 구석 자리에서 그냥 졸고 있는 줄만 알았지요"
하고 안정호는 의사를 부르러 간다면서 뛰어나갔다.

　세 사람이 다방 안에 들어갔을 때 사람들은 서북쪽 구석에 거멓
게 둘러서 있었다. "이 망할 자식아! 이 못난 자식아!" 하고, 박운
삼의 오버 소매를 잡고 흔들며 엉엉 울고 있는 것은 송화백이었
다. 아무렇기로서니 그처럼 몰랐느냐고, 또, 길여사가 다방 레지
를 나무라듯이 말했다. "언제나 그이 혼자 앉아 있잖았어요?" 레
지의 답변이었다. 특히 이날은 무얼 쓰고 있기에 원고를 쓰나 보
다 하고 아무도 가까이 가지도 않았다는 것이다. 나중 눈을 감은
채 벽에 머리를 대고 있는 것을 보고도 언제나 하는 노릇이기에
실컷 졸도록 내버려두었던 것이라 한다.

　허윤이 울먹울먹하며 곁으로 오더니 조현식에게 접힌 종이쪽을
내주었다. 그 첫 장에는 「고별(告別)」이라고 제목이 붙어 있었다.


　　나는 미리 준비하고 있었던 페노발비탈 육십 알과 새콜사나듐
　다섯 알을 한꺼번에 먹었다.
　　나는 진실로 오래간만에 의식의 투명을 얻었다. 나는 지금 편안

하다.

나는 지금 출렁거리는 바다 저편에서 나를 향해 웃음을 보내는 나의 애인의 얼굴을 본다. 그리고 지금 나의 앞에는 나의 친애하는 벗들이 거의 다 모여 있음을 본다. 나는 그들이 나를 지켜주고 있는 이 시간 이 자리에서 더 나의 생애를 연장시키고 싶지는 않다.

잘 있거라, 그리운 사람들.

오십일년 일월 팔일
박운삼


박운삼의 자살로 인하여 밀다원엔 적지 않은 변동이 생겼다. 다방 문에는 '내부 수리'란 종이 딱지가 붙은 채 여러 날 동안이나 영업을 쉬었다. 뿐만 아니라, 아래층도 수리를 하겠으니 '문총' 사무실을 옮겨달라는 명령이 내려졌다.

밀다원에서 쫓겨나오다시피 된 그들은 광복동 로터리 주변에 있는 다른 다방들로 분산되어 나갔다. 로터리를 중심으로 하고, 더러는 남포동 쪽의 스타아다방으로 나가고, 절반은 창선동 쪽의 금강다방으로도 나갔다.

금강은 밀다원보다 면적도 훨씬 좁았을 뿐 아니라 다방다운 시설이나 장치라고는 전혀 없는 어느 시골 간이역 대합실과도 같은 집이었다. 그래서 그런지, 그러한 금강의 그 딱딱한 나무걸상에 궁둥이를 붙이고 있노라면 대낮이라도 곧잘 뱃고동 소리가 들려오곤 하였다. 그것이 바로 죽음을 치른 직후라 그런지 뱃고동 소리가 들려올 때마다, 중구는 중구대로 지금쯤은 역시 주검이 되어 홀로 누워 있을 어머니의 모습이 떠올라, 자기도 모르게 몸에 소름이 끼치곤 하였다. 그럼에도 불구하고 그들이 줄곧 금강으로 나가게 된 것은, 금강 바로 건너편에 있는 '현대신문'에 그들의 친구가 있기 때문이었다.

그렇게 닷새를 지내니 조현식이 길여사에게 약속한 십삼일이 되었다. 그리고 그때는 이미 그들의 심경도 결정되어 있었다. 십일일경부터 유엔군의 반격이 개시되어 있었기 때문이었다. 따라서 '대책' 문제는 절로 기각이 된 셈이었다.

십오일부터는 중구도 K통신사의 윤의 소개로, '현대신문'에 논설위원 일을 보게 되었다. 십육일부터는 조현식이 또한 중구의 소개로, '현대신문' 이층 한쪽 구석 방에나마 '문총' 간판을 옮겨 붙일 수 있게 되었다. 그리고 그때는 이미 원주(原州) 이천(利川) 오산(烏山) 등지가 유엔군에게 의하여 탈환된 뒤였다.

중구가 일을 보게 된 사흘 후에, '현대신문' 문화란에는 「박운삼의 인간과 예술」이란 조현식의 평론과 아울러, 송화백의 컷이 곁들어진 박운삼의 유작시 「등대(燈臺)」가 게재되었다.

어쩌면 해일(海溢)이 있을
듯한 저녁때
나는
홀로 바닷가에
섰다.

저 어리광을 부리는 듯한
푸른 물결에
마음은
드디어 무너져
가는가.

먼바다 저쪽
흰옷의 신부(新婦)는
등대(燈臺)같이 섰는데
나는 나를 살로어
불을 켜는가.

# 용龍
## ——원명「강태공(姜太公)」

기주(岐州)의 서백후(西伯候) 희창(姬昌)——주문왕(周文王)——
의 도성(都城)에서 서남쪽으로 약 백 리를 들어가면 반계(磻溪)
라는 청수(淸水)가 있다. 위하(渭河)의 상류다. 본디 물이 맑고
깊은 데다 또한 몇 군데 검푸른 소가 파여 붕어 잉어 금잉어 껄떠
구¹ 피라미 따위는 물론이요, 모래무지 미꾸라지 메기 장어에 이
르기까지 순수한 민물고기로는 없는 것이 없다. 특히 윗소에는
맷방석만 한 자라가 있다는 둥 아랫소에는 천 년 묵은 이무기가
있다는 둥 하여, 근방 사람들은 이 깊이 모를 청수에 대하여 은근
한 공포와 아울러 신비적인 전설을 붙이기도 한다. 맷방석만 한
자라나 천 년 묵은 이무기는 몰라도 거의 짚단만큼씩이나 한 잉
어가 이따금씩 꼬리를 두르며 올라오는 것은 누구나 볼 수 있는
광경이다.

더욱이 이 반계 협수(峽水)의 장관은, 물이 맑고 푸르고 소가

많다는 데 그치지 않고 양쪽 언덕의 천 년 고목(古木)으로 어우러진 울창한 숲과, 그 기슭의 천연으로 반석을 이룬 넓고 깨끗한 바위들과, 이것들이 서로 어울려, 깊고 그윽한 자연의 풍치를 자아내는 데 있다.

다만 골짜기가 깊고 읍촌(邑村)이 멀어서 이 아름답고 장한 풍경도 완상하는 사람이 없다. 그 맑고 깨끗한 물고기들도 제 혼자 굵어서 늙어지는 대로 버려져 있을 뿐 좀체 건져가는 사람을 만날 수도 없다. 간혹 나무꾼이 지나가다,

"야야, 저놈의 잉어 봐라!"

하고, 작대기로 바위를 두들겨보거나, 나뭇짐을 진 채 돌을 하나 물에 던져보거나 하는 것쯤이 고작이다.

사실 그 이상 그들이 이 푸른 물에 덤벼들어본다는 것은 켕기는 일이다. 그 깊이 모를 물 속에는 맷방석만 한 자라와 천 년 묵은 이무기가 있을는지도 모를 일이 아닌가. 누가 그 위험하고 두려운 일을 즐겨 한단 말인가.

그런데 여기 그 위험하고 두려운 일을 즐겨 하는——듯한——노인 하나가 나타났다.

머리는 백발이요, 얼굴빛은 붉고, 코는 주먹만 한 것이 불거진 양쪽 광대뼈 사이에 펑퍼짐히 주저앉고, 코의 양쪽에서 시작하여 광대뼈 밑을 돌아간 범령(範令) 금은 양쪽 입귀에서도 멀찍이 둥그러미를 그어, 그 주걱같이 크고 넓은 턱 가운데를 에워 돌았다. 언제나 닫혀 있는 입술은 붉고 눈은 본디 움쑥한 데다 코가 높고 눈썹이 길어서 눈동자는 소같이 깊어만 보인다. 그는 언제부터

나타났는지 반계에서도 가장 반석이 좋고 물이 깊은 중간 소에 자리를 잡은 채 말없이 낚싯대를 드리우고 앉아 있는 것이다.

나무꾼들은 이 노인을 보는 대로 이름이 달랐다. 혹은 사람이 아닌 귀신일는지도 모르리라 했고, 혹은 신선이거나 산신령일 것이리라고도 했다.

어떤 자는, 그 소 속에 들어 있는 천 년 묵은 이무기나 혹은 '맷방석만 한' 자라가 둔갑(遁甲)을 하여 사람으로 화한 것이라고도 했다.

아무튼 그는 그 청수와 반석과 고목에 어울리는 것이었다. 그러기에 젊은 나무꾼들은 그가 언제부터 거기 나타나기 시작했는지를 잘 모르리만치, 그는 어쩌면 본디부터 거기 살던 노인 같기도 했다. 그렇도록 노인은 그 크고 넓은 반석 위에 앉아 천연의 한 부분같이 그 푸른 물을 들여다보고 있는 것이었다.

그는 그 깊은 물 속에 들어 있을 자라나 이무기를 무서워하는 것 같지 않았을 뿐만 아니라, 또 혼자서 조금도 심심해하거나 고적해 보이는 기색도 없었다.

나무꾼 가운데 계악(季岳)이란 자가 있었다. 힘이 세고 모험을 좋아하는 기질이라 용기를 내어, 그 노인 곁으로 갔다.

"할아부지 많이 낚았입니꺼?"

"……"

"할아부지 다래끼² 좀 볼까요?"

"……"

노인은 아무런 대답도 없는 채 먼저와 꼭 같이 그냥 낚싯대를 들고 앉아 있을 뿐이었다.

계약은 맘속으로 겁이 좀 났다. 그러나 노인의 얼굴에는 하등
노한 기색이 보이는 것도 아니므로, 안심하고, 다래끼 속을 들여
다보았다. 고기가 보이지 않는다. 다래끼를 물에서 건져보았다.
역시 빈 다래끼다.

"할아부지 여태까지 고기를 한 마리도 못 낚았입니꺼?"

"……"

노인은 역시 대답이 없다.

그러자, 또 계약은 마음속으로 은근히 겁이 났다. 이 노인이 이
렇게 고기는 한 마리도 낚지 않고, 묻는 말에 대답도 없이, 가만히
앉아만 있는 것을 보면, 동무들이 말한 것처럼, 정말, 귀신이거나
신선이 아니면, 저 이무기나 자라의 화신(化身)일는지도 모른다는
생각이 들었기 때문이었다. 그는 잠자코 집으로 돌아왔다.

이틀 뒤 계약이 나뭇짐을 지고 들어오는데 뒤에서 인기척이 나
서 돌아다보니, 어저께의 그 노인이 손자 같은 젊은이에게 다래
끼를 들려서 돌아오고 있었다. 그는 나뭇짐을 받쳐 세워두고, 노
인이 가까이 오기를 기다렸다가,

"할아부지 인제 들어가십니꺼?"

하고, 반가운 얼굴로 인사를 했다.

노인은 말없이 고개를 들어 나무꾼을 한참 바라보았다.

"할아부지 오늘은 몇 마리나 낚았입니꺼?"

하고, 나무꾼은 서슴지 않고 또 젊은이의 손에 들린 다래끼를 들
여다보았다. 큰 손바닥만 한 붕어가 한 마리 있었다.

"할아부지 붕어 한 마리 낚았네요."

"자네 성명이 무어지?"

노인은 드디어 입을 열어 이렇게 물었다.

"저는 계악이라고 합니더."

그러자 노인은 계악의 얼굴을 한참 바라보더니,

"자네 편모 시하가?"

하고 묻는다.

계악은 마음속으로, 이 노인이 내 편모 시하인 것을 어떻게 아는가, 그러고 보면 동무들이 말한 것처럼, 이 노인은 정말 보통 사람이 아니고 신선이나 귀신인지도 모르겠다는 생각을 또 한번 일으키며,

"네, 그렇십니더."

"연세가 몇이신가?"

"올해 갓 예순이올시더."

그러자 노인은 입가에 은은한 미소를 띠며,

"자네 하루에 나무 두 짐 할 수 있겠나?"

한다.

"나무 두 짐 하기야 문제없지요, 두 번 져내갈 수가 없어 그렇지……"

"그럼 낼부터는 두 짐을 해다가 여기까지만 져내오기야……"

"예."

이튿날 어스름 때였다. 노인은 어저께와 같이, 젊은이에게 다래끼를 들리고 어저께와 대개 같은 시간에 돌아오고 있었다.

"할아부지 오늘은 몇 마리 낚았입니꺼?"

계악이 다래끼를 들여다보니 오늘은 두 뼘 반이나 될 듯한 붕어
가 두 마리 들어 있었다.

"자, 이거 한 마리 가져가서 자네 모친 반찬 해드리게."

하고, 노인은 붕어 한 마리를 내어 계악에게 준다.

계악은 너무나 황송하여,

"할아부지 땔 나무는 걱정 마이소, 지가 대겠입니더."

하고, 그 붕어를 받아 가지고 갔다.

이튿날도 역시 어스름 때, 계악은 나뭇짐을 지고 노인의 뒤를
따라갔다.

노인의 집은 동구(洞口)에 있었다. 초가집이 두어 채나 되었다.
큰 채에 노인 양주가 있고, 작은 채에는 노인의 아들 내외와 손자
들이 있는 모양이었다. 집 뒤에는 대밭이 둘려 있고, 앞에는 오동
나무와 소나무가 몇 그루 가려 있었다.

살림이라고는 독이 두어 개 놓여 있을 뿐이요, 따로 값나갈 가
구가 있는 것도 아니요, 식량이 쌓여 있는 것도 아니었다. 곳간이
라고 하는 것이 겨우 땔나무를 쌓아두는 곳이었다. 계악이 맘속
으로, 이 할아부지도 우리만치나 가난하군 했을 정도다.

계악이 나뭇짐을 져다 놓고 돌아가던 날도, 마씨(馬氏)는, 남편
이 저녁상을 물리기가 바쁘게 또 언제나 하는 버릇처럼 넋두리를
시작하였다.

"아아니 영감이 올해 나이 몇 살 된 줄이나 아슈. 벌써 몇십 년

전부터 밤낮 여든만 되면 공후(公侯)를 낚는다고 꼬여놓고 여든이 다 됐어두 왜 이날 이때까지 요 꼴이란 말유. 내 온 마흔 해 동안이나 영감 따라 사느라고 진일 마른일 어느 하루 쉴 새 없이 머슴같이 일만 해온 것이 공후는 고사하고, 당장 먹을 양식 걱정이나 없구, 몸에 걸칠 옷벌이라두 있다면 이다지 분하지 않겠소. 큰 서울서 고생을 겪다 겪다 못하여 동해변(東海邊)까지 이사를 갔다가 또다시, 이 기주 반계까지 오천 리도 넘고 만 리도 넘는 길을 동으로 갔다 서로 갔다 끌고 다니며 죽을 고생만 시키고서도 아직 한이 덜 차서 사람 천대를 이 위에 더 시킬 작정이유?"

마씨는 시렁 위에 얹어두었던 나무바가지에서 실꾸리를 집어들며 노인을 향해 사뭇 넋두리다.

그러나, 이러한 마누라의 넋두리를 귀에 담아 듣지도 않는 듯한 노인은, 그 이마 꼭지 위에 솜을 쥐어다 붙여 놓은 듯이 두 군데나 하얗게 팍팍 센 마누라의 앞머리를 물끄러미 바라보며, 말없이 앉아 있을 뿐이다. 영감 마누라라고는 하지만 나이는 꽤 차이가 있는 듯하다. 노인의 성은 강(姜), 이름은 상(尙), 자(字)는 자아(子牙), 나중 태공망(太公望)이 된 사람이지만, 그 재취 부인인 이 마씨의 넋두리에만은 그도 대적할 수 없었던 모양으로, 사정없이 볶아치는 마누라의 푸념에, 그는 잠자코, 방문 밖으로 열린 밤하늘의 별만 멀거니 바라보고 있었다.

"아아니 영감도 입이 있으면 대답을 좀 해보우. 영감 나이 여든만 되면 날 호강시키겠다고 했소, 안 했소?"

"……"

"아아니, 사내대장부가 나 같은 계집 사람 하나 속여먹으려고 거짓말을 했단 말요? 대답이나 좀 들어봅시다."

마씨는 실꾸리를 놓고 노인의 곁으로 바싹 다가앉는다.

노인은 마지못해 얼굴을 돌리더니,

"앞으로 두 해만 더 참아보게."

하고, 태연한 목소리다.

"하느님 맙시사, 사십 년 동안을 밤낮없이 여든만 되면 부귀를 누린다고 하더니 여든이 돼서는 또다시 두 해를 더 참으라는구려! 아이 분통이 터져 죽겠네!"

"……"

노인은 뜰에 있는 사람을 내다보듯 표정 있는 얼굴로 밤하늘을 쳐다보고 있을 뿐이다. 그는 지금 이 마씨를 상대로, 사십 년 전에 자기가 여든이라고 한 것은, 반드시 여든 살이라고 박아 말한 것이 아니요, 여든쯤 되면 성공이 있다는 뜻으로 말한 것이라고 변명을 해도 소용이 없다는 것을 알고 있는 것이다. 그렇다고 해서 마씨를 새삼스레 원망하거나 미워할 수도 없는 노릇이다. 자기 자신이 생각해봐도 기구한 운명이 아닌가.

그는 방구석에 세워두었던 오현금(五絃琴)을 내루어³ 안았다. 현금(絃琴) 줄은 그의 손이 닿자 스르릉하고 생물(生物) 같은 소리를 내며 울부짖기 시작하였다.


용(龍)아, 잠긴 용아.

쉰 길 물 속 노는 용이로다.

세월은 천 년

강물은 만 리

어느 별도 어김없이

온통 비 되고

구름 되어

일어 높이 날리로다.

하늘이 부르시는 날.


용아, 잠긴 용아.

구천(九天) 기약하고

물 속 노는 용이로다.

소낙비 우레 속에 내리고

구름 번개 함께 일어도

소에 맺은 언약 깊으니

어찌하리오

상기 일어 날지 못하노이다.


노인은 언제부터인지 오현금 가락에다 이렇게 물에 잠긴 채 하늘 날지 못하는 용의 노래를 붙일 때가 많았다. 그의 나이는 올해 여든 살이었다. 무을(武乙) 십오년에 나서, 태정(太丁) 제을(帝乙) 양대를 거쳐, 현왕(現王) 수신(受辛) 곧 주왕(紂王)에 이르기까지 4대의 왕을 보내고 맞이하는 동안 이미 팔십 년이란 세월이 흘러간 것이다.

태정(太丁)이 왕위에 있던 이십팔 년 동안은 아직도 그의 나이 너무 젊었거니와, 제을(帝乙)이 즉위하던 마흔 살 때부터는 자기의 지혜와 의지를 시험해보고 싶은 충동에 몸부림이 일 때도 있었다. 제을왕이 즉위하던 경오(庚午)년에 왕의 명령을 받들어, 지금의 서백후 희창의 아버지인 계력(季歷)이, 시호(始呼) 의도(翳徒) 두 이적(夷賊)을, 물리칠 때만 해도, 그 대임(大任)을 자기에게 맡겨준다면, 하고 얼마나 혼자서 안타까워 가슴을 태웠던 겐지 몰랐다.

태정 이십칠년, 그의 나이 서른 살 때 그는 상처를 당했다. 삼년 지나서, 마흔한 살 때 재취를 맞아들인 것이 지금의 마씨였다.

뜻이 크고, 살림이 구차했던 그는, 그때 아직 열여덟 살밖에 되지 않은, 나이 어린 대로 상당히 어여쁘기도 하던 후실 부인 마씨를 달래느라고, 잠자리 같은 데서 장래의 부귀와 공후를 은연히 약속한 바도 있어, 이 점, 지금 와서 마씨의 넋두리도 아주 언턱거리 없는 억지만은 아니기도 했다. 그때만 해도 그는 자기가 은조(殷朝)에 공을 세우고, 그로 인하여 부귀를 누리게 되리란 것을 의심치 않았다. 그만치 제을왕은 현명한 군주였고, 또 상도(商都: 은의 수도)엔 제을의 왕위(王威)가 떨치고 있었다. 그때 아직 젊은 색시이던 마씨가

"마흔 살이면 지금부터 벼슬해도 빠를 건 없잖우?"
하면,

"그러나 큰일은 맡겨주지 않을걸…… 중신(重臣)들이 많으니까."

하고, 그도 어디까지나 공명에 대한 적극적인 관심이 있음을 숨기려 하지도 않았다.

"큰일이란 뭐유? 벼슬하면 됐지……"

"하기야 그렇지. 하지만, 나한테 맞지 않는 일을 무리로 할 수는 없잖아?"

자아(子牙)는 자기의 그릇이 크기 때문에 작은 일은 어울리지 않는다는 말을 이렇게밖에 말할 수 없었다.

그러자 마씨도 남편의 어딘지 자신에 넘치는 듯한 태도가 믿음직했던지 얼굴에 생기를 띠며,

"그럼 작년에 계력이 오랑캐를 쳐서 큰 공을 세웠다던데, 당신도 그런 일을 맡았음 좋을 뻔했구려."

"물건에 주인이 있듯이 일에도 다 주인이 있는 법이라 남의 일에 내가 괜히 춤을 추어도 싱거운 일이고, ……또, 큰일일수록 한 사람에게 그렇게 여러 번 기회가 오는 것도 아니야."

그도, 이렇게 말은 하면서도, 맘속으로는 설마 앞으로 스무 해 안에야 적당한 기회가 돌아오지 않으랴, 했던 것이다.

강상(姜尙) 자아가 생각한 '기회'란 것은 결국 국난(國難)이었다. 나라가 위기에 빠지고 백성이 도탄에 들 때가 온다면 자기가 그것을 건지려 나가리라 생각했던 것이다.

그러나 제을이 현명하고 덕이 있으므로 다행히 그러한 국난은 오지 않았다.

자아는 자아대로, 또 사십 전후 때와 같이 이제는 그렇게 자기의 지혜와 의지를 시험해보고 싶은 의욕에 가슴을 태우는 일도

없어지고, 나이 들면 들수록 자기가 사십 이전에, 일단 그 오의 (奧義)에 달통(達通)한 거라고 생각했던 괘리(卦理)에 대한 연구가, 이제금 다시 미달했던 점을 깨닫게 되곤 하였다. 그의 나이 예순여덟 살 때, 제을이 죽고, 수신(受辛)이 즉위했다. 소위 주왕 (紂王) 또는 은주(殷紂)라 부르는 '은'나라 말왕이었다. 이 무렵부터 마씨의 넋두리는 점점 히스테리로 화해갔다.

"아아니 예순 안에는 큰일을 하겠다고 하더니 이제 일흔도 내일모렌데 대관절 어떻게 되는 셈요?"

마씨가 핀잔을 주면, 자아는

"무어 그리 급할 게 있나, 여든에 하면 못 하겠수?"

"어머나, 이젠 또 여든이야? 사람이 다 늙어빠진 뒤에 부귀를 하면 뭘 해요?"

"그렇지만 아직 일이 없는 걸 어떡허나⋯⋯ 내 공부도 아직 모자라고⋯⋯"

"아유, 또 공부가 모자란대, 칠십 년이나 끙끙댄 건 다 어쩌구⋯⋯"

자아는 마누라의 푸념을 뒷전으로 남긴 채 낚싯대를 들곤 했다.


전왕(前王) 제을이 장자 미자계(微子啓)를 태자(太子)로 세우려고 한 것은 옳았다. 그것을 중신들이 공연한 형식론에 사로잡혀서 기어이 셋째 아들 수신으로 하여금 태자를 봉하게 했을 때, 자아는 이미 나랏일이 앞으로 어지러울 것을 깨달았다. 수신은, 자아가 예기한 바와 같이 과연 즉위한 즉시로 여색(女色)을 탐하

여 천하에 미인을 구해들이라고 엄명을 내루었다. 그리하여 그가
즉위한 지 칠 년 만에 달기(妲己)를 후궁으로 들이게 하였고, 달
기가 후궁으로 들어온 이듬해에, 달기의 농간질로 강황후(姜皇
后)를 위시하여 모든 양신(良臣)들을 죽이고, 그의 황음(荒淫)과
폭주(暴酒)는 극악에 달하게 되었다.

　수신이 처음으로 달기를 후궁으로 들여서, 밤낮으로 주지육림
(酒池肉林)⁴에 빠져 있던 어느 날 화백(禾伯)의 가신(家臣)으로
있는 비신(費信)이 자아를 찾아왔다. 화백은 그 당시 수신의 중신
이요, 비신은 일찍이 기산(岐山) 백운자(白雲子)에게 음양(陰陽)
과 인상(人象)을 배운 술객(術客)으로 자아의 이웃에 살고 있었
다. 그는 가끔 자아를 찾아와서는, 백운자와 화백의 사람됨을 칭
송하는 동시, 수신의 부덕(不德)을 개탄하곤 하던 터였다. 붕어회
에 막걸리를 몇 잔씩 나누고 나서, 비신은

　"강선생 그러시지 말고 이때 나와서 일을 하시지요."
하고, 자아를 건너다보았다.

　"이때라는 뜻은 무엇인고?"

　자아가 되물었다. 비신이 '이때'란 말을 설명했다.

　"물론 성군(聖君)을 기다려 일을 하는 것이 원측이란 것은 다시
말할 나위도 없지요. 그렇지만 선생의 나이 올해 일흔다섯이 아
닙니까. 그러고 보면 무한정하고 성군을 기다리고 있을 수만도
없지 않습니까."

　"그것이 그래 송언(松言: 비신의 자(字))의 말인가?"

　자아가 빙긋이 웃으며 또다시 이렇게 되묻자, 비신은 정색을 하

며,

"관상(觀象)——인상(人相)——이야기야 제가 감히 선생께 하겠습니까? 제가 오늘 선생을 찾아뵌 것은, 사실은 화백의 부탁입니다. ……화백 말씀이 대장부의 할 일은 어느 때나 있는 거라고요, 군주가 어질지 못할 때는 그로 하여금 어질도록 하는 것도 또한 대장부의 일이 아니냐는 겁니다."

"그건 화백의 말이야, 화백은 그런 사람이거든……"

자아는 고개를 끄덕일 뿐 더 말을 계속하지 않았다.

"화백의 말씀이 타당하지 못합니까?"

"그거야 화백이 좋은 사람인 것처럼 좋은 말이기야 하지. 그러나, 화백이 이미 그것을 실행해온 사람이 아닌가?"

"그렇지요."

여기서 자아는, 더 할 말은 없느냐는 듯이 비신의 얼굴을 뻔히 쳐다보고 있다. 그러자 비신은,

"네, 네, 알겠습니다. ……화백께서 이미 오륙 년 동안이나 그것을 실천해왔음에도 불구하고 왜 지금과 같이 왕을 조금도 더 어질게 만들지 못하고, 오히려 그 반대냐 하시는 말씀이죠?"

"……"

"그러니까 화백 말씀은 자기와 뜻 맞는 사람이 조정에 하나라도 더 있을수록 힘이 된다는 거지요. 그리고 또 선생 같은 분이 같이 계시면 혹 지금보다 다른 방법을 생각할 수도 있지 않을까 하는 겁니다."

"글쎄 문제는 거기 있다니까. 모든 일에는 방법이란 것이 있지

않느냐 말일세."

"그렇습니다."

"그렇다면…… 방법에는 기틀이 있지 않은가?"

비신은, 이렇게 말하는 자아의 귀신같이 깊고 신비한 눈동자를 멍하니 바라보고 있었다. 그는 자아의 말뜻을 도무지 확실히는 깨달을 수 없었던 것이다. 자아는 이렇게 무언지 멍청한 얼굴로 자기의 눈 속만 들여다보고 앉아 있는 비신을 향해, 끝으로 한마디,

"뜻도 하늘이요, 기틀도 하늘일세, 하늘 아니면 피하는 것이 옳으이."

이렇게 넌지시 던지며 술잔을 들었다.

이듬해 화백은 과연 충간(忠諫)을 그치지 않다가 포락(炮烙)[5]이란 극형에 죽었으며, 비신은 화(禍)를 피해 동해변(東海邊)으로 달아나게 되었던 것이다. 자아도 그들과 전후하여, 이 죄악의 도시를 피하고자 처음엔 일단 비신의 연줄로 그의 뒤를 좇아 동해변 쪽으로 갔다가 이듬해엔 다시 생각한 바 있어 서백후의 영지(領地)인 기주로 옮겨 앉게 되었던 것이다.

자아가 동해변에서 멀리 서백후의 영지를 찾아, 그 넘기 어려운 동관(潼關)을 넘어 기주로 옮겨 앉게 되었다는 데는 몇 가지 이유가 있었다.

서백후 희창이 괘리에 통달한 당대의 성인이라는 정평(定評)이 이미 없었던 바는 아니지만, 자아가 그의 영지를 찾아간 것은, 그가 베푸는 선정(善政)의 혜택을 입자거나 그와 더불어 괘리를 논

의해보자거나 하는 데 있는 것은 아니었다. 그와 더불어 하늘의 뜻을 받드는 기틀을 함께하고자 하는 원대한 경륜에 관련되는 일이었다.

자아는, 수신이 제을의 뒤를 이어 왕위에 오르면서 즉시로 술과 여색에 빠짐을 보고서도 그 자신이 은실(殷室)을 떠나 하늘 뜻을 받들어야 하리라고는, 처음, 생각하지 못했다. 제후(諸侯)에, 서백, 남백(南伯—鄂崇禹), 동백(東伯—姜桓楚)이 있고, 조정에 화백 미자(微子) 미중(微仲) 비간(比干) 기자(箕子) 등 곧은 신하와 어진 왕자들이 있으니 신(辛)이 끝내 횡포하면 그를 물리치고 다음 왕을 세울 것이요, 그렇지 않으면 뜻 아니한 이적(夷賊)의 침입 같은 것을 계기로 하여 정신을 돌릴 기회도 있을 수 있으리라 생각했던 것이다.

그러던 차에 왕의 악행과 부덕은 극도에 달하여 동백 남백 화백을 모조리 극형에 부쳐 참살시키고, 왕자를 추방하고, 서백을 가두고, 요화(妖花) 달기의 웃음 한 번을 즐기기 위하여 일만 사람의 피와 눈물이 주지육림을 이룬 가운데, 백성의 원한이 하늘에 사무치는 것을 보았을 때, 드디어 그는 은실에 천의(天意)가 다했음을 깨닫게 되었다.

자아가 성탕(成湯)을 생각하게 된 것은 이 무렵이었다. 당대에서 제일 현명한 서백이 만약 이윤(伊尹)을 찾는다면 자기는 서백으로 하여금 성탕이 될 수 있게 하리라 생각했던 것이다. 그렇다고 해서 자기 발로 서백을 찾아갈 성질도 아니었다. 하늘의 뜻을 믿는 그는 종내와 같이 조용히 낚싯대를 드리우고, 묵묵히 하늘

기틀이 익어오기만 기다리고 있을 수밖에 없었다.

 이틀에 한 번씩 계악은 할아버지(자아)의 집에 나무 한 짐씩을
지고 왔다. 그러고는 대개 붕어나 잉어를 한 마리씩 얻어가곤 하
였다. 이렇게 그들 사이에는 무언중에 약속이 성립되다시피 되
었다.

 얼마 동안 이렇게 지내는 사이에, 계악은 할아버지에 대해서나
세상 일에 대하여 배우는 것이 많아졌다. 그는 이제 이 할아버지
의 성이 강씨요, 이름이 상이요, 자가 자아며, 호가 비웅(飛熊)이
라는 것도 알고 있다. 그리고, 날마다 낚시질을 하되 그것은 혼자
서 무엇을 생각하기 위한 방편이요, 고기잡이가 중요한 목적은
아니란 것과, 그러므로, 고기는 집에 들어올 때나 되어 한두 마리
낚는 것이 보통이요, 경우에 따라서는 그 이상 낚을 수도 있지만
대체로는 온종일 빈 낚시를 드리우고 앉아 있다는 것과 그러면서
그는 천지간에 모르는 것이 없는 이인(異人)이거나 선인(仙人)일
수밖에 없으리라고도 믿고 있는 것이었다.

 일방, 자아가 볼 때, 계악은 뚝심이 세고, 마음이 순실(淳實)하
고, 효성이 두터운 나무꾼이었다. 지각만 다소 발달된다면 앞으
로 쓸모 있는 사람이 되리라 했다.

 "할아부지 이 세상에서 누가 제일입니꺼?"

 "서백후가 성인이다."

 "서백후가 성인이면 먼젓번에는 왜 북백(北伯)을 쳐서 이기지
못하고 돌아왔입니꺼?"

"성인도 이기지 못할 때가 있다."

"성인도 왜 이기지 못합니꺼?"

"기틀이 설어서 그렇다."

"기틀이 설다는 건 무슨 뜻입니꺼?"

"때가 덜 됐다는 뜻이다."

그러자 계악은 자아의 얼굴을 한참 동안 쳐다보고 있더니,

"할아부지 저도 칼 쓰고 활 쏘는 거 배웠음 좋겠입니더."

"가만있거라. 너는 내가 데리고 가마."

"할아부지는 어디로 가실랍니꺼?"

"더 큰 고기를 낚으러 가야지."

계악은 자아의 말뜻을 충분히 이해할 수는 없었으나 무언지 흡
족한 마음이 되어 돌아갔다.

그러나 그 이튿날부터 자아에게는 새로운 불행이 닥쳤다. 가난
으로 지지리 고생을 하며 영감(자아)에게 바가지 긁기를 일삼던
마씨가 병으로 갑자기 눕게 되자 일어나지 못한 것과, 바로 그 이
튿날 나무를 지고 와야 할 계악이 그날부터 열흘이 지나고 보름
이 지나도 나타나지 않게 된 것이다.

마씨의 병은 날로 위중을 더하여 이레 만에는 드디어 숨을 거두
게 되었다. 급상(急傷)으로 심장을 다친 것이었다. 앞머리만이 솜
을 붙인 듯이 새하얗게 세고, 뒤는 아직 반백으로 희끗희끗하던,
그해 아직 쉰여덟밖에 되지 않던 마씨는 그날도, 자아가 약속을
지키지 않고, 공후를 낚지 못한다고, 자기는 평생 머슴살이 신세
밖에 되지 못하느냐고, 갖은 넋두리로 자아를 들볶다가 자리에

눕게 된 것이 종내 일어나지 못하고 말았던 것이다. 마지막 숨을 거두기 전까지도 겨우 입을 뗀다는 것이

"고, 공후, 언제 낚우……?"

했을 뿐이었던 것이다.

자아는 마씨의 운명이 다한 것을 알고, 마음속으로 몹시 불쌍히 생각했으나 인력으로 미치지 못하는 바라 어찌할 수도 없었다. 시체를 거두어 뒷산에 묻고, 아들 급(伋)과 손자 득(得)으로 하여금 하루에 세 번씩 곡하게 하였다.

마씨의 장례를 치르는 동안에도 계악은 나타나지 않았다. 이는 반드시 변괴(變怪)가 아닐 수 없어, 계악의 생년월시와 성명을 부쳐서 신상을 알아보았다. 몸은 동남방에 있었다. 갇힌 몸이었다. 입에서 난 재앙이었다. 사흘 뒤엔, 풀리고, 도리어 서상(瑞祥)을 안게 되어 있었다. 자아는 혼자서 미소를 지었다. 계악의 재앙과 서상이 모두 자아 자신과 관련된 것이기 때문이었다.

닷새 뒤에, 계악은 뜻 아니했던 진객 한 사람을 데리고 과연 자아를 찾아왔다. 진객이란 오 년 전에 헤어진 뒤 서로 소식을 모르던 비신이었다.

"아아 반갑네, 그러지 않아도 오늘쯤은 저 사람 소식이 오지 않나 하고 있었네."

자아는 계악을 가리키며 비신에게 이렇게 말했다.

인사가 끝나자 계악은 방 밖으로 나가고, 자아와 비신 두 사람은 방에서 술잔을 건네며 그동안 쌓인 이야기를 조용히 나누기 시작하였다.

비신은 먼저 계악의 이야기부터 시작했다. 계악이 서백후에 대하여 불경한 말을 퍼뜨렸다는 죄목으로 관헌에 붙잡혀 들어온 것은 스무 날 전이라 했다. 이 이야기를 시작하기 전에, 비신은 먼저, 그동안 자기가 서백후의 은혜를 입고 있었다는 것부터 말했다. 그의 이야기를 요약하면 다음과 같다.

비신이 서백후를 찾아온 것은 두 해 전이었다. 그는 그때까지도 세월만 그다지 험악하지 않으면 다시 상도(商都)로 돌아가려고 생각하고 있었던 것이다. 그러던 차에 옛날 스승인 백운자(白雲子)를 찾아가 뵈인 결과, 뜻을 돌이켜 서백후를 찾아오게 된 것이라 했다. 백운자를 만나보고 뜻을 돌이켰다는 말에는 특별한 의미가 들어 있는 듯했다. 백운자는 당대에 있어 서백후와 병칭(倂稱)될 만한 도인(道人)이었기 때문이었다. 서백후가 괘리에 통달한 성인이라면, 백운자는 관상(觀象: 天象 · 地象 · 人象)에 접신(接神)한 도인이었다. 그러한 백운자가 비신의 뜻을 돌렸다는 말 속에는, 이미 은조(殷朝)의 기수(氣數)가 다하고 새로운 천의(天意)가 서백에게 비쳤다는 뜻이 들어 있었다. 서백후는, 옛날 화백이 조성에 있을 때 그(화백)와 남달리 친하게 지내던 사이라, 그 가신으로 있던 비신과도 잘 아는 터이므로 고인을 생각하고 특별히 반갑게 맞이해주었을 뿐 아니라, 궁중에 있으면서 그의 일을 돕게 하라는 분부까지 내리게 되었더라는 것이다.

그때부터 비신은 곧 마음속으로 자아의 생각을 했으나, 그 있는 곳을 몰라 늘 궁금하게 지내던 차, 계악이라는 뜻 아니했던 수인(囚人)의 진술로 지금의 이 주소를 알게 되었다는 것이다.

계악의 진술이란 것은 다음과 같다.

계악이 처음 서백후에 대하여 불온한 말을 했다는 것은, 계악이 그날 마침 나무를 팔려고 기도(岐都)로 들어갔다가, 아는 사람을 만나서 이야기를 한다는 것이, 자기는 이 세상에서 아무도 모르는 굉장한 이인을 알고 있다고, 자아의 자랑을 시작하여, 서백후가 아무리 당대의 성인이라고 하지만 이 노인(자아)을 당할 수는 없을 게라고, 그 증거로 서백후는 먼젓번에 북백(北伯)을 쳐서 이기지 못하고 돌아왔지만 이 노인이 만약 군사를 거느리고 나갔더라면 문제없이 이기고 돌아왔을 거라고, 하늘 끝까지 추켜올리는 통에 서백후를 신과 같이 존경하고 숭배하는 다른 사람들과 싸움이 벌어지게 되었더라는 것이다. 계악이 본디 뚝심이 세고, 하니, 상대자를 한 대 갈긴 것이 그자의 갈비뼈를 분질러서 기절을 시켰다. 여기서, 사람을 죽였다는 것과, 또 서백후에 대하여 불경한 말을 했다는 이유로 끌려와서 감옥에 갇혔는데, 그뒤, 기절했던 사람이 도로 살아나고, 또 서백후가 본디 인자한 사람이라 우매한 초부(樵夫)를 함부로 형벌하지 말라는 특지가 내려, 수인의 진술을 자세히 청취하기로 했던 바, 그 진술 속에 뜻밖에도, 강상자아 비웅이라는 노인이 등장하게 되어, 이런 인물이 과연 실제에 있느냐고 궁중에까지 화제가 도는 판에, 비신도 비로소 그 이름을 듣게 되어 놀라지 않을 수 없었다는 것이다.

거기서 곧 계악이라는 수인을 직접 만나보니 지극히 순실한 초부로 거짓말을 꾸며 할 사람 같지도 않고, 또, 그가 진술한 여러 가지 조건으로 보아 전날의 자아에 틀림이 없을 것 같아서, 비신이 서백을 만나보고, 자아와 자기의 관계를 자세히 이야기했더니, 서백도 그러한 인물 같으면 꼭 한번 만나보고 싶다고 해서, 이렇게 즉시로 계악을 앞세우고 찾아온 것이라 했다.

비신은 이야기를 마친 뒤 자아를 쳐다보며,

"내 생각 같아서는 지금 서백이 강선생과 손잡을 수만 있다면 천하 일은 이렇게 쉬울 듯합니다."

하고, 자기의 왼쪽 손바닥을 뒤집어 보였다.

"아직은 그렇지 않겠지."

자아의 대답이었다.

비신이 다시 입을 열어,

"서백후는, 먼젓번에 북백 숭후호(崇候虎)를 친 것으로 보아 천의는 이미 다다른 것으로 보되 다만 아직 이윤(伊尹)이 나타나지 않은 것이라 생각하고 철군(撤軍)을 했나 봅니다."

한즉, 자아는 잠자코 대답을 하지 않았다.

"천하를 위해서 나가시는 것이 어떻겠습니까?"

"송언이 여기까지 찾아와서 내 거처를 알아버렸으니 내가 이제 이 반계 물고기나 편히 먹을 수 있겠나."

자아는 웃는 얼굴로 이렇게 말했다.

비신은 자아의 이 말로써 그에게도 움직일 생각이 없지 않음을 짐작했다. 그는 계속해서 물었다.

"일찍이 상도에 있을 때, 선생께서, 뜻도 하늘이요, 기틀도 하늘이란 말씀을 하셨는데, 지금 이때를 어떻게 보십니까?"

"글쎄 송언은 좀 서두르는 편이야, 나는 아직 이 반계에서 낚싯대나 들고 좀더 앉아 있고 싶은데……"

"그렇지만 선생 연세가 이미 여든둘이 아닙니까. 아직도 낚싯
대를 더 들고 계신다면 천하 일은 언제 하십니까?"

"내 나이 늙는다고 천하가 바빠서 더 빨리 늙어주겠나?"

"그 점이야 선생께서 더 아시겠지만 천하도 늙을 만치 늙었답
니다."

"……"

자아는 또 대답을 하지 않았다.

비신은 끈기 있게 더욱 말을 붙였다.

"선생께서 상도에 계실 때 부인에게 공후(公侯)를 약속한 것도
이미 두 해 전에 지나지 않았습니까. 이러다가는 저도 부인처럼
선생의 공명을 구경하기 전에 명이 모자라겠습니다."

"하늘 뜻이면 명이 모자르려구…… 그렇다면 어디 내 현금 소
리나 다시 한번 들어보게."

자아는 이렇게 말하며, 비신의 입을 막으려는 듯이 오현금을 내
루어 안았다.

자아의, 마디는 억세나 피부가 아직 젊은 사람같이 윤기 있는
손이 한번 현금 줄을 어루만지자, 갑자기 산골이 쩡쩡 울리는, 우
렁차고 탄력 있는 가락이 튀기 시작하였다.


　　용아, 잠긴 용아,
　　천지의 품에 안긴 듯
　　물 속 노는 용이로다.

봄에 꽃 피면 새 우네

여름은 우레 번개,

하늘에 먹장구름 뭉게뭉게 일고

가을의 들녘

겨울의 솔바람

모두 임이 내게 주사

날 즐기게 하심이라

어화, 내 임을 좇노이다.


자아가 현금을 쉬자, 비신은 만면에 웃음을 띠고,

"선생의 현금 가락을 듣고 있으니 천지간에 즐거움이 충만해지
는 듯합니다."

한즉, 자아도 그 귀신같이 깊고 빛나는 두 눈 속에 미소를 담으
며,

"자네 말마따나 나도 한 팔십 년간 이 천지간에 즐겁게 놀았으
니, 이제 돌아가기 전에 한 번은 천지의 은혜를 갚으려 하네."

하며, 열린 방문 밖으로 하늘을 쳐다보았다.


사흘 뒤, 반계 골짜기에는, 늦은 봄날의 화창한 햇빛이 무지개
를 쓰고 쏟아졌다. 오색(五色) 수기(繡旗)와 푸른빛 일산대⁶에 싸
인 속에, 황금으로 뚜껑하고, 은으로 멍에한 마차 한 대가 반계
동구에 머물렀다.

서백후가 마차에서 내렸다. 신장이 아홉 자 가웃, 용(龍)의 얼

굴에 호랑이 눈썹이요, 눈은 모나고, 코는 우뚝 솟았다. 머리는 백발이요, 살빛은 희고, 기름한 얼굴엔 우아(優雅)와 서상(瑞祥)의 귀기(貴氣)가 서렸다.

문관 예복을 입은 비신과, 무관복을 입은 계악이 앞장서서 인도하고, 그 밖의 수십 명의 문무가 좌우와 앞뒤를 에워싼 가운데 서백후는 자아의 초옥을 찾아 좁은 산길로 발을 옮겨놓았다.

비신과 계악이, 먼저, 자아가 지금 초옥 속에 있지 않음을 알고, 서백후와 문무 일행을 마차 속에 머물게 하고, 두 사람만 중간 소의 낚시터를 찾아 들어갔던 것이다.

두 사람이 자아 앞에 나아가, 반석 끝에 꿇어앉아 절하며,

"서백후께서 친히 선생을 뵈오려 반계 동구에 머물러 계십니다."

한즉, 자아는 낚싯대를 잡고, 앉은 채 푸른 물만 묵묵히 바라볼 뿐 대답이 없었다.

"서백후께서 친히 선생을 뵈오려 이곳까지 행차하셨습니다."

"⋯⋯"

자아는 역시 움직이지 않았다.

두 사람도 그가 얼굴을 돌릴 때까지 이번에는 말없이 그냥 기다리고 있을 수밖에 없었다.

한참 뒤에 자아는 낚싯대를 거두었다.

"후께서 반계까지 행차가 계셨다면 내가 내려가 뵙겠네."

자아는 빈 다래끼와 낚싯대를 계악에게 들리고 비신의 인도를 받아 동구로 나왔다.

동구에서 행차를 머무르고 있던 서백후는 자아가 낚시터에서 돌아온 것을 보자 드디어 초옥을 향해 걸음을 옮겼다. 서백후가 자아의 좁은 방에 들어가자, 그를 호위하여 따라온 문무 수원들은 방문 밖에서 뜰로 늘어섰다. 자아와 서백후는 서로 두 번씩 절했다.

자아가 허리를 구부려 절할 때마다 그의 흐트러진 흰머리털은 학이 춤을 추는 듯 너울거렸다. 나이는 서백후가 한 살 어른이요, 키도 석 자나 더 높았지만 본디 천품이 워낙 우아하게 생긴 이라 자아보다 더 늙어 보이지는 않았다.

두 사람은 서로 보고, 이내, 무한한 즐거움을 깨달았다. 팔십이 넘도록 서로 이 사람을 기다린 거로구나 하는 생각이 즉각적으로 알려졌다. 특히 자아의 심정은 천 년 외로운 소에 혼자 늙던 이무기가 홀연히 짝을 얻어 하늘 나는 용이 된 듯하였다.

"공후께서 이렇게 친히 누옥(陋屋)을 찾아주시니 황공무지(惶恐無地)로소이다."

자아가 먼저 입을 열었다.

"선생의 높으신 덕을 사모하기 오래다가 오늘에야 친히 존안을 뵈오니 홍감하기 그지없소이다."

서백후도 만면에 희색을 띠고 이렇게 대답했다.

"상(尙)이 본디 능한 것이 없고, 몸이 이미 쇠했거늘 어찌 공후의 돌아보심에 견딜 것이 있사오리까."

"과인(寡人)이 이제부터 선생의 가르치심을 받든다면 이는 하늘의 은혜가 만민에 미치는 바니 선생은 과히 사양하지 마십사."

그들은 다시 일어나 서로 두 번씩 먼저와 같이 절했다.

서백후는 자아에게 바로 기도(岐都)로 동행할 것을 청했다. 자아는 사흘의 말미를 구했다.

이튿날 자아는 마씨의 무덤을 찾고, 사흗날엔 반계의 소와 숲과 반석에 제사를 지냈다.

약속한 사흘이 되자, 기도로부터, 금은으로 장식된 마차 두 대와, 산의생(散宜生) 신갑(辛甲) 등 문무 대표와 비신 계악 들이 자아를 맞으려 나왔다. 금으로 뚜껑하고 은으로 멍에한 마차에는 자아가 타고, 은으로 뚜껑하고 구리로 멍에한 마차에는 그의 가족들이 탔다.

오 년간이나 정을 붙이고 살던 초옥 앞뒤의 우거진 녹음 속에서는 꾀꼬리가 울고, 칡 넌출이 너울거리는 동구 밖 붉은 황톳길 위로는 태공망 진국대군사(太公望 鎭國大軍師)의 수기를 앞세운 금뚜껑 마차가 햇빛을 받으며 조용히 구르기 시작하였다.

주

강태공(姜太公) 성은 강(姜), 이름은 상(尙), 선조가 여(呂) 땅에 봉해졌다 하여 여상(呂尙)이라고도 함. 자(字)는 자아(子牙), 호(號)는 비태(飛熊), 나중 은주(殷紂)를 치고 주(周)를 일으킨 공으로 제(齊)에 봉해짐.

서백후(西伯侯) 성은 희(姬), 명(名)은 창(昌). 자아(姜太公)를 등용시켜, 주(紂)를 치게 하고, 주역(周易: 彖辭)을 만들어낸 성인. 나중 주(周)문왕 시호(諡號)를 받음.

수신(受辛) 은(殷)의 말왕(末王). 후에 주왕(紂王) 혹은 은주(殷紂)라 불림.

무을(武乙) 은(殷)의 제27대 왕.

태정(太丁) 은(殷)의 제28대 왕.

제을(帝乙) 은(殷)의 제29대 왕.

**마씨(馬氏)** 전설에서 취재(取材).

**비신(費信)** 계악(季岳), 화백(禾伯), 세 사람 모두 가공 인물.

**성탕(成湯)** 하(夏)의 걸왕(桀王)을 치고 은(殷)을 세운 은의 제1대 왕.

**이윤(伊尹)** 성탕을 도와 걸왕을 친 영웅.

**연령(年齡)** 기록에는 서백후가 강태공보다 십 년 장(長)이라 하였으나 여기서는 일 년 장으로 하였다.

# 목공木工 요셉
―원제「어느 날의 목공 요셉과 그의 가족들」

요셉은 아침부터, 뜰 앞의 무화과나무 그늘 아래서 대패질을 하고 있었다. 그 곁에는 톱질을 하기 위한 나무틀도 놓여져 있었다. 그러나 톱은 그냥 틀 위에 놓인 채 주인을 기다리고 있을 뿐, 그 곁에 요셉만이 혼자서 대패질에 달라붙어 있는 것이다. 그의 이마에서는 쉴 사이 없이 땀방울이 맺혀서는 눈 아래로 흘러내리기도 하고, 대패질을 하고 있는 판때기 위로 떨어지기도 한다.

그는 잠깐 대패질을 쉬고, 꽁무니에 차고 있던 수건을 빼어 얼굴의 땀을 씻으며 뜨락 안을 돌아다보았다. 거기서는 마리아가 햇볕에 눈을 찌푸린 채 어린애의 똥 기저귀를 들쳐내고 있다. 빨래를 보내려는 모양이다. 봄에서 가을까지 육칠 개월 동안은 통비가 없는 데다, 우물물도 흔치 않은 이 고장에서는, 비철이 아니면, 똥 기저귀 같은 것도 제때마다 빨지를 못하는 것이 보통이었다. 똥을 대강 털어버리고는 그대로 말려서 쌓아두었다가 한꺼번에 냇물로 가져가야 하였다. 그러나, 냇물이라고 하지만 그것이 그리 쉬운 것이 아니었다. 나사렛 마을에서 가까운 냇물이라고 해야 기시온강 상류인데 비철이 아니고는 상류가 말라버리기 때문에 보통은 삼십 리(한국 이수) 길이나 실히 걸어가야 물 구경을 하였다. 이것을 갔다 왔다 하노라면 완전히 하루 품이 되었다. 그 것이 또한 마리아의 경우와 같이 두 살 터울로 아기를 자꾸 낳아야 하는 여인에게 있어서는 여간한 부담과 고통이 아니었다. 그녀는 올해 서른한 살이었다. 그러니까 그녀가 요셉에게 시집을 온 지도 어느덧 열다섯 해나 지나 있었다. 그 열다섯 해 동안에, 아들 넷, 딸 둘 해서 모두 여섯 남매를 낳은 것이다. 아니, 야곱과 스산나 사이에 하나 잃어버린 아이까지 합치면 일곱 남매를 낳은 셈이다. 게다가 장남 격으로 있는 예수까지 보태면 모두 여덟 남매를 낳은 셈인 것이다. 이렇게 아이를 여럿 낳긴 했어도, 그중 여섯은 다행히 비철에 났으므로 기저귀 빠는 고생을 면할 수 있었는데, 다섯째 아이 시몬과 요번의 유다만은 비철이 아니어서 골몰에다 골몰을 더하게 된 것이다. 그러고 보니 이 기저귀의 골몰 때문인지, 그보다도 이번의 아이가 워낙 만산(晚産)이 되어서 그런지 본래 그렇게 희고 깨끗하던 마리아의 얼굴도 이제는 잔다란 주름살투성이가 되어버렸다.

"여보."

요셉은 마리아를 불렀다.

큰딸 스산나와 함께 똥 기저귀를 보퉁이로 싸고 있던 마리아는 그냥 고개를 들어서 요셉을 내다본다. '왜 그러우?' 하는 표정이다.

"큰애는 어디로 갔소?"

요셉은 예수를 찾는 것이다.

"곧 올 거예요."

"글쎄 어딜 갔느냐고 묻는데……"

"야곱을 찾으러 갔나 봐요."

"왜?"

"야곱을 저 대신 불러다 놓고 저는 스산나를 데리고 냇물로 가려나 봅디다."

마리아의 대답에 요셉은 더 묻지 않고 혀를 쩍쩍 찼다. 그는 예수의 그러한 태도가 여간 못마땅하지 않은 것이다. 왜 집 안에서 이 아비를 도와 목공 일이나 탐탁하게 배우려 하지 않고 곧장 밖으로만 배돌려고 하는가.

오늘 일만 하더라도 이 병약(病弱)한 아비는 남의 신용을 잃지 않으려고 이른 아침부터 땀을 흘리며 일을 하고 있는데 저는 또 딴전을 치고 있지 않은가. 그까짓 빨랫길이야 저 대신 야곱이 스산나를 데리고 간들 어떠하며, 요셉(아들)이 또한 제 누나(스산나)와 함께 간들 어떻단 말인가. 그래도 제가 야곱보다는 두어 살 위니까 소견으로 보나 힘으로 보나 좀더 아비의 도움이 될 수 있을 뿐만 아니라 마땅히 그렇게 해야 할 의무가 있다는 것쯤은 저도 알아야 할 것이 아닌가. 나이만 해도 열다섯이나 되니까 이제 장가를 들고 살림을 맡아도 충분할 때다. 그다지 넉넉지 못한 살림에 저도 동생을 여섯이나 거느렸으면 살림 걱정도 할 줄 알아야 하지 않는가. 더구나 저로 인하여——저 자신은 잘 모르겠지만——
병이 든 이 아비가 갑자기 세상을 떠나버리기라도 한다면 어떻게
할 작정이란 말인가.

요셉은 이렇게 혼자 속으로만 넋두리인 것이다. 그러나 본래 마
음이 용하고, 남에게 싫은 소리를 못하는 그는 바로 그때, 삼촌네
나귀까지 빌려서 몰고 들어오는 예수에다 대고는 말 한마디도 따
끔히 건네지 못했다.

예수는 이러한 요셉의 심중을 아는지 모르는지, 나귀 위에 기저
귀 보퉁이를 싣고 스산나를 태워서,

"그럼 저 다녀오겠어요."

하고 분명히 요셉에게보다도 마리아를 향해 하는 듯한 인사말 한
마디를 남기고는 집을 나가버렸다.

산이나 냇물 가에 나가자빠져 있으면 먹을 것이 나온단 말인가
입을 것이 나온단 말인가. 왜 저렇게 곧장 밖으로만 배돌려고 하
는가. 오늘은 스산나를 데리고 간다는 구실이라도 있지만 어떤
때는 아무런 까닭도 없이 그냥 집을 빠져나가서는 산이나 수풀
속에 혼자 우두커니 자빠져 누워 있는 것이다.

이런 것을 생각하면, 요셉은, 까닭 모를 불길이 가슴에 치받는
것이다.

'역시 그런가? 그래서 그런가?'

요셉은 그만 걷잡을 길 없이 가슴이 두근거리며 기침이 쿨룩쿨
룩 터져나는 것이다.

"야곱아 게 톱 있다. 저거 마저 켜라. 쿨룩쿨룩…… 아버진 잠

깐 쉬어야겠다. 쿨룩쿨룩……"

요셉은 가슴앓이였다. 조금만 마음이 상하면 이내 걷잡을 길 없이 가슴이 후들거리며 뛰노는 것이다. 게다가 요즘 와서는 천식까지 곁드는지 가슴이 후들거리고 뛰기 시작하다가는 그만 기침이 터져 나오는 것이다.

그의 이러한 병세가 시작된 것은 삼 년 전 일이다. 그해 예수는 열두 살이었다. 요셉은 마리아와 예수를 데리고 예루살렘으로 가서 유월절(逾越節)¹을 지키고 돌아오는 길이었던 것이다. 동행은 나사렛과 가나 마을 사람들만 해도 수백 명이나 되었으므로 처음엔 예수가 눈에 띄지 않아도 일행 중에 어디 섞여 있거니 하고, 두 양주는 그냥 길만 재촉했던 것이다. 그랬는데, 날이 저물어 길을 쉬고 저녁을 함께하려는데도 나타나지 않기에 그때 비로소 그를 찾기 시작했던 것이다. 나사렛 마을 사람 전부와 가나 마을 사람 전부를 다 찾아다니며 물어보아도 그를 보았다는 이는 없었다. 이상한 일이 아닐 수 없었다. 열두 살이면 결코 길을 잃어버린다거나 동행을 놓쳐버리도록 어리거나 소견이 모자랄 그러한 나이는 도저히 아닌 것이다. 이건 아무래도 무슨 사고임이 틀림이 없다고 요셉은 생각했다. 평소부터 다른 사람들과 어울리기를 싫어하고 혼자 배돌기를 잘하는 버릇이긴 하지만 이렇게 먼 길에 나와서까지 의식적으로 따로 떨어져 배돌 수는 없는 일이라고 그는 생각했던 것이다. 만일의 경우라도 생겼다면, 하고 생각할 때 요셉은 가슴이 쿵덕쿵덕 뛰었다. 그러한 요셉의 얼굴을 쳐다보며

마리아는

"개가 그래도 어리석지는 않으니까 다른 잘못은 없을 거예요."
하고 먼저 남편을 위로하고 나서, 다시 말을 이었다.

"예루살렘으로 도로 찾아가봅시다. 혹시 어느 친척 집에라도
혼자 떨어져 있는지?……"

"그렇기로서니 글쎄 그런 법이 어딨담?"

요셉은 볼멘소리로 이렇게 한마디 던지고는 더 말이 없었다.

이튿날 아침 일찍이 그들은 도로 예루살렘으로 향했다. 길에는
아직도 얼마든지 갈릴리 사람들이 깔려 있었기 때문에 그들은 몇
차례든지 그의 행방을 묻곤 하였다. 그러느라고 길은 전날에 비
하여 통 진척이 되지 않았다. 예루살렘에 가서도 친척의 집들을
모조리 찾아다니느라고 반날이 걸렸다. 그러나 예수의 행방을 아
는 이가 없었다. 불안과 초조에 싸인 요셉은 음식도 제대로 들지
못했다. 사흘 만에 문득 마리아는 무슨 예감이나 지피는지,

"성전으로 한번 찾아가봅시다."
하였다. 이미 축제가 끝났는데 성전에라고 혼자 남아 있을 리는
없는 것이다. 그러나 답답한 판이니까 어디든지 생각나는 대로
찾아가볼 수밖에 없었다. 그리하여 그들이 성전으로 헐레벌떡이
며 찾아갔을 때, 뜻밖에도 예수는 거기서 다른 학자들과 더불어
율법을 논의하고 있지 않은가. 요셉으로서는 상상하지도 못한,
상상할 수도 없는 기이한 일이 아닐 수 없었다. 그러나 정말 요셉
이 더욱 놀란 것은 그다음의 일이었다.

마리아가 예수를 보고,

"네가 어째서 이러느냐? 우리가 너를 찾느라고 얼마나 놀라고 근심한 줄 아느냐?"

하고 나무라며 물었을 때, 예수는 조금도 놀라거나 미안하다는 기색도 없이, 지극히 태연한 얼굴로,

"왜 그렇게 찾으셨어요? 내가 아버지 집에 있을 줄을 몰랐습니까?"

하고 대답했던 것이다. 그의 입에서 '아버지 집에'란 말이 나왔을 때, 요셉은 쇠망치로 머리를 얻어맞은 것같이 정신이 횡했던 것이다. 동시에 가슴은 메어지는 듯 시리고 아파왔던 것이다. 그는 물론 예수가 누구를 가리켜서 '아버지'라고 하는지 그것을 알지는 못했다. 다만 자기 이외의 그 누구를 가리키고 있다는 것만은 의심할 수 없는 사실이었다. 그렇다면 그가 평소에 남과 어울리기를 싫어하고 혼자 배돌기만 하는 것도 결국은 자기가 그의 친아버지 아님을 알고 있었기 때문인가, 그리하여 이제 정말 아버지를 알게 되었단 말인가.

요셉의 얼굴이 잿빛으로 질리는 것을 눈치 챈 마리아는 그의 팔을 붙잡으며, 부드러운 목소리로

"돌아가십시다."

하였다. 예수는 말없이 그들의 뒤를 따랐던 것이다.

요셉은 그뒤에도 이때 일을 생각하기만 하면, 그리고 예수에 대하여 조금이라도 마음이 상하기만 하면, 언제나 그때 거기서 겪은 거와 같은 증세가 되돌아오곤 하는 것이었다. 그리하여 이것은 어느덧 그의 고질이 되어버리고 말았던 것이다.

그동안 요셉은 잠이 들었던 모양이었다. 마리아가 그를 흔들어 깨우면서 우물물을 길어왔으니 마시라고 한다. 여느 때 같으면 우물물을 긷는 것은 스산나의 일이다. 오늘은 스산나가 빨래를 갔으니까 마리아가 직접 가서 길어온 모양이다. 우물은 나사렛 마을과 가나 마을의 사이에 있어서, 그까지 물을 길어오려면 왕복 십 리가 너머 된다. 그렇기 때문에 우물물을 길어오면 귀중한 음식처럼 이렇게 요셉에게 먼저 한 그릇 권하는 것이다.

요셉은 물그릇을 받아 마시고 나서,

"거기 좀 앉으오."

하고 마리아에게 말했다.

마리아는 요셉의 손에서 물그릇을 받아 치우고 나서 그 곁에 다가와 앉는다.

"어저께 그거 개한테 의논해봤소?"

"예, 대강은……"

하고, 마리아는 무언지 명확지 못한 대답을 한다. 그거란 것은 예수의 혼담이다. 가나 마을의 제(예수) 외삼촌댁(마리아의 친정 오라버니댁)이 자기 이웃에 올해 열세 살 난 좋은 규수가 있으니 며느리를 삼으면 어떻겠느냐고 물어왔던 것이다. 다른 곳에서도 더러 중신이 들어오는 눈치니까 생각이 있으면 곧 기별을 해달라는 것이었다. 가나 마을이라고 하면 마리아의 친정 곳이요, 요셉의 처가 곳일 뿐 아니라 거리도 불과 십 리 남짓밖에 되지 않았으므로 오라버니댁이 말하는 그 처녀에 대해서도 대강 짐작이 없는

바도 아니다. 그때 마리아가 요셉의 얼굴을 쳐다보았으므로, 요셉은 즉석에서 곧

"그 처녀 같으면 나도 기억이 있는데 그렇게 했음 좋겠구려."

하고 쾌히 승낙을 했다.

그러자 마리아는

"처녀야 좋겠지만, 글쎄 우리 애가……"

하고 무언지 자신 없는 태도였다.

"부모가 좋다면 그만이지 혼인까지 아이들의 영(令)을 받들어 정할까?"

하고 올케가 우기자, 마리아는

"그렇지만……"

하고, 역시 무언지 석연치 못한 꼬리를 달았다.

"아무튼 의논해서 통지해주구려 그만한 며느릿감은 어려울 터니까."

하고 올케는 돌아갔다.

"그래 걔는 뭐랬소?"

요셉이 이렇게 다시 물으니 마리아는 더 머뭇거리지 못하고,

"글쎄 어저께부터 나는 걔 성미가 다른 애들과 다르기 때문에 대답하기를 주저했는데 말을 걸어보니까 역시 내가 생각했던 것처럼 그렇군요."

한다.

요셉은 마리아가 예수의 그 '다른 애들과 다른,' 그(요셉)로서는 도저히 이해할 수도 용인할 수도 없는, 그 괴곽스럽고 쾌씸하

기만 한 고아적 기질에 대하여, 무언지 그녀만은 대강이나마 이해하고 있는 듯한, 두둔하려 하는 듯한, 그러한 태도를 보일 때마다 참을 수 없는 불길이 확확 치오르곤 하지만, 그와 반면에 그녀를 몹시 믿고 사랑하고 있는 그는 그러한 불길을 자기의 가슴속에서만 지그시 태워서 삭혀가야 하는 것이다.

"그러니까 어찌 됐단 말인지 좀 알아듣도록 이야기해주구려."

요셉의 볼멘목소리다. 그로서는 그녀에게 아무리 짜증을 낸대야 그저 이 정도가 고작이다. 마리아도 그것은 잘 알고 있다. 그녀도 처음부터 요셉을 속이려는 것은 물론 아니다. 다만 어떻게 하는 것이 좀더 그를 위로하는 길인지를 생각할 따름이다. 그러나 오늘과 같이 이렇게쯤 되면 있는 그대로 털어바치는 수밖에 길이 없다고 결심한다. 마리아는 더욱 부드러운 목소리로 입을 연다.

"걔도 알아듣도록 이야길 했어요. 그랬더니 그애 대답이, 저는 혼인할 몸이 아니라나요. 그래 그게 무슨 소리냐고 되물으니까, 저는 이 세상 사람과 함께 살려고 오지 않았다고 그래요."

"그건 또 무슨 소리야?"

"그래서 제가 또 물었어요. 그건 또 무슨 뜻이냐고. 그랬더니, 걔도 어느덧 흥분을 해서 저를 누군 줄 아느냐고, 저를 누가 세상에 보낸 줄 아느냐고, 저의 아버지가 누군 줄 아느냐고, 이렇게 마구 반문을 하잖겠어요. 그래 나도 어쩔 줄을 몰라서 마음을 진정하느라고 눈을 내리감고, 여호와 주님의 이름을 세 번 부르고 나니까, 걔는 아직도 지극히 흥분한 채로, 저의 몸은 아버지의 뜻을 받들고, 아버지의 일을 위하여 바칠 것이라고, 누구도 저의 길을 막거나 방해하지 못할 것이라고 그러는군요."

마리아의 마지막 이야기가 이미 요셉의 귀에는 들리지도 않았다. 그만치 그는 벌써 걷잡을 길 없이 가슴이 후들거리며 뛰놀고 있었던 것이다. 그러나 마침내 쿨룩쿨룩하고 기침이 터져 나오자 마리아에게 손을 내밀었다. 마리아가 냉수를 떠다 주자 그것을 받아 마시고 자리에 드러누웠다.

요셉은 예수의 입에서 '아버지'란 말이 쓰일 때마다 질색을 했다. 그것을 태연히 전하는 마리아까지 얄밉고 무서울 정도였다. 대관절 예수가 '아버지'라고 부르는 것은 누구를 가리키는 말인가? 자기(요셉)가 설령 그의 생부가 아니라 하더라도 그 비밀을 아는 사람은 아무도 없지 않은가. 그리고 또 자기는 그가 세상에 나오기 전부터 지금까지 아버지로서 조금도 부족함이 없이 그를 위하여 아버지의 임무를 다하여오지 않았는가. 그렇다면 그는 무슨 불만이나 원한이 있어서 나 아닌 다른 '아버지'를 찾고 있단 말인가. 그럴 때마다 그(요셉)는 절망에 가까운 얼굴로 마리아의 얼굴을 한 번씩 바라보곤 하지만 그녀에게 설령 그로서 석연치 못한 점이 있다손 치더라도, 열다섯 해 동안이나 조금도 부족함이 없이 자기의 시중을 들고 자기의 아이들을 일곱이나 (그중 하나는 잃었지만) 낳아서 기르느라고 노상 똥 기저귀 속에 파묻혀 살아오는 그녀를 다른 뜻에서 추호라도 의심하고 싶지는 않았던 것이다.

그날 저녁때 요셉은 마리아에게 또 한번 다시 의논하였다.

"걔가 맏이만 아니라도 나는 이렇게 애타하지 않겠소. 그러나 제가 명색 맏아들로 있으면서 그렇게 엇나가기만 하면 집안 꼴이 어찌 되겠소. 어린 동생들을 생각해서라도 마음을 바로잡도록 당신이 한번 다시 잘 타일러보구려."

이튿날 요셉은 새벽같이 일어나 일을 시작하였다. 어저께 저녁, 그는 큰 아이 둘(예수와 야곱)에게 내일은 다른 일 다 덮어두고 자기를 도와 문을 짜야 한다고 미리 일러두었던 것이다. 그때 두 아이는 다 잠자코 있었다. 그러면 그것은 으레 승낙으로 볼 수 있는 것이었다.

그런데 아침밥을 먹고 난 예수가 갑자기,

"저는 오늘 디베랴로 좀 떠나가야 되겠어요."

한다. 그러자 여느 때와 달리, 요셉의 바짝 마른 목소리가

"갑자기 디베랴엔 왜?"

하고 받는다. 이것은 좀 드문 일이었다. 보통이면 으레 마리아가 상대를 하고 요셉은 곁에서 듣기만 했던 것이다.

"디베랴에 바사바 님을 찾아봬야 되겠어요."

예수의 목소리에도 어딘지 빳빳한 데가 있는 듯하다. 디베랴의 바사바라고 하면 예수가 가끔 찾아가곤 하는 숨은 학자다. 그에게 오경(五經:「창세기」「출애굽기」「레위기」「민수기」「신명기」) 중의 「창세기」「출애굽기」 두 권과, 선지서(先知書) 열일곱 권 가운데 다섯 권이 있었기 때문에 예수는 전에도 여러 차례 가서 그것을 빌려 보곤, 한 일이 있었던 것이다. 그가 지금 바사바를 찾

아간다는 것도 물론 이것 때문인 것이다.

"바사바 님을 찾아가는 일 같으면 하필 오늘 가지 않아도 되잖니? 너도 알다시피 내일까지는 아블로 아저씨네 문을 다 만들어 주어야 하도록 되어 있잖니?"

"……"

예수는 대답이 없다.

요셉은 다시 말을 계속한다.

"너도 보다시피 어린 동생들은 여럿이고, 내가 신병이 있어 앞으로 얼마나 살는지도 모르는데 네가 집안일을 보살피지 않으면 우리가 장차 어떻게 살아간단 말이냐? 저 아블로 아저씨네만 하더라도 이번에 우리가 신용을 잃고 보면 다음엔 두번 다시 우리에게 일을 맡기지 않으려 할 것이 아닌가?"

"……"

예수는 그저도 대답이 없다. 가만히 듣고 있을 터이니 얼마든지 다 이야기하라는 듯한 그러한 태도다.

"그러니까 오늘은 네 동생과 함께 저 문을 마저 짜놓고 모레쯤 떠나도록 해라."

"……"

예수는 이번에도 대답을 하지 않는다.

요셉도 오늘만은 기어이 져서는 안 되겠다는 듯이 그의 앞을 막다시피 하여 버티고 서 있다.

마리아가 곁에서 이 광경을 보다 못하여,

"애, 빨리 아버지 시키는 대로 나가서 문을 짜려무나."

하고 애원하듯이 타이르자, 예수는 그 호수같이 맑고 푸른 두 눈을 멀리 하늘로 향해 굴리며,

"저를 떠나가게 해주세요."

하였다.

"오늘만은 안 된다. 기어이 문을 짜놓고 떠나거라."

요셉도 오늘만은 단단히 화가 치민 모양이다. 그의 두 눈에는 날카로운 광채가 서려 있다.

그러자 마리아가 또 입을 열어,

"그래, 오늘만은 아버지 시키는 대로 문을 짜놓고 떠나려무나."

했을 때였다.

예수는 그 투명하고도 냉연한 목소리로,

"저는 아버지께서 시키는 대로 떠나가야 하겠습니다."

하고 딱 잘라 말했다.

바로 그 순간이었다. 요셉의 두 눈에 불길이 번쩍하는 것과 동시에 그의 손바닥은 어느덧 예수의 왼쪽 따귀를 철썩 소리가 나게 훑쳐 때리고 있었다.

그러나 그와 거의 동시에 터져 나온 심한 기침은 그로 하여금 더 입질이나 손질을 계속할 수는 없게 하였다. 쿨룩쿨룩 쿨룩쿨룩 사뭇 기침에 꼬꾸라져가는 요셉을 남겨두고,

"저 다녀오겠어요."

하고 집을 나가버렸다.

요셉의 가슴앓이는 그날 이후로 점점 더 심해졌다. 그리하여 그의 나이 서른네 살 나던 해, 그러니까 그날에서 두 해 뒤다――그

는 결국 그 병으로 인하여 죽고 말았다.

　마리아는 그뒤, 예수의 신도들에게, 예수가 열두 살 때 '성전'을 가리켜 '아버지의 집'이라고 한 일이 있다고 말했다. 그러나 그가 집에 있을 때, 한 번이라도 요셉 이외의 그 누구를 가리켜 '아버지'라고 부른 일이 있다고는 말하지 않았다. 그것은 죽은 남편에 대하여 무언지 미안하며 박정한 일같이 생각되었기 때문이었다.

**1** 이 소설의 제재는 「마태복음」 제14장* 제54절에서 제56절까지와 「누가복음」 제2장 제49절에 의거한 것이다.

**2** 본 편은 졸작 「마리아의 회태(懷胎)」와 자매적(姉妹的)인 작품이나 그 역사적 기준을 별개로 했음을 일러둔다.

＊ 여기서 김동리가 말한 「마태복음」 제14장은 제13장의 착오이다.

# 등신불 <sub>等身佛</sub>

등신불(等身佛)은 양자강(揚子江) 북쪽에 있는 정원사(淨願寺)의 금불각(金佛閣) 속에 안치되어 있는 불상(佛像)의 이름이다. 등신금불(等身金佛) 또는 그냥 금불이라고도 불렀다.

그러니까 나는 이 등신불, 또는 등신금불로 불리는 불상에 대해 보고 듣고 한 그대로를 여기다 적으려 하거니와, 그보다 먼저, 내가 어떻게 해서 그 정원사라는 먼 이역의 고찰(古刹)을 찾게 되었는지 그것부터 이야기해야겠다.

내가 일본의 대정대학 재학 중에, 학병(태평양 전쟁)으로 끌려나간 것은 일구사삼(1943)년 이른 여름, 내 나이 스물세 살 나던 때였다.

내가 소속된 부대는 북경(北京)서 서주(徐州)를 거쳐 남경(南京)에 도착되었다. 그리하여 우리는 다른 부대가 당도할 때까지

184

거기서 머무르게 되었다. 처음엔 주둔(駐屯)이라기보다 대기(待機)에 속하는 편이었으나, 다음 부대의 도착이 예상보다 늦어지자, 나중은 교체 부대(交替部隊)가 당도할 때까지 주둔군(駐屯軍)의 임무를 맡게 되었다.

그때 우리는 확실한 정보는 아니지만 대체로 인도지나나 인도네시아 방면으로 가게 된다는 것을 어림으로 짐작하고 있었기 때문에 하루라도 오래 남경에 머물면 머물수록 그만치 우리의 목숨이 더 연장되는 거와 같이 생각하고 있었다. 따라서 교체 부대가 하루라도 더 늦게 와주었으면 하고 마음속으로 은근히 빌고 있는 편이기도 했다.

실상은 그냥 빌고 있는 심정만도 아니었다. 더 나아가서 이 기회에 기어이 나는 나의 목숨을 건져내어야 한다고 결심을 했다. 나는 이런 기회를 위하여 미리 약간의 준비(조사)까지 해두었던 것이다. 그것은 중국의 불교 학자로서 일본에 와 유학을 하고 돌아간——특히 대정대학 출신으로——사람들의 명단을 조사해둔 일이었다. 나는 비장(秘藏)한 작은 쪽지에서 '남경 진기수(陳奇修)'란 이름을 발견했을 때 야릇한 흥분으로 가슴이 후들거리며 머릿속까지 횡해지는 듯했다.

그러나 낯선 이역의 도시에서, 더구나 나 같은 일본군에 소속된 한국 출신 학병의 몸으로써, 그를 찾고 못 찾고 하는 일이 곧 내가 죽고 사는 판가름이라고 생각하지 않았던들, 또 내가 평소에 나의 책상머리에 언제나 걸어두고 바라보던 관세음보살님의 미소로써 나를 굽어보고 있는 것이라고 믿어지지 않았던들, 그때의 그러한 용기와 지혜를 내 속에서 나는 자아내지 못했을는지 모른다.

나는 우리 부대가 앞으로 사흘 이내에 남경을 떠난다고 하는——그것도 확실한 정보가 아니고 누구의 입에선가 새어나온 말이지만——조마조마한 고비에 정심원(靜心院: 남경에 있는 중국인 불교 포교당)에 있는 포교사(布敎師)를 통하여 진기수씨가 남경 교외의 서공암(棲空庵)이라는 작은 암자에 독거(獨居)하고 있다는 것을 알게 되었다.

그날 내가 서공암에서 진기수씨를 찾게 된 것은 땅거미가 질 무렵이었다. 나는 그를 보자 합장을 올리며 무수히 머리를 수그림으로써 나의 절박한 사정과 그에 대한 경의를 먼저 표한 뒤, 솔직하게 나의 처지와 용건을 털어놓았다.

그러나 평생 처음 보는 타국 청년——그것도 적국의 군복을 입은——에게 그러한 위험한 협조를 쉽사리 약속해줄 사람은 없었다. 그의 두 눈이 약간 찡그려지며 입에서는 곧 거절의 선고가 내릴 듯한 순간 나는 미리 준비하고 갔던 흰 종이를 끄집어내어 내 앞에 폈다. 그러고는 바른편 손 식지 끝을 스스로 물어서 살을 떼어낸 다음 그 피로써 다음과 같이 썼다.

'願免殺生 歸依佛恩'(원컨대 살생을 면하게 하옵시며 부처님의 은혜 속에 귀의코자 하나이다).

나는 이 여덟 글자의 혈서를 두 손으로 받들어 그의 앞에 올린 뒤 다시 합장을 했다.

이것을 본 진기수씨는 분명히 얼굴빛이 달라졌다. 그것은 반드시 기쁜 빛이라 할 수는 없었으나 조금 전의 그 거절의 선고만은 가셔진 듯한 얼굴이었다.

잠깐 동안 침묵이 흐른 뒤 진기수씨는 나직한 목소리로 입을 열었다.

"나를 따라오게."

나는 곧 자리에서 일어나 그의 뒤를 따라갔다.

깊숙한 골방이었다.

진기수씨는 나를 그 컴컴한 골방 속에 들여보내고 자기는 문을 닫고 도로 나가버렸다. 조금 뒤 그는 법의(法衣: 중국 승려복) 한 벌을 가져와 방 안으로 디밀며

"이걸로 갈아입게."

하고 또다시 문을 닫고 나갔다.

나는 한숨이 터져 나왔다. 이제야 사는가 보다 하는 생각이 나의 가슴속을 후끈하게 적셔주는 듯했다.

내가 옷을 갈아입고 났을 때, 이번에는 또 간소한 저녁상이 디밀어졌다.

나는 말없이 디밀어진 저녁상을 또한 그렇게 말없이 받아서 지체 없이 다 먹어 치웠다.

내가 빈 그릇을 문밖으로 내어놓자 밖에서 기다리고나 있었던 듯 이내 진기수씨가 어떤 늙은 중 하나를 데리고 들어왔다.

"이분을 따라가게. 소개장은 이분에게 맡겼어. 큰절(本刹)의 내 법사 스님한테 가는……"

"……"

나는 무조건 네, 네, 하며 곧장 머리를 끄덕일 뿐이었다. 나를 살려주려는 사람에게 무조건 나를 맡길 수밖에 없었던 것이다.

"길은 일본 병정들이 알지도 못하는 산속 지름길이야. 한 백 리 남짓 되지만, 오늘이 스무하루니까 밤중 되면 달빛도 좀 있을 게 구…… 그럼…… 불연(佛緣) 깊기를…… 나무관세음보살."

그는 나를 향해 합장을 하며 머리를 수그렸다.

"……"

나는 목이 콱 메여옴을 깨달았다. 눈물이 핑 돈 채 나도 그를 향해 잠자코 합장을 올렸다.


어둡고 험한 산길을 경암(鏡岩) ──나를 데리고 가는 늙은 중── 은 거침없이 걸었다. 아무리 발에 익은 길이라 하지만 군데군데 나뭇가지가 걸리고 바닥이 파이고 돌이 솟고 게다가 굽이굽이 간수(澗水)¹가 가로지른 초망(草莽)² 속의 지름길을 칠흑 같은 어둠 속에서 어쩌면 그렇게도 잘 뚫고 나가는지 그저 신기하기만 했다. 내가 믿는 것은 젊음 하나뿐이련만, 그는 이십 리나 삼십 리를 걸어도 힘에 부치어 쉬자고 할 기색은 보이지 않았다.

나는 쉴 새 없이 손으로 이마의 땀을 씻어가며 그의 뒤를 따랐으나 한참씩 가다 보면 어느덧 그를 어둠 속에 잃어버리곤 했다. 나는 몇 번이나 나뭇가지에 얼굴이 긁히고, 돌에 차여 무릎을 깨고 하며 "대사……" "대사……" 그를 불러야만 했다. 그럴 때마다 경암은 혼잣말로 낮게 중얼거리며 나를 기다려주는 것이나, 내가 가까이 가면 또 아무 말도 없이 그냥 획 돌아서서 걸음을 옮겨놓기 시작하는 것이다.

밤중도 훨씬 넘어 조각달이 수풀 사이로 비쳐들면서부터 나는 비로소 생기를 얻기 시작했다. 이제부터는 경암이 제아무리 앞에 서 달린다 하더라도 두번 다시 그를 놓치지는 않으리라 맘속으로 다짐했다.

이렇게 정세가 바뀌었음을 그도 느끼는지 내가 그의 곁으로 다 가서자 그는 나를 흘깃 돌아다보더니, 한쪽 팔을 들어 먼 데를 가 리키며 반원을 그어 보이고는 이백 리라고 했다. 이렇게 지름길 을 가지 않고 좋은 길로 돌아가면 이백 리 길이라는 뜻인 듯했다.

나는 한마디 얻어들은 중국말로 "쎄 쎄" 하고 장단을 맞추며 고 개를 끄덕여 보이곤 했다.

우리가 정원사 산문 앞에 닿았을 때는 이튿날 늦은 아침절이었 다. 경암은 푸른 수풀 속에 거뭇거뭇 보이는 높은 기와집들을 손 가락질로 가리키며 자랑스런 얼굴로 무어라고 중얼거렸다. 나는 또 고개를 끄덕이며 "하오! 하오!"를 되풀이했다.

산문을 지나 정문을 들어서니 산무더기 같은 큰 다락이 정면에 버티고 섰다. 현판을 쳐다보니 태허루(太虛樓)라 씌어 있었다.

태허루 곁을 돌아 안마당 어귀에 들어서니 정면 한가운데 높 직이 앉아 있는 가장 웅장한 건물이 법당이라고는 짐작이 가나 그 양옆으로 첩첩이 가로 세로 혹은 길쭉하게 눕고, 혹은 높다랗 게 서고 혹은 둥실하게 앉은 무수한 집들이 모두 무슨 이름에 어 떠한 구실을 하는 것들인지 첫눈엔 그저 황홀하고 얼떨떨할 뿐 이었다.

경암은 나를 데리고, 그 첩첩이 둘러앉은 집들 사이를 한참 돌더니 청정실(淸淨室)이란 조그만 현판이 붙은 조용한 집 앞에 와서 기척을 했다. 방문이 열리더니 한 스무 살이나 될락 말락 한 젊은 중이 얼굴을 내밀며 알은체를 한다. 둘이서 (젊은이는 방문 앞에 서고 경암은 뜰 아래 선 채) 한참 동안 말을 주고받고 한 끝에 경암이 나를 데리고 집 안으로 들어갔다.

방 안에는 머리가 하얗게 세고 키가 성큼하게 커 뵈는 노승이 미소 띤 얼굴로 경암과 나를 맞아주었다. 나는 말이 통하지 않으므로 노승 앞에 발을 모으고 서서 정중히 합장을 올렸다. 어저께 진기수씨 앞에서 연거푸 머리를 수그리던 것과는 달리, 이번에는 한 번만 정중하게 머리를 수그려 절을 했던 것이다.

노승은 미소 띤 얼굴로 고개를 끄덕이며 나에게 앉을 자리를 가리킨 뒤 경암이 내드린 진기수씨의 편지를 펴 보았다.

"불은(佛恩)이로다."

편지를 읽고 난 노승은 이렇게 말했다. (그것도 그때는 알아듣지 못했지만 나중 가서 알고 보니 그랬다. 그리고 이것도 나중에야 알게 된 일이지만 이 노승이 두어 해 전까지 이 절의 주지를 지낸 원혜대사〔圓慧大師〕로, 진기수씨가 말한 자기의 법사〔法師〕 스님이란 곧 이분이었던 것이다.)

그날 저녁때 나는 원혜대사의 주선으로 그가 거처하고 있는 청정실 바로 곁의 조그만 방 한 칸을 혼자서 쓸 수 있게 되었다.

나를 그 방으로 인도해준 젊은이——원혜대사의 시봉(侍奉)——는,

190

"저와 이웃이죠."

희고 넓적한 이를 드러내 보이며 빙긋이 웃었다. 그리고 자기 이름을 청운(淸雲)이라 부른다고 했다.

나는 방 한 칸을 따로 쓰고 있었지만 결코 방 안에 들어앉아 게으름을 피우지는 않았다. 나를 죽을 고비에서 건져준 진기수 씨—그의 법명(法名)은 혜운(慧雲)이었다—나 원혜대사의 은덕을 생각해서라도 나는 결코 남의 입질에 오르내릴 짓을 해서는 안 되리라고 결심했던 것이다.

나는 아침 일찍이 일어나 세수를 하고, 예불을 끝내면 청운과 함께 청정실 안팎과 앞뒤의 복도와 뜰을 먼지 티끌 하나 없이 쓸고 닦았다.

뿐만 아니라 다른 스님들을 따라 산에 가 약도 캐고 식량 준비도 거들었다. (이 절에서도 전쟁 관계로 식량이 딸렸으므로 산중의 스님들은 여름부터 식용이 될 만한 풀잎과 나무 뿌리 같은 것들을 캐러 산으로 가곤 했다.)

일을 마치고 돌아오면 손발을 깨끗이 씻고 내 방에 꿇어앉아 불경을 읽거나 그렇지 않으면 청운에게 중국어를 배웠다. (이것은 나의 열성에다 청운의 호의가 곁들어서 그런지 의외로 빨리 진척이 되어 사흘 만에 이미 간단한 말로—물론 몇 마디씩이지만—대화하는 흉내까지 낼 수 있게 되었다.)

아무리 방에 혼자 있을 때라도 취침 시간 이외엔 방 안에 번듯이 드러눕지 않도록 내 자신과 씨름을 했다. 그렇게 버릇을 들이

지 않으려고 나는 몇 번이나 내 자신에게 다짐을 놓았는지 모른
다. 졸음이 와서 정 견디기가 어려울 때는 밖으로 나와 어정대며
바람을 쐬곤 했다.

처음엔 이렇게 막연히 어정대며 바람을 쐬던 것이 얼마 가지 않
아 나는 어정대지 않게 되었다. 으레 가는 곳이 정해지게 되었다.
그것은 저 금불각(金佛閣)이었던 것이다.

여기서도 물론 나는 법당 구경을 먼저 했다. 본존(本尊)을 모셔
둔 곳이니만치 그 절의 풍도나 품격을 가장 대표적으로 보여주는
곳이라는 까닭으로서보다도 절 구경은 으레 법당이 중심이라는
종래의 습관 때문이라고 하는 편이 옳았는지 모른다. 그러나 내
가 법당에서 얻은 감명은 우리나라의 큰 절이나 일본의 그것에
견주어 그렇게 자별하다고 할 것이 없었다. 기둥이 더 굵대야 그
저 그렇고 불상이 더 크대야 놀랄 정도는 아니요, 그 밖에 채색이
나 조각에 있어서도 한국이나 일본의 그것에 비하여 더 정교한
편은 아닌 듯했다. 다만 정면 한가운데 높직이 모셔져 있는 세 위
(位)의 불상(훌륭히 도금을 입힌)을 그대로 살아 있는 사람으로
간주하고 힘겨룸을 시켜본다면 한국이나 일본의 그것보다 더 놀
라운 힘을 쓸 수 있지 않을까 하는 생각이었다. 그러니까 나로서
는 어디까지나 '살아 있는 사람으로 간주하고 힘겨룸을 시켜본다
면' 하는 가정에서 말한 것이지만 그네의 눈으로써 보면 자기네의
부처님(불상)이 그만치 더 거룩하게만 보일는지 모를 일이었다.
더 쉽게 말하자면 내가 위에서 말한 더 놀라운 힘이란 체력을 뜻
하는 것이지만 그들의 눈에는 그것이 어떤 거룩한 법력(法力)이

나 도력(道力)으로 비칠는지도 모른다는 것이다.

그리고 내가 특히 이런 생각을 더하게 된 것은 금불각을 구경한 뒤였다. 금불각 속에 모셔져 있는 등신불(등신금불)을 보고 받은 깊은 감명이 그 절의 모든 것을, 특히 법당에 모셔져 있는 세 위의 큰 불상을, 거룩하게 느끼게 하는 어떤 압력 같은 것이 되어 나타났다고나 할까.

물론 나는 청운이나 원혜대사로부터 금불각에 대하여 미리 들은 바는 없었지만 금불각이 앉은 자리라든지 그 집 구조로 보아서 약간 특이한 느낌이 그 안의 불상(등신불)을 구경하기 전에 이미 들지 않았던 것은 아니다. 그것은 무엇보다도 법당 뒤꼍에서 길 반가량 높이의 돌계단을 올라가서, 거기서부터 약 오륙십 미터 거리의 석대(石臺)가 구축되고, 그 석대가 곧 금불각에 이르는 길이 되어 있기 때문인지도 몰랐다. 더구나 그 석대가 꼭 같은 크기의 넓적넓적한 네모잽이 돌로 쌓아져 있는데 돌 위엔 보기 좋게 거뭇거뭇한 돌 옷이 입혀져 있었던 것이다. 말하자면 법당 뒤꼍의 동북쪽 언덕을 보기 좋은 돌로 평평하게 쌓아서 석대를 만들고 그 위에 금불각을 세워놓은 것이다. 게다가 추녀와 현판을 모두 돌아가며 도금을 입히고 네 벽에 새긴 조상(彫像)과 그림에 도금을 많이 써서 그야말로 밖에서 보는 건물 그 자체부터 금빛이 현란했다.

나는 본디 비단이나, 종이나, 나무나, 쇠붙이 따위에 올린 금물이나 금박 같은 것을 왠지 거북해하는 성미라 금불각에 입혀져 있는 금빛에도 그러한 경계심과 반감 같은 것을 품고 대했지만 하여간 이렇게 석대를 쌓고 금칠을 하고 할 때는 그대들로서 무언가 아끼고 위하는 마음의 표시를 하느라고 한 짓임이 틀림없을 것이라고 보지 않을 수 없었다.

그러면서도 나는 그 아끼고 위하는 것이 보나마나 대단한 것은 아니리라고 혼자 속으로 미리 단정을 하고 있었다. 나의 과거 경험으로 본다면, 이런 것은 대개 어느 대왕이나 황제의 갸륵한 뜻으로 순금을 많이 넣어서 주조(鑄造)한 불상이라든지 또는 어느 천자가 어느 황후의 명복을 빌기 위해서 친히 불사를 일으킨 연유의 불상이라든지 하는 따위——대왕이나 황제의 권위를 보여주기 위한 금빛이 십상이었기 때문이었다.

나의 이러한 생각은 그들이 이 금불각의 권위를 높이기 위하여 좀처럼 문을 열어주지 않는 것을 보고 더욱 굳어졌다. 적어도 은화(銀貨) 다섯 냥 이상의 새전(賽錢)이 아니면 문을 여는 법이 없다는 것이다. 그렇지 않으면 어느 선남선녀의 큰 불공이 있을 때라야만 한다는 것이다. (그리고 이때——큰 불공이 있을——에도 본사 승려 이외에 금불각을 참례하는 자는 또 따로 새전을 내야 한다는 것이다.)

그렇다면 더구나 신도들의 새전을 긁어모으기 위한 술책으로 좁쌀만 한 언턱거리를 가지고 연극을 꾸미고 있는 것임이 틀림이 없으리라고 나는 아주 단정을 하고 도로 내 방으로 돌아왔다가 그때 마침 청운이 중국어를 가르쳐주려고 왔기에,

"저 금불각이란 게 뭐지?"

아무것도 아닌 것처럼 물어보았다.

"왜요?"

청운이 빙긋이 웃으며 도로 물었다.

"구경 갔더니 문을 안 열어주던데……"

"지금 같이 가볼까요?"

"무어, 담에 보지."

"담에라도 그럴 거예요, 이왕 맘 난 김에 가보시구려."

청운이 은근히 권하는 빛이기도 해서 나는 그렇다면 하고 그를 따라 나갔다.

이번에는 청운이 숫제 금불각을 담당한 노승에게서 쇳대³를 빌려와서 손수 문을 열어주었다. 그리고 문 앞에 선 채 그도 합장을 올렸다.

나는 그가 문을 여는 순간부터 미묘한 충격에 사로잡힌 채 그가 합장을 올릴 때도 그냥 멍하니 불상만 바라보고 서 있었다. 우선 내가 예상한 대로 좀 두텁게 도금을 입힌 불상임에는 틀림이 없었다. 그러나 그것은 전혀 내가 미리 예상했던 그러한 어떤 불상이 아니었다. 머리 위에 향로를 이고, 두 손을 합장한, 고개와 등이 앞으로 좀 수그러진, 입도 조금 헤벌어진, 그것은 불상이라고 할 수도 없는, 형편없이 초라한, 그러면서도 무언지 보는 사람의 가슴을 쥐어짜는 듯한, 사무치게 애절한 느낌을 주는 등신대(等身大)의 결가부좌상(結跏趺坐像)이었다. 그렇게 정연하고 단아하게 석대를 쌓고 추녀와 현판에 금물을 입힌 금불각 속에 안치되어 있음 직한, 아름답고 거룩하고 존엄성 있는 그러한 불상과는 하늘과 땅 사이라고나 할까, 너무도 거리가 먼, 어이가 없는, 허리도 제대로 펴고 앉지 못한, 머리 위에 조그만 향로를 얹은 채우는 듯한, 웃는 듯한, 찡그린 듯한, 오뇌와 비원(悲願)이 서린 듯한, 그러면서 무어라고 형언할 수 없는 슬픔이랄까 아픔 같은 것이 보는 사람의 가슴을 콱 움켜잡는 듯한, 일찍 본 적도 상상한 적도 없는 그러한 어떤 가부좌상이었다.

내가 그것을 바라보는 순간부터 나는 미묘한 충격에 사로잡히게 되었다고 말했지만 그러나 그 미묘한 충격을 나는 어떠한 말로써도 설명할 길이 없다. 다만 나는 그것을 바라보고 있는 동안 처음 보았을 때 받은 그 경악과 충격이 점점 더 전율과 공포로 화하여 나를 후려갈기는 듯한 어지러움에 휩싸일 뿐이었다고나 할까. 곁에 있던 청운이 나의 얼굴을 돌아다보았을 때도 나는 손끝 하나 까딱하지 못하며 정강마루와 아래턱을 그냥 덜덜덜 떨고 있을 뿐이었다.

'저건 부처님이 아니다! 불상도 아니야!'

나는 내 자신도 모르는 사이에 이렇게 목이 터지도록 소리를 지르고 싶었으나 나의 목구멍은 얼어붙은 듯 아무런 말도 새어 나지 않았다.


이튿날 새벽 예불을 마치고 내가 청운과 더불어 원혜대사에게 아침 인사를 드리러 갔을 때 스님은

"어저께 금불각 구경을 갔었니?"

물었다.

내가 겁에 질린 얼굴로 참배했다고 대답하자, 스님은 꽤 만족한

얼굴로

"불은이로다."

했다.

나는 맘속으로 그건 부처님이 아니었어요, 부처님의 상호가 아니었어요, 하고 소리를 지르고 싶은 충동을 깨달았으나 굳이 입을 닫치고 참을 수밖에 없었다.

이때 스님(원혜대사)은 내 맘속을 헤아리는 듯,

"그래 어느 부처님이 제일 맘에 들더냐?"

물었다.

나는 실상 그 등신불에 질려 그 곁에 모신 다른 불상들은 거의 살펴보지도 못했던 것이다.

"다른 부처님은 미처 보지도 못했어요, 가운데 모신 부, 부처님이 어떻게나 무, 무서운지……"

나는 또 아래턱이 덜덜덜 떨려 말을 이을 수 없었다.

원혜대사는 말없이 나의 얼굴(아래턱이 덜덜덜 떨리는)을 가만히 건너다보고만 있었다. 그러자 나는 지금 금방 내 입으로 부처님이라고 말한 것이 생각났다. 왜 그런지 그렇게 말해서는 안 될 것을 말한 듯한 야릇한 반발이 내 속에서 폭발되었다.

"그렇지만…… 아니었어요…… 부처님의 상호 같지 않았어요."

나는 전신의 힘을 다하여 겨우 이렇게 말해버렸다.

"왜, 머리에 얹은 것이 화관이 아니고 향로라서 그러니!…… 그렇지, 그건 향로야."

원혜대사는 조금도 나를 꾸짖는 빛이 아니었다. 오히려 나의 그러한 불만에 구미가 당기는 듯한 얼굴이었다.

"……"

나는 잠자코 원혜대사의 얼굴을 쳐다보고 있었다. 곁에 있던 청운이 두어 번이나 나에게 눈짓을 했을 만치 나의 두 눈은 스님을 쏘아보듯이 빛나고 있었다.

"자네 말대로 하면 부처님이 아니고 나한(羅漢)님이란 말인가. 그렇지만 나한님도 머리 위에 향로를 쓴 분은 없잖아. 오백 나한 (五百羅漢) 중에도……"

나는 역시 입을 닫친 채 호기심에 가득 찬 눈으로 스님의 얼굴을 쳐다볼 뿐이었다.

그러나 원혜대사는 더 자세한 이야기를 들려주지 않았다.

"그렇지, 본래는 부처님이 아니야. 모두가 부처님이라고 부르게 됐어. 본래는 이 절 스님인데 성불(成佛)을 했으니까 부처님이라고 부른 게지. 자네도 마찬가지야."

스님은 말을 마치고 가만히 두 손을 모아 합장을 한다.

나도 머리를 숙이며 합장을 올리고 자리에서 일어났다.

그날 아침 공양을 마치고 청정실로 건너올 때 청운은 나에게 턱으로 금불각 쪽을 가리키며

"나도 첨엔 이상했어, 그렇지만 이 절에선 영검이 제일 많은 부처님이라오."

"영검이라고?"

나는 이렇게 물었지만 실상은 청운이 서슴지 않고 부처님이라

고 부르는 말에 더욱 놀랐던 것이다. 조금 전에도 원혜대사로부터 '모두가 부처님이라고 부르게 됐다'는 말을 듣긴 했지만 그때까지의 나의 머릿속에 박혀 있는 습관화된 개념으로써는 도저히 부처님과 스님을 혼동할 수 없었던 것이다.

"그럼, 그래서 그렇게 새전이 많다오."

청운의 대답이었다. 그는 계속해서 들려주었다.

……스님의 이름은 잘 모른다. 당(唐)나라 때다. 일천수백 년 전이라고 한다. 소신공양(燒身供養)으로 성불을 했다. 공양을 드리고 있을 때 여러 가지 신이(神異)가 일어났다. 이것을 보고 들은 수많은 사람들이 구름같이 모여들어서 아낌없이 새전과 불공을 드렸는데 그들 가운데 영검을 보지 못한 사람은 하나도 없다. 그뒤에도 계속해서 영검이 있었다. 지금까지 여기 금불각(등신금불)에 빌어서 아이를 낳고 병을 고치고 한 사람의 수효는 수천 수만을 헤아린다. 그 밖에도 소원을 성취한 사람은 이루 다 헤일 수가 없다……

나도 청운에게서 소신공양이란 말을 들었을 때 몸이 부르르 떨렸다.

"그러면 그럴 테지."

나는 무슨 뜻인지 이렇게 중얼거렸다. 그리고 잇달아 눈을 감고 합장을 올렸다. 나무아미타불, 나무아미타불! 나의 입에서는 나도 모르게 염불이 흘러나왔다.

아아, 그 고뇌! 그 비원(悲願)! 나의 감은 두 눈에서는 눈물이

번져 나왔다. 나무아미타불, 나무아미타불! 나는 발작과도 같이 곧장 염불을 외었다.

"나도 처음 뵀을 때는 가슴이 뭉클했다오. 그뒤에 여러 번 보고 나니까 차츰 심상해지더군요."

청운은 빙긋이 웃으며 나를 위로하듯이 말했다.

그것은 그렇다 하더라도 나에게는 아무래도 석연치 못한 것이 있다……

소신공양으로 성불을 했다면 부처님이 되었어야 하지 않는가. 부처님이 되었다면 지금까지 모든 불상에서 보아온 바와 같은 거룩하고 원만하고 평화스러운 상호는 아니라 할지라도 그에 가까운 부처님다움은 있어야 하지 않을까. 거룩하고 부드럽고 평화스러운 맛은 지녔어야 하지 않겠는가. 그러나 금불각의 가부좌상은 어디까지나 인간을 벗어나지 못한 고뇌와 비원이 서린 듯한 얼굴이 아니던가. 그럼에도 불구하고 과거의 어떠한 대각(大覺)보다도 그렇게 영검이 많다는 것은 무슨 까닭인가.

나의 머릿속에서는 잠시도 이러한 의문들이 가셔지지 않았다. 더구나 청운에게서 소신공양으로 성불했다는 이야기를 들은 뒤부터는 금불이 아닌 새까만 숯덩이가 곧잘 눈에 삼삼거려 배길 수 없었다.

사흘 뒤에 나는 다시 금불을 찾았다. 사흘 전에 받은 충격이 어쩌면 나의 병적인 환상의 소치가 아닐까 하는 마음과, 또 청운의 말대로 '여러 번' 봐서 '심상해'진다면 나의 가슴에 사무친 '오뇌와 비원'의 촉수(觸手)도 다소 무디어지리라는 생각에서다.

문이 열리자, 나는 그날 청운이 하던 대로 이내 머리를 수그리며 합장을 올렸다. 입으로는 쉴 새 없이 나무아미타불을 부르며…… 눈까풀과 속눈썹이 바르르 떨리며 나의 눈이 열렸을 때 금불은 사흘 전의 그 모양 그대로 향로를 이고 앉아 있었다. 거룩하고 원만한 것의 상징인 듯한 부처님의 상호와는 너무나 거리가 먼, 우는 듯한, 웃는 듯한, 찡그린 듯한, 오뇌와 비원이 서린 듯한, 가부좌상임에는 변함이 없었으나, 그 무어라고 형언할 수 없는 슬픔이랄까 아픔 같은 것이 전날처럼 송두리째 나의 가슴을 움켜잡는 듯한 전율에 휩쓸리지는 않았다. 나의 가슴은 이미 그러한 '슬픔이랄까 아픔 같은 것'으로 메워져 있었고 또, 그에게서 '거룩하고 원만한 것의 상징인 부처님의 상호'를 기대하는 마음은 가셔져 있었기 때문인지도 몰랐다.

나는 다시 눈을 감고 합장을 올리며 입술이 바르르 떨리듯 오랫동안 아미타불을 부른 뒤 그 앞에서 물러났다.

그날 저녁 예불을 마치고 청운과 더불어 원혜대사에게 저녁 인사(자리에 들기 전의)를 갔을 때, 스님은 나를 보고

"너 금불을 보고 나서 괴로워하는구나?"

했다.

"……"

나는 고개를 수그린 채 입을 열지 못하고 있었다.

"그럼, 너 금불각에 있는 그 불상의 기록을 봤느냐?"

스님이 또 물으시기에 내가 못 봤다고 했더니, 그러면 기록을

한번 보라고 했다.

이튿날 내가 청운과 더불어 아침 인사를 드릴 때 원혜대사는, 자기가 금불각에 일러두었으니 가서 기록을 청해서 보고 오라고 했다.

나는 스님께 합장하고 물러나와 곧 금불각으로 올라갔다. 금불각의 노승이 돌함(石函)에서 내준 폭이 한 뼘 남짓, 길이가 두 뼘 가량 되는 책자를 받아들었을 때 향기가 코를 찌르는 듯했다(벌레를 막기 위한 향료인 듯). 두터운 표지 위에는 금 글씨로 '만적선사소신성불기(萬寂禪師燒身成佛記)'라 씌어 있고, 책 모서리에도 금물이 먹여져 있었다.

표지를 젖히자 지면은 모두 잿빛 바탕(물감을 먹인 듯)이요, 그 위에 사연은 금 글씨로 다음과 같이 씌어 있었다.


萬寂法名俗名曰耆姓曹氏也金陵出生父未詳母張氏改嫁謝公仇之家仇有一子名曰信年似與耆各十有餘歲一日母給食于二兒秘置以毒信之食耆偶窺之而按是母貪謝家之財爲我故謀害前室之子以如此耆不堪悲懷乃自欲將取信之食母見之驚而失色奪之曰是非汝之食也何取信之食耶信與耆默而不答數日後信去自家行蹟渺然耆曰信已去家我必携信然後歸家卽以隱身而爲僧改稱萬寂以此爲法名住於金陵法林院後移淨願寺無風庵修法于海覺禪師寂二十四歲之春曰我生非大覺之材不如供養吾身以佛恩報乃燒身而供養佛前時忽降雨沛然不犯寂之燒身焚光漸明忽懸圓光以如月輪會衆見之而擡感佛恩癒身病衆曰是寂之法力所致競擲私財賽錢多積以賽鍍

金寂之燒身拜之爲佛然後奉置于金佛閣時唐中宗十六年聖曆二年
三月朔日

　(만적은 법명이요, 속명은 기, 성은 조씨다. 금릉서 났지만 아버
지가 어떤 이인지는 잘 모른다. 어머니 장씨는 사구〔謝仇〕라는 사
람에게 개가를 했는데 사구에게 한 아들이 있어 이름을 신이라 했
다. 나이는 기와 같은 또래로 모두가 여나믄 살씩 되었다. 하루는
어미〔장씨〕가 두 아이에게 밥을 주는데 가만히 독약을 신의 밥에
감추었다. 기가 우연히 이것을 엿보게 되었는데 혼자 생각하기를
이는 어머니가 나를 위하여 사씨 집의 재산을 탐냄으로써 전실자
식인 신을 없애려고 하는 짓이라 하였다. 기가 슬픈 맘을 참지 못
하여 스스로 신의 밥을 제가 먹으려 할 때 어머니가 보고 크게 놀
라 질색을 하며 그것을 뺏고 말하기를 이것은 너의 밥이 아니다,
어째서 신의 밥을 먹느냐 했다. 신과 기는 아무도 대답을 하지 않
았다. 며칠 뒤 신이 자기 집을 떠나서 자취를 감춰버렸다. 기가 말
하기를 신이 이미 집을 나갔으니 내가 반드시 찾아 데리고 돌아오
리라 하고 곧 몸을 감추어 중이 되고 이름을 만적이라 고쳤다. 처
음은 금릉에 있는 범림원에 있다가 나중은 정원사 무풍암으로 옮
겨서, 거기서 해각선사에게 법을 배웠다. 만적이 스물네 살 되던
해 봄에, 나는 본래 도〔道〕를 크게 깨칠 인재가 못 되니 내 몸을 이
냥 공양하여 부처님의 은혜에 보답함과 같지 못하다 하고 몸을 태
워 부처님 앞에 바치는데 그때 마침 비가 쏟아졌으나 만적의 타는
몸을 적시지 못할 뿐 아니라 점점 더 불빛이 환하더니 홀연히 보름
달 같은 원광이 비쳤다. 모인 사람들이 이것을 보고 크게 불은을

느끼고 모두가 제 몸의 병을 고치니 무리들이 말하기를 이는 만적의 법력 소치라 하고 다투어 사재를 던져 새전이 많이 쌓여졌다. 새전으로써 만적의 탄 몸에 금을 입히고 절하여 부처님이라 하였다. 그뒤 금불각에 모시니 때는 당나라 중종 십륙년 성력〔연호〕 이년 삼월 초하루다.)

내가 이 기록을 다 읽고 나서 청정실로 돌아가니 원혜대사가 나를 불렀다.

"기록을 보고 나니 괴롬이 덜 하냐?"

스님이 물었다.

"처음같이 무섭지는 않았습니다마는 그 괴롭고 슬픈 빛은 가셔지지 않았습니다."

내가 대답하자, 스님은 고개를 끄덕이며

"당연한 일이야, 기록이 너무 간략하고 섬소(纖疏)⁴해서……"

했다. 그것이 자기는 그보다 훨씬 많은 것을 알고 있는 듯한 말씨였다.

"그렇지만 천이백 년도 넘는 옛날 일인데 기록 이외에 다른 일을 어떻게 알겠습니까?"

또 내가 물었다.

이에 대하여 원혜대사는 전해 내려오는 이야기가 있는데 산(절)에서는 그것을 함부로 이야기하지 않는 것으로 알고 있으며, 그러니까 그만치 금불각의 등신불에 대해서는 모두들 그 영검을 두려워하고 있는 셈이라고 정색을 하고 말했다.

원혜대사가 나에게 들려준 이야기는 다음과 같다. 이것은 물론 천이백 년간 등신금불에 대하여 절에서 내려오는 이야기를 원혜대사가 정리해서 간단히 한 이야기다.

……만적이 중이 되기까지의 이야기는 대개 기록과 같다. 그러나 그가 자기 몸을 불살라서 부처님께 공양을 올린 동기에 대해서는 전해오는 다른 이야기가 몇 있다. 그것을 차례에 좇아 이야기하면 다음과 같다.

만적이 처음 금릉 법림원에서 중이 되었는데 그때 그를 거두어준 스님에 취뢰(吹籟)라는 중이 있었다. 그 절의 공양을 맡아 있는 공양주(供養主) 스님이었다. 만적은 취뢰스님의 상좌로 있으면서 불법을 배우기 시작했다. 그러니까 취뢰스님이 그에 대한 일체를 돌보아준 것이다.

만적이 열여덟 살 때──그러니까 그가 법림원에 들어온 지 오 년 뒤──취뢰스님이 열반하시게 되자 만적은 스님(취뢰)의 은공을 갚기 위하여 자기 몸을 불전에 헌신할 결의를 했다.

만적이 그 뜻을 법사(법림원의) 운봉선사(雲峰禪師)에게 아뢰자 운봉선사는 만적의 그릇(器)됨을 보고 더 수도를 계속하도록 타이르며 사신(捨身)을 허락하지 않았다.

만적이 정원사의 무풍암에 해각선사를 찾았다는 것도 운봉선사의 알선에 의한 것이다. 그가 해각선사 밑에서 지낸 오 년간의 수도 생활이란 뼈를 깎고 살을 가는 정진이었으나 법력의 경지는 짐작할 길이 없다.

만적이 스물세 살 나던 해 겨울에 금릉 방면으로 나갔다가 전날의 사신(謝信)을 만났다. 열세 살 때 자기 어머니의 모해를 피하여 집을 나간 사신이었다. 그리고 자기는 이 사신을 찾아 역시 집을 나왔다가 그를 찾지 못하고 중이 된 채 어느덧 꼭 십 년 만에 그를 다시 만난 것이다. 그러나 그때 다시 만난 사신을 보고는 비록 속세의 인연을 끊어버린 만적으로서도 눈물을 금할 수 없었던 것이다. 착하고 어질던 사신이 어쩌면 하늘의 형벌을 받았단 말인고. 사신은 문둥병이 들어 있었던 것이다.

만적은 자기의 목에 걸었던 염주를 벗겨서 사신의 목에 걸어주고 그길로 곧장 정원사에 돌아왔다.

그때부터 만적은 화식(火食)을 끊고 말을 잃었다. 이듬해 봄까지 그가 먹은 것은 하루에 깨 한 접시씩뿐이었다. (그때까지의 목욕 재계는 말할 것도 없다.)

이듬해 이월 초하룻날 그는 법사 스님(운봉선사)과 공양주 스님 두 분만을 모시고 취단식(就壇式)을 봉행했다. 먼저 법의를 벗고 알몸이 된 뒤에 가늘고 깨끗한 명주를 발끝에서 어깨까지(목 위만 남겨놓고) 전신에 감았다. 그러고는 단 위에 올라가 가부좌(跏趺坐)를 개고 앉자 두 손을 모아 합장을 올렸다. 그리하여 그가 염불을 외우기 시작하는 것과 동시에 곁에서 들기름 항아리를 받들고 서 있던 공양주 스님이 그의 어깨에서부터 기름을 들어 부었다.

기름을 다 붓고, 취단식이 끝나자 법사 스님과 공양주 스님은 합장을 올리고 그 곁을 떠났다.

기름에 겯은 만적은 그때부터 한 달 동안(삼월 초하루까지) 단

위에서 움직이지 않았다. 가부좌를 갠 채, 합장을 한 채, 숨쉬는 화석이 되어가고 있었다.

이레에 한 번씩 공양주 스님이 들기름 항아리를 안고 장막(帳幕──흰 천으로 장막을 치고 있었다) 안으로 들어오면 어깨에서부터 다시 기름을 부어주고 돌아가는 일밖에 그 누구도 이 장막 안을 엿보지 못했다.

이렇게 한 달이 찬 뒤, 이날의 성스러운 불공에 참여하기 위하여 산중의 스님들은 물론이요, 원근 각처의 선남선녀들이 모여들어, 정원사 법당 앞 넓은 뜰을 메웠다.

대공양(大供養: 소신공양을 가리킴)은 오시 초에 장막이 걷히면서부터 시작되었다. 오백을 헤아리는 승려가 단을 향해 합장을 하고 선 가운데 공양주 스님이 불 담긴 향로를 받들고 단 앞으로 나아가 만적의 머리 위에 얹었다. 그와 동시 그 앞에 합장하고 선 승려들의 입에서 일제히 아미타불이 불려지기 시작했다.

만적의 머리 위에 화관같이 씌워진 향로에서는 점점 더 많은 연기가 오르기 시작했다. 이미 오랫동안의 정진으로 말미암아 거의 화석이 되어가고 있는 만적의 육신이지만, 불기운이 그의 숨골(정수리)을 뚫었을 때는 저절로 몸이 움칠해졌다. 그리하여 그때부터 눈에 보이지 않게 그의 고개와 등, 가슴이 조금씩 앞으로 숙여져갔다.

들기름에 결은 만적의 육신이 연기로 화하여나가는 시간은 길었다. 그러나 그 앞에 선 오백의 대중(승려)은 아무도 쉬지 않고 아미타불을 불렀다.

신시(申時)⁵ 말(未)에 갑자기 비가 쏟아졌다. 그러나 웬일인지 단 위에는 비가 내리지 않았다. 만적의 머리 위로는 더 많은 연기가 오르기 시작했다.

염불을 올리던 중들과 그 뒤에서 구경을 하던 신도들이 신기한 일이라고 눈이 휘둥그레져서 만적을 바라보았을 때 그의 머리 뒤에는 보름달 같은 원광이 씌워져 있었다.

이때부터 새전이 쏟아지기 시작하여 그뒤 삼 년간이나 그칠 날이 없었다.

이 새전으로 만적의 타다가 굳어진 몸에 금을 씌우고 금불각을 짓고 석대를 쌓았다……

원혜대사의 이야기를 듣고 있는 동안 나는 맘속으로 이렇게 해서 된 불상이라면 과연 지금의 저 금불각의 등신금불같이 될 수밖에 없으리란 생각이 들었다. 그리고 많은 부처님(불상) 가운데서 그렇게 인간의 고뇌와 슬픔을 아로새긴 부처님(등신불)이 한 분쯤 있는 것도 무관한 일인 듯했다.

그러나 이야기를 다 마치고 난 원혜대사는 이제 다시 나에게 그런 것을 묻지는 않았다.

"자네 바른손 식지를 들어보게."
했다.

이것은 지금까지 그가 이야기해오던 금불각이나 등신불이나 만적의 소신공양과는 아무런 상관도 없는 엉뚱한 이야기가 아닐 수 없다.

나는 달포 전에 남경 교외에서 진기수씨에게 혈서를 바치느라고 내 입으로 살을 물어 뗀 나의 식지를 쳐들었다.

그러나 원혜대사는 가만히 그것을 바라보고 있을 뿐 더 말이 없다. 왜 그 손가락을 들어 보이라고 했는지 이 손가락과 만적의 소신공양이 무슨 관계가 있다는 겐지 이제 그만 손을 내려도 좋다는 겐지 일절 뒷말이 없는 것이다.

"……"

"……"

태허루에서 정오를 아뢰는 큰 북소리가 목어(木魚)와 함께 으르렁거리며 들려온다.

# 송추松楸에서

졸업반 학생들이 가을 소풍을 가니 나도 꼭 같이 가야 된다는
것이다. 이보다 먼저, 설악산으로 간다기에(역시 같은 졸업반이)
나도 그럼, 하고 응낙을 했었더니, 설악은 너무 멀다고 근교로 갑
자기 목적지를 바꾸었다는 것이다. 나로서 볼 때는, 설악은 설악
이요, 근교는 근교니까 곳에 따라 갈 수도 또한 안 갈 수도 있는
거지만, 그렇게 하면 통 아이들(졸업반 학생) 생각은 않고 자기만
위주라고 섭섭해할 것 같아서, 이왕 학교를 마치고 나가는 그네
들이니까 나도 양보를 할 수밖에 없어, 한 번 더, 그럼, 하고 약속
을 했었다. 그것이 마침 C양(지희)과 만나기로 한 날짜와 겹쳐져
서 속으로 찔끔했지만, 학생들 쪽에서도 이제 와선 날짜를 물릴
도리는 없으니까 선생님이 하루만 만사를 제폐하시고 시간을 내
셔야 한다고 떼를 써서, 그렇다면 점심이나 같이 하고 나 먼저 돌
아오게 해달라고 조건을 붙여서 확인을 했던 셈이다. 지희와 만

날 시간이 여섯시니까, 아무리 점심이 늦더라도 세시쯤은 일어날 수 있을 것이고, 거기서 다시 한두 시간 이렁저렁 부서진다손 치더라도 그 시간까지는 넉넉 댈 수 있으리란 속셈이었던 것이다.

"근교 어디야?"

"교외선을 타볼까 합니다."

"교외선?"

나는 왠지 명랑한 느낌이 든다. 언젠가 송추(松楸)로 갔을 때, 뚝섬 쪽으로 돌다가, 거기가 한강 어디쯤인지, 일찍이 보지 못하던, 짙푸른 물을 바로 차창 아래로 내려다본 적이 있었지만, 사실 그 밖에는 그리 선명한 인상이라고 머릿속에 남은 것도 없는 채, 그래도 교외선을 타고 돌면, 무언가 참 즐겁고 명랑한 광경이 많을 것 같은 까닭 모를 기대에 가슴이 부푸는 것 같다.

"교외선 타보셨어요?"

"음."

"괜찮겠어요?"

"좋아."

이튿날, 아홉시에 장군이 차를 가지고 왔다. 아홉시면 내가 자리에서 미처 일어나기도 전이다. 나도 여름철엔 곧잘 일곱시 이전에 일어나지만 시월 하순께부터는 아홉시도 여간 힘들지 않다.

하여간 차를 가지고 왔다는 바람에 더 지체할 수 없어 일어나긴 했지만, 장군더러는 세수하고 옷 갈아입고 하는 시간만 해도 십오 분 내지 삼십 분 잡아야 할 테니, 짐작해서 하라고 일러두고

바로 세수간으로 갔다. 그동안 장군은 밖에 나가, 택시 운전사와
꽤 오래 말을 맞추다가 끝내 결렬이 난 모양으로 한풀 꺾인 얼굴
이 되어 들어온다.

"보내지?"

내가 넘겨짚고 묻는데 그는 덤덤히,

"네."

할 뿐이다. 붙잡아놓지도 못하고 돌아온 주제에 무슨 여러 말을
늘어놓겠냐는 생각인 모양이다.

옷을 갈아입고, 아침밥 대신 밀크커피를 한 잔씩 들고, 시계를
보니 아홉시 반이다.

"됐어."

나는 삼십 분보다 지나지 않은 것을 다행으로, 곧 방에서 나
왔다.

그러나 우리 집 앞에서 택시 잡기가 특히 어렵다는 것을 장군은
모르리라. 십오 분이 넘도록 끈덕지게 팔을 쳐들고 서 있는 장군
에게 합승이라도 타보자고 아무리 타일러도 듣지 않는다. 그의
대답은 "마찬가지예요"다.

"이러면 어떡하지?"

나는 차 시간을 걱정하는 것이다.

"박군이 기다리겠지요."

박군인들 차표를 샀을 경우엔 어떡하겠느냐고 또 물으려다 그
만두었다.

"선생님 타세요."

드디어 장군의 개가다.

시계는 아홉시 오십일분.

"차 시간은 어떻게 되지?"

"박군이 기다릴 거예요."

나는 이번에도 다음 말을 물으려다 그만둔다. 창밖을 내다보니 잔뜩 부옇게 부르튼 하늘이 빗방울까지 질금거리다 거둬들이다 하고 있다.

"날씨까지 이 모양야."

나는 입 속으로 중얼거린다는 것이 불쑥 이렇게 밖으로 터뜨려 버렸다.

"라디오서도 흐렸다 갰댔어요."

장군의 대꾸다.

역광장 대기소(텐트를 쳐둔 곳)에는 스무 사람가량 나와 있었다.

"이뿐인가?"

마중나온 박군에게 묻는다.

"아직 좀더 나올 겁니다."

박군의 대답에, 그렇다면 늦은 사람은 나뿐이 아니란 생각을 하며,

"그렇다면 뭐야? 좀더 늦게 차를 보내지 않고……"

"그렇지만 선생님이 혹시, 알 수 없어서……"

박군의 얼버무리는 듯한 대답이다. 내가 딴 데로 새어버릴까 봐 미리 와서 지켰던 모양이다. 곁에 선 장군은 고개를 수그린 채 발 끝만 내려다보고 있다. 자기들끼리는 미리 내통이 되어 있었던

듯하다.

어색한 분위기를 메우려는 듯, 또 박군이 입을 열었다.

"졸업반 소풍이라고 하지만 학회 행사가 돼서 학생 전부가 참석하지는 못할 겁니다."

박군의 이 말은 물론 출발 시간의 문제와 직접 관계되지 않지만, 나는 그의 말을 듣고 있는 동안에 문득 아까 한 그의 말뜻이 깨달아졌다. ……내가 늘 바쁘다고 하니까, 오늘도 아침부터 일찍이 어디 다른 델 나가버릴까 해서, 앞질러 사람을 보냈다는 것이리라. 그리고 그가 말하는 '학회'란 창작 학회(創作學會)를 가리킨다. 박군은 이 학회의 회장이요, 나는 명색 지도교수로 되어 있다. 따라서 졸업반 소풍이라고 하지만 실질적으로는 창작 학회의 졸업 소풍이 되므로, 학교측의 다른 교강사는 굳이 초청하지 않더라도 지도교수만은 강제 초대라도 해야 할 형편이었다는 뜻이리라. 그런 건 모두 이해할 수 있는 일이니까 더 따질 필요도 없었다.

어차피 다음 차를 타려면 한 시간 남짓 여유가 있다기에 나는 건너편 쪽 다방을 가리키며,

"나 저기 가 있을게."

광장을 빠져나왔다.

다방에서 커피와 토스트를 시켜놓고 담배를 한 개비 피워 물었다.

……안개 낀 부두에……

다방 안의 전축인지 라디오에선지 쉴 새 없이 재즈가 흘러나오

고 있었다.

나는 토스트를 씹으면서도, 곧장, '안개 낀 부두에……'의 목소리의 주인공이 붉은 입술에 아이섀도의 두 눈을 벌려 뜨고 다가오는 환상을 물리치지 않으면 안 되었다. '안개 낀 부두에……'의 흐느낌 같은 목쉰 소리가 곧장 내 목을 휘감아온다고 느낄 때 나는 이미 코를 골고 있었던 모양으로,

"선생님 주무세요?"

하는 여자 목소리에 눈을 뜨니, 김양과 이양이 미소들을 짓고 서 있다.

"음, 언제 왔어? 앉아."

"시간 됐어요."

둘은 선 채였다. 그녀들이 서 있는 것은 나더러 일어나란 뜻이다.

"그래, 그럼……"

내가 카운터 쪽으로 가니까,

"선생님 찻값 치렀어요."

한다.

차가 신촌 쪽으로 돌아간다기에, 먼젓번엔 뚝섬 쪽으로 돌았다는 생각이 들어, 그럼 더욱 좋겠다고 했다. 반대 방향으로 돌면 또한 새로운 흥취가 있을 것이라고 느껴졌던 것이다.

신촌역을 막 떠나려 할 때였다. 박군이, 내 곁에 앉은 장군을 일으켜 세우더니, 그 자리에 김양(명자)과 이양(일순)을 앉힌다. 그러자 내 맞은편에 앉아 있던 정군과 윤군도 이에 동조(同調)하는

셈인지 슬그머니 자리를 내주고 일어나버린다. 이 사람들은 또 왜 이러나, 하고 의아하게 생각한 것도 한순간이요, 그새 이미 박군 뒤에 대기하고 서 있었던 듯한 안양(명희), 최양(경자), 박양 (순옥)이 쪼르르 나타나 생글거리며 그 자리를 메운다. 이 지극히 짧은 여행 중이나마 남자보다 여제자 상대하기를 내가 더 즐겨 하리라는 박군들의 배려인 줄 짐작은 되나 나는 내 얼굴이 뜨뜻 해짐을 느꼈다. 물론 박군들의 '배려'랄 것이 지나치기도 했지만, 그렇단들 얼굴까지 뜨뜻해질 것은 또 무어란 말인가. 이들과 나는 사제 관계요, 또 내 나이 중로(中老)에 들어 있건만 역시 아직 인간으로서 탈피하지 못한 그 무엇이 있기 때문일까. 쓰겁게 웃으며 박군을 돌아다보니 박군은 들고 있던 맥주병을 내밀며,

"선생님 맥주라도 드시죠."

역시 어색한 미소를 짓고 있다.

나는 맥주잔을 받으며,

"여자는 모두 이뿐인가?"

누구에게라고 상대도 없이 물었다.

"다섯밖에 나오지 않았어요. 그래서 한데 몰아버린 거예요."

박군의 대답이다. 그래도 명분으로서 충분하진 못하지만 그만 치라도 까닭 있는 일이라면, 하고 나도 좀 어색한 생각이 가셔지며,

"그래, 목적지는 어딘고?"

화제를 바꾸었다.

여자 학생들이 일제히 박군을 쳐다본다. 그녀들은 목적지도 모

르는 모양들이었다.

　박군이 다시 곁에 선 장군을 돌아다보며,

　"송추?"

하니까, 장군이 그냥 고개를 끄덕인다. 보셨지요 하는 듯이, 이번
에는 박군의 시선이 다시 나에게로 돌아온다.

　"송추?"

　나의 '송추'에는 약간 강한 악센트가 들어 있었지만 그것은 반
드시 실망이라든지 반대 의사를 나타내련 것도 아니다.

　"아무 데나 선생님 좋으신 대로 가시죠."

　"아냐, 아무 데나 마찬가지야…… 사실은 송추밖엔 가 본 데도
없지만……"

　"다른 데도 다 마찬가지예요."

　장군이 알아서 하는 모양이니까 이에 대해서 아무도 이의할 사
람도 없었다.

　"올봄에, 아니 봄이라고 해도 오월이었을 거야, 그때 내 송추
와서 시조 지은 거 있는데 한번 외워볼까?"

　나는 맥주를 한 모금 마시고 나서 자작 시조 「송추에서」를 읊
었다.


　　교외선 타고 돌다가

　　송추에 내려서 논다

　　유원지 있단 말 듣고

　　산협을 타고 드는데

신록에 쏟는 햇빛만
목을 타게 하누나


도봉(道峯) 뒷산이래선지
사람들은 많기도 하다.
무어 볼 게 있다고
이리로들 쏠렸는고
고작이 소주나 마시고
소리소리 지르네


"이거야. 괜히 송추 송추 하고 찾아들 가지만 아무것도 볼 것
없어. ……하기야 햇빛과 나뭇잎을 봤으니까 그 이상 걸 찾는 그
자체가 속된 생각일진 모르지만……"

"선생님 그거 발표하신 거죠?"

명자(김양)가 새하얀 이를 내보이며 묻는다.

"그렇던가? ……무슨 시조 전문 잡지라든가 하는 데서 작품을
보내라기에 이건가 어느 걸 보낸 기억이 있어."

"선생님 오늘도 시 지으시겠어요?"

경자(최양)가 묻는다.

"이렇게 하루 그냥 보내기도 아깝고, 또 그냥 술이나 마시고 노
는 것보다 그것이 더 즐겁잖아?"

"지금도 시를 생각하고 계세요?"

"아냐, 지금은 최양을 보고 있어."

우리는 함께 웃었다.

"선생님, 경자(최양) 이쁘죠?"

김양(명자)이 물었다.

"물론."

나는 사실 명자를 더 이쁘게 생각하지만 그렇게 말할 수는 없었다. 모두가 까르르 웃으니까 경자가 약이 오르는지,

"선생님 명자 이쁘죠?"

어디 보란 듯이 보복을 했다.

"물론."

나는 역시 같은 대답을 할 수밖에 없었다. 그러자 그녀들을 그냥 제자로서가 아니고, 내 자신이 어느 정도 여자로 느끼고 있다는 생각이 들어, 이러한 자기 자신에 스스로 반발이라도 하려는 듯이,

"늬들, 아무리 사제 관계라 해도, 남자 선생이 여자 제자를 자꾸 이뻐한다는 거 반드시 좋다고 할 수는 없는 거야."

했다.

이번에는 울같이 둘러서 있던 박군 장군 윤군 들이 더 킬킬거리고 웃었다. 그러나 바로 윤군 옆에서 입을 꾹 다물고 있던 정군이 불쑥,

"선생님 그건 위선이에요."

했다.

박군이 놀란 듯이, 그러나 웃음을 띤 채 정군을 돌아다본다.

나도 물론 정군의 말이 가장 정말이라고 속으로 인정은 하지만

그렇게 탐탁하게 받아들여지지는 않았다. 나는 무어라도 대꾸해 주어야 한다고 생각했다. 나는 웃으며,

"정군은 소설 공부하는 사람다워. 소설은 사람을 그렇게 보는 편이라고, 소설 시간마다 내가 밤낮 그렇게 가르쳐왔으니까."
했다.

그러나 나는 그들 앞에서 내 자신을 있는 대로 털어놓을 수는 없었다. 인간이 어떻다, 소설이 어떻다 하고 심각하게 파헤치는 척해도 역시 적당히 연막을 치고, 거짓말을 뿌리며 사는 것이 내 자신이라고 생각하니 또 마음 한구석이 무너져 들어왔다.

'송추?' 하고, 내가 아까 가볍게 놀랐던 것도, 그것이 마침 내가 한 번 이미 왔던 덴데 공교롭게도 또 같은 데냐 해서만이 아니었다. 그때의 동행이 바로 지희였고, 지희 역시 졸업생이라고는 하지만 사제 관계로서는 이네들과 다를 것이 없는 데다 오늘 만나기로 한 약속마저 겹쳐진 공교로운 우연들이 '송추'에 울린 나의 '약간 강한 악센트'였던 것이다.

"그땐 선생님 재미있었어요?"

이양(일순)이 묻는다.

나는 이양의 묻는 뜻을 잘 알고 있지만 그때를 화제에 올리기가 거북해서 덤덤히 고개를 약간 끄덕인 채 창턱에 놓아두었던 맥주잔을 집어들었다. 이때 마침 장군이,

"송추는 지금이 나을 거예요."
해주어서, 쉽사리 화제를 돌리게 되어 다행이라고 생각했는데, 이양이 다시,

"그땐 여러 분이 오셨어요?"

악착같이 파고든다.

"음, 셋이……"

대수롭잖이 중얼거리며 차창 밖으로 고개를 돌려버렸다. 나도 한 이십 년간이나 학생들을 다루어왔기 때문에 이만하면 나로서도 꽤 능숙한 연기라고 스스로 은근히 믿고 있는데, 그것이 어떻게 좀 핀트가 어긋났던 모양이다. 내가 굳이 '그때'를 외면하려는 듯이 느껴졌던지 한참 동안 미묘한 침묵이 흐르더니, 눈치 빠른 김양이,

"여자 분들과 오셨어요?"

정면으로 심문을 펼친다. 김양은 비교적 나의 귀염을 더 많이 받는 아이라고 반우들이 은근히 인정하는 만큼, 이런 경우 나에게 좀더 기탄없는 질문을 할 수 있는 적임자로 암암리에 지적을 받은 모양이다.

나는 역시 덤덤히 고개만 약간 끄덕해 보였다.

"둘 다 미인이죠?"

김양은 나를 놓아주지 않을 기세다. 이런 경우엔 먼저와 같이 고개를 끄덕할 수도 없고, 도리질을 할 수도 없고, 연기에 꽤 자신을 갖는 나로서도 고전을 면할 수 없다. 궁여지책이었겠지만 나는 그냥 히쭉 웃어버리고 말았다. 조작한 웃음도 아니었지만, 우습지도 않은데 어쩌다 그렇게 웃음이 히쭉 나왔는지 내 자신도 잘 모를 일이다. 그것이 그네들에게는 그냥 실소(失笑)로 받아들여진 모양이었다.

"제가 누군지 알아맞힐게요."

맞은편에 앉은 최양이 입을 열었다.

일동의 시선이 그녀에게 쏠렸다.

최양은 의기양양해서,

"한 분은 선생님 사모님이시고요, 한 분은 거 누구더라…… 따님이시죠? 그렇죠?"

딴은 나를 곤경에서 구해주려는 갸륵한 심정이다.

"늬들은 왜 그런 얘길 하면 그렇게 신이 나 할까?"

나도 이쯤 해서 꽁무니를 빼기 위한 최후의 반격을 가해보는 것이다.

박군이 다시 맥주병을 디밀며 나의 잔에 맥주를 따라주었다.

"자네들도 무얼 좀 마시지?"

나는 얘기 상대를 남자 쪽으로 바꿀 작정이었다.


'도봉 뒷산이래선지' '교외선 타고' 도는 소풍객 가운데는 송추를 찾는 이들이 으뜸으로 많은 것 같다. 그러나 사실 볼 거라고는 없다. 고적(古蹟)이랄 게 통 없다. 유서 있는 절 하나도 없다. 여러 사람이 앉아 쉴 만한 잔디도 없다. 이렇다 할 만한 수풀도 없다. 적어도 송추역에서 골짜기로 꽤 깊이 파고들어갈 때까지는 그렇다고 할 수밖에 없다. 특히 봄에서 여름까지는 그렇다. 그래서 나도 오월에 왔을 때는 '무어 볼 게 있다고 이리로들 쏠렸는지' 했을 정도다.

그러나 가을에, 그것도 늦은 가을에 골짜길 깊숙이 파고들어가면 그렇지 않다. 꽃보다 더 고운 단풍과 풀들이 있다. 바위도 깊이 들어갈수록 더욱 웅장하고, 물도 해맑아 모래알을 셀 듯이 환히 들여다뵈지만 꽤 깊이 고인 데가 많다. 자꾸 올라가면 폭포도 있다고 해서 이날 나는 우리 학생들을 따라 먼젓번보다는 훨씬 더 들어갔는데 양쪽 산기슭에 어우러진 붉고 누른 풀과 꽃들에 취하여 넓적한 바위 위에 그냥 주저앉고 말았다. 나는 본디 풀을 좋아하여 이름도 기회 있는 대로 외우려고 힘써왔지만 산기슭이나 강물 가의 풀밭 속에 들어서면 내가 부를 수 있는 이름은 거의 찾아내기 어려울 정도다. 이날 내가 송추 산협에서 만난 풀들도 우선 이름을 댈 수가 없다. 가을풀이 대개 아름답다는 것은 아는 이도 많으리라. 그러나 이것은 그냥 가을풀이어서 아름다웠다는 이야기가 아니다. 나는 지금 난초(蘭草)란 말을 쓰고자 하지만, 사실 난초의 종류는 몇이나 될까. 사보텐이란 식물은 가꾸는 이가 많아, 칠천에서 얼마를 헤아린다던가, 일천에서 그렇다던가 하는 말을 들었지만, 사실 난초야말로, 사보텐처럼 아끼는 이가 있어 각각 그 이름을 따로 붙일 수 있다면 아마 이에 견줄 나위가 아닐 것이다. 그만큼 이날 내가 본 송추 산협의 풀들은 대부분이 우선 난초같이 느껴졌다. 그 너울너울한 줄기와, 좁고 도타운 잎새와, 그 푸르고 희고 신비한 꽃과, 그 아련한 향기와, 이러한 풀들을 '우선 난초'라고밖에 무어라고 부르겠는가.

나무의 이름은 풀보다 쉽다. 내가 아는 것만 해도 소나무, 밤나무, 감나무, 상수리나무, 단풍나무, 그것들이 새빨갛게 불그스름하게 샛노랗게 누르스름하게 푸르스름하게 검푸르게 엉겨 있고,

그 밑도리엔 갈대를 곁들인 칡과 맹감²이 휘감겨 있었다.

물론 이러한 풀과 나무들은 어느 산에나 있을지 모른다. 그러나 같은 풀 같은 나무라도, 여기 것이 특히 맑고 아름답지 않을까. 이것은 우선 흙만 봐도 짐작이 될 일이다. 여기 흙은 특히 희고 붉은 편인 것이다. 흙빛도 검은빛 잿빛 여러 가지일 테지만, 서울 근교의 흙은 대체로 희거나 불그스름한 편이다. 그래서 이렇게 나무에 물이 들 때도, 유난히 새빨갛게, 샛노랗게, 거기다 푸른 빛깔이 얼기설기 무늬를 놓는 겐지 모른다.

하기야, 우리가 교외선에 대해 까닭 모를 명랑한 기대를 가지게 되는 것부터가 이러한 연유에서 오는 겐지 모르지만······

나는 그 허여스름하고 불그스름한 흙에 손가락을 깊이 넣어서 '우선 난초라고 부를 수밖에 없는' 신비한 풀을 뿌리 짬에서 한 포기 캐내었다. 집에 가져와 분에 심어볼 생각이었다. 그리고 또 한 포기 역시 '우선 난초라고 부를 수밖에 없는' 다른 신기한 풀을 뽑아 들었다. 그러고는 그 곁에 있는, 아주 핏빛같이 새빨간 단풍잎도 두어 가지 꺾었다.

"선생님 모두들 기다리고 있어요."

돌아다보니 내가 가장 유망하게 보는(소설로) 유군이다.

"그래."

나는 대답을 하고도 유군 아닌 산기슭을 향해 멍하니 서 있었다. 그 붉고 누르고 푸른 나무와 풀들을 나는 어떻게 해야 좋을지 몰랐던 것이다. 나는 그것을 한두 가지 꺾어 들고, 또한 몇 포기를 캐어 가져볼 수도 있을 것이다. 지금 내가 한 것과 같이. 그러나 그것이 무어란 말인가. 그렇게 해서 나는 그것을 가질 수 있단 말인가. 물론 어리석은 짓이다. 그러나 그냥 보고 돌아서면 나는 어디로 가나. 이보다 더 엄청난 세계가 나에게 있을 수 있단 말인가. 이것을 두고 돌아서도 좋을 만큼 아름답고 귀하고 값있는 일이 나에게 또 있을 수 있단 말인가. 물론 저 아래서는 박군들의 술자리가 나를 기다리고 있을 것이다. 그리고 조금 더 있으면 지희와 약속한 S다방이 또한 나를 기다릴 것이다. 그러나 박군들의 술자리나, 지희가 기다릴 S다방이 이 이름 모를 풀들과 나뭇잎보다 나에게 더 아름답고 귀중하고 값있는 것일까. ……나는 어떻게 해야 좋단 말인가. 그동안 구름마저 걷힌 하늘에선 느닷없는 햇빛이 제법 가혹한 심판관처럼 풀잎 위를 비친다.

"유군, 나를 좀 붙잡아줘."

나는 풀 위에 풀썩 주저앉으며 유군을 불렀다.

유군이 뛰어 올라왔다.

"선생님."

유군이 나의 왼쪽 팔을 잡으며 나를 일으켜 세웠다. 나는 사뭇 휘청거리는 아랫도리를 겨우 가누며,

"차에서 술을 너무 많이 마셨나봐."

유군에겐 그것이 술 탓인 양했다.

"선생님 염려 마세요."

유군은 나를 위로해주는 것이다.

"유군!"

나는 유군의 부액(扶腋)[3]을 받은 채 계곡을 내려오며 입을 열

었다.

"유군은 내 아들만치 젊으니까 내가 먼저 죽을 거야, 그게 자연의 이치거든……"

"아녜요, 선생님!"

"아냐, 내 말 들어, 그때 만약 유군이 내 이웃에 살거든, 나를 이 근처 어디메다 묻도록 힘써주게."

"선생님은 아직 젊으셔요."

유군은 나를 달래듯이 내 옆구리를 꽉 껴안았다.


나는 풀과 단풍잎을 협직(峽直)이에게 돌려준 뒤, 송추역에서 겨우 다섯시 삼십분 차를 탔다. 내가 청량리역에 내렸을 때는 여섯시에서 불과 이삼 분밖에 남아 있지 않았다.

역전에서 다행히 택시를 잡긴 했으나 종로까진 아무래도 이십 분 이상을 보아야 했다. 지희도 어쩌면 이십 분 정도는 대개 기다려주리라 믿어졌다. 본디 내 자신의 성격으로는 약속 시간에서 십오 분 이상이 지나면 더 견디지를 못한다. 더구나 상대자가 여자일 때는 그랬다. 따라서 상대자에게도 준엄하게 그것을 요구했던 것이다.

그런데 지희와는 예외였다. 그녀는 나의 그러한 습관을 돌려놓았다고 하는 편이 옳을지 모른다. 삼십 분 정도 기다려주는 것은 보통이며, 그만치도 서로 이해해주지 못하면 어쩌겠느냐고, 그녀는 나에게 너무나 당연한 것을 주장하듯이 반문했던 것이다. 그것이 그녀의 경우엔 왠지 실감이 났다.

지희는 어느 회사의 사무원이라고 했다. 이부(야간부) 학생들이 대개 그렇거니와, 직장에서 퇴근을 한 뒤에야 등교를 하기 때문에 매일같이 이삼십 분씩 지각을 했다. 그런대로 거의 빠지는 날도 없이 꾸준히 나왔다. 공부도 착실한 편이었다. 게다가 그 새하얀 네모난 얼굴에 지성(知性)이 빛나는 두 눈은 처음 보았을 때부터 가슴이 뜨끔했을 정도였다.

그러나 나는, 지희의 경우뿐 아니라 어느 여자 학생에 대해서든지 그녀가 아무리 뛰어나게 아름답다고 생각되더라도, 아름다운 여자니까 가까이 해보겠다는 생각을 내 쪽에서 일으킨 적은 결단코 없다. 학교에 나올 때부터 그렇게 아주 마음을 굳히고 있었던 겐지 모른다.

지희에 대해서도 물론 그랬다. 그녀의 특이한 성격적인 미모는 야릇하게 내 마음을 끌었지만 나는 오랫동안의 습성대로, 그녀의 이름을 한 번 더 부른다거나 얼굴을 한 번 더 훔쳐본다거나 하지를 않는 데 거의 성공적이었다. 그만한 학생이라면 약혼자나 애인이 이미 정해져 있을 것이고, 그렇지 않다고 하더라도 그녀를 따르는 청년들이, 혹은 같은 반 학생 가운데서도 얼마든지 있을 터인데, 내마저 무슨 주책을 떨랴 하고 스스로 내 자신을 단단히 무장하고 있었던 것이다.

그런데 한번은 수업을 마치고 나오려니까 마침 비가 뿌리고 있었다. 밤늦게 우비를 구할 수도 없고 해서 그냥 학교를 내려오고 있는데, 바로 앞에 가던 지희가 자기의 우산을 펴든 채 나에게 다가왔다.

"선생님 받으세요."

"괜찮아."

"그럼 같이 받으세요, 괜찮죠?"

"나야 뭐 괜찮고 어쩌고가 없지만……"

"저두 그래요."

행길에 나오자 택시를 잡아놓고, 가는 데까지 같이 타자고 했더니, 지희는 생긋 웃으며,

"전 얘하고 같이 가겠어요."

하고 곁에 서 있는 다른 여학생을 가리켰다.

그러고는 올봄에 졸업을 했다. 사은회 때, 지희는 내 곁에 오더니,

"선생님 저 약주 한잔 올리겠어요."

했다.

나는 이미 술이 얼근히 돌아 있었기 때문인지 갑자기 슬픈 생각이 가슴을 콱 메웠다.

"지희, 인제 보기 어렵겠군?"

했더니,

"왜요? 제가 어디 가나요?"

반문을 했다.

"가게도 되겠지만……"

하는 내 말을 가로막듯이,

"저 아무 데도 안 가요."

잘라 말하고,

"어서 약주나 드세요."

했다.

자리가 자리인 만큼 그녀의 말을 더 캐물을 수는 없었다.

"지희, 소설 말야, 결심하고 나가면 되겠지만……"

"저 그렇게 할 거예요."

지희는 내 곁을 떠났다. 그것이 이월 초순이었다. 그러고는 석 달 동안 아무런 소식도 없다가, 오월 초에 돌연히 전화가 걸려와 서, 그녀의 다른 친구와 함께 나를 하루 모시겠으니 시간을 내줄 수 없겠냐는 것이다. 그날은 마침 다른 사정이 있었기 때문에 사 양을 했더니, 한 열흘 지난 뒤 다시 같은 용건의 전화가 걸려왔던 것이다. 그것이 나의 송추 초행(初行)이었던 것이다.

함께 나온 여자도 지희와 같은 회사의 사무원으로 문학을 좋아 한다고 했다. 영숙이란 이름이었다.

"문학 많이 읽었어요?"

나는 지희보다 영숙에게 처음은 주로 말을 건넸다.

"취미는 있지만……"

영숙이 말끝을 흐리는데 지희가 가로맡아,

"독서 젤 많이 해요."

대신 대답을 했다.

차가 창동인지 어디를 돌고 있을 때,

"난, 지희, 언젠가 한번 결혼 청첩장이나 한 장 날아오는 것이 고작이거니 하고 있었어."

했더니,

"그때는 선생님 주례 서주시겠죠?"

생글거리며 쳐다본다.

"섭섭하지만 하는 수 없지."

나의 '섭섭하지만'에 실감이 나는지 영숙이 손으로 입을 가리며 웃었다.

그러나 지희는 별로 웃지도 않은 채,

"제가 내년 이맘때쯤 선생님께 뵙겠다고 연락을 드렸으면 어떻겠어요?"

엉뚱한 것을 물어왔다.

"글쎄."

"그래도 전 마찬가지예요. 제가 그때……"

지희는 무슨 말을 하려다 그냥 입을 다물어버렸다.

"……?"

"선생님, 사은회 때 일 기억하세요?"

"지희가 술을 따라주었지?"

"그리고 제가 한 말을……"

"……"

나는 고개를 흔들었다. 기억에 없었던 것이다.

"저도 그럴 줄 알았어요. 누구나가 흔히 하는 말같이 했으니깐요."

"무슨 말이더라?"

"잘 생각하심 기억나실 거예요."

나도 그럴 것 같아서 그냥 고개를 끄덕여두었다. 그러고는 아아, 아무 데도 안 간다고 했지, 나는 혼잣말같이 중얼거렸다.

점심을 마친 뒤, 영숙이 그릇을 씻으러 갔을 때, 지희는 나에게 조그만 종잇조각 하나를 주며,

"이거 제 전화번호예요."

했다.

"위의 건 회사 거고, 아래 건 제가 자취하는 집, 주인집 전화예요. 그 둘 중에 한 군데 제가 반드시 있을 거예요. 만약 없으면, 회사에서 집으로 돌아오는 도중일 거예요."

"알았어."

나는 고개를 끄덕이며 종이쪽지를 접어서 양복 윗주머니에 넣었다.

"그렇지만 내가 전활 걸어도 될까, 지희를 만나자고?……"

지희는 그 빛나는 눈으로 한참 동안 나를 쏘아보고 있더니,

"제가 걸어도 괜찮아요?"

이렇게 되물었다.

"물론이지."

"그렇지만 선생님은 늘 바쁘시고 저는 근무 시간 이외엔 언제든지 시간이 있으니까……"

"그럼 알았어."

나는 또다시 고개를 끄덕였다.

그뒤, 우리는 일여덟 차례나 만난 셈이다. 지난여름에는 같이 뚝섬에 나가 어둡도록 벤치에 앉아 있다가 결국 껴안고 키스에까지 발전을 했고, 그뒤에도 기회 있는 대로 이것을 거듭해왔지만,

거기서 한 발짝도 더 진전을 보지 못한 것은, 내 자신의 자제력을 내세우기보다 그녀의 굳은 결의가 나를 달래왔다고 하는 편이 더 옳을 것이다.

"이거 밤낮 괴롭고 슬픈 짓만 되풀이해오면 어떡해?"

내가 볼멘소리로 항의를 하면 지희는 분명히 슬픈 미소를 지으며,

"선생님은 괴로우실 거예요. 그렇지만 전 슬프긴 해도 괴롭진 않아요, 오히려 행복한걸요."

맑고 가는 소리로 나직이 속삭이는 것이다.

나도 고개를 끄덕이며,

"그건 그럴 거야, 남자와 여자가 다르고, 또 나이 관계도 너무나 다르니까……"

혼잣말같이 중얼거렸다.

"제가 행복을 얻기 위해서 선생님을 괴롭혀선 안 되죠?"

"……"

나는 대답을 하지 않았다. 그녀가 나에게 무엇을 물으려고 하고 있다는 것을 나는 잘 알고 있기 때문이다. 그녀의 말대로 하면, 자기는 어머니와 동생을 부양할 처지에 있으므로, (식구래야 그렇게 셋뿐이었다) 누구와도 결혼을 할 수 없으며, 그 대신 마음으로만 그리워하고 의지할 사람 하나만 있으면 그것으로 행복할 수 있다는 것이다. 말하자면 나는 그 '마음으로만 그리워하고 의지할 사람'으로 그녀에 의하여 뽑힌 셈인 것이다.

"지희만치 아름답고 훌륭한 처녀라면 그런 거 문제없어. 어머

니 동생 부양 때문이란 건 공연한 소리야. 그만 조건 문제없이 받아들일, 성실하고 착한 신랑감 얼마든지 구할 수 있어. 원한다면……"

"선생님은 진정으로 제가 결혼하길 원하세요?"

"그런 거, 나로선 말할 자격도 없지만, 계제도 아니잖아?"

나는 성난 소리로 호통을 치다시피 꽥 소리를 질렀다.

"그러니까 선생님한테는 어떠한 부담도 안 끼쳐드리겠다고 하잖아요? 제 혼자 선생님을 생각하는 것도 안 되나요? 만나시는 게 괴로우시면 언제든지 선생님이 괴롭지 않으실 때, 일 년에 한 번이라도 좋아요, 그것도 안 되나요?"

지희도 화딱지가 치미는 모양이었다.

그것이 지난 구월이었다. 그러고는 어저께 갑자기 전화가 걸려와서, 오늘 S다방에서 여섯시까지 나를 기다리겠다는 것이었다.

도어를 밀고 들어서니, 저쪽 구석 자리에서 이쪽을 지켜보고 있던 지희가 일어서며 미소를 지어 보였다. 그녀의 건너편 자리에는 같은 나이 또래나 되어 보이는 청년이 앉아 있었다.

내가 곁에 가자 지희는 그 청년을 일으켜 세우고 나에게 인사를 시켰다.

"정준섭입니다."

청년은 고개를 푹 수그리며 정중히 절을 했다.

나는 청년의 손을 잡으며, 지희를 건너다보았다.

세 사람이 자리에 앉은 뒤, 지희는 생글생글 웃는 얼굴로,

"저의 미래의……"

그 사람이라고 할까, 남편이라고 할까 망설이는 눈치더니 말끝을 맺지 않고 말았다.

"아아!"

나는 덮어놓고 소리부터 지르고 나서,

"축하하오."

했다.

나는 몹시 당황했던 것이다. 나는 나의 당황한 꼴을 그네들에게 보이기 싫어서,

"나 오늘 소풍 갔다 오늘 길야. 그래서 이렇게 늦잖았어? 학생들이 놓아주지 않으니까. 그 대신 술을 많이 마셨지. 빨리 일어나려고…… 덕분에 술에 너무 취했나봐. 어때? 시뻘건가?"

이렇게 술 취한 사람 시늉을 내며 아무렇게나 주워섬겼다.

"별로 붉지 않아요. 그렇죠?"

지희는 저의 약혼자라고 소개한 정군에게도 동의를 구했다.

정군은 억지로 웃음을 지으며,

"이런 데가 조금 붉을 뿐입니다."

자기의 눈가장을 손으로 가리켰다.

"이거 모처럼 만나서 좀 재미나게 놀아알 텐데 내가 이렇게 취해서 어떡하지?"

내가 슬그머니 꽁무니를 빼려고 하자, 지희가 곧,

"미스터 정이 선생님 모시고 저녁 대접이라도 하려고 나왔는데 어떡해요?"

이렇게 받았지만 정군은 그다지 안타까워하는 빛도 없이 그냥

덤덤히 앉아 있을 뿐이었다.

"이거 정말 미스터 정에게는 미안하기 짝이 없지만 이렇게 취해서야 남의 정중한 대접을 받을 수도 없고 오늘은 이만 양해해 줘요, 다음에 또 만나지……"

나는 정군의 손을 가볍게 잡아준 뒤, 다시 지희를 돌아다보며,

"그럼 두 분이 천천히 얘기나 하다 나오오."

한마디 던지고는 카운터로 나와 찻값을 치르려니까, 지희가 따라나와 그것을 가로막으며, 잠긴 목소리로,

"선생님 저……"

했으나 나는 그녀를 돌아다보지도 않고 다방 문을 밀치고 뛰어나와버렸다.

어둠이 내리는 종로 네거리라고, 자신의 의식을 스스로 다짐한 뒤, 광교 쪽으로 나가, 청계천(메운) 길로 빠졌다. 될 수 있는 대로 남이 보지 않는 길을 찾고 있었던 것이다. 그리하여 나는 손수건으로 몇 번이나 얼굴을 닦으며 사뭇 후들거리는 아랫도리를 간신히 가누고 있었다.

집에 돌아온 나는 옷도 갈아입지 않은 채 바로 서재로 들어가자 어느 때까지 움직이지 않고 우두커니 의자에 앉아 있었다.

아내는 내가 무슨 대단한 작품이라도 구상하는 줄 아는지,

"저녁을 어쩌겠어요?"

하더니, 내가 대답을 하지 않으니까 이번에는 진한 커피를 끓여와서 권한다.

나는 커피를 훌훌 마신 뒤, 또 한 잔 더 타달래서 그것도 비우

자, 이번에는 또 먼저와 같이 깊은 명상에나 잠기듯 눈을 감으며 머리를 떨어뜨렸다.

나는 눈을 뜨고 서재 안을 한 바퀴 휙 둘러보았다. 착잡하게 꽂히고 쌓인 책들, 탁자 위에 포개어진 고자기(古瓷器)와 골동품들. 언제나 내 마음을 푸근히 즐겁게 해주던 이 책과 골동품들도 이날 밤의 내 쓰린 가슴을 달래는 데는 거의 아무런 힘도 되지 않았다.

열두시나 되어 나는 서재에서 침실로 돌아와 자리에 누웠다. 그러나 한시, 두시, 세시, 아무리 몸을 뒤척여도 잠은 오지 않았다. 아무리 만나고 또 만나야 어떻게 할 수도 없었으면서, 내 입으로 너와 만나는 건 괴로운 일이다 슬픈 일이다 했으면서, 어서 결혼이나 하라고 퉁명스레 권고도 했으면서, 어쩌면 이렇게도 주체할 수 없는 흐느낌이 나를 사로잡는 것일까. 지희, 너와 나는 무엇일까. 너는 나에게 있어, 나는 너에게 있어, 서로 아무것도 아닌 귓전을 스쳐가는 바람결에 지나지 않았던가.

새벽녘이 되어갈수록 나의 머릿속은 샛별같이 맑아지는 반면 의식의 한 부분은 흐렁흐렁 잠결 속에 휩쓸리고 있었다. 나는 그러한 잠결 속의 의식과 맑아지는 머리로, 나와 지희의 인연이란 것을 생각하고 있었다. 나와 지희는 결코 하나가 될 수 없는, 그렇다고 그냥 귓전을 스쳐가는 바람결 같은, 아무것도 아닐 수도 없는 그 무엇일 것이라는 생각을 했다.


나무 그늘 얼룩진

가파른 길 위로

그대는 올라오고

나는 내려가고 있네.


　나는 처음 지희와 나의 관계가 영원히 이러한 것이라고 생각했다. 그러나 나의 정신은 어느덧 지희와 나의 관계에서 시의 세계로 비약하고 있었다. 나는 내가 무엇을 하며 어떻게 살아가는 사람인지를 생각했다. 나는 물론 글을 쓰는 사람이지만, 나의 표현의식(表現意識)은 그것을 어느덧 밭 가는 사람으로 변조(變造)시키고 있었다. 그러니까 이 '밭 가는 사람'이란 곧 '글 쓰는 사람'과 같은 내용을 가지게 되었다. 이 '사람'에게 있어서는 '밭 가는' 일과 '글 쓰는' 일이 마찬가질 수밖에 없었다. 따라서 그가 뿌리는 밀씨나 보리씨는 소설도 되고 시도 될 수밖에 없었다. 여기서 또다시 나의 표현의식이 비약을 가져왔다. 이 '사람'이 뿌리는 밀씨나 보리씨가 시도 되고 소설도 될 수 있다면, (이왕이면) 하늘에 가득 찬 별이 될 수도 있다는 생각이었다.


이승 저승 어느 승에고

내 밭 갈고 살제

밀씨 보리씨

뿌리는 대로

총총한

별.

여기서 글 쓰는 사람, 밭 가는 사람으로서의 나는 어느덧, 하늘에 별을 뿌리는 조물주나 신일 수도 있었던 것이다. 이렇게 되니 본래 나와 동격으로 출발한 그대(지희)가 나와 함께 비약을 하지 않으면 안 되게 되었다. '그대'도 '나'와 같이 신이나 조물주가 되든지, 적어도 또 다른 내 자신이 되지 않으면 안 되게 된 것이다. 불교의 윤회설(輪廻說)에는 차생(此生) 이외에도 전생(前生)과 내생(來生)이 있어, 차생의 나는, 전생의 그 무엇이 전생(轉生) 또는 환생(還生)된 것이며 차생에서 내가 삶을 다하면 또한 내생의 그 무엇으로 태어난다는 것이다. '그대'를 전생 또는 내생의 '나'라고 하자. 이렇게 되면 '나'는 곧 '그대'요, '그대'는 곧 '나'지만 '그대'와 '나'는 영원히 하나가 될 수 없다는 얘기가 된다.

그대 내 밭에
밀씨를 뿌리면
내 그대 밭에
별을 흘고

아아, 그대와 나는 누구뇨,
이제 여기서
그대 나를 찾으면
내사 차라리 외로운
연꽃일세.

나무 그늘 얼룩진

가파른 길 위로

그대는 내려오고

나는 올라가고 있네.


내가 시와 편지를 다 썼을 때는 이튿날 정오도 지난 뒤였다.

나는 지희의 회사로 전화를 걸었다.

"나야. 오늘 여섯시, S다방으로 나와. 정군과 함께 만나는 건 다음으로 하고, 오늘은 마지막으로 지희 혼자 나와."

나는 말을 마치자 수화기를 놓아버렸다. 그러자 이내 다시 전화벨이 울었다. 지희였다.

"선생님 노했어요?"

"아니."

"그럼 왜 전활 끊었어요?"

"용건 다 말했으니까."

"선생님 목소리 이상해요."

"잠을 못 자서 그래."

"여섯시에 뵙겠어요."

이번에는 지희가 먼저 수화기를 놓는 모양이었다.

여섯시, S다방에서 지희를 만난 나는 아무 말도 없이 봉투를 먼저 그녀에게 전했다.

"이거 제가 뜯어봐요?"

지희는 나의 승인을 받은 뒤 봉투를 뜯었다.

천천히 두 번을 되풀이해 읽고 나서도 지희는 고개를 들지 않았다. 그녀는 처음부터 눈물을 남에게 보이지 않으려고 벽 쪽을 향해 외면을 하고 있었던 것이다.

손수건으로 몇 번이나 눈물을 닦아낸 뒤에야 겨우 고개를 들더니,

"어저께 그 미스터 정, 제 이종사촌 동생이에요."

했다.

"뭐, 동생이라구?"

"걘 아무런 영문도 모르는걸요."

"그럼 뭣 땜에 그런 연극을?"

"선생님에게 아무런 정신적 부담도 끼치지 않으려고 한 거죠. 제가 결혼한다면 선생님도 안심하실 거 아녜요? 저 혼자 생각하는 건 제 자유니깐요."

"그렇지만 그렇게 연극까지 꾸밀 필요는 없잖아?"

"그것이 선생님에게 충격이 될 줄은 몰랐어요."

나는 그러나 이미 지희의 말을 듣고 있지 않았다. 이번에야말로 좀더 담담히 그녀와 헤어질 수 있다는 새로운 자신이 그 순간 왈칵 솟아올랐기 때문이었다.

"인제 알았어. 어저께 나를 울린 건 풀이야. 나는 송추 골짜기에서 풀과 나뭇잎들을 보자 정신이 좀 이상해졌던가 봐. 바위 위에고 풀 위에고 자꾸 주저앉고 쓰러지고 했거든. 나중에 나를 끼고 가는 사람한테 내가 죽거든 그 근처 산기슭에 묻어달라고 신

신당부를 했을 정도야. 그때부터 나는 속으로 형편없이 울고 있었던가 봐. 그리고 나서 지희를 만났거든."

지희는 내 말뜻을 잘 이해할 수 없다는 듯이 나의 얼굴을 멍하니 바라보고만 있었다.

"그러니까 지희가 연극을 놀아서 나를 울린 거만은 아니겠지. 그보다 먼저 송추 골짜기에서 가을풀에 몹시 얻어맞았던 거야. 이제 내 인생도 단풍이 들 나이거든. 늙은이답지 않게 무슨 느닷없는 감상(感傷)이냐고 지희는 속으로 웃을지 모르지만, 난 젊을 때부터 낙엽이 쌓인 산골짜기나 곱게 물든 가을풀을 보면 곧잘 현기증을 일으키며 쓰러지곤 했어. 이건 아무도 모르는 내 체질 상의 약점이야. 그건 지희에게 준 그 시만 봐도 알 거야. 지희와 가을풀이 그 시를 낳게 했으니까. 지희가 나를 울린 거라면 내 자신을 가루 내어 하늘의 별로 뿌릴 수 있을까. 풀이 나를 그렇게 한 거야. 앞으론 지희를 괴롭히지 않을게."

나는 아무래도 설명이 되지 않을 듯한 심정을, 생각나는 대로 우선 이렇게 말해보았다.

"……"

지희는 내 말뜻을 알아들을 듯 말 듯한지, 입을 다문 채 그 빛나는 눈으로 나를 가만히 건너다보고만 있었다.

"풀 한 포기에도 못 견뎌 쓰러지고 한 내가 밤낮 지희더러 괴롭힌다고 투정을 부려온 건, 내 나이에, 생각할 문제야. 지희에게 힘이 되어주었어야 할 내가 도리어 무슨 꼴이람."

"선생님 제가 저녁 대접해도 돼요?"

지희는 내 말에 자기의 의견을 붙이는 대신 이렇게 나왔다. 모든 것을 다 알아차린 모양이었다.

나는 지희의 두 눈을 이제 정말 마지막이란 생각으로 한참 바라보다가,

"그래."

정중히 고개를 수그리고 자리에서 일어났다.

# 까치 소리

단골 서점에서 신간을 뒤적이다 『나의 생명을 돌려다오』 하는
얄팍한 책자에 눈길이 멎었다. '살인자의 수기'라는 부제가 붙어
있었다.

생명을 돌려준다, 이것이 무슨 뜻일까, 나는 무심코 그 책자를
집어들어 첫 장을 펼쳐 보았다. 「책머리에」라는 서문에 해당하는
글을 몇 줄 읽다가 "나도 어릴 때는 위대한 작가를 꿈꾸었지만 전
쟁은 나에게 살인자라는 낙인을 찍어주었다"라는 말에 왠지 가슴
이 뭉클해짐을 느꼈다. 비슷한 말은 전에도 물론 얼마든지 여러
번 들어왔던 터다. 그런데도 이날 나는 왜 그 말에 유독 그렇게
가슴이 뭉클해졌는지 그것은 나도 잘 모를 일이다. "위대한 작가
를 꿈꾸었다"는 말에 느닷없는 공감을 발견했기 때문일까.

나는 그 책을 사왔다. 그리하여 그날 밤, 그야말로 단숨에 독파
를 한 셈이다. 그만큼 나에게는 감동적이며, 생각게 하는 바가 많

왔다. 특히 그 문장에 있어, 자기 말마따나 '위대한 작가를 꿈꾸던 사람의 솜씨라서 그런지 문학적으로 빛나는 데가 많은 것도 사실이었다.

나는 다음에 그 수기의 내용을 소개하려 하거니와 될 수 있는 대로 그의 문학적 표현을 살리기 위하여 본문을 그대로 많이 옮기는 쪽으로 주력했음을 일러둔다. 특히 내가 재미있다고 생각한 소위 그의 문학적 표현으로서, 그의 본고장인 동시, 사건의 무대가 된 마을의 선성을 이야기한 첫머리를 그대로 옮겨보면 다음과 같다.

─마을 한복판에 우물이 있고, 우물 앞뒤에 늙은 회나무 두 그루가 거인 같은 두 팔을 치켜든 채 마주 보고 서 있었다. 몇 아름씩이나 될지 모르는 굵고 울퉁불퉁한 둥치는 동굴처럼 속이 뚫린 채 항용 천 년으로 헤아려지는 까마득한 세월을 새까만 침묵으로 하나 가득 메우고 있었다.

밑동에 견주어 가지와 잎새는 쓸쓸했다. 둘로 벌어진 큰 가지의 하나는 중동이가 부러진 채, 그 부러진 언저리엔 새로 돋은 곁가지가 떨기를 이루었으나 그것도 죽죽 위로 벋어오른 것이 아니라 아래로 한두 대가 잎을 달고 드리워진 것이 고작이었다.

둘 중에서 부러지지 않은 높은 가지는 거인의 어깨 위에 나부끼는 깃발과도 같이 무수한 잔가지와 잎새들을 하늘 높이 펼쳤는데, 까치들은 여기만 둥지를 치고 있었다.

앞 나무에 둘, 뒤 나무에 하나, 까치 둥지는 셋이 쳐져 있었으나 까치들이 모두 몇 마리나 그 속에서 살고 있는지는 아무도 똑똑히 몰랐다. 언제부터 둥지를 치기 시작했는지도 역시 안다는 사람은 없었다. 나무와 함께 대체로 어느 까마득한 옛날부터 내려오는 것이거니 믿고 있을 뿐이었다.

……아침 까치가 울면 손님이 오고, 저녁 까치가 울면 초상이 나고…… 한다는 것도, 언제부터 전해오는 말인지 누구 하나 알 턱이 없었다. 그래서 그런지, 아침 까치가 유난히 까작거린 날엔 손님이 잦고, 저녁 까치가 꺼적거리면 초상이 잘 나는 것 같다고, 그들은 은근히 믿고 있는 편이기도 했다.

그런대로 까치는 아침 저녁 울고 또 다른 때도 울었다.

까치가 울 때마다 기침을 터뜨리는 어머니는 아주 흑흑하며 몇 번이나 까무러치다시피 하다 겨우 숨을 돌이키면 으레 봉수(奉守)야 하고, 나의 이름을 부르곤 했다. 그것도 그냥 이름을 부르는 것이 아니라 반드시 '죽여다오'를 붙였다.

……쿨룩 쿨룩 쿨룩 쿨룩, 쿨룩 쿨룩 쿨룩 쿨룩, 쿨룩 쿨룩, 쿨룩, 쿨룩, 쿨룩…… 이렇게 쿨룩은 연달아 네 번, 네 번, 두 번, 한 번, 한 번, 여섯 번, 그리고 또다시 세 번이고 네 번이고 두 번이고 여섯 번이고 종잡을 수 없이 얼마든지 짓이기듯 겹쳐지고 되풀이되곤 했다. 그사이에 물론, 오오, 아이구, 끙, 하는 따위 신음 소리와 외침 소리를 간혹 섞기도 하지만 얼마든지 '쿨룩'이 계속되다가는 아주 까무러치는 고비를 몇 차례나 겪고서야 겨우, 아이구 봉수야, 한다거나, 날 죽여다오를 터뜨릴 수 있는 것이다.

어머니의 기침병(천만)은 내가 군대에 가기 일 년 남짓 전부터 시작되었으니까 이때는 이미 삼 년도 넘은 고질이었던 것이다.

　내 누이동생 옥란(玉蘭)의 말을 들으면, 내가 군대에 들어간 바로 그 이튿날부터 어머니는 나를 기다리기 시작했다는 것이다. 마침 아침 까치가 까작까작 울자, 어머니는 갑자기 옥란을 보고,

　"옥란아, 네 오빠가 올라는가 부다."

하더라는 것이다.

　"엄마도, 엊그제 군대 간 오빠가 어떻게 벌써 와요?"

하니까,

　"그렇지만 까치가 울잖았냐?"

하더라는 것이다.

　이렇게 처음엔 아침 까치가 울 때마다 얘가 혹시 돌아오지 않나 하고 야릇한 신경을 쓰던 어머니는 그렇게 한 반년쯤 지난 뒤부터, 그것(야릇한 신경을 쓰는 일)이 기침으로 번져지기 시작했다는 것이다.

　'반년쯤 지난 뒤부터'라고 했지만, 그 시기는 물론 확실치 않다. 옥란의 말을 들으면 그전에도 몇 번이나 그런 일이 있었다고 한다. 몇 달이 지나도록 편지도 한 장 없는 채, 아침 까치는 곧장 울고 하니까, 그럴 때마다 어머니의 눈길엔 야릇한 광채가 어리곤 하더니, 그것이 차츰 기침으로 번져지기 시작하더라는 것이다. 첨에는 가끔 그러더니 날이 갈수록 점점 더 심해져서, 한 일 년 남짓 되니까, 거의 예외 없이 회나무에서 까치가 까작까작하기만 하면 방 안에서는 쿨룩쿨룩이 터뜨려지게 마련이었다는 것이다 (처음은 아침 까치 소리에 시작되었으나 나중은 때의 아랑곳이 없어

졌다).

그러나 이런 것은 누구나 이해할 수도 있는 일이라고 나는 생각한다. 아들을 몹시 기다리는 병(천만)든 어머니가 아침 까치가 울 때마다(손님이 온다는) 기대를 걸어보다간 실망이 거듭되자, 기침을 터뜨리고(그러지 않아도 자칫하면 터뜨리게 마련인), 그것이 차츰 습관성으로 발전하게 되었다는 것은 얼마든지 있을 수도 있는 얘길 테니까 말이다.

그렇게 해서 터뜨린 질기고 모진 기침 끝에 아들의 이름을 부르고 또 '날 죽여다오'를 덧붙였대서 그 또한 이해하기 힘든 일도 아니었다. 어머니는 전에도, 그렇게 까무러칠 듯이 짓이겨지는 모진 기침 끝엔 '오오, 하느님!' '사람 살려주!' 따위를 부르짖은 일이 있었던 것이다. '오오, 하느님!' '사람 살려주!'가 '아이구 봉수야!' '날 죽여다오'로 바꿔졌을 뿐인 것이다. 살려달란 말과 죽여달란 말은 반대라고 하겠지만 어머니의 경우엔 그렇지도 않았다. 오히려 비슷한 말이라고 보는 편이 가까울 것이다. '죽여다오'는 '살려다오'보다 좀더 고통이 절망적으로 발전되었음을 나타내는 것이 아닐까. 나는 그렇게 생각했다.

따라서 나는 군대에서 돌아와 처음 얼마 동안은 어머니의 입에서 이 말을 들을 때마다 견딜 수 없는 설움과 울분을 누를 길 없어 나도 모르게 사지를 부르르 떨곤 했다.

'아아, 오죽이나 숨이 답답하고 괴로우면 저러랴, 얼마나 지겹게 아들이 보고 싶고 외로웠으면 저러랴.'

나는 그럴 때마다 어머니가 측은하고 불쌍해서 그냥 목을 놓고 울고만 싶었던 것이다.

그러면서도 나에게는 어머니를 치료해드리거나 위로해드릴
수 있는 어떠한 힘도 재간도 없었다. 그럴수록 어머니가 겪는
무서운 고통은 오로지 나의 책임이거니 하는 생각만 절실했을
뿐이다.

그리고 이러한 나의 심경도 누구에게나 대체로 이해될 수 있으
리라고 믿는다.

그런데 다른 사람은 고사하고 내 자신마저 잘 이해할 수 없는
일이 이에 곁들여 생긴 것이다. 그것을 한마디로 말하면 나의 심
경의 변화라고나 할까. 나는 어느덧 그러한 어머니를 죽여주고
싶은 충동 같은 것을 느끼기 시작한 것이다. 어머니가 '아이구 봉
수야 날 죽여다오' 하고 부르짖는 것은, '오오 하느님 사람 살려
주' 하던 것의 역표현(逆表現)이라기보다도 진한 표현 같은 것에
지나지 않는다는 것은 위에서 말한 대로다. 나는 그것을 충분히
이해하고 있었던 것이다. 그럼에도 불구하고 나는 왜 그러한 어
머니에게 죽여주고 싶은 충동을 느끼게 되었을까.

그것도 어쩌다 한 번 그런 일이 있었다는 얘기가 아니다. 처음
한 번 그런 일이 있고 나서는 그뒤부터 줄곧 그렇게 돼버린 것이
다. 까치가 까작 까작 까작 하면, 어머니는 쿨룩 쿨룩 쿨룩을 터
뜨리는 것이요, 그와 동시 나의 눈에는 야릇한 광채가 어리기 시
작하는 것이다(옥란의 말을 빌리면, 옛날 어머니가 까치 소리와 함
께 기침을 터뜨리려고 할 때, 그녀의 두 눈에 비치던 것과도 같은 그
야릇한 광채라는 것이다). 어머니가 목에 걸린 가래를 떼지 못하여

쿨룩 쿨룩 쿨룩을 수없이 거듭하다 아주 까무러치다시피 될 때마다 나는 그녀의 꺼풀뿐인 듯한 목을 눌러주고 싶은 충동에 몸이 부르르 떨리는 것이다.

그것은 처음 며칠 동안이 가장 강렬했던 것같이 기억된다. 더 정확하게 말할 수 있다면 내가 그것을 경험하기 시작한 지 사흘째 되던 날에서 이삼 일간이었다고 믿어진다. 나는 그 무서운 충동을 누르지 못하여, 사흘째 되던 날은 마침 곁에 있던 물사발을 들어 방바닥에 메어쳤고, 나흘째 되던 날은 껵껵거리며 꼬꾸라지는 어머니를 향해 막 덤벼들려는 순간, 밖에 있던 옥란이 낌새를 채고 뛰어와 내 머리 위에 엎어짐으로써 중지되었고, 닷새째 되던 날은, 마침 설거지를 하는 체하고 방문 앞에 대기하고 있던 옥란이 까치 소리를 듣자, 이내 방으로 뛰어 들어왔기 때문에 나는 숫제 단념을 했던 것이다. 그런데도 역시 어머니의 까무러치는 꼴을 보는 순간, 나는 갑자기 이성을 잃은 듯, 나와 어머니 사이를 가로막다시피 하고 있는 옥란을 힘껏 떼밀어서 어머니 위에다 넘어뜨리고는 발길로 방문을 냅다 지르며 밖으로 뛰쳐나갔던 것이다.

그 며칠 동안이 가장 고비였던 모양으로, 그뒤부터는 어머니의 기침이 터뜨려지는 것을 보기만 하면, 나는 그녀의 '봉수야 날 죽여다오'를 기다리지 않고 미리(그때는 대개 옥란이 이미 나와 어머니 사이를 가로막듯 하고 나타나 있게 마련이기도 했지만) 방문을 박차고 밖으로 나와버릴 수 있었다.

이렇게 내가 미리 자리를 피할 수만 있다면 다행이나 그렇지 못할 경우도 얼마든지 생각할 수 있었다. 여기서 먼저 우리 집 구조를 한마디 소개하자면, 부끄러운 얘기지만, 세 평 남짓 되는(그러니까 꽤 넓은 편이긴 한) 방 하나에 부엌과 헛간이 양쪽으로 각각 붙어 있을 뿐이었다. 따라서 우리 세 식구는 자고 먹고 하는 일에 방 하나를 같이 써야 하게 되어 있었다. 그러므로 전날 술을 좀 과히 마셨다거나 몸이 개운치 못하다거나 할 때에도 내가 과연 그렇게 까치 소리를 신호로 얼른 자리를 뜰 수 있게 될진 아무도 상담할 수 없는 일이었다.

여기다 또 한 가지 해괴한 일은 어머니의 기침이 멎어짐과 동시 나의 흥분이 갈앉았으며, 나는 어느덧 조금 전에 내가 겪은 그 무서운 충동에 대하여 내 자신이 반신반의를 일으킨다는 사실이다. 나는 왜 그러한 충동에 사로잡히게 되었던가, 그것은 정말이었을까, 어쩌면 나의 환각(幻覺)이나 정신착란 같은 것이 아닐까, 적어도 나에겐 이러한 의문이 치미는 것이다.

그런대로 까치 소리와 어머니의 기침은 하루도 쉬는 날이 없었고, 그럴 때마다 나는 대개 방문을 차고 나오는 데 성공한 셈이다.

그러나 방문을 박차고 나온다고 해서 나의 흥분이 감쪽같이 사라져버리느냐 하면 그렇지는 물론 않았다. 방문 밖에서 어머니의 까무러치는 소리를 듣는 것이 방 안에서 직접 보는 것보다도 더 견딜 수 없이 사지가 부르르 떨릴 때도 있었다. 다만 방 안에서처럼 눈앞에 어머니가 있는 것은 아니니까 당장 목을 누르려고 달려들 걱정만이 덜어질 뿐이었다.

그 대신 검둥이(우리 집 개 이름)를 까닭없이 걷어찬다거나 울타리에 붙여 세워둔 바지랑대를 분질러놓는 일이 가끔 생겼다.

어저께는 동네 안 주막에서 술을 마시다가 까치 소리가 울려오자 술잔을 떨어뜨려 깨었다. 그때 마침 술도 얼근히 돌아 있었고, 상대자에 대한 불쾌감도 곁들어 있긴 했지만 의식적으로 술잔을 깨뜨릴 생각은 전혀 없었고, 또 그렇게 해서 좋을 계제도 결코 아니었던 것이다. 그런데 마침 까작까작하는 저녁 까치 소리가 들려오자 갑자기 피가 머리로 확 올라오며 사지가 부르르 떨리더니 손에 잡고 있던 잔을(술이 담긴 채) 철꺽 떨어뜨려버린 것이다. 아니 떨어뜨렸다기보다 메어쳤다고 하는 편이 옳을지 모른다. 그렇지 않고서야 마루 위에 떨어진 하얀 사기잔이 아무리 막걸리를 하나 가득 담고 있었다고 할망정 그렇게 가운데가 짝 갈라질 수 있겠느냐 말이다.

지금까지 나는 내 자신의 일에 대하여 '내 자신도 잘 모르겠다'고 몇 번이나 되풀이했지만 이것은 결코 발뺌이나 책임 회피를 위한 전제가 아니다. 그래서 나는 우선 내 자신이 어떻게 해서 어머니의 기침에 말려들게 되었는지 그 전후 경위를 있는 그대로 적어보려고 한다.

여기서 미리 고백하거니와 나는 한번도 어머니를 미워한 적은 없었다. 그렇다고 집에 돌아온 뒤 날이 갈수록 어머니가 더 측은해지고 견딜 수 없이 불쌍해졌다는 것도 아니다. 다만 '봉수야 날 죽여다오'가 처음 생각했던 것처럼 그냥 고통을 못 이겨 울부짖는 넋두리만은 아니라고 차츰 깨닫게 되었던 것은 사실이다.

그것은,

　"내가 죽고 없어야 옥란이도 시집을 가고 네도 색시를 데려오지."

하는 어머니의 (가끔 토해놓는) 넋두리가 어쩌면 아주 언턱거리 없는 하소연만이 아니라고 생각되기 시작했을 때부터다. 옥란의 말을 들으면 (내가 군에 가고 없을 때) 위뜸의 장생원 댁에서 옥란을 며느리로 달래는 것을 옥란이 자신이 내세운 '오빠가 군에서 돌아올 때까지는'이라는 이유로 거절 아닌 거절을 한 셈이지만, 누구 하나 돌볼 이도 없는 병든 어머니를 혼자 두고 어떻게 시집 갈 생각인들 낼 수 있었겠냐는 것이 그녀의 실토였다. 뿐만 아니라, 정순이가 나(봉수)를 기다리지 않고 상호(相浩)와 결혼을 해버린 것도 아무리 기다려봐야 너한테 돌아올 거라고는 누워 있는 천만쟁이(어머니) 하나뿐이라는 그의 꾀임수에 넘어갔기 때문이라는 것이다. 상호는 내가 이미 전사를 했다면서, 그 증거로 전사 통지서라는 것까지 (가짜로 꾸며서) 정순에게 내보이며 결혼을 강요했다는 것이다.

　이것이 사실이라면 정순은 상호의 '꾀임수'에 넘어간 것이 아니라, 바로 속임수에 넘어간 것이 된다. 다시 말하자면 '주야로 기침만 콜록거리고 누워 있는 천만쟁이'보다도 나의 전사 통지서 때문이라는 편이 옳을 테니까 말이다. 그러니까 정순을 놓친 원인이 반드시 어머니에게 있는 것은 아니라는 말이 된다.

　따라서 나도 어머니의 넋두리를 곧이곧대로 듣는 것은 아니다. 그러나 나의 그 '알 수 없는' 야릇한 흥분에 정순이(그리고 상호

가) 전혀 관련되지 않는다고 할 수도 없다.

하여간 나는 여기서 그 경위를 처음부터 얘기할 차례가 된 것 같다.

내가 군에서 (명예 제대를 하고) 돌아왔을 때——그렇다, 나는 내가 첨으로 집에 돌아왔을 때부터 얘기하는 것이 순서일 것 같다. 그러니까 내가 우리 동네에 들어서면서부터의 이야기가 된다. 그렇다, 내가 우리 동네 어귀에 들어섰을 때 제일 먼저 내 눈에 비친 것은 저 두 그루의 늙은 회나무였다. 저 늙은 회나무를 바라보자 비로소 나는 내가 고향에 돌아왔다는 실감이 들었던 것이다. 저 볼 모양도 없는 시꺼먼 늙은 두 그루의 회나무, 그것이 왜 그렇게도 그리웠을까. 그것이 어머니와 옥란과 정순이 들에 대한 기억을 곁들이고 있었기 때문이었을까. 아니 그것이 고향이 가진 모든 것을 상징하고 있었기 때문일까. 오오, 늙은 회나무여, 내 마음이여, 우리 어머니와 옥란과 그리고 정순이도 잘 있느냐——나는 회나무를 바라보며 느닷없는 감회에 잠긴 채 시인 같은 영탄을 맘속으로 외치며 동네 가운데로 들어섰던 것이다.

나는 지금 '어머니와 옥란과 그리고 정순이'라고 했지만 사실은 정순이와 어머니와 옥란이라고 차례를 바꾸고 싶은 것이 나의 솔직한 심정이었는지도 모른다. 왜 그러냐 하면, 내가 그렇게 살아서 고향으로 돌아올 수 있는 것은 오로지 정순이에 대한 그리움 하나 때문이라고 해도 좋았기 때문이었다. 이렇게 말하면 나는 돌아가신 아버지와 병들어 누워 있는 어머니에 대한 불효자요, 가련한 누이동생에 대한 배신자같이도 들릴지 모르지만, 나로 하여금 그 마련된 죽음에서 탈출케 한 것은 정순이라는 사실을 나는 의심할 수 없는 것이다.

그러나, 그 '마련된 죽음'과 거기서의 '탈출' 이야기는 다음으로 미루자.

하여간 나는, 나를 구세주와도 같이 기다리고 있는 어머니와 누이동생들 앞에 나타났다.

내가 동네 복판의 회나무 밑의 우물가로 돌아왔을 때, 우물 앞에서 보리쌀을 씻고 있던 옥란이가 먼저 나를 발견하고, 처음 한참 동안은 정신 나간 사람처럼 멀거니 나를 바라보고 있더니, 다음 순간 그녀는 부끄럼도 잊은 듯한 큰 소리로 '오빠'를 부르며 달려와 내 품에 얼굴을 묻으며 흐느껴 울었던 것이다. 일 년 반 동안에 완전히 처녀가 된, 그리고 놀라리만큼 아름다워진 그녀를 나는 거의 무감각한 사람처럼 물끄러미 내려다보고 서 있었다. 어쩌면 이다지도 깨끗한 처녀가 거지꼴이 완연한 초라한 군복 차림의 나를 조그마한 거리낌도 꾸밈도 없이 마구 쏟아지는 눈물로써 이렇게 반겨준단 말인가. 동기! 아, 그렇다. 그녀는 나의 누이동생이었던 것이다. 나는 그때같이 옥란의 행복을 빌어주고 싶은 강렬한 충동을 느껴본 적은 일찍이 없었다.

나는 옥란을 따라 집 안에 들어섰다. 휑뎅그렁하게 비어 있는 뜰! 처음부터 무슨 곡식 가마라도 포개져 있으리라고 예상했던 것은 아니지만, 나는 이때같이 우리 집의 가난에 오한을 느껴본 적도 없었다.

"엄마, 오빠야!"

옥란은 자랑스럽게 방문을 열었다.

어머니는 놀란 듯이 자리에서 상체를 일으켰다. 주름살과 꺼풀뿐인 얼굴은 두 눈만 살아 있는 듯, 야릇한 광채를 내며 나를 쏘아보았다. 그러나 기침이 터뜨려질 것을 저어하는 듯, 입은 반쯤 열린 채 말도 없이, 한쪽 손을 가슴에 갖다 대고 있었다.

"어머니!"

나는 군대 백(카킷빛의)을 방구석에 밀쳐둔 채, 무릎을 꿇고 절을 했다.

그동안 어떻게 지냈느냐든지, 기침병이 좀 어떠냐든지, 하는 따위 인사말도 나는 물어보고 싶지 않았던 것이다. 눈에 빤히 보이지 않느냐 말이다. 병과 가난과 고독과 절망에 지질린 몰골이.

"구, 군대선 어쨌냐? 배는 많이 고, 곯잖았냐?"

어머니는 가래가 걸려서 거르렁거리는 목소리로 띄엄띄엄 이렇게 물었다.

그러나 나는 그녀의 묻는 말엔 아무런 대꾸도 없이 성이 난 듯한 뚱한 얼굴로 맞은편 바람벽만 멀거니 건너다보고 있었다.

'나는 어머니에게 무엇을 가지고 돌아왔단 말이냐. 어머니가 낳아서 길러준 온전한 육신을 그대로 가지고 왔단 말이냐. 그녀의 병을 치료할 만한 돈이라도 품에 넣고 왔단 말이냐. 하다못해 옥란이를 잠깐 기쁘게 해줄 만한 무색 고무신이나마 한 켤레 넣고 왔단 말인가. 그녀들은 모르는 것이다. 내가 그녀들을 위해서 돌아오지 않았다는 것을. 내가 정순이를 위해서, 아니, 정순이와 나의 사랑을 위해서, 군대를 속이고 국가를 배신하고 나의 목숨

을 소매치기해서 돌아왔다는 것을 그녀들이 알 리 없는 것이다.'

"엄마, 또 기침 날라, 자리에 누우세요."

옥란은 어머니의 상반신을 안다시피 하여 자리에 눕혔다.

"오빠도 오느라고 고단할 텐데 잠깐 누워요. 내 곧 밥지어 올
게."

옥란은 나를 돌아다보며 이렇게 말할 때도, 방구석에 밀쳐둔 군
대 백엔 우정 외면을 하는 듯했다. 그것은 역시 너무 지나친 기대
를 그 백 속에 걸고 있기 때문일 것이라고 나에게는 헤아려졌다.

나는 백을 끄르기로 했다. 옥란이로 하여금 너무 긴 시간, 거기
다 기대를 걸어두게 하기가 미안했기 때문이었다.

"이건 내가 쓰던 담요와 군복."

나는 백을 열고, 담요와 헌 군복을 끄집어내었다. 그러고는 내
복도 한 벌. 그러자 백은 이내 배가 홀쭉해져버렸다. 남은 것은
레이션 상자에서 얻어진(남겨두었던) 초콜릿 두 갑, 껌 두 매듭,
건빵과 통조림이 두세 개씩, 그리고는 병원에서 나올 때, 동료에
게서 선사받은 카킷빛 장갑(미군용)이 한 켤레였다. 나는 이런 것
을 방바닥 위에다 쏟았다.

그러나 백 속에는 아직도 한 가지 남아 있었다. 그것은 포장지
에 싸여 있었다. 나는 그것만은 옥란에게도 끌러 보이지 않았다.
그 속에 든 것은 여자용 빨강빛 스웨터요, 내가 군색한 여비 중에
서 떼내어 손수 산 것은 이것 하나뿐이란 말도 물론 하지 않았다.
뿐만 아니라 나는 방바닥에 쏟아놓았던 물건 중에서도 초콜릿 한
갑과 껌 한 매듭을 도로 백 속에 집어넣으며,

"이것뿐야, 통조림은 따서 어머니께 드리고 너도 먹어봐. 그리고 이것 모두 너한테 소용되는 거면 다 가져."

했다.

"……"

옥란은 말없이 처음부터 내 얼굴만 바라보고 있었다. 그것은 나를 원망하는 눈이기보다 무엇에 겁을 집어먹은 듯한 표정이었다.

"아무것도 없지만…… 넌 나를 이해해주겠지?"

"아냐, 오빠, 난 괜찮지만……"

옥란은 무슨 말을 하려다 말고 끝도 맺지 않은 채 방문을 열고 나가버렸다.

'역시 토라진 거로구나. 정순이한테만 무언지 굉장히 좋은 걸 준다고 불평이겠지. 그래서 '난 괜찮지만' 하고 어머니를 내세우겠지. '난 괜찮지만' 어머니까지 무시하고 정순이만 생각하기냐 하는 속이겠지.'

나는 방바닥에 쏟아놓은 물건들을 어머니 앞으로 밀쳐두고, 접힌 담요(백에서 끄집어낸)를 베개하여 허리를 펴고 누웠다. 그녀가 섭섭해하는 것도 무리가 아니지만, 나로서도 하는 수 없는 일이었다고 체념할 수밖에 없었다.

점심 겸 저녁으로, 해가 설핏할 때 '식사'를 마치자 나는 종이로 싼 것(스웨터)과 초콜릿을 양복 주머니에 넣고 밖으로 나왔다.

"오빠, 잠깐."

부엌에서 설거지를 하고 있던 옥란이 나를 불러 세웠다.

"정순 언닌……"

옥란은 이렇게 말을 시작해놓고는 얼른 뒤를 잇지 못했다.

순간 나는 어떤 불길한 예감이 확 들었다. 그것은 내가 집에 돌아온 지 꽤 여러 시간 되는 동안 그녀의 입에서 한번도 정순이 얘기가 나오지 않고 있었기 때문인지도 몰랐다.

"……"

"결혼했어."

"뭐? 뭐라고?"

당장 상대자를 집어삼킬 듯한 나의 험악한 표정에, 옥란은 질린 듯 한참 동안 말문이 막힌 채 망설이고 있더니 어차피 맞을 매라고 결심을 했는지,

"숙이 오빠하구……"

드디어 끝을 맺는다.

"뭐? 숙이라구? 상호 말이냐?"

"……"

옥란은 두 눈을 크게 뜬 채 나의 얼굴을 똑바로 지켜보며 고개를 한 번 끄덕인다.

"그렇지만 정순이 어떻게……"

나는 무슨 말인지 내 자신도 모르게 이렇게 중얼거리다 입을 닫쳐버렸다.

옥란이 안타까운 듯이 다시 입을 열었다.

"숙이 오빠가 속였대. 오빠가 죽었다고……"

"뭐, 내가 주, 죽었다고?"

나는 떨리는 목소리로 이렇게 다짐해 물으면서도, 일방, 아아,
그렇지, 그건 어쩌면 정말일 수도 있었다. 이렇게 속으로 자기 자
신을 조롱하고 싶은 충동을 느끼기도 했다.

"오빠가 전사를 했다고, 무슨 통지서에라나 그런 것까지 갖다
뵈더라나."

옥란도 이미 분을 참지 못하는 목소리였다.

순간, 나는 눈앞이 핑그르르 돌아감을 느꼈다. 그때 만약 상호
가 내 앞에 있었다면 나는 틀림없이, 당장에 달려들어 그의 목을
졸라 죽였을 것이다. 다음 순간, 나는 어디로 누구를 찾아간다는
의식도 없이 샛짝 쪽으로 부리나케 뛰어나갔다. 그러나 샛짝 앞
좁은 골목에서 큰 골목(회나무가 있는)으로 접어들자 나는 갑자기
발길을 우뚝 멈추고 섰다. 그와 거의 동시, 누가 내 팔을 잡았다.
옥란이었다. 그녀는 나의 뒤를 따라오고 있었던 모양이었다.

"오빠 들어가."

그녀는 내 팔을 가볍게 끌었다.

나는 흡사 넋 나간 몸뚱어리뿐인 듯한 내 자신을 그녀에게 맡기
다시피 하며 그녀가 끄는 대로 집을 향해 돌아섰다. 돌아서지 않
으면 어쩐단 말인가. 내가 그녀를 뿌리칠 수 있다면 그것은 무슨
이유와 목적에서일까. 그렇다, 나에게는 그녀의 손길을 뿌리칠
수 있는 아무런 이유도 목적도 없었다. 내가 없어진 거와 마찬가
지였다. '내'가 있었다면 나는 무엇을 생각하고 무엇을 행동했을
까. 그랬을 것이다. 그렇다, '내'가 없었기 때문에 나를 일단 가련
한 옥란에게 맡길 수밖에 없었던 것이다.

나는 옥란이 시키는 대로 방에 들어와 누웠다. 아랫목 쪽에는 어머니가, 윗목 쪽에는 내가. 이렇게 우리는 각각 벽을 향해 돌아누워 있었다. 나는 흡사 잠이나 청하는 사람처럼 눈까지 감고 있었지만 물론 잠 같은 것이 올 리 만무했다.

해가 지고, 어스름이 짙어지고, 바람이 좀 불기 시작했다. 설거지를 마친 옥란이 물을 두어 번 길어왔고…… 나는 눈을 감고 벽을 향해 누운 채 이런 것을 전부 알고 있었다.

저녁 까치가 까작까작 울어왔다. 어머니가 자리에서 몸을 일으키며 기침을 터뜨리기 시작했다. (나는 물론 그때만 해도 까치 소리는 까치 소리대로 회나무 위에서 나고, 어머니의 기침은 기침대로 방 안에서 터뜨려졌을 뿐이요, 때를 같이(전후)한대서 양자 사이에 무슨 관련이 있다고는 전혀 상상도 할 수 없었던 것이다.)

나는 어머니의 그 길고도 모진 기침이 끝날 때까지 그냥 벽을 향해 누운 채, '오오, 하느님!' '봉수야, 날 죽여다오' 하는 소리까지 다 들은 뒤에야 자리에서 몸을 일으켰다. 그러나 어머니의 등을 쓸어준다거나 위로의 말 한마디를 건네보지도 못한 채 그냥 방문을 밀고 밖으로 나왔다.

밖은 완전히 어두워져 있었다. 집 앞의 가죽나무 위엔 별까지 파랗게 돋아나 있었다.

내가 막 삽짝 밖을 나왔을 때였다. 담장 앞에서 다른 동무와 무엇을 소곤거리고 있던 옥란이 또 나를 불러 세웠다.

"오빠 어딜 가?"

"……"

나는 그냥 고개만 위로 꺼떡 젖혀 보였다.

그러자 옥란은 내 속을 알아챘는지 어쩐지,

"얘가 영숙이야."

하고 자기 앞에 서 있는 처녀를 턱으로 가리켰다.

'영숙이가 누구더라?'

하는 생각이 내 머릿속을 잠깐 스쳐갔을 뿐, 나는 거의 아무런 관심도 없이 그냥 발길을 돌리려 했다. 그러나 이와 거의 같은 순간에, 영숙이 나를 향해 몸을 돌리며 머리를 푹 수그려 공손하게 절을 하지 않는가. 날씬한 허리에 갸름한 얼굴에, 옥란이보다 두어 살 아래일 듯한 소녀였다.

'쟤가 누구더라?'

나는 또 한번 이런 생각을 하며, 역시 입은 열지도 않은 채 그냥 발길을 돌리려 하는데,

"오빠 아직 면에서 안 돌아왔어요."

하는 소녀의 목소리였다.

순간, 나는 이 소녀가 바로 상호의 누이동생이란 것을 깨달았다. 내가 군에 갈 때만 해도 나를 몹시 따르던 달걀같이 매끈하고 갸름하게 생긴 영숙이. 지금은 고등학교 이삼학년쯤 다니겠지, 나는 이런 생각을 하며 소녀를 한참 바라보고 섰다가 역시 그냥 발길을 돌리고 말았다.

"오빠, 영숙이한테 얘기해줄 거 없어?"

'그렇다, 달걀같이 뽀얗고 갸름하게 생긴 소녀, 그녀는 정순이나 옥란이를 그때부터 언니 언니 하고 지냈지만, 그보다도 나를

덮어놓고 따르던, 상호네 식구답지 않던 애, 그리고 지금도, 내가 군에서 돌아왔단 말을 듣고 기쁨을 못 이겨 찾아왔겠지만, 그러나, 나는 무슨 말을 그녀에게 할 수 있단 말인가?'

나는 그냥 돌아서버리려다

"오빠 들옴 나 좀 만나잔다고 전해주겠어?"

겨우 이렇게 인사 땜을 했다.

"그러잖아도 올 거예요."

영숙의 목소리는 조용하고 맑았다.

나는 '부엉뜸'으로 발길을 돌렸다. 옥란의 말을 의심하는 것은 아니지만 정순이 친정 사람들의 얘기를 직접 한번 들어보고자 했던 것이다.

정순이네 친정 사람들이라고 하면 물론 그 어머니와 오빠다(아버지는 일찍이 죽고 없었다). 그리고 오빠래야 정순이와는 나이 차가 많아서 거의 아버지같이 보였다.

나와 정순이는 약혼한 사이와 같이 되어 있었지만(우리 고장에서는 약혼식이란 것이 거의 없이 바로 결혼식을 가지기로 되어 있었다), 나는 그를 형님이라고 부르지 않고 언제나 윤이 아버지라고만 불렀다.

윤이 아버지는 이날도 나를 반갑게 맞아주었으나 면구해서 그런지 정순이 말은 입 밖에 내비치지도 않은 채 전쟁 이야기만 느닷없이 물어대었다.

나는 통 내키지 않는 얘기를 한두 마디씩 마지못해 대꾸하며 그가 따라주는 막걸리를 두 잔째 들이켜고 나서,

"근데 정순이는 어떻게 된 겁니까?"

이렇게 딱 잘라 물었다.

"그러니까 말일세."

그는 밑도 끝도 없는 말을 대답이랍시고 이렇게 한마디 던져놓고는,

"자 술이나 들게."

내 잔에다 다시 막걸리를 따라주었다.

"자네도 알다시피 내야 어디 술을 좋아하는가? 이런 거 한두 잔이면 고작이지. 그런 걸 자네 대접한다고 이게 벌써 몇 잔째야? 자 어서 들게, 자 어서 들게, 자넨 멀쩡한데 나 먼저 취하면 되겠나?"

'정순이 일이 어떻게 된 거냐고 묻는데 웬 술 이야기가 이렇게 길단 말인가?'

나는 또 한번 같은 말을 되풀이해 물으려다 간신히 참고, 그 대신, 그가 따라놓은 술잔을 들어 한숨에 내었다.

"자네야 동네가 다 아는 수재 아닌가? 지금이라도 서울만 가면 일등 대학에 돈 한 푼 내지 않고 공부시켜주는 거 뭐라더라? 장학상이던가? 그거 돼서 집에다 도로 돈 부쳐 보내가며 공부할 거 아닌가? 머리 좋고 인물 좋겠다, 군수 하나쯤야 따논 당상이지. 대통령이 부럽겠나 장관이 부럽겠나. 그까짓 시골 처녀 하나가 문젠가? 자네 같은 사람한테 딸 안 주고 누구 주겠나. 응? 우리 정순이 같은 게 문젠가? 그보다 몇 곱절 으리으리한 서울 처녀들이 자네한테 시집오고 싶어서 목을 매달 건데…… 그렇잖나? 내 말

이 틀렸는가?"

나는 그의 느닷없이 지루하기만 한 말을 더 듣고 있을 수가 없어.

"그런데 정순이는 어떻게 된 겁니까?"

먼저와 같은 질문을 다시 한번 되풀이할 수밖에 없었다.

"정순이는 상호한테 갔지, 갔어. 상호 같은 자야 정순이한테나 어울리지. 그렇잖나? 자네는 다르지. 자네야 그때부터 이 고을에선 어떤 처녀든지 골라잡을 만치, 머리 좋고, 인물 좋고, 행실 착하고…… 유명한 사람이 아닌가?"

"그게 아니잖아요?"

나는 상반신을 부르르 떨며 겨우 이렇게 항의를 했다.

내 목소리가 여느 때와 다른 것을 깨달았는지 그도 이번엔 말을 그치고, 나의 얼굴을 잠깐 바라보고 있더니 다시 말을 이었다.

"사실은 자네가 전사를 했다기에 그렇게 된 걸세. 지나간 일 가지고 자꾸 말하면 무슨 소용 있겠는가. 참게, 자네가 이렇게 살아올 줄 알았다면야…… 다 팔자라고 생각하게."

"그렇지만 정순이가 그렇게 쉽사리 속아 넘어가진 않았을 텐데……"

"여부가 있나. 정순이야 끝까지 버텼지만 상호가 재주껏 했겠지. 나도 권했고…… 헐 수 있나? 하루바삐 잊어버리는 편이 차라리 나을 줄 알았지. 저도 그렇게 알고 간 거고……"

"알겠습니다."

나는 곧 자리에서 일어나버렸다.

윤이 아버지는 깜짝 놀란 듯이 따라 일어나며,

"이 사람아, 그러지 말고 좀 앉게. 천천히 술이라도 들며 얘기라도 더 나누다 가세."

나는 그의 간곡한 만류도 듣지 않고 그대로 돌아오고 말았다.

상호는 출장을 핑계로, 내가 돌아온 지 일주일이 되도록 나타나지 않았다. 직접 그의 집으로 찾아가면 출장을 가서 돌아오지 않았다는 것이나, 주막에 나가 알아보니, 면(사무소)에서는 만난 사람이 있다는 것이었다. 그렇다고 내가 직접 면(사무소)으로 찾아가서 그의 출장 여부를 알아보기도 난처한 점이 많았다.

그러자 그가 출장을 간 것이 아니라, 면에는 출근을 하되 자기집으로 돌아오질 않고 읍내에 있는 그의 고모 집에 묵고 있으면서 어쩌다 밤중에나 몰래 (집엘) 다녀가곤 한다는 소문이 들려왔다. 그 무렵 나는 그를 만나기 위하여 동구에 있는 주막에 늘 나가 있었기 때문에 여러 가지 정보를 들을 수 있었던 것이다.

하루는 내가 주막 앞에 앉아 장기를 두고 있는데 저쪽에서 상호가 자전거를 타고 오는 것이 보였다(그것도 당장 그렇게 알아본 것이 아니고, 술꾼 하나가 저게 상호 아닌가 하고 귀띔을 해줘서 돌아다보니 바로 그였던 것이다).

나는 장기를 놓고 길 가운데 나가 섰다. 그가 혹시 모른 체하고 자전거를 달려 주막 앞을 지나쳐버리지나 않을까 해서였다.

나는 길 가운데 버텨 선 채 잠자코 손을 들었다.

그도 이날은 각오를 했는지 순순히 자전거에서 내리며,

"아, 이거 누구야? 봉수 아닌가?"

자못 반가운 듯이 큰 소리로 내 손까지 덥석 잡았다.

'나야, 봉수야.'

나는 그러나 입 밖에 내어 대답하진 않았다.

"언제 왔어?"

'정말로 출장을 갔다 지금 돌아오는 길인가?'

이것도 물론 입 밖에 내어 물은 것은 아니다.

"하여간 반갑네. 자, 들어가지, 들어가 막걸리나 한잔 같이 드세."

그는 자전거를 세우고 술청으로 올라서자 주인(주모)을 보고 술상을 부탁했다.

나는 그의 대접을 받고 싶진 않았지만 그런 건 아무려나 중요한 문제가 아니라고 생각하고 일단 그가 하는 대로 내버려두고 보기로 했다.

주막에 있던 사람들이 모두 우리에게 시선을 쏟았다. 그것은 그들이 우리의 관계를 알고 있기 때문인 듯했다. 따라서 나는 될 수 있는 대로 내 자신을 달래며, 흥분하지 않으리라 결심했다.

"자, 들게, 이렇게 보니 무어라고 할 말이 없네."

상호는 나에게 술을 권하며 이렇게 말을 건넸다.

'할 말이 없네'——이 말을 나는 어떻게 들어야 할까. 이것은 미안하단 말일까. 그렇지 않으면 뭐라고 말할 수도 없이 반갑단 뜻일까. 물론 반가울 리야 없겠지만, 옛 친구니까 반가운 체할 수도 있을 것이다.

나는 그가 권하는 대로 잠자코 술잔을 들었다. 물론 맘속으로 좀 꺼림칙하긴 했으나 그것과는 전혀 별문제란 생각에서 일단 술을 들 수밖에 없었던 것이다.

얼마나 고생을 했는가, 주로 어느 전선에서 싸웠는가, 중공군의 인해전술이란 실지로 어떤 것인가, 이북군의 사기는 어떤가, 식사 같은 건 들리는 말같이 비참하지 않던가, 미군들의 전의(戰意)는 어느 정도인가, 그들은 결국 우리를 포기하지 않을 것인가…… 그의 질문은 쉴 새 없이 계속되었으나, 나는 그저, 글쎄, 아냐, 잘 모르겠어, 잊어버렸어, 그저 그렇지, 따위로 응수를 했을 뿐이다. 나는 그가 돈을 쓰고 징병을 기피했다고 이미 듣고 있었기 때문에 그와 더불어 전쟁 얘기를 하기는 더구나 싫었던 것이다.

그러는 중에서도 술잔은 부지런히 비워냈다. 나도 그동안 군에서 워낙 험하게 지냈기 때문에 막걸리쯤은 여간 먹어야 낭패 볼 정도로 취할 것 같지 않았지만, 상호도 면에 다니면서 제 말마따나 는 게 술뿐인지, 막걸리엔 꽤 익숙해 보였다.

"그동안 주소만 알았대도 위문 편지라도 보냈을 겐데, 참 미안하게 됐어."

'그렇다, 주소를 몰랐다는 것은 정말일 것이다. 내가 소속된 부대는 한군데 오래 주둔해 있지 않고 늘 이동했으니까 말이다. 그러나 위문 편지가 문제란 말이냐.'

나는 이런 말을 혼자 속으로 삭이며 또 잔을 내었다.

내가 속으로 무엇을 생각하고 있는지를 전혀 알 리 없는 그는 다시 말을 계속했다.

"영숙이가 말야, 자네 기억하지, 우리 영숙이 말야, 정말 그게 벌써 고삼(高校三年)이야, 자네한테 위문 편질 보내겠다고 나더러 주솔 가르쳐달라지 뭐야. 헌데 나도 모르니까, 옥란이한테 가서 물어오라고 했더니 옥란이 언니도 모른다더라고 여간 안타까워하지 않데."

'그렇지, 영숙인 물론 너보다 나은 아이다. 그러나 영숙이가 무슨 관계냐 말이다. 영숙이보다 몇 곱절 관계가 깊은 정순이 문제는 덮어놓고 왜 영숙이는 끄집어내냐 말이다.'

나는 또 술잔을 내면서, 이제 이쯤 됐으니, 내 쪽에서 말을 끌어낼 수밖에 없다고 생각했다.

"정순이 말일세. 어떻게 된 건지 간단히 말해줄 수 없겠는가?"

나는 두 눈을 크게 뜨고 그를 정면으로 바라보며, 그러나, 한껏 부드러운 목소리로 이렇게 입을 떼었다.

상호는 들고 있던 술잔을 상 위에 도로 놓으며 고개를 푹 수그렸다. 그러고는 간단히 한숨을 짓고 나더니,

"여러 말 할 게 있는가. 내가 죽일 놈이지. 용서하게."

뜻밖에도 순순히 나왔다. 이럴 때야말로 술이 참 좋은 음식이란 생각이 들었다. 그와 나는 한동네에서 같이 자랐으며, 국민학교에서 고등학교까지 동창이었기 때문에 우리는 서로 상대자의 성격이나 사람됨을 잘 알고 있는 편이다. 그는 나보다 가정적으로 훨씬 유여했지만 워낙 공부가 싫어서 고등학교까지를 간신히 마치자 면서기가 되었고, 나는 그와 반대로 줄곧 우등에다 장학금

으로 대학까지 갈 수 있게 되어 있었지만 내가 그에게 친구로서의 신의를 잃은 일은 없었고, 또 그가 여간 잘못했을 때라도, 솔직하게 용서를 빌면 언제나 양보를 해주곤 했던 것이다. 이러한 과거의 우정과 나의 성격을 알고 있는 그는 정순이 문제도 이렇게 해서 용서를 빌면 내가 전과 같이 양해를 할 것이라고 딴은 믿고 있는 겐지 몰랐다. 그러나 이것만은 문제가 달랐다.

"자네가 그렇게 나오니 나도 더 여러 말을 하지 않겠네. 그러나 이것은 자네의 처사를 승인한다거나 양해를 한다는 뜻이 아닐세. 그건 그렇다 하고, 나도 내 태도를 결정하기 위해서 자네하고 상의할 일이 있어 그러네."

"……?"

그는 내 말뜻을 잘 이해할 수 없다는 듯이 고개를 들어 내 얼굴을 유심히 바라보았다.

나는 다시 말을 이었다.

"간단히 말할게. 정순이를 한번 만나봐야 되겠어. 이에 대해서 자네의 협력을 구하는 걸세."

나는 말을 마치자 불이 뿜어지는 듯한 두 눈으로 상호를 쏘아보았다.

그는 역시 나의 말뜻을 잘 알아듣지 못하는 사람처럼 멍하니 마주 바라보고 있다가 시선을 아래로 떨어뜨려버렸다.

"……"

"대답해주게."

내가 단호한 어조로 답변을 요구했다.

그는 겁에 질린 사람처럼 나의 눈치를 살펴가며 천천히 고개를 들더니,

　"안 된다면?"

　떨리는 목소리로 물었다.

　"그것은 자네 상상에 맡기겠네. 어차피 결말은 자네 자신이 보게 될 것이니까. 다만 자네를 위해서 말해주고 싶은 것은 자네같이 안온한 인생을 보내려는 사람이라면 극단적인 행동은 피하는 것이 좋을 걸세."

　"자넨 나를 협박하는 셈인가?"

　상호는 갑자기 반격할 자세를 취해보는 모양이었다.

　"……"

　나는 눈썹 하나 움직이지 않고 그를 한참 동안 묵묵히 바라보고 있었다. 그리하여 먼저보다도 더 부드럽고 더 낮은 목소리로 다시 입을 열기 시작했다.

　"나는 지금 자네에게 어떤 형식으로든지 보복을 한다거나, 어떤 유감이나 감정 같은 것을 품어본다거나 그런 것은 단연코 없네. 이 점은 나를 믿어주어도 좋아."

　"그렇다면?"

　"내가 정순이를 한번 만나보겠다는 것은 자네에게 대한 복수라든지 원한이라든지 그런 것과는 아무런 상관도 없는 문젤세. 아까도 말하지 않았던가, '그건 그렇다 하고'라고. 과거지사는 과거지사대로 불문에 부치겠다는 뜻일세."

　"그렇다면 꼭 정순이를 만나봐야 할 이유도 없지 않은가."

"내가 과거지사를 불문에 부치겠다는 것은 자네와 정순이의 관계에 대해서 하는 말일세. 나와 정순이의 관계나 내 자신의 과거를 모조리 불문에 부치겠다는 뜻이 아닐세. 나는 정순이와 맺은 언약이 있기 때문에 정순이가 살아 있는 한 정순이를 만나봐야 할 의무가 있는 거야."

"그동안 결혼을 해서, 남의 아내가 되고, 아기 어머니가 돼 있어도 말인가?"

"물론이지. 남의 아내가 돼 있든지 남의 노예가 돼 있든지, 내가 없는 동안, 내가 모르는 사이에 생긴 일은 불문에 부친다는 뜻일세."

여기서 상호는 자기대로 무엇을 이해하겠다는 듯이 고개를 두어 번 주억거리고 나더니,

"자넨 너무 현실을 무시하잖아?"

이렇게 물었으나 그것은 시비조라기보다 오히려 어떤 애원 같은 것이 서려 있었다.

"현실? 그렇지, 자넨 아직, 전장엘 다녀오지 않았기 때문에 그런 말을 하고 있는 거야. 자, 보게, 이게 현실인지 아닌지."

나는 그의 앞에 나의 바른손을 내밀었다. 식지(食指)와 장지(長指)가 뭉턱 잘라지고 없는 보기 흉한 검붉은 손이었다.

"자네는 내가 군에 가기 전의 내 손을 기억하고 있겠지. 지금 이 손은 현실인가 꿈인가?"

"참 그렇군. 아까부터 손을 다쳤구나 생각하고 있었지만, 손가락이 둘이나 달아났군. 그래서야 어디?"

"자넨 손가락 얘길 하고 있군. 나는 현실 얘기를 하는 거야. 손가락 두 개가 어떻단 말인가? 이까짓 손가락 몇 개쯤이야 아무런들 어떤가? 현실이 문제지. 그렇잖은가? 그렇다, 정순이가 이미 결혼을 한 줄 알았더면 나는 이 손을 들고 돌아오진 않았을 거야. 자넨 역시 내가 손가락을 얘기하는 줄 알고 있겠지? 그나 그게 아니라네. 잘못 살아 돌아온 내 목숨을 얘기하고 있는 걸세. 이제 나는 내 목숨을 처리할 현실이 없다네. 그래서 정순이를 만나야겠다는 걸세. 이왕 이 보기 흉한 손을 들고 돌아온 이상, 정순이를 만나지 않아서는 안 되네. 빨리 대답을 해주게."

"정 그렇다면 하루만 여유를 주게. 자네도 알다시피 나 혼자 결정할 문제도 아니겠고, 우선 당사자의 의사도 들어봐야 하겠지만, 또 부모님들이 뭐라고 할지, 시하에 있는 몸으로서는 부모님들의 의견을 전적으로 무시할 수도 없는 문제겠고, 그렇잖은가?"

나는 상호의 대답하는 내용이나 태도가 여간 아니꼽지 않았지만 지그시 참았다. 그를 상대로 하여 싸울 시기는 아니라고 헤아려졌기 때문이었다.

"내일 이 시간까지 알려주게, 정순이를 만날 수 있는 시간과 장소를······"

나는 씹어 뱉듯이 일러주고 자리에서 일어났다.

이튿날 저녁때 영숙이가 쪽지를 가지고 왔다.


작일(昨日)은 여러 가지로 군(君)에게 실례되는 점(點)이 많았다고 보네. 연(然)이나' 군의 하해(河海) 같은 마음으로 두루 용서해주리라 신(信)하며 금야(今夜)에는 소찬이나마 제(弟)의 집에서 군을 초대하니 만사 제폐하고 필(必)히 왕림해주시기 복망(伏望)하노라.

죽마고우 상호 서

내가 상호의 쪽지를 읽는 동안 툇마루에 걸터앉아 있던 영숙이 발딱 일어나며,

"오빠가 꼭 모시고 오랬어요."

새하얀 얼굴에 미소를 짓는다.

"미안하지만 좀 기다려줘."

나는 영숙에게 이렇게 말한 뒤 옥란을 불러서 종이와 연필을 내오라고 했다.

자네의 초대에 응할 수 없음을 유감으로 생각하네. 어저께 말한 대로 정순이를 만날 수 있는 시간과 장소를 내일 오전 중으로 다시 연락해주게. 만약 정순이가 원한다면, 그때, 영숙이를 동반해도 무방하네.

봉수

내가 주는 쪽지를 받자 영숙은 공손스레 머리를 숙여 절을 하고 돌아갔다.

이튿날 저녁때에야 영숙이 다시 쪽지를 가지고 왔다. 오빠는 오전 중으로 전하라고 일러두고 갔지만, 자기가 학교에서 돌아온

시간이 늦기 때문에 이렇게 되었노라고, 영숙이 정말인지 꾸며댄 말인지 먼저 이렇게 변명을 늘어놓았다.

쪽지엔 역시 상호의 필치로 다음과 같이 적혀 있었다.


군의 회신(回信)은 잘 보았네. 연이나 정순이 일간 친정에 근친 갈 기회가 도래(到來)하여 영숙이를 동반코 왕복케 할 계획이니 그리 양해하고, 그 시기는 다시 가매(家妹) 영숙을 시켜 통지할 것 이니 그리 아시게.

상호 서


이틀 뒤가 일요일이었다.

영숙이 와서 언니가 친정엘 가는데 자기도 동반하게 되었노라 고 옥란을 보고 넌지시 일러주는 것이었다. 나는 그녀가 왜 나에 게 직접 말하지 않고 옥란을 통해 간접적으로 알리는지를 곧 이 해할 수 있었기 때문에 더 묻지 않기로 했다. 그 대신 나는 옥란 에게 그녀들이 떠나는 것을 보아서 나에게 알려주도록 부탁해 두 고 오래간만에 이발소로 가서 귀밑까지 덮은 머리를 쳐냈다.

면도를 마친 뒤 옥란의 연락을 받고 내가 '부엉뜸'으로 갔을 때 는 점심때도 훨씬 지난 뒤였다.

내가 뜰에 들어서자, 장독대 앞에서 작약꽃을 만지고 있던 영숙 이 먼저 나를 발견하고 알은체를 하더니 곧 일어나 아랫방으로 들어가버렸다. 정순이 그 방에 있음을 알리는 모양이었다.

이윽고 방문이 열리더니 정순이, 아, 그 어느 꿈결에서 보던 설운 연꽃 같은 얼굴을 내밀었다. 순간, 나는 그녀가 무슨 옷을 입고, 얼굴의 어디가 어떻다는 것을 전혀 의식할 수 없었다. 다만 저것이 정순이다, 저것이 아, 설운 연꽃 같은 그것이다, 하는 섬광 같은 것이 가슴을 때리며, 전신의 피가 끓어오름을 느낄 뿐이었다. 나는 그 집 식구들에 대한 인사나 예의 같은 것도 잊어버린 채 정순이가 있는 방문 앞으로 걸어갔다. 그리하여 나는 방문 앞에 한참 동안 발이 얼어붙기라도 한 것같이 우두커니 서 있었다.

정순은 곧 자리에서 일어났으나, 고개를 아래로 드리운 채 입을 열려고 하지 않았다. 영숙도 정순이를 따라 몸을 일으키긴 했으나, 요 며칠 동안 나에게 보여주던 그 친절과 미소도 가뭇없이, 이때만은 새침한 침묵에 잠겨 있을 뿐이었다.

나는 그녀들에게서 '들어오세요'를 기다릴 수 없다고 알자, 스스로 신발을 벗고 방으로 들어갔다.

내가 방에 들어가도, 그리하여, 스스로 자리에 앉은 뒤에도, 그녀들은 더 깊이 얼굴을 수그린 채 그냥 서 있었다.

그러나 나는 실상, 그녀들이 서 있건 말건 그런 것보다는, 내 자신 갑자기 복받쳐오르는 울음을 누르노라고 어깨를 들먹이며 고개를 아래로 곧장 수그리기에 여념이 없을 정도였다.

내가 간신히 고개를 들었을 때엔 그녀들도 어느덧 자리에 앉은 뒤였다.

'이것은 분명히 꿈이 아니다. 나는 정순이를 보았다. 아니, 지금도 정순이는 바로 내 눈앞에 앉아 있지 않은가. 그렇다, 정순이다. 정순이다. 나는 이제 후회하지 않아도 된다.'

이러한 울부짖음이 내 마음속을 지나가자 나는 비로소 이성(理性)을 돌이킨 듯했다. 나는 다시 고개를 들었다. 그리하여 정순이의 얼굴을 비로소 정면으로 바라보았다. 정순은 물론 고개를 수그리고 있었지만, 나는 그녀의 이마를 바라보는 것이라도 좋았다.

"정순이!"

내 목소리는 굵게 떨리어 나왔다.

"이것이 마지막이 될진 모르지만, 이 자리에서만이라도 옛날대로 부르겠어. 용서해줘요 영숙이도."

내가 이까지 말했을 때, 나는 또 먼저와 같은 울음의 덩어리가 가슴에서 목구멍으로 치솟아오름을 깨달았다. 나는 그것을 참노라고 이를 힘껏 악물었다. 울음의 덩어리는 목구멍을 몹시 훑으며 뜨거운 눈물이 되어 주르르 흘러내렸다. 소리를 내며 흐느껴지는 울음보다는 그것이 차라리 나았다. 나는 손수건을 내어 천천히 눈물을 훔친 뒤 다시 입을 열기 시작했다.

"내가 괴로운 것만치 정순이도 괴로울 거야. 이 못난 눈물을 보는 일이 말야. 그러나 내가 정순이를 만나려고 한 것은 이 추한 눈물을 보이려고 해서는 아니야. 이건 없는 것으로 봐줘. 곧 거둬질 거야."

나는 담배를 꺼내 불을 붙였다. 연기를 두어 모금이나 천천히 들이켜고 나서 다시 말을 시작했다.

"하긴 이 자리에 앉아 생각하니 내가 전선에서 생각했던 거와는 다르군. 이럴 줄 알았더면 이렇게 하지 않아도 좋았을 것을. 될 수 있는 대로 정순이를, 그리고 영숙이도 그렇겠지만, 너무 오래 괴롭히지 않기 위해서 내 얘기를 간단히 할게."

나는 이렇게 허두를 뗀 다음 내 바른손을 그녀들 앞에 내놓았다.

"이것 봐요. 이게 내 손이야. 식지와 장지가 떨어져 나가고 없잖아. 덕택으로 나는 제대가 돼 돌아온 거야. 이런 손을 갖고는 총을 쏠 수 없으니까. 그런데 말야. 이게 뭐 대단한 부상이라고 자랑하는 게 아냐. 팔다리를 송두리째 잃은 사람도 있고, 눈, 코, 귀 같은 것을 잃은 놈들도 얼마든지 있는데 이까짓 거야 문제도 아니지. 아주 생명을 잃은 사람들은 또 별도로 하더라도. 그런데 내가 지금 와서 뼈아프게 후회하는 것은 역시 이 병신 된 손 때문이야. 이건 실상 적에게 맞은 것이 아니고 내 자신이 조작한 부상이야, 살려고. 목숨만이라도 남겨 가지려고. 아아, 정순이, 요렇게 해서 지금 여기까지 달고 온 내 목숨이야."

나는 얘기를 하는 동안에 내 자신도 걷잡을 수 없는 흥분에 사로잡힘을 깨달았다. 나는 다시 담배에 불을 붙인 뒤 한참 동안 고개를 수그리고 있었다.

정순이와 영숙이도 먼저보다 훨씬 대담하게 고개를 들어 내 얼굴을 바라보곤 했다.

나는 연기를 불고 나서 다시 이야기를 계속했다.

"내가 소속된 부대는 ○○사단 ○○연대 수색중대야. 수색중대! 정순이는 이 말이 무엇인지를 모를 거야. 그 무렵의 전투사단의 수색대라고 하면 거의 결사대란 거와 다름이 없을 정도야. 한 번 나가면 절반 이상이 죽고 돌아오는 것이 보통이었어. 어떤 때는 전멸, 어떤 때는 두셋이 살아서 돌아오는 일도 흔히 있었어. 그러자니까 원칙적으로는 교대를 시켜줘야 하는 거지. 그런데 워낙 전투가 격렬하고 경험자가 부족하고 하니까 교대가 잘 안 되거든. 그 가운데서도 내가 특히 그랬어. 머리가 좋고 경험이 풍부하대나. 나중은 불사신(不死身)이란 별명까지 붙이더군. 같이 나갔던 동료들이 거의 다 죽어 쓰러졌을 때도 나는 번번이 살아왔으니까. 얘기가 너무 길군…… 나는 생각했어. 정순이를 두고는 죽을 수 없는 목숨이라고. 내가 번번이 죽지 않고 살아 돌아온 것도 정순이 때문이라고. 거기서 나는 결심을 했던 거야. 사람의 힘과 운이란 아무래도 한도가 있는 이상, 기적도 한두 번이지 결국은 죽고 말 것이 뻔한 노릇 아닌가. 위에서는 교대를 시켜주지 않으니까. 결국 죽을 때까진 죽을 수밖에 없는 일을 몇 번이든지 되풀이해야 하는 내가 자신의 위치랄까 운명이랄까 그런 걸 깨달은 거야. 거기서 나는 결심을 했어. 정순이를 두고 죽을 수 없다고. 나는 내가 꼭 죽기로 마련되어 있는 운명을 내 손으로 헤쳐나가야 한다고…… 이런 건 부질없는 얘기지만, 정순이, 나는 결코 죽음 그 자체가 두렵지는 않았어. 더구나 생사를 같이하던 전우가 곁에서 픽픽 쓰러지는 꼴을 헤아릴 수도 없이 경험한 내가 그토록 비겁할 수는 없었던 거야. 국가 민족이니, 정의, 인도니 하는 건 집어치고라도, 우선 분함과 고통을 견딜 수 없어서라도 얼마든지 죽고 싶었어. 죽었어야 했어. 정순이가 아니었더라면 물론 그랬을 거야."

나는 잠깐 이야기를 쉬었다.

정순이는 아까부터 벽에 이마를 댄 채 마구 흐느끼고 있었고, 영숙이도 손수건으로 두 눈을 가린 채 밖으로 달아나버렸던 것이다.

"그런데 어떤가. 돌아와 보니 정순이는 결혼을 했군. 나는 지금 정순이를 원망하려는 건 아냐. 상호의 속임수에 넘어갔다는 것도 듣고 있어."

"아녜요. 제가 바보예요. 제가 죽일 년이에요."

정순이는 높은 소리로 이렇게 외치며 또다시 흑흑 느껴 울었다.

"그런데 지금부터가 문제야. 나는 어떻게 하느냐 하는 문제야. 내 목숨을 말야. 나는 이렇게 해서 스스로 훔쳐낸, 그렇지 소매치기 같은 거지. 그렇게 해서 훔쳐낸 내 목숨이 이제 아무짝에도 쓸데가 없이 됐거든. 내가 이 목숨을 가지고 이대로 산다면 나는 하늘과 땅 사이에 용서받을 수 없는, 국가 민족에 대한 죄인인 것은 말할 것도 없지만, 그 불쌍한, 그 거룩한, 그 수많은 전우들, 죽어 넘어진 놈들에 대해서, 내가 어떻게 산단 말인가. 배신자란 남에게서 미움을 받기 때문에 못 사는 것이 아니라, 자기 자신이 외로워서 못 사는 거야. 정순이가 없는 고향인 줄 알았더라면 나는 열 번이라도 거기서 죽고 말았어야 하는 거야. 전우들과 함께, 그들이 쓰러지듯 나도 그렇게 쓰러졌어야 했던 거야. 그것도 조금도 괴롭거나 두려운 일이 아니었어. 오히려 편하고 부러웠을 정도야. 이 더럽게 훔쳐낸 치사스런 이 목숨을 나는 어떻게 해야 하는가?"

"저를 차라리 죽여주세요. 괴로워서 더 못 듣겠어요."

정순이는 소리가 나게 이마를 벽에 곧장 짓찧으며 사지를 부르르 떨고 있었다.

"정순이 들어봐요. 나는 상호에게 말했어. 내가 없는 동안 상호와 정순이 사이에 생긴 일은 없었던 거와 같이 보겠다고. 정순이가 세상에서 없어진 것이 아니라면, 정순이가 나와 같이 있을 수만 있다면, 그동안에 있은 일은 없음으로 돌리겠어. ……정순이! 상호에게서 나와주어. 그리고 나하고 같이 있어. 우리는 결혼하는 거야. 이 동네에서 살기가 거북하다면 어디로 가도 좋아. 어머니와 옥란이도 버리고 가겠어. 전우를 버리고 온 것처럼."

"그렇지만 그 집에서 저를 놓아주겠어요?"

정순이는 나직한 목소리로 혼잣말같이 속삭였다.

"내가 스스로 목숨을 훔쳐서 돌아온 거나 마찬가지지. 결심하면 돼. 그 밖엔 길이 없어. 그렇지 않으면 내 목숨을 돌려줘야 해. 이건 내 게 아니야. 정순이와 같이 있기 위해서만 얻어진 목숨이야. 그렇지 않으면 세상에도 무서운 반역자의 더럽고 치사스런 목숨인걸. 잠시도 달고 있을 수 없는 추악한 장물이야. 어디다 어떻게 갖다 팽개쳐야 좋을지 모르는 추악한 장물이야. 정말야, 두고 보면 알걸."

"무서워요."

정순이는 아래턱을 달달달 떨고 있었다.

"무서울 게 뭐야? 정순이 첨부터 상호를 사랑해서 결혼을 했다거나, 지금이라도 사랑하고 있다면 별도야. 그렇지 않다면 내 목숨에 빛을 주고 두 사람의 행복을 찾아나서는 거니까 어디까지나

정당한 일이지 잘못이 아니잖아? 알겠지? 응? 대답을 해줘."

"……"

정순이 대답 대신 고개를 한 번 끄덕해 보였다.

이때 영숙이 방문을 열었다.

"언니, 저기……"

문밖에는 정순이 올케(윤이 어머니)가 진짓상을 들고 서 있었다.

"국수를 좀 만들었어. 맛은 없지만…… 그리고 아가씬 안에서 우리하고 같이 할까?"

그녀는 국수상을 방 안에 디밀어놓으며 이렇게 말했다.

정순이는 국수상을 다시 들어, 내 앞에 옮겨 놓으며,

"천천히 드세요. 그리고 그 일은 제가 알아서 하겠어요."

이렇게 속삭이고 나서 밖으로 나갔다. 나는 국수상엔 손도 대지 않은 채 담배 한 개비를 피워 물자 밖으로 나와버렸다.


정순이한테서는 연락이 오지 않았다.

아기 낳고 살던 여자가 집을 버리고 나오려면 어려운 일이 한두 가지일 리 없다고는 나도 짐작할 수 있었지만 끝없이 날만 보내고 있을 수도 없는 노릇이었다.


여러 가지 어려운 점이 많다는 것은 나도 안다. 남편이나 시부모 이외에 아기도 걸리고 친정도 걸리겠지만 죽느냐 사느냐 한 가지만 생각해야 한다. 내가 그랬듯이 말이다. 한시바삐 결행 바란다.

나는 이렇게 쪽지에 써서 옥란에게 주었다.

"이거 네가 정순이 언니한테 남 안 보게 전할 수 있거든 전해다오…… 역시 영숙이한테 부탁할 순 없겠지?"

"요즘은 우물에도 잘 안 나오니 어려울 거야. 영숙인 오빠를 너무 좋아하지만 아무렴 저의 친오빠만이야 하겠어?"

옥란은 쪽지를 접어 옷 속에 감추며 혼잣말같이 중얼거렸다.

그러나 옥란이도 좀체 정순이를 직접 만날 기회가 없는 모양이었다. 그런대로 영숙이와는 자주 왕래가 있어 보였다.

"영숙이한테 무슨 들은 말 없어?"

"걔도 요즘은 세상이 비관이래."

"왜?"

"그날 정순이 언니하고 셋이서 만났잖아? 자기는 누구 편이 돼얄지 모르겠대. 그리고 슬프기만 하대."

"자기하고 관계 없는 일이니까 모르면 되잖아?"

"그렇지도 않은 모양야. 걘 책도 많이 읽었어. 오빠 한번 만나주겠어? 오빠가 잘 부탁하면 걘 무슨 말이라도 들을지 몰라……"

"……"

나는 대답을 하지 않았다.

옥란에게 쪽지를 맡긴 지도 닷새나 지난 뒤였다. 막 저녁을 먹고 났을 때 영숙이 정순의 편지를 가지고 왔다.


저의 계획을 집안에서 눈치 채어버렸습니다. 저는 지금 꼼짝도 할 수 없는 몸이 되었습니다. 저는 영원히 봉수씨를 배반할 마음은

282

아닙니다. 다시 맹세합니다. 언제든지 봉수씨가 기다려주신다면 저는 반드시 그 일을 실행할 날이 있을 줄 믿습니다. 그러나 지금은 간도 쓸개도 없는 썩은 고깃덩어리 같은 년이라고 생각해주십시오. 죽지 못해 살고 있는 불쌍한 목숨이올시다. 부디 용서해주시고 너무 조급히 기다리지 말아주시기 바랍니다.

정순이 올림

나는 편지를 두 번이나 되풀이해 읽었다. 내용이 복잡하다거나 이해하기 힘든 말이 들어 있었기 때문이 아니었다. 무언지 정순이의 운명 같은 것이 거기서 느껴졌기 때문이었다.

'정순이는 이런 여자였어. 참되고 총명하고 다정하고 신의 있는. 그러나 강철같이 굳센 여자는 아니었어. 순한 데가 있었지. 환경에 순응하는. 물론 지금도 그녀가 나에게 거짓말을 하거나 자기 자신을 속이고 있는 것은 아니야. 그러나 환경에 순응하고 있는 거야. 그녀를 결정하는 것은 그녀 자신의 의지이기보다 그녀를 에워싼 그녀의 환경이겠지.'

나는 편지를 구겨서 바지주머니에 쑤셔넣은 뒤 영숙을 불렀다.

"숙이 나한테 전한 편지 누구 거지?"

"언니 거예요."

영숙은 얼굴을 붉히며 대답했다.

"무슨 내용인지도 알지?"

"……"

영숙은 갑자기 얼굴이 홍당무같이 새빨개지며 대답을 하지 않왔다.

"난 영숙일 옥란이같이 믿고 있어. 알면 안다고 대답해줘, 알지?"

"……"

영숙이 이번에는 고개를 끄덕여 보였다.

"내가 없더라도 옥란이하고 잘 지내줘."

나도 무슨 뜻인지 내 자신도 잘 모를 이런 말을 마지막으로 남기곤 밖으로 훌쩍 나와버렸다.

나는 어디로든지 가버릴 생각이었던지도 모른다. 그야말로 어디로든지 꺼져버리고 싶었던 건지도 모른다. 하여간 나는 방에서 그냥 자빠져 누워 있을 수는 없었던 것이다. 나는 막연히 정순이를 기다리고 있는 것보다는, 아니 막연히 정순이를 원망하고 있는 것보다는 차라리 내 자신이 세상에서 꺼져버리는 편이 낫다고 생각했는지도 몰랐다.

나는 집 뒤를 돌아 나갔다. 우리 집 뒤부터는 보리밭 들이었다. 보리밭은 아스라이 보이는 산기슭까지 넓은 해면같이 펼쳐져 있고, 그 산기슭에는 검푸른 소가 있었다. 지금 한창 피어오르는 보리 이삭에서는 향긋한 보리 냄새까지 풍겨오는 듯했다.

내가 보리밭 사잇길을 거의 실신한 사람처럼 터덕터덕 걷고 있을 때, 문득 뒤에서 사람의 발소리 같은 것이 들려왔다. 그러나 나는 그런 것을 뒤돌아볼 만한 관심도 기력도 잃고 있었다. 나는 그냥 걷고 있었다. 나는 막연히 그 보리밭 들을 지나 검푸른 소를 찾아가고 있었는지도 모른다.

검푸른 보리밭 위로 어스름이 덮여왔다.

그 어스름 속으로 비둘기뗀지 새뗀지 분간할 수도 없는 새까만 돌멩이 같은 것들이 날아가고 있었다.

문득 나는 내가 어쩌면 꿈속에서 걸어가고 있는 겐지도 모른다는 생각이 들었다. 나는 발을 멈추고 섰다. 그리하여 아까 날아가던 새까만 돌멩이 같은 것들이 사라진 쪽을 멍하니 바라보고 있었다. 그때다.

"오빠!"

거의 들릴 듯 말 듯한 잠긴 목소리였다. 영숙이었다.

나는 영숙의 얼굴을 넋 나간 사람처럼 어느 때까지나 멍청히 바라보고 있었다.

'너도 슬프다는 거냐? 나하고 슬픔을 나누자는 거냐?'

나는 혼자 속으로 영숙에게 이렇게 묻고 있었다.

영숙도 물론 꼼짝하지 않고 있었다.

'오빠 제발 죽지 마세요. 제가 사랑해드릴게요. 오빠를 위해서 오빠의 도움이 될 수 있다면 오빠의 아픈 마음을 위로해드릴 수 있다면 무슨 짓이라도 하겠어요.'

영숙의 굳게 다문 입 속에서 이런 말이 감돌고 있는 듯했다.

다음 순간 영숙은 내 품에 안겨 있었다. 그보다도 내가 먼저 영숙의 손목을 잡아끌었다고 하는 편이 순서일 것이다. 그러자 영숙이 내 가슴에 몸을 던지다시피 하며 안겨왔던 것이다.

그러나 거기서 내가 영숙에게 갑자기 왜 다른 충동을 느끼기 시작했는지 그것은 내 자신도 해명할 길이 없다. 아니 그보다도 갑

자기 야수가 돼버린 나에게 영숙이 왜 자기 자신을 지키기 위해서
마지막 반항을 하지 않았는지 이 역시 해명할 길이 없는 것이다.

하여간 나는, 다음 순간, 영숙을 안고 보리밭 속으로 들어왔다.
그리하여 그녀의 간단한 옷을 벗기고 그 새하얀, 천사 같은 몸뚱
어리를 마음껏 욕보이기 시작했던 것이다. 영숙은 어떤 절망적인
공포에 짓눌려서인지, 그렇지 않으면 일종의 야릇한 체념 같은
것에 자신을 내던지고 있었기 때문인지 간혹 들릴 듯 말 듯한 가
는 신음 소리를 내었을 뿐 나의 거친 터치에도 거의 그대로 내맡
기다시피 하고 있었다.

그녀는 그때 이미 실신 상태에 빠져 있었는지도 몰랐다. 아니
그보다도, 역시, 자기의 모든 것을, 생명을, 내가 그렇게 원통하
다고 울어대던 것의 대가를 대신 나에게 갚아주는 것이라고 생각
하고 있었는지도 모른다.

이때 까치가 울었던 것이다. 까작 까작 까작 까작 하는, 어머니
가 가장 모진 기침을 터뜨리게 마련인 그 저녁 까치 소리였던 것
이다. 그리고 이와 동시 나의 팔다리와 가슴속과 머리끝까지 새
로운 전류(電流) 같은 것이 흘러들기 시작했던 것이다.

까작 까작 까작 까작, 그것은 그대로 나의 가슴속에서 울려오는
소리였다. 나는 실신한 것같이 누워 있는 영숙이를 안아 일으키
라도 하려는 듯 천천히 그녀의 가슴 위에 손을 얹었다. 그리하여
다음 순간 내 손은 그녀의 가느다란 목을 누르고 있었던 것이다.

# 저승새

"다그르르르……"

저승새가 왔다.

툇마루에 앉아 졸고 있던 만허(滿虛)스님은 눈을 번쩍 뜨며 주름살 그것 같은 얼굴을 쳐들었다. 보리수(菩提樹)를 바라보았다.

"다그르르르……"

저승새가 두번째로 내는 소리였다.

스님의 눈길은 그 소리가 나는, 보리수의 중간 윗가지 쪽으로 쏠렸다. 거기, 비둘기보다 조금 작고 야윈 듯한, 빨강 파랑 노랑 주황, 그리고 잿빛의 오색 실을 꿈속같이 은은하게 감은 그 새는 앉아 있었다. 새의 크기와 빛깔은 작년에 왔을 때나, 십 년 전에 또는 그보다 더 아득한 옛날에 왔을 때나 변함이 없어 보였다.

"다그르르르……"

세번째로 내는 소리였다.

스님의 두 눈에는 차츰 야릇한 광채가 어리기 시작했다. 그의 얼굴은 형언할 수도 없는 황홀한 환희(歡喜)라기보다 차라리 법열(法悅)에 잠기는 듯했다.

취한 듯한 얼굴로 새를 바라보고 있던 스님은 자리에서 가만히 일어났다. 기둥에 붙여 세워두었던 지팡이를 짚고 섬돌 아래로 내려섰다. 순간, 앞산의 벌건 진달래 벼랑이 이날따라 갑자기 스님의 눈앞에 바짝 다가서는 듯했다.

'오, 가엾은 것…… 이제 나도 따라가야지.'

스님의 마음속에서는 웬 까닭인지 이런 말이 속삭여지고 있었다.

해는 바야흐로 하늘 한가운데 있었다.

지팡이가 앞으로 나아갔다. 지팡이를 따라 스님의 발길은 동구 밖으로 옮겨지고 있었다.


어린 사미(沙彌)¹ 혜인(慧印)은 절 뒷산에서 진달래를 꺾고 있었다. 적인(寂印)으로부터 저승새가 왔다는 연락을 받자, 손에 쥐고 있던 꽃도 놓아버린 채, 스님이 계시는 허허당(虛虛堂) 쪽으로 뛰어갔다. 스님에게 이 기쁜 소식을 어서 전해드리고자 해서였다. 스님은 요 며칠 동안 계속 이 목탁새를 기다리고 계셨기 때문이었다.

혜인이 허허당 앞까지 달려왔을 때 스님과 스님의 지팡이는 이미 그곳에 없었다.

보리수 곁에는 산중 스님들이 거의 다 모여 있었으나 만허스님은 보이지 않았다.

'스님은 어디로 가셨을까?'

혜인은 이렇게 생각하며, 여러 스님들의 야릇한 미소와 눈길들이 쏠리고 있는 보리수 가지 위로 얼굴을 돌렸다. 그리하여, 거기 비둘기보다 조금 작고 야윈 듯한, 빨강 파랑 노랑 주황, 그리고 잿빛의 오색 실을 꿈속같이 은은히 감은, 일찍이 듣던 대로의 그 새를 발견했을 때, 그의 어린 가슴은 걷잡을 길 없이 뛰었다.

'오, 저 새는 어디서 왔을까?'

혜인은 왠지 서럽고 아득하기만 했다. 그와 동시, 그의 노스님이 왜 그렇게 여러 날 동안이나 저 새를 기다렸는지도 절로 알아질 것만 같았다. 그의 두 눈에는 어느덧 눈물이 괴었다.

적인이 다가왔다. 그는 혜인의 두 눈에 괸 흔근한 눈물을 보는 순간, 까닭도 모를 두려움에 사로잡혔다. 적인은 약간 떨리는 듯한 목소리로,

"스님께서는 벌써 떠나셨나 보다."

혜인의 귀에 대고 속삭이듯이 말했다.

"어디로?"

"샘터로."

"샘터라고?"

"……"

적인은 조용히 고개를 끄덕였다.

혜인은 왜, 하고 물으려다가 말았다. 왠지 그것을 묻기가 몹시 두려웠던 것이다.

그러자 적인 쪽에서,

"스님께서는 전에도 저 새가 오는 날은 꼭 샘터로 가셨어."

했다.

"그럼 스님께서는 저 새 온 거 보고 가셨을까?"

"그럼. 지금까지 툇마루에서 저 새를 기다리던 스님인데 새를 봤기에 어디로 가셨겠지."

적인은 자신 있게 대답했다.

혜인은 갑자기 적인에게는 아무런 말도 없이 돌아서자 산문 쪽을 향해 걸어가버렸다.

혜인의 뒷모양을 물끄러미 바라보고 있던 적인은, 그의 뒤를 쫓아 걸음을 옮겨놓기 시작했다. 샘터마을이 혜인의 생가(生家) 쪽이라고는 하지만, 절에서 그곳까지는 이십 리도 넘는 길인데 이제 겨우 일곱 살밖에 안 된 혜인이 어떻게 혼자서 찾아가랴, 해서였다. 적인은 혜인보다 다섯 살 위였다.


진달래 무렵이 되면 어김없이 이 절을 찾아주는 이 야릇한 새의 이름을, 처음 누가 저승새라고 부르기 시작했는지 그것은 아무도 몰랐다. 그것은 이 새가 나타나기 시작한 지 오 년인가 지난 뒤부터의 일이었다고 한다.

처음엔 목탁새라고 불렀다고 한다. 다그르르르…… 하는, 이상하게 맑고 투명한 소리가, 목탁 소리 같다 하여 처음엔 그렇게 불렀던 것이라고 한다.

그것이 어느 사이엔지 저승새란 이름으로 더 많이 불리게 된 것이다.

목탁새에서 저승새로 더 많이 불리게 된 까닭도 뚜렷한 것이 없었다. 그저 무엇인지 저승을 느끼게 했기 때문인지도 몰랐다. 그것은 동시에 스님들이 그만큼 더 이 새를 그윽하게, 기이하게 생각하게 된 탓인지도 몰랐다.

스님들이 다 같이 이 새를 끔찍이 아끼고 소중히 여기는 까닭은 첫째, 이 새가 해마다 같은 무렵에 어김없이 이 절을 찾아온다는 것과, 그 몸이 무어라 형언할 수 없는 저승같이 은은하고 신비한 오색 빛깔로 감겼다는 점과, 그리고 어느 거룩한 스님의 무르익은 목탁 소리와도 같은 그 맑고 투명한 다그르르르 소리를 내는 것과, 이 밖에도 몇 가지 더 신기한 점이 있기 때문이라 하였다.

'그 몇 가지 더 신기한 점'의 하나는, 오가는 현황을 포착할 수 없는 일이었다. 오는 것은 또 그렇다고 하더라도, 떠날 때의 모습도, 언제 어떻게 사라지는지 아무의 눈에도 보인 일이 없다는 것이었다.

또 하나는 이 새의 나이였다. 만허스님이 절에 들어오신 이듬해에 처음 나타났다고 하니 적어도 삼십오 년가량은 된다고 보아야 하겠는데, 그런데도 이 새의 크기나 빛깔이나, 그 내는 소리나가 다 옛날과 꼭 같다는 것이다. 그렇다면 옛날의 그 새가 삼십오 년 동안이나 살아 있는 것이거나, 그렇지 않으면, 그 새끼, 또는 새끼의 새끼가 대(代)를 이어 이 절을 찾아주는 것이라고 보아야 할 것이다.

어느 스님이 이 일에 대해서 만허스님에게 물어본 적이 있는데,

그때 스님은 무어라고 똑똑히 대답하지는 않았지만, 조금 뒤 혼 잣말같이,

"새라고 백 년은 못 사는가."

하고 중얼거렸다고 한다. 그렇다면 스님은 오늘날의 저승새가 옛 날의 그 새라고 믿고 있는 것임이 틀림이 없다고들 하였다.

다른 스님들도 만허스님의 이 말을 은근히 믿을 수밖에 없었는 데, 그 까닭은 만약 옛날의 그 새가 아니고 그 새의 새끼나 새끼 의 새끼라면 한 해 동안에 어떻게 어미새만 한 크기와 빛깔을 지 닐 수 있었겠느냐 하는 것이었다.

이 절의 스님들이 이 새에 대하여 특히 만허스님에게 물어보 곤 하는 데는 까닭이 있었다. 우선 삼십오 년 전에 이 새를 이 절 에서 처음 발견한 것이 만허스님이었을 뿐 아니라, 그때부터 해 마다 진달래 철이 되면, 으레 이 새가 다시 이 절을 찾아올 것이 라 믿고, 미리부터 기다리기까지 하는 이도 이 스님이었기 때문 이다.

따라서 해마다 제일 먼저 이 새를 맞이하는 것도 역시 이 스님 이다. 게다가 새를 맞는 만허스님의 얼굴에는 언제나 형언할 수 없는 기쁨과 반가움이 넘쳤다.

이 새가 나타나던 첫해에는 스님의 얼굴이 눈물로 젖었다고, 어 떤 스님이 슬쩍 비친 일도 있었다. 또 어느 해에는, 다그르르 르…… 하는 소리를 듣자 스님은 자기도 모르게 낮은 목소리로, '오, 남이' 하고 불렀다는 것이다. 스님의 귀엔 다그르르르…… 소리가 어느 사람의 목소리로 들리는 모양이라고들 하였다. 그와

동시 스님의 얼굴은 환희로 넘치고, 두 눈에는 눈물까지 흥건히 괴었다는 것이다. 그러나 그것을 누가 듣고 누가 보았는지는 아무도 몰랐다. 옛날부터 그렇게 전해지고 있을 뿐이었다.

왜 그것을 들은 사람도, 본 사람도, 똑똑히 나타나지 않느냐 하면, 언제나 그 새를 제일 먼저 맞는 이가 바로 이 만허스님이었고, 다른 스님들이 보리수 곁으로 모여들 때면, 스님은 어느덧 그곳을 떠나고 있었기 때문이었다. 스님은 자기의 그러한 거동이나 행색을 감추기라도 하려는 듯, 다른 스님들이 모여들기 시작하면 어느덧 산문 밖으로 사라져버리곤 했던 것이다. 그렇게 사라지면, 어떤 때는 한나절, 혹은 하루 해를 다 넘기고서야 절로 돌아오곤 하였다.

이러한 스님의 거동으로 보아, 스님과 이 새의 사이엔 무슨 남모를 사연이 얽혀 있으리라고, 사람들은 믿게 되었다.

그러나 스님은 스스로 그 사연에 대하여 이야기한 적이 없었다. 누가 비슷한 말을 물어보아도 스님은 못 들은 척하거나, 밑도 끝도 없는 혼잣말을 몇 마디 중얼거릴 뿐이라는 것이다. 그것이 '새로도 태어나고, 사람으로도 태어나고……'였다는 것이다. 이 말을 두고 여러 사람이 오랫동안 되씹고 한 결과, 사람은 죽어서 새로도 태어나고, 사람으로도 태어난다는 뜻이라고 풀이되었다.

이와 함께 사람들은, 저승새가 나타나는 날 언제나 스님이 산문 밖으로 사라지는 일을 수상히 여겨 그 뒤를 가만히 쫓아간 사람까지 있었는데, 스님이 가는 곳은 언제나 길마재마을 앞에 있는 샘터였다고 한다.

그 길마재마을 앞 샘터는 이 절에서 이십 리도 넘는 꽤 먼 길이 었다. 스님은 이 샘터까지 오면, 샘물을 한 쪽박 떠서 마시고는 그 곁의 측백나무 아래 어느 때까지나 가만히 앉아 있다가 돌아오곤 한다는 것이다.

여기서 절 사람들은, 스님의 '새로도 태어나고'란 말과 이 샘터를 꼬투리로 삼아 여러 가지로 추측도 하고, 알아보기도 하고, 하여 오랜 세월이 흐르는 동안 다음과 같은 이야기가 절 사람들에 의하여 은은히 번져지게 되었다. 그러나 그것은 나이 든 스님들 사이에서만, 거의 이심전심으로 전해지는 이야기일 뿐 입에 담아 퍼뜨린 사람은 아무도 없었기 때문에, 만허스님 자신이나, 젊은 스님, 특히 어린 사미동승(沙彌童僧)들에게는 통 유통되지 않고 있는 것도 사실이었다. 그만큼 산중 스님들은 만허스님이 살아 계시는 동안은 그런 이야기가 입에 담아지는 것을 엄숙한 금기같이 알고 있었다.

이런 상황에서, 연세 높은 몇 분 스님들이 알고 있는 어렴풋한 이야기는 대개 다음과 같았다.


만허스님의 본디 이름은 경술(慶述)이었다.

경술이 처음 이웃 동네의 남이네 집 머슴으로 들어간 것은 그의 나이 열아홉 살 때였다. 그해 남이는 열다섯 살이었다.

경술은 그 집에서 일 잘하고 얌전한 총각으로 알려지게 되었고, 남이 부모에게서뿐 아니라 온 동네 사람들의 칭찬을 한몸에 받다시피 하고 있었다.

그렇게 삼 년째 되던 해 여름이었다. 남이네 큰댁에서는 삼을 익히느라고 법석이었고, 남이네 식구들은 어저께 하다 남은 보리 타작을 마무리짓고 있었다.

보리타작이 대강 끝나갈 무렵, 남이 아버지와 어머니는, 남은 일을 경술과 남이에게 맡긴 채, 큰댁의 삼 벗기는 일을 도우러 갔다.

경술이 일을 마치고, 저녁을 먹은 뒤, 뒷개울에 나가 하루의 땀을 씻고 돌아오는데, 남이는 우물가에서 혼자 등물을 치고 있었다. 어둠 속에서도 남이의 새하얀 어깨와 옆구리가 눈에 띄었다. 순간, 경술은 왠지 피가 머리 위로 확 솟아오름을 깨달았다.

그런대도 경술은 거의 본능같이 삽짝 쪽을 향해 돌아섰다. 그러나 삽짝 밖까지 채 걸어 나가기 전에, 그 곁의 보릿짚 가리 위에 픽 쓰러지고 말았다.

아직 잠재워지지 않은 집채 무더기만 한 보릿짚 가리는 그의 몸을 얼싸안은 채 속으로 빨아들이는 듯했다. 그리하여 그의 몸은 차츰 보릿짚 가리 속으로 파묻혀 들어갔다.

몹시 아늑한 생각이 들었다. 그의 나이 여남은 살 되었을 때까지, 이 무렵이면 자주 이렇게 보릿짚 가리 속에 파묻혀 놀곤 하던 추억 때문인지도 몰랐다. 그 무렵 숨바꼭질을 하느라고 보릿짚 가리 속에 묻힐 때는 머리까지 온통 파묻곤 했던 것이다. 그러나 숨바꼭질이 아닐 때는 몸만 묻은 채 얼굴을 밖으로 내어, 지금과 같이 하늘의 별을 세곤 했던 것이다.

경술이 지금도 몸만 보릿짚 가리 속에 묻은 채 하늘의 별을 쳐

다보며 어릴 때 생각에 잠겨 있는데 갑자기

"이도령."

하는 소리가 들렸다. 남이의 떨리는 듯한 낮은 목소리였다.

"⋯⋯"

경술은 대답을 하지 않았다. 왠지 목 안이 얼어붙은 듯 대답이
나오지 않았던 것이다.

두번째,

"이도령."

하는 소리가 또 들렸다. 먼저보다 조금 대담해진 남이의 목소리
였다.

"⋯⋯"

경술은 이번에도 대답을 하지 못했다.

그의 가슴은 사뭇 와들와들 떨리기만 했다.

뒤이어, 남이의 보릿짚 밟는 소리가 바스락바스락 들려왔다.
남이는 경술이 누워 있는 앞에까지 오자 그 곁에 픽 쓰러지고 말
았다.

두 사람은 보릿짚 가리 속에 가지런히 누운 채 한참 동안 말이
없었다.

경술은 걷잡을 길 없이 뛰는 가슴을 진정시키려는 듯, 또 아까
와 같이 하늘의 별을 쳐다보았다. 삼태성, 좀생이별, 수수떡할머
니별 들이 차츰 눈에 들어오기 시작했다.

"이도령."

남이의 목이 잠긴 듯한 낮은 소리였다.

그 목소리에 절로 끌리기나 하는 듯, 경술은 볕에서 그녀 쪽으로 얼굴을 확 돌렸다. 베 치마저고리의 남이가 땋은 머리를 오른쪽 겨드랑이 밑으로 돌린 채 얼굴을 보릿짚 속에 쿡 묻고 엎드려 있었다.

그것을 보는 순간, 생각할 겨를도 없이 그는 그녀의 양쪽 겨드랑이 밑으로 손을 넣어 허리를 덥석 껴안았다. 남이의 몸뚱어리는 휘영한 밀가루 반죽처럼 부드럽게 그의 품속으로 푹 안겨 들어왔다. 그러나 그다음으로 그는 어떻게 해야 할지를 알지 못했다. 알 필요도 없었다. 그것만으로도 그는 가슴의 고동이 멎을 만큼 황홀했기 때문이었다.

"남이."

울음이 섞인 듯한 낮은 소리로 그는 겨우 이렇게 불렀다.

"이도령."

남이 역시 울음이 섞인 듯한 떨리는 목소리였다.

그는 남이를 껴안은 채 다시 보릿짚 가리 속에 쓰러졌다.

"남이."

"이도령."

그네들은 먼저와 똑같이 부르고 대답하기를 한 번 더 되풀이했을 뿐이었다.

그의 입술이 가만히 그녀의 입술 위에 가 닿았다. 두번째 닿았을 때는 떨어지지 않았다. 그리하여 완전히 포개지기 시작했다. 남이의 겨드랑이 뒤를 두른 그의 두 팔뚝은 차츰 더 힘으로 굳어졌다.

남이는 더 견딜 수 없는 듯 두 손으로 가볍게 그의 어깨를 떠밀었다.

그는 두 팔의 힘을 늦추어주었다.

남이는 숨을 두어 번 내쉬고 나서 다시 보릿짚 가리 위에 드러누웠다.

그도 그 곁에 나란히 누웠다. 가쁜 숨을 몇 차례 내쉬고 나서야 그네들의 눈에 별빛이 들어왔다. 삼태성, 좀생이별, 수수띡할머니별…… 늘 보아오던 별들이건만 왠지 이때따라 유독 아름답게 보였다. 뿐만 아니라, 그 별들이 모두 각각 자기들의 이야기를 속삭이고 있는 것같이 느껴졌다.

"남이."

경술이, 먼저보다는 한결 갈앉은 목소리로 그녀의 이름을 불렀다.

"응."

그녀의 목소리에도 먼저보다 자신이 들어 있었다.

그러나 경술의 입에서는 그다음 말이 이어지지 않았다.

"이도령."

이번에는 남이의 낮고 부드러운 목소리가 그를 불렀다.

"응."

경술의 들릴 듯 말 듯한 낮은 목소리였다.

그네들의 대화는 거기서 더 진전되지 않았다.

한참 동안 침묵이 흘렀다.

경술이 결심한 듯, 다시 남이 쪽으로 얼굴을 돌렸다.

"남이는 집에서 좋닥 하면 나 따라 살겠나?"

"살잖고."

남이는 결연히 대답했다.

경술은 남이의 한쪽 손을 자기의 두 손으로 움켜잡았다. 그리하여 자기의 가슴으로 가져갔다. 그와 동시 남이는 그녀의 얼굴을 경술의 겨드랑이에 갖다 묻었다.

그네들의 숨결은 또 아까와 같이 가빠지기 시작했다.

한참 뒤, 경술이 다시 입을 열었다.

"그러믄, 그 맘 변치 말고 있어라이."

"……"

남이는 고개를 끄덕였다. 그리고 조금 뒤,

"이도령도……"

했다.

골목에서 개 짖는 소리가 났다. 아버지와 어머니가 돌아오시는 기척이었다.


경술은 그뒤부터 더 열심히 일을 했고, 남이의 부모님은 또한 종전보다 더 그를 아끼며 기려주었다.

남이의 어머니는 전에도 몇 차례나, '얌전한 사윗감'이니 '씨받을 사윗감'이니 하고 뜻있이 말했기 때문에 경술은, 자기가 열심히 일만 잘하면, 언젠가는 자기를 사위로 삼아줄지 모른다고 은근히 기대하고 있었던 것이다.

그러나 그해 가을부터 남이의 혼담이 있어, 중매꾼들이 몇 차례

들락날락하더니, 늦은 가을엔 갑자기 혼처가 정해지고 말았다.

남이의 혼담이 정해진 지 사흘 뒤였다. 시월 중순이었는데 달이 환히 밝았다. 경술이 두엄 가리 곁에 서서 달을 쳐다보고 있는데 남이가 다가왔다.

"이도령."

남이의 잠긴 목소리였다. 그 사흘 동안 남이는 무슨 병인지 자리에 누운 채 방 밖 출입이라곤 거의 볼 수도 없을 때였디.

경술은 깜짝 놀라 남이를 돌아다보았다. '깜짝 놀라'라고 하지만, 남이의 목소리를 듣는 순간, 경술의 가슴은 불에나 덴 것처럼 싹 오그라들었던 것이다.

"남이."

그는 갑자기 솟아오르는 울음을 누그리느라고 얄게 떨리는 목소리로 이렇게 불렀다.

"한번 꼭 만나려고 했어."

남이는 이렇게 말하자 뒤를 잇지 못한 채 흑흑 느껴 울기 시작했다.

경술은 고개를 돌려 달을 멀거니 쳐다보고 있었다.

'너 시집간다는 거 정말이냐. 나는 어떻게 하란 말이냐. 너의 부모님은 나에 대해서 끝내 말이 없었느냐.'

이러한 생각이 한꺼번에 머릿속에 떠올랐지만, 이미 물어볼 필요도 없는 듯했다.

다만 남이의 생각이 어떤 겐지 그것만이 궁금했다.

남이도 이러한 경술의 마음속을 꿰뚫어보기나 하는 듯이,

"나 부모님과 싸우는 것보다 차라리 시집가서 죽어버릴란다."
했다.

그것이, 공연히 해보는 소리라거나, 그에게 미안해서 돌려맞추는 속이라고는, 전혀 생각되지 않았다. 그녀의 사람됨으로 보아, 부모님의 명에 거역할 용기까지는 없으리라고 평소부터 믿고 있었기 때문인지도 몰랐다.

그렇다고 부모님과 맞서 싸우라든지, 부득이 시집은 가더라도 제발 죽지는 말아달라든지, 그런 말을 할 수도 없었다. 너무나 머리가 어지럽고, 목이 아프고, 가슴이 쓰라렸기 때문이었다.

경술이 넋 나간 사람처럼 어리벙벙해 있는 것을 보자 남이는,

"너무 언짢아하지 말어. 난 죽어도, 죽어도, 이도령 못 잊어. 날 믿어줘."

했다. 죽어도, 죽어도에 울리는 남이의 목소리는, 아무것으로도 바꿀 수 없는 그녀의 굳은 결심을 말해주고 있었다.

경술의 흐느껴지는 목에서는 아무런 소리도 날 리 없었고, 그런 대로 그냥 고개만 두어 번 끄덕이는데, 남이는 다시,

"그럼 이도령도 마음 변치 말아줘. 나 먼저 저승 가서 기다릴게."

하고는 돌아서 가버렸다.

그날 밤부터 시름시름 앓기 시작한 경술은, 이레 만에, 홀어미밖에 없는 본가로 돌아가고 말았다.

집으로 돌아온 경술은 날이 갈수록 병세가 험해져, 한때는 살아나지 못하리란 말까지 나돌았다.

그의 어머니는 힘이 자라는 대로 약을 구해 쓰다가, 약만으로는 병을 고치기 어려우리란 말이 있자, 이번에는 절에 가서 부처님께 살려주십사고 기도를 드리기로 했다.

그렇게 몇 달이 지나자, 부처님이 돌봐주셨는지 차츰 병세에 차도가 나기 시작하여 다음해 이른 여름에는 자리에서 일어나 거닐 수도 있게 되었다.

여름이 지나고, 추석이 다가올 무렵, 그는 집에서 오십 리 길이나 되는 길마재마을 앞 샘터에까지 다녀온 일이 있었다. 어딜 갔다 오느냐고 묻는 어머니에게 그냥 약물을 먹으러 갔다 오는 길이라고만 대답했다. 남이가 시집가 사는 길마재마을 앞 샘터까지 갔다 온다고는 어머니에게도 털어놓을 수가 없었던 것이다.

그뒤부터 그는 사흘에 한 차례씩은 이 샘터엘 다녀오곤 하였다. 그러나 한번도 그 마을 안까지 발을 들여놓은 일은 없었다. 다만 샘터까지 와서, 맑은 샘물을 한 쪽박 마시고는 그 곁의 측백나무 아래 우두커니 앉아 있다가 돌아오곤 했던 것이다.

그렇게 샘터에 다니는 동안에, 경술은 그 샘터에서 다시 한 이십 리 남짓 더 가면 운봉사(雲峯寺)라는 옛 절이 있다는 것을 알게 되었던 것이다.

그해 추석도 지나고, 김장도 대충 끝나갈 무렵, 경술은 그의 어머니를 보고 갑자기 중질을 가겠노라고 하였다.

그의 어머니도 경술이 지금과 같이 목숨을 건지게 된 것도 순전히 부처님 덕분이라고만 믿고 있었기 때문인지, 경술의 이 당돌한 제의에도 별로 놀라하는 기색이 아니었다. 그녀는 다만 서글픈 눈으로 아들의 얼굴만 물끄러미 바라보았을 뿐이었다.

사흘 뒤 그는 운봉사의 부목(負木)²이 되어 들어갔다가, 이듬해
봄에야 정식으로 계(戒)를 받고 중이 되었다.

그는 본디 그의 아버지가 살아 계실 때에 천자문을 겨우 배워
두었을 뿐이므로 당분간은 한문 공부를 곁들여 불경을 배우기 시
작했다.

그가 큰절(해인사)을 찾아가 참선(參禪)을 시작한 건 다시 그
이듬해 봄, 그 황홀한 목탁새(저승새)가 나타난 뒤의 일이었다.

그는 해인사의 백련암에서 삼 년간이나 참선을 했으면서도 끝
내 그 새를 잊지 못한 채 다시 운봉사로 돌아오고 말았던 것이다.


어린 사미 혜인이 그의 언니뻘인 적인에게 손목을 잡힌 채 길
마재마을 앞의 샘터 가까이 왔을 때는 오후 사이참 때나 되어 있
었다.

"저거야."

언덕에 올라서자, 혜인이 손을 들어 가리켰다.

적인도 혜인이 가리키는 쪽을 바라보았다.

두 마장가량 떨어진 곳에 가무스름한 측백나무가 보였다.

"저 측백나무 아래 샘이 있어."

혜인이 말했다.

절에서 여기(길마재마을 부근)까지 오는 길은, 나의 위인 적인
이 이끌었지만, 마을 근방에서 샘터를 찾는 것은 본디 그 마을에
살았던 혜인이 나을밖에 없었다.

두 사미는 산기슭의 잔디 위에 앉아 다리를 쉬면서도 눈길은 연방 샘터 쪽으로만 팔고 있었다.

"그렇지만 스님께서 아직도 저 샘터 가에 계실지 모르겠어."

적인이 혜인을 보고 말했다.

"말했잖아? 스님은 샘터에 계신다고."

"나도 그렇게 들었거든. 그렇지만 지금까지 계실지 모르잖아?"

두 사미가 이런 말을 나누고 있을 때, 산에서 한 사내가 내려왔다. 턱수염이 더부룩한, 서른댓 살가량 되어 뵈는 이 사내는 한쪽 손에 술병, 다른 손엔 사발을 포개어 든 채 두 사미 쪽을 잠깐 거들떠보았다.

두 사미도 약간 겁에 질린 듯한 얼굴로 그 사내를 바라보았다. 사내는 두 사미 곁으로 다가왔다.

사내를 바라보고 있던 두 사미, 특히 어린 사미 혜인의 두 눈에 공포의 그림자가 어리기 시작했다.

사내는 두 사미, 특히 어린 사미 혜인을 한참 바라보다가,

"늬 영근이 아니가?"

물었다.

"......"

혜인이 대답 대신 잔디에서 일어나며 말없이 사내를 쳐다보았다.

"늬 여기 웬일고?"

사내는 또 이렇게 물었으나, 혜인은 대답 대신 적인 쪽을 바라보았다. 자기 대신 대답을 해달라는 듯한 얼굴이었다.

그러나 적인으로서는, 그보다 혜인과 이 낯선 사내가 어떤 관계
인지를 알 수 없었다. 혜인이 본디 이 마을에서 살다가 (사미가 되
어) 절로 들어왔다는 것은 적인도 일찍이 들어 알고 있었지만, 혜
인의 태도로 보아 그렇게 가까운 집안 아저씨 같아 보이지도 않
았기 때문이었다.

적인도 잔디 위에서 일어났다. 그리하여 먼저 혜인을 보고,

"아는 아저씨냐?"

하고 물었다.

"……"

혜인은 이번에도 그냥 고개만 아래위로 끄덕여 보였을 뿐 입을
열지는 않았다.

그렇다면 혜인에게 그다지 고마운 아저씨는 아닐지 모른다고,
적인은 혼자 속으로 생각했다.

"그냥 여기까지 왔어요. 저기 샘터까지……"

적인이 대신 대답을 했다.

그러자 사내는 적인을 보고,

"한절에 있나?"

하고 물었다. 한절에 같이 지내는 사이냐고 묻는 뜻이라고 적인
은 알아들었다. 그는 본디 윗녘(기호 지방)에서, 저희 스님을 따
라 이쪽 절(운봉사)로 내려온 사미였지만, 그동안에 어느덧 이 지
방 사투리에도 익숙해져 있었던 것이다.

"예에."

적인은 합장을 올리며 공손스러운 목소리로 대답했다.

사내는 적인의 유순하고 공손스러운 목소리가 마음에 드는지,
먼저보다 한결 부드러워진 목소리로, 다시 혜인을 보고,

"그렇다면 날짜를 알고 온 게 아니지? 산소에 갈라꼬 온 게 아
니지?"

이렇게 물었다.

적인으로서는 무슨 영문인지 짐작할 수도 없는 말이었다.

"……"

혜인은 또 고개를 옆으로 저었다.

그러자, 사내는 다시 거칠어진 목소리로,

"오늘이 늬 할매 늬 아배 제삿날이다. 안 가볼래?"

"……"

혜인은 고개를 푹 수그린 채 역시 대답이 없었다.

"아저씨 어디로 가면 됩니까?"

적인이 대신 물었다.

"어디는 어디라? 산소지. 뫼 있는 데 말이다."

사내는 거친 말씨로 윽박지르듯이 대답했다.

적인은 혜인을 보고 타이르듯이,

"혜인아, 오늘이 너의 할머니와 아버지의 제삿날이라는데 저
아저씨 따라 산소에 가봐야겠구나. 가볼래?"

물었다.

"……"

혜인은 고개를 끄덕였다.

그러자 사내는,

"늬들 돈 없제?"

물었다.

어린 사미들에게 돈이 있을 리 만무였다.

"그러면 잠깐, 기다려라."

사내는 이렇게 말하자 아까의 병을 들고 동네 쪽으로 달려갔다. 술을 받으러 가는 모양이었다.

"얘, 저 아저씨 누구냐?"

적인이 혜인에게 물었다.

"일가 아저씨."

혜인이 비로소 이렇게 입을 열었다.

"근데 왜 모르는 척했냐? 첨에······"

"아버지 죽고 저 아저씨한테 가 있었거든."

"그런데?······"

"막 때렸어. 그래서 동네 아저씨가 말해서 날 절로 보내줬잖아?"

혜인의 대답을 듣자 적인도 그들의 관계를 대강 짐작할 것 같았다.

"그런데 말야, 아까 그 아저씨 너의 할머니와 아버지의 제삿날이라고 했는데 그게 무슨 뜻이냐?"

"나도 잘 몰라. 우리 아버진 내가 다섯 살 때 죽었는데, 그날이 옛날 우리 할머니가 죽은 날이래. 그래, 사람들은 우리 할머니가 아버지를 데려갔다고 했어. 그래서 제사도 같은 날이래."

사내가 돌아왔다. 막걸리 한 병과 마른 명태 한 마리가 사내의 손에 들려 있었다.

"아저씨 술병은 제가 들고 갈게요."

적인이 술병을 받아 안았다.

산소엔 무덤이 세 상 있었다. 위의 두 상은 혜인의 할아버지와 할머니의 무덤, 그 아래 한 상이 그의 아버지의 것이라 하였다.

아래 무덤 앞에는 김치 찌꺼기와 명태 대가리가 버려져 있었다. 이 사내(혜인의 일가 아저씨)가 아까 막 다녀간 흔적인 듯했다.

사내는 할아버지의 무덤부터 시작하여 다음엔 할머니 무덤, 그리고 맨 나중은 아버지의 무덤으로 차례차례 옮겨가며, 사발에 술을 따라놓고, 혜인에게 절을 시켰다. 그때마다 따랐던 술은 자기가 마셔버리곤 했다.

석 잔을 따르고 나서도 술은 꽤 남아 있었다.

사내는 그것을 한 사발 따라 적인에게 주며,

"자, 너도 한잔 마셔라."

했다.

적인이 못 먹는다고 하자 사내는 두말하지 않고 자기가 또 훌쩍 마셔버렸다.

술이 얼근해진 사내는 마른 명태를 찢어서 입에 넣고 쩍쩍 씹으며,

"우리 집은 저 할머니 덕으로 망한 거나 같다."

했다.

적인이나 혜인은 사내의 이야기가 무엇을 뜻하는 건지 도무지 알 수 없었다. 사내도 그것을 짐작하는지, 위의 무덤 두 상에서

바른손 쪽을 가리켜 보이며,

"저 할매 말이다, 너한테는 할매지만 나한텐 아주머니뻘이다."

이렇게 말하고 나서, 다시 술잔을 들어 서너 모금 꿀꺽꿀꺽 마신 뒤, 이야기를 계속했다.

"저 할매 시집와서 이듬해에 아들 하나 낳고 이내 죽었지. 그게 느의 아배다. 덕분으로 느 할배는 평생 홀아비로 아들 하나 키우고 살았다. 그런데 그 아들이, 느의 아배 말이다. 느 할배보다도 한 해 앞서 죽었다 앙이가. 그것도 느 할매가 데려간 거란 말이다. 그러니 느의 할배 속이 얼마나 상하겠노? 멀쩡하던 노인이, 아들 죽자 따라 죽다시피 했다 앙이가. 불쌍한 할배다."

사내는 이야기를 그치고 명태를 한참 쩍쩍 소리나게 씹고 나더니 다시 적인에게 혜인을 가리켜 보이며,

"자(혜인)는 아무꺼도 모를 거다마는, 자 할매 땜에 이 집은 아주 망한 거다. 어째 하필 자기 죽은 날, 아들을 데려가노 말이다. 그것도 독자 아들을. 하도 기가 막혀서 집안 사람들이 무당한테 가서 점을 쳐봤다 안카나. 점을 쳐보니 본디 자 할매가 우리 집에 시집오기 전에 좋아한 남자가 있었다 안카나? 그 남자 땜에 자 할매는 이내 죽고, 아들 하나 있는 거까지 데려갔다 안카나? 그래 굿을 해주먼 원한이 풀릴 꺼락 하지만 인자 자도 절에 가버렸고 아무도 없으니 귀신도 달라붙을 데가 없어졌다 앙이가."

사내는 이야기를 마치자 또 술잔을 기울였다. 적인도 이제는 사내가 말한 이야기의 윤곽을 대강 짐작할 수 있었다. 그는 혜인을 바라보았다. 혜인은 이야기의 내용을 알아들었는지 알아듣지 못

했는지 감감스레한 긴 속눈썹이 눈물에 젖은 채, 곧 울음이라도
터뜨릴 듯한 얼굴로 사내를 쳐다보고만 있었다.


  적인과 혜인은 사내를 따라 산에서 내려왔다.
  산기슭까지 와서 사내는 마을 쪽으로, 적인과 혜인은 샘터 쪽으
로, 각각 방향을 달리하고 헤어졌다.
  그러나 그들이 샘터까지 갔을 때, 스님은 이미 그곳에 없었다.
  적인은 하늘을 쳐다보았다. 해는 이미 서쪽으로 기웃해 있었다.
  적인은 쪽박으로 샘물을 떠서 혜인에게 주었다.
  혜인은 손등으로 눈물을 닦은 뒤 그것을 받아 마시었다. 그러고
는 남은 물을 땅 위에 버린 뒤, 새로 한 쪽박 떠서 이번에는 그것
을 적인에게 주었다.
  적인은 보일 듯 말 듯한 미소를 머금은 채 그것을 받아 마시었다.
  "절로 돌아가자."
  적인은 이렇게 말하며 혜인의 손목을 잡았다.
  그러나 두 사미가 절에 돌아갔을 때 만허스님은 절에도 와 있지
않았다. 으레 먼저 돌아와 계시리라 생각했던 스님이 보이지 않
자 혜인은 또 주먹으로 눈물을 닦기 시작했다.
  이튿날도, 그리고 그다음, 다음날도 스님은 돌아오지 않았다.
  절에서는 스님이 큰절(해인사)로 가셨거니 하고 있었다. 그러
나 큰절에서도 만허스님을 보았다는 이는 아무도 없었다.
  그러자, 스님이 윗녘으로 정처없이 떠나갔다는 둥, 어느 산중의
벼랑 위에 가만히 앉아서 열반을 했다는 둥, 여러 가지 소문들이

들려오기 시작했다.

　이듬해 봄에도 운봉사의 앞뒷산에는 진달래가 벌겋게 피었다.
그러나 해마다 오던 다그르르르…… 저승새는 나타나지 않았다.
다음 해에도, 또 다음 해에도……

인간동의

\* 이 작품은 『문예』, 1950년 5월호에 처음 발표되었다. 여기서는 창작집 『귀환장
정』(1951)에 수록된 것을 텍스트로 삼는다.

**1** 관골(觀骨) 광대뼈.

**2** 가직하다 가지런하다.

**3** 시체(時體) 그 시대의 유행을 따르거나 지식 따위를 받음. 또는 그런 풍습이나
유행.

**4** 복분(福分) 복을 누리는 분수.

**5** 훈도(訓導) 초등학교 교사.

**6** 도고(道高) 높은 체하여 교만함.

**7** 소사(小使) 잔심부름하는 남자 하인.

**8** 묵주신공(默珠神功) 묵주기도. 천주교에서 묵주를 가지고 성모 마리아에게 드리는
기도.

**9** 종도(宗徒) 사도(使徒). 예수가 복음을 널리 전하기 위하여 특별히 뽑은 열두 제
자를 이른다.

**10** 즈로스(drawers) 속옷.

**11** 가각(苛刻) 모질고 매서움. 잔인하고 박정함.

**12** 가사 가령.

**13** 마막 '마목'의 오식인 듯하며, 그 뜻은 '문둥병'이다.

**14** 부량 불량.


## 흥남철수

* 이 작품은 『현대문학』, 1955년 1월호에 처음 발표되었다. 여기서는 창작집 『등신불』(1963)에 수록된 것을 텍스트로 삼는다.

**1** 맥 맥아더.

**2** 콤뮤니케(communiqué) 성명(聲明), 공보(公報).

**3** 벵재 병자.

**4** 있쟁이오 있지 않아요. 없다는 뜻.

**5** 칩다 '춥다'의 방언.

**6** 릭사끄 륙색.

**7** 레이션(ration) 군용 식량.

**8** 무함(誣陷) 없는 사실을 그럴듯하게 꾸며서 남을 곤경에 빠뜨림.

**9** 오열(五列) 적과 내통하는 자.

**10** 협위(脅威) 위협.

**11** 엘 에스 티(LST) 전차 양륙선(戰車揚陸船, Landing Ship for Tanks)의 약칭.

**12** 찹다 '차다'의 방언.


## 밀다원시대

* 이 작품은 『현대문학』, 1955년 4월호에 처음 발표되었다. 여기서는 창작집 『실존무』(1958)에 수록된 것을 텍스트로 삼는다.

**1** 창장 창에 둘러치는 휘장.

**2** 점두(點頭) 승낙하거나 옳다는 뜻으로 머리를 약간 끄덕이는 것.

**3** 사령(辭令) 남을 응대하는 반드레하게 꾸민 말.

**4** 커피당(黨) 커피 애호가.

**5** 오시이레(押入れ) 일본식 벽장.

**6** 후수마(ふすま) 일본식 미닫이.

**7 무전취식(無錢取食)** 돈 없이 남이 파는 음식을 먹고 값을 치르지 아니함.

**8 세루** 방모(紡毛)의 일종.

**9 사보텐** 선인장.

**10 날라리:** 태평소.

**11 기필(期必)** 꼭 되기를 기약함.


## 용

\* 이 작품은『새벽』, 1955년 5월호에 처음 발표되었다. 여기서는 창작집『실존무』
(1958)에 수록된 것을 텍스트로 삼는다.

**1 껄떠구** '꺽지'의 방언. 꺽지는 꺽짓과의 민물고기다.

**2 다래끼** 아가리가 좁고 바닥이 넓은 바구니. 대 · 싸리 · 칡덩굴 따위로 만든다.

**3 내루다** '내리다'의 경남 방언.

**4 주지육림(酒池肉林)** 술로 연못을 이루고 고기로 숲을 이룬다는 뜻으로, 호사스러
운 술잔치를 이르는 말이다.

**5 포락(炮烙)** 뜨겁게 달군 쇠로 살을 지지는 형벌.

**6 일산대** 수레의 좌우에 세우는 일산의 버팀목. 일산은 황제 · 황태자 · 왕세자 들이
행차할 때 받치던 의장 양산이다.


## 목공 요셉

\* 이 작품은『사상계』, 1957년 7월호에 처음 발표되었다. 여기서는 창작집『실존
무』(1958)에 수록된 것을 텍스트로 삼는다.

**1 유월절(逾越節)** 이스라엘 민족이 모세의 인도 아래 이집트에서 탈출한 것을 기념
하는 명절.


## 등신불

\* 이 작품은『사상계』, 1961년 11월호에 처음 발표되었다. 여기서는 창작집『등신
불』(1963)에 수록된 것을 텍스트로 삼는다.

**1 간수(澗水)** 골짜기에서 흐르는 물.

**2 초망(草莽)** 풀숲.

**3** 쇳대 '열쇠'의 방언.

**4** 섬소(纖疏) 체격이나 구조가 가냘프고 어설픔.

**5** 신시(申時) 오후 3시에서 5시까지.

## 송추에서

* 이 작품은 『현대문학』, 1966년 1월호에 처음 발표되었다. 여기서는 창작집 『까치 소리』(1973)에 수록된 것을 텍스트로 삼는다.

**1** 교강사 교수와 강사를 합쳐서 일컫는 말.

**2** 맹감 청미래덩굴의 열매. 청미래덩굴은 백합과의 낙엽 활엽덩굴성 관목이다.

**3** 부액(扶腋) 곁부축. 겨드랑이를 붙잡아 걷는 것을 도움.

## 까치 소리

* 이 작품은 『현대문학』, 1966년 10월호에 처음 발표되었다. 여기서는 창작집 『까 치 소리』(1973)에 수록된 것을 텍스트로 삼는다.

**1** 연(然)이나 그러하나.

## 저승새

* 이 작품은 『한국문학』, 1977년 12월호에 처음 발표되었다. 여기서는 창작집 『꽃 이 지는 이야기』(1978)에 수록된 것을 텍스트로 삼는다.

**1** 사미(沙彌) 10계(戒)를 받고 불도를 닦는 20세 미만의 중.

**2** 부목(負木) 절에서 땔 나무를 하는 사람.

# 두 계열의 병존에서 통합으로
# 나아간 길

이동하

## 1

이 책은 김동리가 1950년대에 들어선 이후에 발표한 중·단편들 가운데에서 특별히 주목받을 만한 가치가 있다고 생각되는 아홉 편의 작품을 뽑아서 묶은 것으로, 기왕에 나온 바 있는 『김동리 단편선: 무녀도』와 자매편의 관계로 연결된다.

『김동리 단편선: 무녀도』의 해설에서 엮은이는 김동리의 소설 세계가 전체적으로 어떤 특징을 가지며 또 어떤 문학사적 의의를 획득하고 있는지에 대해 자세히 언급한 바 있다. 그 자리에서 엮은이가 특히 강조했던 것은, 김동리의 초기 소설 세계가 처음부터 서로 선명하게 구분되는 세 가지 계열로 나뉘어 전개되는 양상을 보여주었다는 점이다. 김동리의 후기 작품 세계를 설명하기 위해 마련된 이 자리에서도 이러한 계열들의 존재를 다시 언급하는 것으로 글을 시작하는 것이 적절할 듯하다.

김동리 소설 세계의 초기 단계에서부터 나타난 세 가지 계열은 (가) 구체적 현실을 벗어난 초일상적(超日常的)·원형적 차원을 탐구하되 한국적 전통의 세계를 주된 대상으로 삼은 작품군, (나) 구체적인 당대의 현실 문제에서 소재를 구한 작품군, (다) 예술가 소설의 영역을 파고들어간 작품군 등이었다. 이들 가운데「무녀도」「황토기」「역마」등으로 대표되는 (가)계열은 김동리의 작가적 개성을 뚜렷이 드러내면서 가장 높은 문학적 성과를 이룩한 것이었고,「찔레꽃」「혼구(昏衢)」등을 포함하고 있는 (나)계열은 가장 많은 수의 작품을 거느리면서, 문학적 수준에 있어서는 다양한 편차를 보여준 것이었으며,「솔거」3부작으로 이루어진 (다)계열은 별다른 성과를 내지 못한 채 단기적인 시도에 그친 것으로 볼 수 있다.

이처럼 김동리라는 한 작가의 소설 세계 속에서 서로 구별되는 복수의 계열들이 병존하는 양상은 1950년대에 들어선 이후에도 변함없이 지속된다. (다)계열만이 단기적인 시도로 끝나고 소멸했을 뿐, (가)계열과 (나)계열은 여전한 평행선을 그리며 서로 섞이지 않고 따로따로 전개되는 양상을 계속하는 것이다. 엮은이가 복수의 계열들에 대한 언급으로 이 글을 시작하는 것이 적절하다고 판단한 이유가 바로 여기에 있다.

하지만 정작 그 계열들 각각의 구체적인 면모를 보면 상당히 큰 변화의 양상들이 나타나게 되는 것을 확인할 수 있다. 바로 그러한 변화의 존재 때문에, 김동리의 소설 세계를 시기적으로 볼 때 1950

년대 이전과 그 이후로 일단 구분할 수 있게 되는 것이기도 하다.


## 2


우선 (가)계열의 경우부터 살펴보기로 하자.

1950년대 이전의 경우 (가)계열을 (나)계열 및 (다)계열과 확실하게 구분지을 수 있었던 가장 뚜렷한 변별점은 그것이 '한국적 전통의 세계에 대한 탐구'라는 면모를 지닌다는 점이었다. 그리고 이때 '한국적 전통의 세계'로서 가장 집중적인 관심의 대상이 된 것은 넓은 의미에서의 토속 신앙과 관련된 것들이었다. 그런데 1950년대로 넘어오면, 토속 신앙의 영역에 대한 김동리의 관심은 분명히 퇴색되는 모습을 보여준다. 완전히 사라지지는 않지만, 미미한 주변적 존재로 밀려나는 것이다. 그 대신 김동리가 새로운 열정을 기울이게 되는 대상은 두 가지로 나타난다. 고대 동양의 세계가 그 하나고, 예수 시대 유대의 세계가 다른 하나다. 전자의 세계에 대한 남다른 관심이 「용」을 비롯한 여러 중요한 단편과 공자를 직접 등장시킨 장편 『춘추(春秋)』를 낳고, 후자의 세계에 대한 남다른 관심이 「마리아의 회태(懷胎)」「목공 요셉」「부활」 등의 단편과 예수를 직접 등장시킨 장편 『사반의 십자가』를 낳는다.

그런데 이처럼 주된 관심의 대상이 분명히 바뀌어버리게 되면, (가)계열로서의 동일성 자체가 1950년 무렵을 분기점으로 아예 소멸하게 되는 것이 아닌가라는 물음이 이 자리에서 제기될 수 있을 법하다. 좀더 구체적으로 말하면, 1950년대 이전에 나온 (가)계열의 작품들, 예컨대「무녀도」「황토기」「역마」등의 작품들과 1950년대에 들어서서 나온「용」이라든지「마리아의 회태」라든지『사반의 십자가』같은 작품들 사이에는 아무런 연속성이 없는 것이 아닌가 하는 물음이 제기될 수 있는 것이다. 하지만 이러한 물음에 대해서는 분명하게 '그렇지 않다'라는 대답을 줄 수 있다. 왜냐하면 방금 거명된 모든 작품들은 구체적 현실을 벗어난 초일상적·원형적 차원을 탐구하는 데 열의를 쏟은 작품이라는 점에서 분명한 동질성을 가지고 있기 때문이다. 그러니까 김동리는 구체적 현실을 벗어난 초일상적·원형적 차원을 탐구하는 일에 대해 일관되게 치열한 관심을 기울이되, 그 탐구의 주된 소재를 한국적 전통의 세계에서 고대 동양 및 예수 시대 유대의 세계로 변경하였을 따름인 것이다.

김동리는 이처럼 탐구의 주된 소재를 변경함으로써 그 자신의 소설 세계를 크게 확장하였을 뿐 아니라, 한국 소설 문학 전체의 영역을 확대하는 일에도 뜻있는 기여를 한 것으로 판단된다. 그리고 이러한 과정에서 창작된 작품들 가운데 상당수는 그 작품들 자체로서도 상당히 주목할 만한 면모를 보여준다. 그 가장 뚜렷한 성과로는 아무래도 장편『사반의 십자가』를 들어야 할 터이지만, 이 책에 수록된「용」이나「목공 요셉」같은 단편도 그 나름대로 인상적인 작품들이라 할 수 있다.

# 3

 (가)계열에 대한 이야기는 일단 이 정도로 하고, 이제는 (나)계열로 넘어가보자. (나)계열이란 구체적인 당대의 현실 문제에서 소재를 구한 작품군을 가리킨다고 앞에서 말한 바 있다. 김동리는 초기부터 이 (나)계열에서 가장 많은 수의 작품을 창작했고 그렇게 하는 가운데 「찔레꽃」이라든지 「혼구」 같은 가작을 탄생시키기도 했거니와 등단 당시부터 1949년 무렵까지 이 계열에서 나온 작품들을 보면, 거기에서 다루어진 현실이라는 것은 다분히 정치적·사회적인 성격이 강한 것이었음을 알 수 있다. 얼핏 보기에는 순전히 개인적인 차원의 현실인 것 같아도 심층적인 수준에서는 어떤 형태로든 정치적·사회적 차원과 깊은 관련을 맺고 있는 현실이 주로 다루어졌던 것이다. 이러한 경향은 김동리가 좌우익 투쟁의 일선에서 적극적인 활동을 전개하였던 해방 직후의 수년 동안에 특히 현저하게 나타난 바 있다.

 그러던 것이, 1950년 5월에 발표된 「인간동의(人間動議)」에 이르러서는, 크게 변모된 양상을 보인다. 김동리가 당대의 현실적인 공간에서 소재를 구해오되, 정치적·사회적 차원과는 별다른 관련이 없는, 순전히 개인적인 차원의 세계에 치열한 관심을 갖고, 어떤 면에서는 내향적인 실존주의의 분위기를 연상시키는 방향으로 작품을 진행시킨 것은, 그로서는 상당히 새로운 면모를 보여준 것이라 할 만했다. 이것은 아마도 그가 수년 동안 전력투구의 자세로 임했던 좌우익 투쟁이 일단 끝난 것처럼 보인 단계에서 비로소 가능해졌던 것이리라. 만약 김동리가 이러한 방향으로 계속 나아갈 수 있었더라면 그의 문학 세계가 전체적으로 어떠한 성격을 지니게 되었을 것인지를 상상해보는 것도 상당히 흥미로운 일일 수 있다.

그러나 「인간동의」가 씌어진 직후에 발발한 6·25는 「인간동의」의 세계가 계속 이어질 수 있는 가능성을 봉쇄하였다. 김동리의 (나)계열체 작품들에는 필연적으로 또다시 정치적·사회적 차원의 문제의식이 등장하게 되는 것이다. 이러한 자리에서 태어난 것이 1950년대 중반에 씌어진 「흥남철수」 「밀다원시대」 「실존무(實存舞)」 등의 단편과 1950년대 후반부터 1960년대 전반에 걸쳐 씌어진 『자유의 역사』 『이곳에 던져지다』 『해풍(海風)』 등의 장편이다.

그런데 바로 이러한 범주에 드는 작품군들은 그 문학적 수준 면에서 참으로 인상적인 편차를 보여준다. 구체적으로 말하면, 단편들은 이 책에 수록된 「흥남철수」 및 「밀다원시대」 같은 경우에서 보듯 상당한 수준의 절실성을 동반하면서 문학적으로 탁월한 경지를 과시하거나 적어도 무난한 수준을 유지하는 반면, 장편들은 예외 없이 실패작을 면치 못한 것이다. 김동리의 소설 세계 전체를 통하여 가장 낮은 문학적 수준을 보여주고 있는 것이 바로 위에 열거된 일군의 장편들이라 할 수 있다. 이러한 장편들의 실패는 김동리가 지닌 작가적 재능이라는 것이 어떤 부분에서 취약점을 안고 있는지를 잘 보여준 것이라고 할 수 있다.

김동리 자신도 이런 점을 느낀 듯,『해풍』을 끝으로, 이 계열에
드는 장편의 창작을 포기한다. 그리고 장편의 창작을 그만둔 자
리에서,「인간동의」의 자매편 또는 수정판이라고 할 만한 한 편의
단편을 내놓는다. 그 작품이 바로「송추에서」다. 6·25가 발발하기
직전에 씌어졌던「인간동의」와 6·25의 충격이 어느 정도 가신 이
후인 1966년의 시점에서 나온「송추에서」사이에는 16년의 시간
적 간격이 놓여 있거니와 그 시간적 간격만큼의 내면적 성숙이
이루어져온 자취를 우리는 또한 이 두 작품을 비교함으로써 확인
해볼 수 있다.


4


지금까지 살펴온 것처럼, 김동리의 소설 세계 속에서 복수의 계
열이 서로 섞이지 않은 채 병존하는 양상은 상당히 오랫동안 줄
기차게 지속되었다. 그러나 (가)계열과 (나)계열의 통합이 전혀
불가능한 것만은 아니라는 사실을 말해주는 한 편의 문제작이
1960년대 초에 발표되었다. 그것이 바로「등신불」이다. 액자라는
장치를 적절하게 활용하여, 일제 말기 학병으로 끌려 나갔다가
탈출한 인물의 이야기(이것은 (나)계열의 전형을 고스란히 보여주
는 것에 해당한다)와 고대 중국을 배경으로 한 소신성불(燒身成
佛)의 이야기(이것은 (가)계열의 전형을 보여주는 것에 해당한다)
를 하나의 작품 속에 통합한「등신불」은, 작품 자체의 문학적 성

취라는 측면에서도 높은 평가를 받을 만하지만, 두 계열의 통합을 성공적으로 이루어낸 사례라는 점에서도 주목에 값하는 것이 아닐 수 없었다.

그 후, 1960년대 중반으로 넘어오면서, 김동리는 이러한 두 계열의 통합을 이룩한 성과에 해당하는 작품들을 지속적으로 내놓게 된다. 그러나 이 작품들은 「등신불」의 성과에 이어지는 것은 아니다. 그 작품들의 출현은 김동리가 이 시기에 이르러 심령과학에 관심을 갖고 그것을 적극적으로 자신의 소설 속에 끌어들인 결과로 가능해진 것이었기 때문이다. 심령과학이라는 매개자를 통하여 김동리는 일상적인 현실의 세계와 초일상적·원형적 세계를 하나로 접합시킬 수 있는 가능성을 확신하게 되었으며, 이때부터 그러한 접합의 성과에 해당하는 작품들을 연속적으로 내놓을 수 있었던 것이다.

그런데 누구라도 금방 짐작할 수 있는 바지만, 초일상적·원형적 세계에 해당하는 영역으로서 이런 경우에 적절하게 동원될 수 있는 것은 고대 동양의 세계나 유대의 세계 같은 것이 아니라, 김동리의 초기 작품들에서 자주 다루어졌던 토속 신앙의 세계였다. 과연 이 시기에 이르러 토속 신앙의 세계는 김동리의 소설들 속에서 다시 커다란 무게를 차지하기에 이르며, 거기에 비례해서, 고대 동양의 세계나 유대의 세계에 대한 김동리의 관심은 현저히 감퇴한다.

그런데 이 같은 김동리 문학의 새로운 전개 과정을 통해 창작된 작품들은 대체로 보아 뛰어난 성과에 해당한다고 말하기 어렵다.

그렇게 된 이유는 다양하게 설명될 수 있을 터이지만, 여기서는 두 가지 정도만 지적해보고자 한다. 첫째는, 심령과학이라는 것 자체가 문학적인 성공을 약속하기에는 원천적으로 부적절한 면모를 지니고 있는 것처럼 생각된다는 점이다. 둘째는, 심령과학을 전면에 내세우지 않은 작품들도, 대부분 소품의 수준에 머무르고 있다는 점이다.

이 그룹에 드는 작품들 중 거의 유일한 성공작으로 평가받을 만한 작품이 「까치 소리」이거니와 「까치 소리」의 문학적 성공은 이 작품이 심령과학의 요소를 전면에 내놓고 있지 않다는 점과 무관하지 않을 것이다. 그러나 이 작품은 토속 신앙의 세계에 큰 비중을 두고 있다는 점이나 (가)계열과 (나)계열의 통합을 자연스럽게 이룩해 보이고 있다는 점에서는 이 시기 김동리 소설의 일반적인 성격을 충실히 반영한 전형의 면모를 지니고 있다.

그리고 「까치 소리」는 이 시기 김동리 소설들에 공통적으로 나타나는 인간관의 특징을 공유하고 있다는 점에서도 전형성을 인정받을 만하다. 그 인간관은, 인간이란 초일상적인 힘—그 힘은 윤리와는 아무 상관도 없이 작용하는 힘이다—에 의하여 일방적으로 지배당하는 존재일 따름이라고 보는 인간관이다. 이러한 인간관에 따르면, 인간이라는 존재의 주체성은 인정될 수 없다. 이러한 인간관의 가치를 원천적으로 부정할 필요는 없을 터이나, 이러한 인간관은 '위대한 문학' '일급의 문학'이라는 것과는 아무래도 잘 맞지 않는 것으로 생각된다.

이러한 관점에서 본다면, 김동리 문학의 마지막 단계를 장식하는 장편 『을화』, 단편 「저승새」 같은 작품들에서 인간의 주체성을 다시 적극적으로 인정하는 모습이 나타나게 된 것은 다행스러운 일이라 하지 않을 수 없다.

잘 알려진 것처럼 김동리의 초기 문제작이었던 「무녀도」의 확대·개작에 해당하는 작품으로 씌어진 『을화』는 (가)계열과 (나)계열이 성공적으로 통합된 모습을 「등신불」에 이어서 다시 한번 보여준 역작이라 할 수 있거니와 이 작품의 경우 심령과학에 대한 관심이 변함없이 유지되는 가운데서도 인간의 주체성이 부정당하지 않고 있다는 점에서, 김동리 소설의 또 다른 가능성을 보여준 사례로 평가받을 만하다. 그런가 하면 '세월의 힘으로도 퇴색되지 않는 사랑의 집념에 대한 찬가'라는 성격을 지니고 있는 「저승새」는 바로 그 사랑의 집념에 대한 긍정적 인식을 통하여 주체성 부정의 인간관을 극복하는 데 성공한 작품이라고 할 수 있다.

## 5

지금까지, 1950년대 이후 김동리의 소설 세계가 전개되어간 모습을 대충 살펴보았거니와 이러한 논의를 통해서도 자연스럽게 드러난 것처럼, 이 책에 수록된 아홉 편의 단편소설은 그 전개 과정 속에서 그들 각자 나름으로 각별한 주목을 요구할 만한 위치를 차지하고 있다. 그 모든 작품들이 예외 없이 수작이라고 인정받을 수 있을 것인지에 대해서는 사람에 따라 이의가 있을 수 있으나 그 모든 작품들이 주목에 값한다는 것만은 부정하기 어려울 듯하다. 『김동리 단편선: 무녀도』의 해설에서 엮은이가 김동리의 특히 우수한 작품들에 공통적으로 나타나는 덕목으로 지적한 바 있는 탁월한 문체의 매력, 빈틈없는 구성의 묘미, 인상적인 인물상의 창조, 인간에 대한 깊이 있는 통찰 등등의 요소들이 이 책에 수록된 작품들 속에서 과연 얼마만큼 제대로 나타나고 있는지 또는 그렇지 못한지를 가늠해보는 일은 독자 여러분의 몫으로 남겨두고자 한다. 그리고 근대 · 반근대 · 탈근대 등의 개념을 둘러싼 논의의 장에 김동리의 문학을 결부시켜 검토하는 작업이 구체적으로 어떤 양상을 띠고 어떤 의미를 지닐 수 있을 것인지 하는 물음을 이 책에 수록된 아홉 편의 작품을 중심으로 진지하게 따져보는 작업도, 독자 여러분에게 맡기고자 한다.

## 작가 연보

**1913년(1세)** 음력 11월 24일 경북 경주시 성건동 186번지에서 김임수와 허임순의 5남매(3남 2녀) 중 막내로 출생.

**1924년(12세)** 이 무렵 경주 제일교회 부속 계남소학교에 입학.

**1928년(16세)** 대구 계성중학교 입학. 부친 별세.

**1930년(18세)** 서울 경신중학교 3학년으로 편입학.

**1931년(19세)** 경신중학교 중퇴. 향리에서 독서에 전념.

**1934년(22세)** 『조선일보』 신춘문예에 시 「백로」 입선.

**1935년(23세)** 『조선중앙일보』 신춘문예에 소설 「화랑의 후예」 당선.

**1936년(24세)** 『동아일보』 신춘문예에 소설 「산화」 당선. 이때부터 활발하게 소설을 발표하기 시작.

**1937년(25세)** 서정주, 오장환, 김달진 등과 함께 『시인부락』 동인으로 활동. 경남 사천의 다솔사 부설 광명학원에서 교편을 잡음.

**1939년(27세)** 유진오를 상대로 하여 세대논쟁을 전개.

**1942년(30세)** 광명학원이 일제 당국의 손에 폐쇄됨.

**1943년(31세)** 징용을 피해 사천에 있는 양곡배급소의 서기로 취직.

**1945년(33세)** 사천에서 해방을 맞음. 사천청년회 회장이 됨.

**1946년(34세)** 좌익의 문학가동맹에 맞서서 곽종원, 박두진, 박목월, 서정주, 조연현, 조지훈 등과 청년문학가협회를 결성하고 회장이 됨.

**1947년(35세)** 『경향신문』 문화부장이 됨.

**1948년(36세)** 김동석, 김병규 등의 좌익 문학평론가들을 상대로 논쟁을 전개. 『민국일보』 편집국장이 됨.

**1949년(37세)** 한국문학가협회의 소설분과 위원장이 됨. 『문예』 주간이 됨.

**1950년(38세)** 6·25가 발발하자 피난을 가지 못하고 서울에 은신.

**1951년(39세)** 한국문총 사무국장이 됨. 문총구국대 부대장이 됨. 모친 별세.

**1952년(40세)** 한국문학가협회 부위원장이 됨.

**1953년(41세)** 서라벌예술대학 문예창작과 교수가 됨.

**1954년(42세)** 예술원 회원이 됨. 한국 유네스코 위원이 됨.

**1955년(43세)** 자유문학상을 받음.

**1956년(44세)** 아세아자유문학상을 받음.

**1958년(46세)** 예술원 문학부문 작품상을 받음.

**1961년(49세)** 한국문인협회 부이사장이 됨.

**1965년(53세)** 민족문화중앙협의회 부이사장, 민족문화추진위원회 이사가 됨.

**1967년(55세)** 3·1문화상 예술부문 본상을 받음.

**1968년(56세)** 국민훈장 동백장을 받음.『월간문학』창간.

**1970년(58세)** 한국문인협회 이사장이 됨. 서울시문화상 문학부문 본
　　　　　　 상을 받음. 국민훈장 모란장을 받음.

**1972년(60세)** 서라벌예술대학장이 됨. 한일문화교류협회장이 됨.

**1973년(61세)** 중앙대학교 예술대학장이 됨. 명예문학박사 학위를 받
　　　　　　 음.『한국문학』창간.

**1979년(67세)** 한국소설가협회장이 됨. 중앙대학교 정년 퇴임.

**1980년(68세)** 대한민국예술원 부회장이 됨.

**1981년(69세)** 대한민국예술원 회장이 됨.

**1983년(71세)** 5·16 민족문학상을 받음. 한국문인협회 이사장이 됨.
　　　　　　 대한민국예술원 원로회원으로 추대됨.

**1989년(77세)** 한국문인협회 명예회장이 됨.

**1990년(78세)** 7월 30일 뇌졸중으로 쓰러짐.

**1995년(83세)** 6월 17일 별세.


\* 기존의 연보에서는 대부분 김동리의 학력을 '1920년 계남소학교
입학, 1926년 계성중학교 입학, 1928년 경신중학교로 편입학'으로 기
록하고 있으나 이는 오류임을 김정숙이 밝혀낸 바 있다. 김정숙,『김
동리 삶과 문학』(집문당, 1996), pp. 107~24 참조.

# ▌작품 목록

## 1. 단편소설(신문, 잡지 발표)

| 작품명 | 발표지 | 발표 연월일 |
|---|---|---|
| 화랑의 후예 | 조선중앙일보 | 1935. 1. 1~10 |
| 산화 | 동아일보 | 1936. 1. 4~18 |
| 바위 | 신동아 | 1936. 5 |
| 무녀도 | 중앙 | 1936. 5 |
| 술 | 조광 | 1936. 8 |
| 산제(山祭) | 중앙 | 1936. 9 |
| 팥죽 | 조선문학 | 1936. 11 |
| 허덜풀네 | 풍림 | 1936. 12 |
| 어머니 | 〃 | 1937. 1 |
| 솔거 | 조광 | 1937. 8 |
| 생일 | 〃 | 1938. 12 |
| 잉여설(剩餘說) | 조선일보 | 1938. 12. 8~24 |
| 황토기 | 문장 | 1939. 5 |
| 찔레꽃 | 〃 | 1939. 7 |

| 작품명 | 발표지 | 발표 연월일 |
|---|---|---|
| 두꺼비 | 조광 | 1939. 8 |
| 회계 | 삼천리 | 1939. 10 |
| 완미설(玩味說) | 문장 | 1939. 11 |
| 동구 앞길 | 〃 | 1940. 2 |
| 혼구(昏衢) | 인문평론 | 1940. 2 |
| 소녀(전문 삭제) | 〃 | 1940. 7 |
| 오누이 | 여성 | 1940. 8 |
| 다음 항구 | 문장 | 1940. 9 |
| 소년 | 〃 | 1941. 2 |
| 윤회설(輪廻說) | 서울신문 | 1946. 6. 6~26 |
| 지연기(紙鳶記) | 동아일보 | 1946. 12. 1~19 |
| 미수(未遂) | 백민 | 1946. 12 |
| 혈거부족 | 〃 | 1947. 3 |
| 달 | 문화 | 1947. 4 |
| 이맛살 | 〃 | 1947. 10 |
| 상철이 | 백민 | 1947. 11 |
| 역마 | 〃 | 1948. 1 |
| 어머니와 그 아들들 | 삼천리 | 1948. 8 |
| 개를 위하여 | 백민 | 1948. 10 |
| 형제 | 〃 | 1949. 3 |
| 심정 | 학풍 | 1949. 3 |
| 유서방 | 대조 | 1949. 3, 4 |
| 인간동의 | 문예 | 1950. 5 |
| 귀환장정 | 신조 | 1951. 6 |
| 마리아의 회태 | 청춘 | 1954. 임시호 |
| 홍남철수 | 현대문학 | 1955. 1 |
| 청자 | 신태양 | 1955. 2 |
| 밀다원시대 | 현대문학 | 1955. 4 |
| 용 | 새벽 | 1955. 5 |
| 실존무(實存舞) | 문학과 예술 | 1955. 6 |

| 작품명 | 발표지 | 발표 연월일 |
|---|---|---|
| 아가(雅歌) | 신태양 | 1957. 4 |
| 목공 요셉 | 사상계 | 1957. 7 |
| 강유기(江遊記) | 사조 | 1958. 10 |
| 고우(故友) | 신태양 | 1958. 10 |
| 자매 | 자유공론 | 1958. 12 |
| 등신불 | 사상계 | 1961. 11 |
| 부활 | 〃 | 1962. 11 |
| 천사 | 현대문학 | 1964. 4 |
| 늪 | 문학춘추 | 1964. 9 |
| 심장 비 맞다 | 신동아 | 1964. 9 |
| 유혼설(遊魂說) | 사상계 | 1964. 11 |
| 송추에서 | 현대문학 | 1966. 1 |
| 상정(常情) | 자유공론 | 1966. 4 |
| 윤사월 | 문학 | 1966. 7 |
| 백설가(白雪歌) | 신동아 | 1966. 7 |
| 까치 소리 | 현대문학 | 1966. 10 |
| 석노인 | 〃 | 1967. 5 |
| 감람수풀 | 신동아 | 1967. 9 |
| 꽃피는 아침 | 월간중앙 | 1968. 4 |
| 눈 오는 오후 | 〃 | 1969. 4 |
| 선도산 | 한국문학 | 1976. 10 |
| 꽃이 지는 이야기 | 문학사상 | 1976. 10 |
| 이별 있는 풍경 | 〃 | 1977. 8 |
| 저승새 | 한국문학 | 1977. 12 |
| 참외 | 문학사상 | 1978. 10 |
| 우물 속의 얼굴 | 한국문학 | 1979. 6 |
| 만자동경(卍字銅鏡) | 문학사상 | 1979. 10 |

## 2. 장편소설(연재 및 잡지 발표)

| 작품명 | 발표지 | 발표 연월일 |
|---|---|---|
| 해방 | 동아일보 | 1949. 9. 1~1950. 2. 16 |
| 사반의 십자가 | 현대문학 | 1955. 11~1957. 4 |
| 춘추(春秋) | 평화신문 | 1956. 4~1957. 2 |
| 자유의 기수 | 자유신문 | 1959. 7~1960. 4 |
| 이곳에 던져지다 | 한국일보 | 1960. 10. 1~1961. 5. 23 |
| 비 오는 동산 | 여원 | 1961. 1~12 |
| 해풍(海風) | 국제신문 | 1963 |
| 아도(阿刀)<br>(잡지 폐간으로 미완) | 지성 | 1971. 12~1972. 6 |
| 을화 | 문학사상 | 1978. 4 |

## 3. 단행본

• 소설집

| 작품명 | 발행처 | 발표 연월일 |
|---|---|---|
| 무녀도 | 을유문화사 | 1947 |
| 황토기 | 수선사 | 1949 |
| 귀환장정 | 수도문화사 | 1951 |
| 실존무 | 인간사 | 1958 |
| 등신불 | 정음사 | 1963 |
| 김동리 대표작 선집 1 | 삼성출판사 | 1967 |
| 까치 소리 | 일지사 | 1973 |
| 김동리 역사소설 | 지소림 | 1977 |
| 꽃이 지는 이야기 | 태창문화사 | 1978 |

• 장편소설

| 작품명 | 발행처 | 발표 연월일 |
|---|---|---|
| 사반의 십자가 | 일신사 | 1958 |
| 김동리 대표작 선집 2 (사반의 십자가, 애정의 윤리) | 삼성출판사 | 1967 |
| 김동리 대표작 선집 3 (해풍, 비 오는 동산) | 〃 | 1967 |
| 김동리 대표작 선집 4 (자유의 역사) | 〃 | 1967 |
| 김동리 대표작 선집 5 (춘추) | 〃 | 1967 |
| 이곳에 던져지다 | 선일문화사 | 1974 |
| 을화 | 문학사상사 | 1978 |
| 사반의 십자가(개정판) | 홍성사 | 1982 |

# ▌참고 문헌

김동리의 생애에 대한 연구는 김정숙의 『김동리 삶과 문학』(집문당, 1996)에서 상당히 충실하게 이루어져 있으며, 김윤식의 김동리 평전 3부작인 『김동리와 그의 시대』(민음사, 1995), 『해방 공간 문단의 내면 풍경』(민음사, 1996), 『사반과의 대화』(민음사, 1997)도 유익한 자료로 활용될 수 있다.

천이두의 「허구와 현실」(유주현 편, 『동리 문학이 한국 문학에 미친 영향』, 중앙대학교 문예창작학과, 1979)은 김동리의 문학이 두 가지 계열로 나뉜다는 사실을 일찍이 논증한 글로서 중요하다.

「등신불」 「까치 소리」 등을 비롯한 김동리의 대표적 작품들에 대한 구조 분석을 시도한 작업으로는 최시한의 「현대소설의 구조시학적 연구」(서강대학교 대학원, 1980)가 탁월하다. 이 밖에 인칭(人稱)의 문제에 초점을 맞춘 김종구의 「김동리 일인칭 단편소설 서술상황 연구」(유기룡 편, 『김동리 문학 연구』, 살림, 1995), 담론 구조의 측면에서 김동리 소설에 접근한 우한용의 「김동리 소설의 담론 특성」(같은 책) 등이 주목할 만하다.

정신분석학의 방법론을 동원하여 김동리의 소설 세계를 해명하고자 한 시도 가운데에서 특별히 인상적인 것은 정상균의 「김동리」(『한국 현대 서사문학사 연구』, 새문사, 1994)와 유선혜의 「김동리 단편소설 연구」(서강대학교 대학원, 1995)다. 한편 양선규의 「심리학으로서의 인물」(『한국 현대소설의 무의식』, 국학자료원, 1998)은 주로 융의 분석심리학 이론에 입각하여 「무녀도」를 비롯한 김동리의 주요 작품들을 규명한 논문으로 주목할 만하다.

신화비평의 방법론을 원용하여 김동리의 소설 세계를 천착한 것으로는 김병욱의 「영원회귀의 문학」(『서라벌문학 8집: 동리 문학 연구』, 1973)이라든지 김상일의 「동리 문학의 성역(聖域)」(『동리 문학이 한국 문학에 미친 영향』, 1979), 장양수의 「샤머니즘: 인간 구원의 길」(『한국 예장인(藝匠人)소설론』, 한국문화사, 2000) 같은 글이 있다.

진정석의 「김동리 문학 연구」(서울대학교 대학원, 1993)는 김동리 문학을 낭만주의의 개념으로 설명하고 있는 논문이다. 한편 김철의 「김동리와 파시즘」(『국문학을 넘어서』, 국학자료원, 2000)은 파시즘의 개념을 동원하여 김동리 문학에 대한 새로운 조명을 시도한 작업이다.

김윤식은 「전통지향성의 한계」(『한국근대작가론고』, 일지사, 1974)에서 전통지향성의 개념으로 김동리 문학을 설명한 바 있으며, 이동하는 「한국 문학의 전통지향적 보수주의 연구」(서울대학교 대학원, 1989)에서 이를 계승하고 확충하는 가운데 정신사적 연구의 심화를 시도하였다. 김동리 문학을 반근대주의의 개념으로 설명하고 있는 이찬의

「김동리 문학 연구」(고려대학교 대학원, 1999)도 이와 관련하여 주목할 필요가 있다.

사회적 · 역사적 현실의 문제와 관련하여 김동리의 소설을 분석하고 평가한 글로는 염무웅의 「집착과 변모」(『한국 문학의 반성』, 민음사, 1976), 이보영의 「식민지적 조건의 극복 · 5」(『식민지 시대 문학론』, 필 그림, 1984), 유종호의 「현실주의의 승리」(『문학의 즐거움』, 민음사, 1995) 등이 대표적이다.

김동리의 후기 소설을 대상으로 한 작품론으로는 『사반의 십자가』를 다룬 이동하의 「세속적 합리주의로의 길」(『우리 소설과 구도 정신』, 문예출판사, 1994), 「대결의 문학」(『한국 문학과 비판적 지성』, 새문사, 1996), 「『사반의 십자가』에서 예수의 부활을 다룬 방식」(『한국 소설과 기독교』, 국학자료원, 2003)과 『을화』를 다룬 천이두의 「동굴의 미학과 광장의 신학」(『세계의 문학』, 1979년 봄), 「저승새」를 다룬 조남현의 「「저승새」와 보살행화 설화」(『한국 현대 문학의 자계(磁界)』, 평민사, 1985) 등이 있으며, 단편집 『까치 소리』(1973)에 대한 서평으로 씌어진 이상섭의 「이무기의 둔갑」(『문학과지성』, 1974년 봄)도 중요하다.

# 한국문학전집을 펴내며

오늘의 한국 문학은 다양한 경험과 자산에서 비롯된 것이지만, 그중에서도 우리 앞선 세대의 문학 작품에서 가장 큰 유산을 물려받고 있다. 그럼에도 우리는 가끔 우리의 문학 유산을 잊거나 도외시한다. 마치 그것 없이는 살아갈 수 없는 소중한 물을 쉽게 잊고 사는 것처럼 그동안 우리는 우리가 이루어놓은 자산들을 너무 쉽게 잊어버리고 있었는지도 모르겠다. 인기 있는 외국 작품들이 거의 동시에 번역 출판되고, 새로운 기획과 번역으로 전 세계의 문학 작품들이 짜임새 있게 출판되고 있는 요즈음, 정작 한국 문학 작품들을 체계적으로 정리하지 못하고 있었다는 점을 최근에 우리는 깊이 반성하게 되었다. 그리고 이러한 때늦은 반성을 곧바로 '한국문학전집'을 기획하는 힘으로 전환하였다.

오늘의 시점에서 '한국문학전집'을 기획한다는 것은, 우선 그동안 양적으로나 질적으로 괄목할 만한 수준에 이른 한국 문학 연구 수준을 반영하는 새로운 시각이 전제되어야 할 것이다. 그리고 '우리 것을 지키자'는 순진한 의도에서가 아니라, 한국 문학이 바로 세계 문학이 되는 질적 확장을 위해, 세계 문학 속에서의 한국 문학의 정체성을 찾는 일을 간과해서는 안 될 것이다.

이번 기획에서 우리가 가장 크게 신경 썼던 점은 크게 두 가지이다. 하나는, 그동안 거의 관습적으로 굳어져왔던 작품에 대한 천편일률적인 평가를 피하고 그동안의 평가에 대한 비판적 평가와 더불어 새로운 평가로 인한 숨은 작품의 발굴이었다. 그리하여 한국 문학사를 시기별로 구분하여 축적된 연구 성과들 위에서 나름대로 중요한 작품들을 선별하는 목록 작업에 가장 큰 공을 들였다. 나머지 하나는, 그동안 여러 상이한 판본의 난립으로 인해 원전 텍스트가 침해되고 있는 심각한 상황을 고려하여 각각의 작가에게 가장 뛰어난 연구자들을 초빙하여 혼신을 다해 원전 텍스트를 확정하였다는 점이다.

장구한 우리 문학사의 주옥같은 작품들을 한자리에 모아, 세대를 넘고 시대를 넘어 그 이름과 위상에 값할 수 있는 대표적인 한국문학전집을 내놓는다. 이번에 출간되는 한국문학전집은 변화된 상황과 가치를 반영하는 내실 있고 권위를 갖춘 내용으로 꾸며질 것이며, 우리 문학의 정본 전집으로서 자리매김해 한국 문학의 전통을 계승하고 발전시키는 데 기여하고자 한다. 이 기획이 한국 문학의 자산들을 온전하게 되살려, 끊임없이 현재성을 가지는 살아 있는 작품들로, 항상 독자들의 옆에 있게 되기를 기대한다.

(주)문학과지성사

## 01 감자 김동인 단편선

최시한(숙명여대) 책임 편집

**수록 작품** 약한 자의 슬픔 / 배따라기 / 태형 / 눈을 겨우 뜰 때 / 감자 / 광염 소나타 / 배회 / 발가락이 닮았다 / 붉은 산 / 광화사 / 김연실전 / 곰네

극단적인 상황과 비극적 운명에 빠진 인물 군상들을 냉정하게 서술해낸 한국 근대 단편 문학의 선구자 김동인의 대표 단편 12편 수록. 인간과 환경에 대한 근대적 인식을 빼어난 문체와 서술로 형상화한 김동인의 주옥같은 작품들을 만날 수 있다.

## 02 탈출기 최서해 단편선

곽근(동국대) 책임 편집

**수록 작품** 고국 / 탈출기 / 박돌의 죽음 / 기아와 살육 / 큰물 진 뒤 / 백금 / 해돋이 / 그믐밤 / 전아사 / 홍염 / 갈등 / 먼동이 틀 때 / 무명초

식민 치하 빈궁 문학을 대표하는 최서해의 단편 13편 수록. 식민 치하의 참담한 사회적 현실을 사실적으로 전해주는 작품들. 우리 민족의 궁핍한 현실에 맞선 인물들의 저항 정신과 민족 감정의 감동과 울림을 전한다.

## 03 삼대 염상섭 장편소설

정호웅(홍익대) 책임 편집

우리 소설 가운데 서울말을 가장 풍부하게 살려 쓴 작품이자, 복합성·중층성의 세계를 구축하여 한국 근대 장편소설의 대표작으로 꼽히는 염상섭의 「삼대」. 1930년대 서울의 중산층 가족사를 통해 들여다본 우리 근대의 자화상이다.

## 04 레디메이드 인생 채만식 단편선

한형구(서울시립대) 책임 편집

**수록 작품** 논 이야기 / 레디메이드 인생 / 미스터 방 / 민족의 죄인 / 치숙 / 낙조 / 쑥국새 / 당랑의 전설

역설과 반어의 작가 채만식의 대표 단편 8편 수록. 1920~30년대의 자본주의적 현실 원리와 민중의 삶을 풍자적으로 포착하는 데 탁월했던 채만식. 사실주의와 풍자의 절묘한 조합으로 완성한 단편 문학의 묘미를 즐길 수 있다.

## 05 비 오는 길 최명익 단편선

신형기(연세대) 책임 편집

**수록 작품** 폐어인 / 비 오는 길 / 무성격자 / 역설 / 봄과 신작로 / 심문 / 장삼이사 / 맥령

시대를 앞섰던 모더니스트 최명익의 대표 단편 8편 수록. 병과 죽음으로 고통받는 인물 군상들을 통해 자신이 예감한 황폐한 현대의 징후를 소설화한 작가 최명익. 너무나 현대적이어서, 당시에는 제대로 평가받을 수 없었던 탁월한 단편소설들을 만난다.

### 06 사하촌 김정한 단편선

강진호 (성신여대) 책임 편집

**수록 작품** 그물 / 사하촌 / 항진기 / 추산당과 곁사람들 / 모래톱 이야기 / 제3병동 / 수라도 / 인간단지 / 위치 / 오끼나와에서 온 편지 / 슬픈 해후

리얼리즘 문학과 민족 문학을 대표하는 김정한의 대표 단편 11편 수록. 민중들의 삶을 통해 누구보다 먼저 '근대화의 문제'를 문학적으로 제기하고 예리하게 포착한 작가 김정한의 진면목을 본다.

### 07 무녀도 김동리 단편선

이동하 (서울시립대) 책임 편집

**수록 작품** 화랑의 후예 / 산화 / 바위 / 무녀도 / 황토기 / 찔레꽃 / 동구 앞길 / 혼구 / 혈거부족 / 달 / 역마 / 광풍 속에서

한국적이고 토착적인 전통 세계의 소설화에 앞장선 김동리의 초기 대표작 12편 수록. 민중의 삶 속에 뿌리 내린 토착적 전통의 세계를 정확한 묘사와 풍부한 서정으로 형상화했던 김동리 문학 세계를 엿본다.

### 08 독 짓는 늙은이 황순원 단편선

박혜경 (인하대) 책임 편집

**수록 작품** 소나기 / 별 / 겨울 개나리 / 산골 아이 / 목넘이마을의 개 / 황소들 / 집 / 사마귀 / 소리 / 닭제 / 학 / 필묵장수 / 뿌리 / 내 고향 사람들 / 원색오뚝이 / 곡예사 / 독 짓는 늙은이 / 황노인 / 늪 / 허수아비

한국 산문 문체의 모범으로 평가되는 황순원의 대표 단편 20편 수록. 엄격한 지적 절제와 미학적 균형으로 함축적인 소설 미학을 완성시킨 작가 황순원. 극적인 사건 전개 대신 정적이고 서정적인 울림의 미학으로 깊은 감동을 전한다.

### 09 만세전 염상섭 중편선

김경수 (서강대) 책임 편집

**수록 작품** 만세전 / 해바라기 / 미해결 / 두 출발

한국 근대 소설의 기념비적 작품인 「만세전」, 조선 최초의 여류화가인 나혜석의 삶을 소설화한 「해바라기」, 그리고 식민지 조선의 현실을 담아내고 나름의 저항의식을 형상화하기 위한 소설적 수련의 과정을 단적으로 보여주는 「미해결」과 「두 출발」 수록. 장편소설의 작가로만 알려진 염상섭의 독특한 소설 미학의 세계를 감상한다.

### 10 천변풍경 박태원 장편소설

장수익 (한남대) 책임 편집

모더니스트 박태원이 펼쳐 보이는 1930년대 서울의 파노라마식 풍경화. 근대 자본주의 사회의 이데올로기와 일상성에 대한 비판에 몰두하던 박태원 초기 작품의 모더니즘 경향과 리얼리즘 미학의 경계를 넘나드는 역작. 식민지라는 파행적 상황에서 기형적으로 실현되던 근대화의 양상을 기층 민중의 생활에 초점을 맞춰 본격화한 작품이다.

### 11 태평천하 채만식 장편소설

이주형(경북대) 책임 편집

부정적인 상황들이 난무하는 시대 현실을 독자적인 문학적 기법과 비판의식으로 그려냄으로써 '문학적 미'를 추구했던 채만식의 대표작. 판소리 사설의 반어, 자기 폭로, 비유, 과장, 희화화 등의 표현법에 사투리까지 섞은 요설로, 창을 듣는 듯한 느낌과 재미를 선사하는 작품. 세태풍자소설의 장을 열었던 채만식이 쓴 가족사소설의 전형에 해당한다.

### 12 비 오는 날 손창섭 단편선

조현일(홍익대) 책임 편집

**수록 작품** 공휴일 / 사연기 / 비 오는 날 / 생활적 / 혈서 / 피해자 / 미해결의 장 / 인간동물원초 / 유실몽 / 설중행 / 광야 / 희생 / 잉여인간 / 신의 희작

가장 문제적인 전후 소설가 손창섭의 대표 단편 14작품 수록. 병적이고 불구적인 인간 군상들을 통해 전후 사회 현실에서의 '절망'의 표현에 주력했던 손창섭. 전쟁 그리고 전쟁 이후의 비일상적 사태를 가장 근원적인 차원에서 표현한 빼어난 작품들을 선별했다.

### 13 등신불 김동리 단편선

이동하(서울시립대) 책임 편집

**수록 작품** 인간동의 / 흥남철수 / 밀다원시대 / 용 / 목공 요셉 / 등신불 / 송추에서 / 까치 소리 / 저승새

「무녀도」의 작가 김동리가 1950년대 이후에 내놓은 단편 9편 수록. 전기 작품에 이어서 탁월한 문체의 매력, 빈틈없는 구성의 묘미, 인상적인 인물상의 창조, 인간에 대한 깊이 있는 통찰이라는 김동리 단편의 미학을 다시 한 번 경험할 수 있는 기회이다.

### 14 동백꽃 김유정 단편선

유인순(강원대) 책임 편집

**수록 작품** 심청 / 산골 나그네 / 총각과 맹꽁이 / 소낙비 / 솥 / 만무방 / 노다지 / 금 / 금 따는 콩밭 / 떡 / 산골 · 봄 · 봄 / 안해 / 봄과 따라지 / 따라지 / 가을 / 두꺼비 / 동백꽃 / 야앵 / 옥토끼 / 정조 / 땡볕 / 형

고단한 삶을 살아가는 순박한 촌부에서 사기꾼에 이르기까지 다양한 삶의 모습을 문학 속에 그대로 재현한 김유정의 주옥같은 단편 23편 수록. 인물의 토속성과 해학성, 생생한 삶의 언어와 우리 소리, 그 속에 충만한 생명감을 불어넣은 김유정 문학의 정수를 맛본다.

### 15 소설가 구보씨의 일일 박태원 단편선

천정환(성균관대) 책임 편집

**수록 작품** 수염 / 낙조 / 소설가 구보씨의 일일 / 애욕 / 길은 어둡고 / 거리 / 방란장 주인 / 비량 / 진통 / 성탄제 / 골목 안 / 음우 / 재운

한국 소설사상 가장 두드러진 모더니즘 작품으로 인정받는 「소설가 구보씨의 일일」을 비롯한 박태원의 대표 단편 13편 수록. 한글로 씌어진 가장 파격적이고 실험적인 작품으로 주목 받은 박태원. 서울 주변부 중산층의 삶이라는 자기만의 튼실한 현실 공간을 구축하여 새로운 소설 기법과 예술가소설로서의 보편성을 획득한 작품들이다.

## 16 날개 이상 단편선

김주현(경북대) 책임 편집

**수록 작품** 12월 12일 / 지도의 암실 / 지팡이 역사 / 황소와 도깨비 / 공포의 기록 / 지주회시 / 동해 / 날개 / 봉별기 / 실화 / 종생기

근대와 맞닥뜨린 당대 식민지 조선의 기념비요 자화상 역할을 하는 이상의 대표 단편 11편 수록. '천재'와 '광인'이라는 꼬리표와 함께 전위적이고 해체적인 글쓰기로 한국 의 모더니즘 문학사를 개척한 작가 이상. 자유연상, 내적 독백 등의 실험적 구성과 문체 로 식민지 근대와 그것에 촉발된 당대인의 내면을 예리하게 포착해낸 이상의 문제작들 을 한데 모았다.

## 17 흙 이광수 장편소설

이경훈(연세대) 책임 편집

한국 최초의 근대 장편소설 『무정』을 발표하면서 한국 소설 문학의 역사를 새롭게 쓴 이광수. 『흙』은 이광수의 계몽 사상이 가장 짙게 깔린 작품으로 심훈의 『상록수』와 함께 한국 농촌계몽소설의 전위에 속한다. 한국 근대 문학사상 가장 많이 연구되고 있는 작가의 대표작답게 『흙』은 민족주의, 계몽주의, 농민문학, 친일문학, 등장인물 론, 작가론, 문학사 등의 학문적·비평적 논의의 중심에 있는 작품이다.

## 18 상록수 심훈 장편소설

박헌호(성균관대) 책임 편집

이광수의 장편 『흙』과 더불어 한국 농촌계몽소설의 쌍벽을 이루는 『상록수』. 심훈의 문명(文名)을 크게 떨치게 한 대표작이다. 1930년대 당시 지식인의 관념적 농촌 운동 과 일제의 경제 침탈사를 고발·비판함으로써, 문학이 취할 수 있는 현실 정세에 대 한 직접적인 대응 그리고 극복의 상상력이란 두 가지 요소를 나름의 한계 속에서 실 천해냈고, 대중적으로도 큰 호응을 불러일으킨 작품이다.

## 19 무정 이광수 장편소설

김철(연세대) 책임 편집

20세기 이래 한국인이 가장 많이 읽고 가장 자주 출간돼온 작품, 그리고 근현대 문학 가운데 가장 많이 연구의 대상이 된 작가 이광수의 대표작 『무정』. 쓰여진 지 한 세기 가 가까워오도록 여전히 읽히고 있고 또 학문적 논쟁의 중심에 서 있는 『무정』을 책 임 편집자의 교정을 충실하게 반영한 최고의 선본(善本)으로 만난다.

## 20 고향 이기영 장편소설

이상경(KAIST) 책임 편집

'프로문학의 정점'이자 우리 근대 문학사의 리얼리즘의 확립을 결정적으로 보여주는 이기영의 『고향』. 이기영은 1920년대 중반 원터라는 충청도의 한 농촌 마을을 배경 으로 봉건 사회의 잔재를 지닌 채 식민지 자본주의화가 진행되어가는 우리 근대 초기 를 뛰어난 관찰로 묘사한다. 일제 식민 치하 근대화에 대한 문학적·비판적 성찰과 지 식인의 고뇌를 반영한 수작이다.

### 21 까마귀 이태준 단편선

김윤식(명지대) 책임 편집

**수록 작품** 불우 선생 / 달밤 / 까마귀 / 장마 / 복덕방 / 패강랭 / 농군 / 밤길 / 토끼 이야기 / 해방 전후

'한국 근대소설의 완성자' '단편문학'의 명수. 이태준은 우리 근대 문학의 전개 과정에서 결코 간과할 수 없는 역할을 담당했던 작가 가운데 한 사람이다. 문학의 자율성과 예술성을 상실하지 않으면서도 현실 문제에 각별한 관심을 보여주었던 그의 단편은 한국소설사에서 1930년대를 대표하는 것으로 인정받고 있다.

### 22 두 파산 염상섭 단편선

김경수(서강대) 책임 편집

**수록 작품** 표본실의 청개구리 / 암야 / 제야 / E선생 / 윤전기 / 숙박기 / 해방의 아들 / 양과자갑 / 두 파산 / 절곡 / 얼룩진 시대 풍경

한국 근대사를 증언하고 있는 횡보 염상섭의 단편소설 11편 수록. 지식인 망국민으로서의 허무적인 자기 진단, 구체적인 사회 인식, 해방 후와 전후 시기에 대한 사실적 증언과 문제 제기를 포함한 대표작들을 통해 횡보의 단편 미학을 감상한다.

### 23 카인의 후예 황순원 소설선

김종회(경희대) 책임 편집

**수록 작품** 카인의 후예 / 너와 나만의 시간 / 나무들 비탈에 서다

인간의 정신적 순수성과 고귀한 존엄성을 문학의 제일 원칙으로 삼았던 작가 황순원. 그의 대표작 가운데 독자들의 가장 많은 사랑을 받은 장편소설들을 모았다. 한국전쟁을 온몸으로 체득하면서 특유의 절제되고 간결한 문장으로 예술적 서사성을 완성한 황순원은 단편에서와 마찬가지로 변함없는 감동의 세계를 열어놓는다.

### 24 소년의 비애 이광수 단편선

김영민(연세대) 책임 편집

**수록 작품** 무정 / 소년의 비애 / 어린 벗에게 / 방황 / 가실 / 거룩한 죽음 / 무명 / 꿈

한국 근대소설사와 이광수 개인의 문학 세계에서 중요한 의미를 갖는 단편 8편 수록. 이광수가 우리말로 쓴 최초의 창작 단편 「무정」, 당시 사회의 인습과 제도를 비판한 「소년의 비애」, 우리나라 최초의 서간체 소설인 「어린 벗에게」, 지식인의 내면적 갈등과 자아 탐구의 과정을 담은 「방황」, 춘원의 옥중 체험을 바탕으로 씌어진 「무명」 등 한국 근대문학의 장르와 소재, 주제 탐구 면에서 꼼꼼히 고찰해야 할 작품들이다.

### 25 불꽃 선우휘 단편선

이익성(충북대) 책임 편집

**수록 작품** 테러리스트 / 불꽃 / 거울 / 오리와 계급장 / 단독강화 / 깃발 없는 기수 / 망향

8·15 해방과 분단, 6·25전쟁으로 이어지는 한국 근현대사의 열병을 깊이 있게 고찰한 선우휘의 대표작 7편 수록. 평작작 「불꽃」과 「깃발 없는 기수」를 비롯해 한국 근현대사의 역동성과 이를 바라보는 냉철한 작가의식이 빚어낸 수작들을 한데 모았다.

### 26 맥 김남천 단편선

**채호석(한국외대) 책임 편집**

**수록 작품** 공장 신문 / 공우회 / 남편 그의 동지 / 물 / 남매 / 소년행 / 처를 때리고 / 무자리 / 녹성당 / 길 위에서 / 경영 / 맥 / 등불 / 꿀

카프와 명맥을 같이하며 창작과 비평에서 두드러진 족적을 남긴 작가 김남천. 1930년대 초, 예술운동의 볼세비키화론 주장과 궤를 같이하는 「공장 신문」 「공우회」, 카프 해산 직후 그의 고발문학론을 담은 「처를 때리고」 「소년행」 「남매」, 전향문학의 백미로 꼽히는 「경영」 「맥」 등 그의 치열했던 문학 세계의 변화를 일별할 수 있는 대표작 14편 수록.

### 27 인간 문제 강경애 장편소설

**최원식(인하대) 책임 편집**

한국 근대 여성문학의 제일선에 위치하는 강경애의 대표작. 일제 치하의 1930년대 조선, 자본가와 농민·노동자의 대립 구조 속에서 농민과 도시노동자가 현실의 문제를 해결하고자 하는 주체로 성장하는 과정과 그들의 조직적 투쟁을 현실성 있게 그려낸 작품. 이기영의 「고향」과 더불어 우리 근대 소설사에서 리얼리즘 소설의 수작으로 꼽힌다.

### 28 민촌 이기영 단편선

**조남현(서울대) 책임 편집**

**수록 작품** 농부 정도룡 / 민촌 / 아사 / 호외 / 해후 / 종이 뜨는 사람들 / 부역 / 김군과 나와 그의 아내 / 변절자의 아내 / 서화 / 맥추 / 수석 / 봉황산

카프와 프로문학의 대표 작가 이기영. 그가 발표한 수십 편의 단편소설들 가운데 사회사나 사상운동사로서의 자료적 가치가 높으면서 또 소설 양식으로서의 구조미를 제대로 보여주는 14편을 선별했다.

### 29 혈의 누 이인직 소설선

**권영민(서울대) 책임 편집**

**수록 작품** 혈의 누 / 귀의 성 / 은세계

급진적이고 충동적인 한국 근대의 풍경 속에 신소설이라는 새로운 서사 양식을 창조해낸 이인직. 책임 편집자의 꼼꼼한 텍스트 확정과 자세한 비평적 해설을 통해, 신소설의 서사 구조와 그 담론적 특성을 밝히고 당시 개화·계몽 시대를 대표하는 서사양식에 내재화된 일본적 식민주의 담론을 꼬집는다.

### 30 추월색 이해조 안국선 최찬식 소설선

**권영민(서울대) 책임 편집**

**수록 작품** 금수회의록 / 자유종 / 구마검 / 추월색

개화·계몽시대의 대표적인 신소설 작가 3인의 대표작. 여성과 신교육으로 집약되는 토론의 모습을 서사 방식으로 활용한 「자유종」, 구시대적 인습을 신랄하게 비판한 「구마검」, 가장 대중적인 신소설 가운데 하나로 꼽히는 「추월색」, 그리고 '꿈'이라는 우화적 공간을 설정하여 현실 비판의 풍자적 색채가 강한 「금수회의록」까지 당대의 사회적 풍속과 세태의 변화를 민감하게 반영한 작품들을 수록했다.

### 31 젊은 느티나무 강신재 소설선

김미현(이화여대) 책임 편집

**수록 작품** 안개 / 해방촌 가는 길 / 절벽 / 젊은 느티나무 / 양관 / 황량한 날의 동화 / 파도 / 이브 변신 / 강물이 있는 풍경 / 점액질

1950, 60년대를 대표하는 여성 작가 강신재의 중단편 10편을 엄선했다. 특유의 서정적인 문체와 관조적 시선, 지적인 분석력으로 '비누 냄새' 나는 풋풋한 사랑 이야기에서 끈끈한 '점액질'의 어두운 욕망에 이르기까지, 운명의 폭력성과 존재론적 한계를 줄기차게 탐문한 강신재 소설의 여정을 한눈에 볼 수 있는 기회다.

### 32 오발탄 이범선 단편선

김외곤(서원대) 책임 편집

**수록 작품** 일요일 / 학마을 사람들 / 사망 보류 / 몸 전체로 / 갈매기 / 오발탄 / 자살당한 개 / 살모사 / 천당 간 사나이 / 청대문집 개 / 표구된 휴지 / 고장난 문 / 두메의 어벙이 / 미친 녀석

손창섭 · 장용학 등과 함께 대표적인 전후 작가로 꼽히는 이범선의 대표작 14편 수록. 한국 현대사의 비극에 대한 묘사를 바탕으로 하면서도 잃어버린 고향, 동양적 이상향에 대한 동경을 담았던 초기작들과 전후의 물질적 궁핍상을 전통적 사실주의에 기초해 그리면서 현실 비판적 성격을 강하게 드러낸 문제작들을 고루 수록했다.

### 33 메밀꽃 필 무렵 이효석 단편선

서준섭(강원대) 책임 편집

**수록 작품** 도시와 유령 / 깨뜨려지는 홍등 / 마작철학 / 프레류드 / 돈 / 계절 / 산 / 들 / 석류 / 메밀꽃 필 무렵 / 삽화 / 개살구 / 장미 병들다 / 공상구락부 / 해바라기 / 여수 / 하얼빈산협 / 풀잎 / 낙엽을 태우면서

근대 작가의 문화적 정체성이 끊임없이 흔들렸던 식민지 시대, 경성제대 출신의 지식인 작가로서 그 문화적 혼란기를 소설 언어를 통해 구성하고 지속적으로 모색했던 이효석의 대표작 20편 수록.

### 34 운수 좋은 날 현진건 중단편선

김동식(인하대) 책임 편집

**수록 작품** 희생화 / 빈처 / 술 권하는 사회 / 유린 / 피아노 / 할머니의 죽음 / 우편국에서 / 까막잡기 / 그리운 흘긴 눈 / 운수 좋은 날 / 불 / 발 / B사감과 러브 레터 / 사립정신병원장 / 고향 / 동정 / 정조와 약가 / 신문지와 철창 / 서투른 도적 / 연애의 청산 / 타락자

한국 근대 단편소설의 형식적 미학을 구축하고 근대적 사실주의 문학의 머릿돌을 놓은 작가 현진건의 대표작 21편 수록. 서구 중심의 근대성과 조선 사회의 식민성 사이에서 방황하는 지식인의 내면 풍경뿐만 아니라, 식민지 조선의 일상을 예리하게 관찰함으로써 '조선의 얼굴'을 담아낸 작가 현진건의 면모를 두루 살폈다.

### 35 사랑 이광수 장편소설

한승옥(숭실대) 책임 편집

춘원의 첫 전작 장편소설. 신문 연재물의 제약에서 벗어나 좀더 자유롭고 솔직한 그의 인생관이 담겨 있다. 이른바 그의 어떤 장편소설보다도 나아간 자유 연애, 사랑에 관한 작가의 생각을 엿볼 수 있는 작품. 작가의 나이 지천명에 이르러 불교와 『주역』 등 동양고전에 심취하여 우주의 철리와 종교적 깨달음에 가닿은 시점에서 집필된, 춘원의 모든 것.

### 36 화수분 전영택 중단편선

김만수(인하대) 책임 편집

**수록 작품** 천치? 천재? / 운명 / 생명의 봄 / 독약을 마시는 여인 / 화수분 / 후회 / 여자도 사람인가 / 하늘을 바라보는 여인 / 소 / 김탄실과 그 아들 / 금붕어 / 차돌멩이 / 크리스마스 전야의 풍경 / 말 없는 사람

1920년대 초반 자연주의, 사실주의적 색채가 강한 작품 세계로 주목받았던 작가 전영택의 대표작선. 이들 작품에서 작가는, 일제 초기의 만세운동, 일제 강점기하의 극심한 궁핍, 해방 직후의 사회적 혼돈, 산업화 초창기의 사회적 퇴폐상에 대한 자신의 경험을 소박한 형식 속에 담고 있다.

### 37 유예 오상원 중단편선

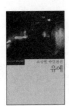

한수영(동아대) 책임 편집

**수록 작품** 황선지대 / 유예 / 균열 / 죽어살이 / 모반 / 부동기 / 보수 / 현실 / 훈장 / 실기

한국 전후 세대 문학의 대표 작가 오상원의 주요작 10편을 묶었다. '실존'과 '행동'에 초점을 맞춘 그의 작품은, 한결같이 극한 상황에 처한 인간 존재의 의미를 묻는 데 천착하면서 효과적인 주제 전달을 위해 낯설고 다양한 소설적 실험을 보여준다.

### 38 제1과 제1장 이무영 단편선

전영태(중앙대) 책임 편집

**수록 작품** 제1과 제1장 / 흙의 노예 / 문 서방 / 농부전 초 / 청개구리 / 모우지도 / 유모 / 용자소전 / 이단자 / B녀의 소묘 / O형의 인간 / 들메 / 며느리

한국 농민문학의 선구자로 평가받는 이무영의 주요 단편 13편 수록. 이들 작품에서 작가는, 농민을 계몽의 대상이 아닌, 흙을 일구는 그들의 삶을 통해서 진실한 깨달음을 얻는 자족적 대상으로 바라본다. 이무영의 농민소설은 인간을 향한 긍정적 시선과 삶의 부조리한 면을 파헤치는 지식인의 냉엄한 비판 의식이 공존하고 있다.

### 39 꺼삐딴 리 전광용 단편선

김종욱(세종대) 책임 편집

**수록 작품** 흑산도 / 진개권 / 지층 / 해도초 / GMC / 사수 / 크라운장 / 충매화 / 초혼곡 / 면허장 / 꺼삐딴 리 / 곽 서방 / 남궁 박사 / 죽음의 자세 / 세끼미

1950년대 전후 사회와 60년대의 척박한 삶의 리얼리티를 '구도의 치밀성'과 '묘사의 정확성'을 통해 형상화한 작가 전광용의 대표 단편 15편 모음집. 휴머니즘적 주제 의식, 전통적인 서사 형식, 객관적이고 냉철한 묘사 태도, 짧고 건조한 문체 등으로 집약되는 전광용의 작품 세계를 한눈에 살필 수 있는 계기.

### 40 과도기 한설야 단편선

서경석(한양대) 책임 편집

**수록 작품** 동경 / 그릇된 동경 / 합숙소의 밤 / 과도기 / 씨름 / 사방공사 / 교차선 / 추수 후 / 태양 / 임금 / 딸 / 철로 교차점 / 부역 / 산촌 / 이녕 / 모자 / 혈로

식민지 시대 신경향파·카프 계열 작가로서 사회주의 리얼리즘 문학을 추구한 작가 한설야의 문학적 특징을 잘 드러내는 단편 17편을 수록했다. 시대적 대세에 편승하며 작품의 경향을 바꾸었던 다른 카프 작가들과는 달리 한설야는, 주체적인 노동자로서의 삶을 택한 「과도기」의 '창선'이 그러하듯, 이 주제를 자신의 평생 과제로 삼아 창작에 몰두했다.

### 41 사랑손님과 어머니 주요섭 중단편선

장영우(동국대) 책임 편집

**수록 작품** 추운 밤/인력거꾼/살인/첫사랑 값/개밥/사랑손님과 어머니/아네모네의 마담/북소리 두둥둥/봉천역 식당/낙랑고분의 비밀

주요섭이 남녀 간의 애정 문제를 주로 다룬 통속 작가로 인식되어온 것은 교정되어야 마땅하다. 그는 빈민 계층의 고단하고 무망(無望)한 삶을 사실적으로 재현하는 데 탁월한 기량을 보였으며, 날카로운 현실인식과 객관적 묘사의 한 전범을 보여주었고 환상성을 수용함으로써 보다 탄력적인 소설미학을 실험하기도 하였다.

### 42 탁류 채만식 장편소설

우찬제(서강대) 책임 편집

채만식은 시대의 어둠을 문학의 빛으로 밝히며 일제 강점기와 해방기의 우리 소설 사를 빛낸 작가다. 그는 작품활동 전반에 걸쳐 열정적인 창작열과 리얼리즘 정신으로 당대의 현실상을 매우 예리하게 형상화했다. 특히 『탁류』는 여주인공 봉의 기구한 운명의 족적을 금강 물이 점점 탁해지는 현상에 비유하면서 타락한 당대의 세계상을 여실하게 드러내주고 있다.

### 43 벙어리 삼룡이 나도향 중단편선

우찬제(서강대) 책임 편집

**수록 작품** 젊은이의 시절/별을 안거든 우지나 말걸/옛날 꿈은 창백하더이다/여이발사/행랑 자식/벙어리 삼룡이/물레방아/꿈/뽕/지형근/청춘

위험한 시대에 매우 불안하게 살았던 작가. 그러나 나도향은 불안에 강박되기보다 불안한 자유의 상태를 즐기는 방식으로 소설을 택한 작가였다. 낭만적 환멸의 풍경이나 낭만적 동경의 형식 등은 불안에 대한 나도향 식 문학적 향유의 풍경으로 다가온다.

### 44 잔등 허준 중단편선

권성우(숙명여대) 책임 편집

**수록 작품** 탁류/습작실에서/잔등/속습작실에서/평대저울

한국 근대소설사에서 허준만큼 진보적 지식인의 진지한 자기 성찰을 깊이 형상화한 작가는 없다. 혁명의 연성을 기꺼이 인정하면서도 혁명과 해방으로 인해 궁지와 비참에 몰린 사람들에 대해 깊은 연민과 따뜻한 공감의 눈길을 던진 그의 대표작 다섯 편을 한데 모았다.

### 45 한국 현대희곡선

김우진 김명순 유치진 함세덕 오영진 차범석 최인훈 이현화 이강백

이상우(고려대) 책임 편집

**수록 작품** 산돼지/두 애인/토막/산허구리/살아 있는 이중생 각하/불모지/옛날 옛적에 훠어이 훠이/카덴자/봄날

한국 현대희곡 100년사를 대표하는 작품 아홉 편. 1920년대부터 1980년대까지 각 시기의 시대 정신과 연극 경향을 대표할 만한 희곡들을 골고루 선별하였고, 사실주의 희곡과 비사실주의희곡의 균형을 맞추어 안배하였다.

### <sup>46</sup> 혼명에서 백신애 중단편선

서영인 책임 편집

**수록 작품** 나의 어머니/꺼래이/복선이/채색교/적빈/낙오/악부자/정현수/학사/호도/어느 전원의 풍경—일명·법률/광인수기/소독부/일여인/혼명에서/아름다운 노을

일제강점기 한국문학을 대표하는 여성 작가이자 사회운동가인 백신애의 주요 작품 16편을 묶었다. 극심한 가난과 봉건적 인습의 굴레에 갇힌 여성들의 비극, 또는 그로부터 벗어나고자 하는 의지를 섬세한 필치와 치열한 문제의식으로 그려냈다. 그의 소설을 통해 '봉건적 가족제도와 여성의 욕망'이라는 해묵은 주제가 오늘날에도 여전히 풀리지 않는 과제로 존재하고 있음을 알게 된다.

### <sup>47</sup> 근대여성작가선

김명순 나혜석 김일엽 이선희 임순득

이상경(KAIST) 책임 편집

**수록 작품** 의심의 소녀/선례/돌아다볼 때/탄실이와 주영이/경희/현숙/어머니와 딸/청상의 생활—희생된 일생/자각/계산서/매소부/탕자/일요일/이름 짓기/딸과 어머니와

일제강점기 한국문학을 대표하는 여성 작가들의 주요 작품 15편을 한 권에 묶었다. 근대 여성의 목소리로서 여성문학은 봉건적 가부장제에서 벗어나고자 개인으로서 여성의 자유로운 선택을 가로막는 온갖 질곡에 저항해왔다. 여성이 봉건적 공동체를 벗어나 개성을 찾아 나서는 길은 많은 경우 가출, 자살, 일탈 등으로 귀결되었지만, 그럼에도 여성 자신의 힘을 믿으면서 공동체의 인습에 저항하고 새로운 공동체를 지향하는 노력이 있었다. 여기에 식민지라는 조건 속에서 민족의 해방은 더 큰 과제이기도 했다. 이 책에 실린 여성 작가의 작품들은 신여성의 이러한 꿈과 현실, 한계를 여실히 드러내 보여준다.

### <sup>48</sup> 불신시대 박경리 중단편선

강지희(한신대) 책임 편집

**수록 작품** 계산/흑흑백백/암흑시대/불신시대/벽지/환상의 시기/약으로도 못 고치는 병

여성의 전쟁 수난사를 가장 탁월하게 그려낸 작가 박경리의 대표 중단편 7편 수록. 고독과 절망의 시대를 살아내면서도 현실과 타협하지 못하는 결벽성으로 인간의 존엄을 고민했던 작가의 흔적이 역력한 수작들이 담겼다.